ハヤカワ文庫FT
〈FT388〉

マジカルランド

大魔術師対10人の女怪！

ロバート・アスプリン＆ジョディ・リン・ナイ
矢口　悟訳

MYTH ALLIANCES
by
Robert Asprin and Jody Lynn Nye

Translated by
Satoru Yaguchi
First published 2005 in Japan by
HAYAKAWA PUBLISHING, INC.
This book is published in Japan by
arrangement with
BILL FAWCETT ASSOCIATES
c/o RALPH M. VICINANZA, LTD.
through JAPAN UNI AGENCY, INC., TOKYO.

カバー／插絵
水玉螢之丞

序文

みなさんの手許にある本書はおなじみのものでもあり、これまでになかったものでもあります。いくばくかの不安もないわけではありません。この〈マジカルランド〉シリーズはSF／ファンタジイという分野において特殊な位置を占めている作品です。しかも、大勢の読者が細部にいたるまで熟知しているのです。そんな〈マジカルランド〉シリーズの最新刊が本書ということになります。そういう意味では〝おなじみ〟です。

他方、〝これまでになかった〟のは、表紙に載っている二番目の名前です。本書は、このシリーズをみずから生み育てたロバート・リン・アスプリンと、ほかのところで二十冊あまりの作品を書いてきたジョディ・リン・ナイによる共作となっています（正篇としては初の共作。外伝もふくめれば、前々作『魔法探偵社よ、永遠に！』所収の短篇「魔法探偵社の一番長い日！」から）。スキーヴと旧知の仲間たちがあらたな冒険へと踏み出していき、さまざまな難局にぶつかるのです。このシリーズの第十二巻『魔法探偵社よ、永遠に！』の結末のすぐあとに始まる物語です。

数年前のことになりますが、ボブ（ロバートの愛称。アスプリンのこと）とジョディは現実のニュー・オーリンズを舞台にした小説『*License Invoked*』で共作の経験があります。ほかに、いくつかの短篇も共作しており、それが『今日も元気に魔法三昧《ざんまい》！』になりました。くだんの短篇集は本書の前日譚にあたるものです。

どうして、ジョディ・リン・ナイが共作の相手になったのかって？ 簡単に言えば、ジョディはすでに別の作家とも共作の経験があり、自分のものでない世界観をすんなりと受け入れる能力があることを実証しているからです。もっとも有名なのは、アン・マキャフリイと共作した四つの小説でしょう。また、彼女自身も多くのユーモア小説を発表しています。くわえて、ジョディとボブが二十年来の友人同士であるということも一考の価値があったかもしれません。そんなわけで、このシリーズを共作でやってみようということが決まったとき、第一候補に指名されたのがジョディ・リン・ナイだったのです。

ここで、〝やってみよう〟という表現に注目してください。ロバート・リン・アスプリンの単独名義による作品がなくなってしまうわけではありません。ご安心のほどを。

それにしても、ふたりの多忙な作家は〈マジカルランド〉シリーズの今後をどうするつもりなのでしょう? おたがい、ほかの作品をいくつもかかえています。とりわけ、ロバート・アスプリンはすでにPenguin Putnamから刊行予定の〈Wartorn〉というアクション満載の本格的なファンタジイ小説のシリーズ第一巻を脱稿しており、その第二巻の締切も目前に迫っているところです。ほかに、二作目のミステリ小説にも着手しようとしています。ジョディのほうも、彼女自身の医療SFである〈Tailor's Ark〉シリーズの最新刊となる『*The Lady and the Tiger*』が完成したばかりです。これらの予定を見てみれば、共作もいいものだという理由がわかっていただけるのではないでしょうか。そう、締切があるからです……時間をやりくりするためです。読者のみなさんも編集者も、次の作品を求めています。

ごらんのとおり、ボブはきわめて多忙ですし、ユーモア小説はおいそれと書けるものでなく、〈マジカルランド〉のように登場人物や状況のおかしさで笑わせる作品はなおさらです。ましてや、およそ二十年間にわたって十二冊も書きつらねてきたシリーズをこれからも新鮮に感じてもらうには、とほうもない労力が必要なのです。そこへ第二の作家が参加することによって、あらたな着眼による笑いの可能性がもたらされ……なおかつ、キーボードを叩く指の本数も二倍になりますから、「年に一冊は〈マジカルランド〉の新作を刊行したい」という編集者の過酷な要求にも応えてもらえるのではないでしょうか。

今回の『大魔術師対10人の女怪！』でも、ボブのやりかたは健在です——各章の冒頭には引用句がありますし、台詞《せりふ》のあとに〝～と言った〟という表現はほとんど使われていません（既刊もそうだったのですが、気がついていましたか？）。もちろん、共作になったことで、これまでとは雰囲気の異なるところもあるでしょう。どんな共作であれ、いくばくかの変化はつきものです。ボブとジョディのどちらかに本書のことを尋ねてみれば、あなたが気に入った部分については、両者とも「自分がやった」と答えるにきまっています。そして、あなたが気に入らなかった部分については、「もうひとりにまかせておいた」と（なるほど、これこそが共作のいちばんの利点かもしれませんね）。いいえ、そんなことはないでしょう。おたがい、相手の発想を信頼しているはずですから。

そんなわけで、本書ができあがりました。共作というかたちによって、〈偉大なるスキーヴ〉とその仲間たちの冒険がふたたび始まろうとしています。あらゆる次元で最大級の脅威になるのではないかと思われる勢力をむこうにまわして、いつもながらの、それでいて新しい要素もある喜劇がくりひろげられていくのです。

それでは、おあとがよろしいようで。

Meisha Merlin編集部

おもな登場人物

スキーヴ Skeeve
もと社長，現在は魔法研究家。
「って何ですか?」も封印中とか。

タンダ Tanda
精魔女子。武器はお色気……の
他にもいろいろあるけどヒミツとか。

バニー Bunny
大有能会計士，現在はスキーヴ
の大助手。おじはとある大物とか。

ゾル・イクティ Zsol Icty
アーバンでスピリチュアルなエッセイスト。愛称はゾル様とか。

ウェンズレイ Wensley
邑人。「〜で大流行」「1日わずか15分」「今すぐお電話を」が弱点とか。

ケイトリン Caitlin
将来有望なオタ……情報処理家。おきっ歯がちょっぴり悩みとか。

ヴェルゲッタ Vergetta
天冴鬼女子チーム〈十人組〉の最年長。アイディア商法がトクイとか。

大魔術師対10人の女怪！

1

言いたくはないが、たいした宿屋じゃないね。
——H・ジョンソン

ぼくはおんぼろのテーブルの中央に置いてある真鍮製の燭台に立てた蠟燭《ろうそく》を凝視した。蠟燭よ、燃えろ——意識をしっかりと集中して、心の中で唱える。燃えろ！

そんな様子を誰かが窓の外から覗いていたとしても、金髪の若い汎人《クラード》が——そもそも、汎人《クラード》っていう種族名を知っているかどうか——火のついていない蠟燭をにらみつけているようにしか見えなかったにちがいない。ちなみに、ほかの多くの次元では、その若い汎人《クラード》は王の魔術師にして魔術師の王、〈偉大なるスキーヴ〉っていう呼称で知られている。ただし、奇跡をおこなうとか人望があるとか、評判は高いようだけど、肝心の魔術については、いつになっても……修業の道は遠い。

修業。ぼくは座ったままで姿勢を正すと、背中をさすりながら、虚空を眺めた。この言葉を思い出すたび、ありとあらゆる感情がこみあげてきて、やりきれない気分になってしまう。

第一に、後悔。ぼくは以前の恵まれた生活を完全に捨ててしまった——金も、名声のおかげで終身雇用が約束されていたはずの宮廷付魔術師という地位も、仕事をこなしきれないほどに繁盛していた商売も。だけど、それにもまして、仲間たちと別れなきゃならなかったことについての後悔のほうが大きかった。とりわけ、いちばん大切な友達と一緒にいられなくなったから。そう、パーヴ次元から来たオゥズはぼくの師匠で、案内人で、相棒で、指導者で、友達だったんだ。そうなったきっかけは、ぼくの最初の師匠だったガルキンが殺し屋に生命を奪われてしまったせいだった。あのころ、ぼくは蠟燭に火をつけることができるようになったばかりだったんだっけ。

第二に、不安。あのころとちがって、今のぼくは蠟燭に火をつけるぐらい簡単にできるようになったけれど、それ以上の魔術が使えるようになったかといえば、たいした進歩があったわけじゃない。そもそも、ぼくがクラー次元へ戻ってきたのは、もういっぺん基本から始めるためだったのに。いったい、どれほどの時間がかかるんだろう？　見当もつかない。この期《ご》におよんで、魔術の才能がないことがわかったりして？　そんなことになっちゃったら、どうすりゃいいんだ？　ぼくのことを魔術師だと信じてきた世間の人々から何を言われるやら？

第三に、孤独。まぁ、これはこれで、いいのかもしれない。ぼくとしては、表からも裏からも支えてくれた仲間たちのおかげで、魔術師の弟子にすぎなかった（そして、泥棒になろうとしていた）ころには想像もしてみなかったほどの状況を克服していくための自信を身につけることができた。だけど、護《まも》ってもらうばかりだったら、自分自身が何者なのか、いつになってもわからないじゃないか。それに、魔術を研究するためにも、隠遁生活のほうが好都合というものだ。人目があったら、何もできやしない。失敗をとおして学ぶこともあるんだから、失敗してもいい環境が必要なんだ。つらいだろうけれど、自分自身の限界を知っておかなきゃ。そして、もうひとつ、みんなの恩義に応えたいってこともある。なにしろ、どんなときにも親身に接してくれた仲間たちに対して、ぼくの態度はあまりにも無礼だったんだから。この機会に、ひとりで反省するんだ。

ただし、厳密に言えば、ぼくはひとりぼっちじゃない。ここ——かつてはイッシュトヴァンという狂気の魔術師が所有していた宿屋を譲り受けたようなもの——で、ぼくは三名の友達と同居している。

ギャオンは年端もいかない緑色のドラゴン。

トガリキャップはクィグリーという魔狩人《デーモン・ハンター》がくれた戦闘用ユニコーンで、ギャオンの遊び相手。

バニーは絶世の美女で、ぼくの雇い主のようなものだった（ぼくの人生には〝～のような〟がついてまわるんだ）組織の大親分であるドン・ブルースの姪。ちなみに、容姿端麗というだけじゃなく、頭の中身もすばらしい。M・Y・T・H株式会社の財務管理にうってつけの人材だったし、ぼくの補佐役として異次元との折衝もひきうけてくれた。

ぼくは蠟燭に視線を戻した。今のぼくにとって、この呪文はあまりにも簡単だった。意志と術力がひとつになるところを感じるまでもない。かつては、空中にある術力線をあやつるのも一苦労だったんだけど。

呼鈴が鳴った。つづいて、石敷の床の上を小走りに駆けていく軽い足音。しばし、それが止まったかと思うと、こんどは、同じ足音がぼくの部屋のほうへと接近してきた。

「スキーヴ、応対に出てほしいんだけど」バニーが顔を見せた。「あなたにやってもらうほうがいいみたい」

ぼくは立ち上がり、蠟燭の炎を消すと、早足で玄関へと歩いていった。覗き穴のむこうにいるのは、いかにも元気満々といった様子の汎人《クラード》の男女で、大きな荷物をたずさえている。この建物は何年も前に廃業した宿屋だったけれど、ぼくは自分がここで暮らしていくため、きれいに改装したんだ。ところが、予想外だったのは、宿屋が営業を再開したらしいっていう噂が広まっちゃったこと。まぁ、たいていの場合、バニーが丁重に事情を説明すれば帰ってくれるんだけど、たしかに、今日の客については、ぼくの出番にちがいない。ああいう連中は他人の話を聞こうとしないんだから。

ぼくが確実に使いこなすことのできる魔術のひとつに、幻影の術がある。すぐさま、ぼくは玄関のあちこちに実在しない蜘蛛の巣を張りめぐらせ、頭上の梁も折れ曲がっているかのような演出をほどこした。それから、自分自身にも変装の術を使って、背中のゆがんだ老人に身をやつす——もつれた髪の毛は虫だらけという風体《ふうてい》だ。さらに、髑髏《どくろ》のついた石棺をでっちあげ、バニーの姿をその陰に隠しておく。

おもむろに、ぼくは扉を開けた。

「いらっしゃ〜い」できるだけ不気味に聞こえるような声色とともに。

「こんにちは!」男がにこやかに話しかけてくる。「一泊なんですけど、部屋はありますか?」ところが、ぼくの肩ごしに建物の中の廃墟のようなありさまを見たとたん、彼は表情をこわばらせた。「じゃなくて……ええと……この近所に旅館はありませんか?」

「どうぞ、こちらへ」ぼくは醜くなった手をひるがえしてみせる。

男はあとずさるばかり。

そこへ、廊下の奥にいたギャオンが玄関に顔を出そうとした。とっさに、ぼくはあいつを巨大でおそろしく獰猛《どうもう》そうな犬に変身させた。息がくさいのは、そのままで充分。

なにしろ、蛆虫《うじむし》でさえも逃げ出すほど激烈なんだ。

案の定、その男女はさらに後退した。

「お邪魔しました」女が弱々しい声で言った。

ふたりはそそくさと頭を下げるや、道端に停めてある荷馬車のほうへと駆け去っていった。男の鞭にあわせて、馬が走りはじめる。

その姿が完全に見えなくなったところで、ぼくは腹の底から笑い声を響かせた。

「ありがとう、ギャオン」褒め言葉とともに、ドラゴンの頭を撫でてやる。

あいつが舌をひらつかせた。ぼくが変装の術を解くと、いつもながら大きな珠のような青い目がこっちを眺めている。とたんに、ねばつく舌先で顔を舐められた。うへぇ。

あいつはいったん身体を離してから、あらためて、ぼくの足許にじゃれついてくる。一歩ごとに床が震えてるじゃないか。あいつは期待に満ちた表情を浮かべていた。

「スキーヴ……遊ぶ?」

「今は勘弁してくれ。あとで遊んであげるから」ちゃんと約束しておこう。「やらなきゃならないことがあるんだ。トガリキャップはどこにいるんだい?」

「ギャオン!」たちまち、あいつは垂木の上の埃を吹き飛ばすほどの勢いで走り去っていった。

ぼくは踵を返した。バニーが物陰から姿を現わす。真赤な髪の毛もさることながら、容姿のほうも注目の的になりやすく、とりわけ、男性はそこから視線を上げるのが一苦労……だけど、がんばってみるだけの価値はある。そうすれば、木立のあいだから出てきたばかりの森の妖精さながらの美しい顔を観賞することができるんだ。そんなことを考えながら、ぼくは幻影の術を解いて、本来の内装や調度類をよみがえらせた。

「ありがとう」彼女は溜息をついた。「あの客の姿を見たとたん、あたしの言葉を聞いてくれる相手じゃないっていう直感があったのよ」

「たいしたことじゃないさ」あっさりと。

そもそも、ディーヴァの市場《バザール》だったら、組織の大親分であるドン・ブルースの姪を困らせるようなやつはいるはずがない。M・Y・T・H株式会社の一員に対しても、同じことだ。ところが、ぼくと同郷の汎人《クラード》たちときたら、遠慮というものを知らない。おそろしい目に遭うまで、ひっこもうとしないんだ。

まぁ、ぼくも汎人《クラード》だけど、長年にわたって仲間たちと一緒にやってくるうち、いろんなことがわかったものさ。とりわけ、オゥズのおかげで。思い出してみれば、彼の〝ひきかえせなくなっちまうぞ〟って言葉の意味も、ようやく理解できたような気がする。以前のぼくは、来た道をたどれば元の場所に戻れると思ってた。でも、帰ることのできない場所もあるんだよな。もはや、ぼくはこの次元にいるのがあたりまえの存在じゃない。ただ、やるべきことをやるためには、おあつらえむきの場所なんだ。

「あと十分で昼食よ」バニーが言って、厨房のほうへ戻っていく。

とたんに、ぼくは現実に引き戻されて、空気の匂いを嗅いだ。バニーの料理の腕前はぼくよりも格段に上だ。ぼくの秘書としてクラー次元での生活につきあってくれないかと声をかけたときには念頭になかったことだけど、これは予想外の余禄だった。ぼくひとりだったら、毎日のようにネズミリスのシチューばかり作っていたにちがいない。もちろん、肉を確保するために動物を捕ってくるとか、宿屋のまわりの茂みから薬草を集めてくるとか、ぼくもできるだけのことはしている。何の変哲もない素材だけど、彼女の手にかかれば、それらが最高のごちそうになるってわけ。とにかく、彼女は未公表の才能がいろいろとあるようで、その知識や技倆はびっくりするほどだ。彼女の一族がやっている組織の仕事と同じく、魔術稼業にも興味はないようだけれど、その気があったとしたら、ぼくよりもはるかにすごくなれるかもしれない。まぁ、さしあたり、家事に専念してくれているけれど。

ぼくは溜息をつき、自分の部屋に視線をめぐらせた。テーブルの上で、さっきの蠟燭が消えたままになっている。ぼくは地中の深いところにある術力線を自分自身の体内へと導き、意識をひらめかせて熱い火花を飛ばした。たちまち、蠟燭が燃えはじめる。

あまりにも簡単なことだ。むなしい気分で、ぼくは厨房のほうをふりかえった。もう、これは訓練にならない。もっと高い目標が必要だった。

「マッシャがギャオンのために新しい首輪を送ってきてくれたわ」バニーがしゃべりながら、柄杓《ひしゃく》で鍋の中身をかきまぜている。「お友達のグロリアンナマージョリー王女からの贈り物ですって。テーブルの上に置いてあるわよ」彼女は柄《え》の先端でこっちを指し示した。

ぼくは荷物をほどいた。なるほど、厚手の革でこしらえた、耐火性とおぼしき首輪がひとつ。ギャオンの瞳の色にあわせた薄い青に染めてある。そこに、こちらも青い宝石がいくつも埋めこまれている。丸く加工されたもので、どれもこれも、ぼくの親指の関節よりも大きい。無意識のうちに、ぼくはその価値を計算していた。生活が苦しくなったとしても、ひとつの宝石で一年は食べていけるにちがいない。

そんなことを考えてしまう自分自身にうんざりして、ぼくは首を振った。金はいくらでもあるじゃないか。たいした仕事をしてきたわけでもないのに、とてつもない報酬をもらっちゃってたんだから。

ぼくが陰鬱になっていることを、バニーも感じていたにちがいない。ふだんは無駄話をするほうじゃないはずなのに、あれやこれや、とりとめもない話題をもちかけてくる。

「うちの伯父さん、新しい仕立屋を雇って、衣装棚の中身をごっそりと入れかえたのよ。あんなに紫の布地がいっぱいあるところなんて、めったに見られるもんじゃないわね。でも、正直なところ、フリルのついた服を着る機会があるとは思わないんだけど……」

そのとき、呼鈴がやわらかい音を響かせた。ぼくは立ち上がった。バニーが眉間に皺を寄せている。

「まさか、さっきの二人組が戻ってきたとか?」

「そうじゃないことを祈るよ」こんな気分のときに、あいつらの相手をしたくはない。

ぼくが玄関にたどりつくまでのあいだに、呼鈴はさらに二回も鳴った。ただし、おずおずと紐を引いているようで、やかましくはない。やっぱり、さっきの二人組だろうか。うっとうしい連中だ。ぼくは変装の術を使おうともせず、ものすごい勢いで扉を開けた。

「誰も泊めてやらないよ!」ぼくは大声を上げた。扉の外に立っていた男が跳びすさり、両手で顔をかばおうとする。「帰ってくれ!」

その男はぼくの表情を凝視すると、一瞬のうちに姿が見えなくなった。どうなってるんだ?　ぼくが消散の術を使ったわけじゃない。わけがわからないまま、ぼくは扉を閉め、部屋へ戻ろうとした。

そこに、その男が立っていた。

「後生です」彼はすがるような口調で話しかけてくる。「わたしの話を聞いてください」

「ごめんだね」ぼくはきっぱりと言葉を返した。「宿屋は閉鎖中なんだ」

彼の瞳は褐色で、細い線のような瞳孔が水平方向についている。ヒツジに似ているじゃないか。彼は首をかしげた。髪はふわふわの巻毛で、なおさら、ヒツジのような印象が強い。

「失礼ですが、あなたは〈偉大なるスキーヴ〉どのでいらっしゃいますよね？」

「そうだよ！　だけど、そうじゃないよ！」びっくりさせられたせいで、ぼくは動揺を隠せなかった。

「偉大なわけじゃない。それに、休暇中なんだってば」

「しかし、あなたのお力を貸していただきたいのです」

「いやだ」そんなの、知ったことか。ぼくは彼のほうに詰め寄った。彼はあとずさったものの、ほどなく、片隅の壁につきあたってしまった。「出ていけ。邪魔だ」

ヒツジのような男は懐《ふところ》に手をつっこんだ。とっさに、ぼくは防御の術を使おうとしたものの、その必要はなかった。ふたたび、彼はだしぬけに姿が見えなくなった。

よかった。さっさと部屋へ戻ろう。

とたんに、またしても、その男はぼくの目の前に現われ、両手を広げてみせた。

「スキーヴ先生、どうか、わたしの話を……」

ぼくは反射的に両手を広げ、防御の網を張った。ヒツジのような男は術力の流れにからめとられ、空中に浮き上がった。いつだったか、オゥズが闖入者対策として教えてくれたんだ。でも、その男は手も足も出ないような様子で、なんだかかわいそうになってきた。すぐさま、ぼくは術を解いた。そのあいだも、彼は延々としゃべりつづけている。

「……ここに来たことがばれたら、わたしは殺されてしまうかもしれませんが、もはや、一刻の猶予もないのです……あいつらの悪事をやめさせることができるのは、あなたしかいないでしょう……いや、まぁ、わたしが悪事だと感じているだけで、ほかの人々はそうでもないと思うかもしれませんが……つまり、わたしがまちがっているなら、おっしゃっていただきたいと……」

彼の両足がふたたび地面につくころには、ぼくは彼の話にひきこまれていた。

「誰に殺されるって？」おだやかじゃない話だな。

とたんに、ヒツジのような男は言葉を選びそこなったと指摘されたかのように、あわてて説明をつけくわえる。

「わたし、そんなふうに言いましたか？　むしろ、にらまれてしまうといったところでしょうか。〝目で殺す〟という表現がぴったりですよ。あいつらの判断に対して疑念をいだいているのですから、文句は言えないわけですが、それにしても……」

バニーが静かに歩み寄ってきて、男の腕に手をかけた。

「こちらへどうぞ。お座りになって、最初から聞かせてください。スキーヴは無理だとしても、ひょっとしたら、ご紹介できる人材がいるかもしれません。いかがですか？」

彼女の言葉に、ヒツジのような男は瞳を潤ませ、ぼくのほうをふりかえった。

「おぉ、ありがとうございます！　もちろん、ご迷惑でなければの話ですが。なんともはや、貴重なお時間を奪ってしまって、もうしわけありません。わたしとしたことが、みっともない……」

バニーの案内で暖炉のそばに腰をおろし、熱いお茶を飲んだおかげで、その客はいくらか気分がおちついたようだった。それでも、彼がふたたび興奮を抑えきれなくなってしまうといけないので、ぼくは彼とバニーのあいだに大きな肘掛椅子を置き、そこに座った。

やがて、彼はおおまかな事情を話しはじめた。動揺を隠しきれないようだったけれど、口調はおだやかになっている。

「わたしの名前はウェンズレイ。ウーという次元のペアレイという国で行政官をつとめております」彼の説明はそんなふうに始まった。「いや、今となっては有名無実の肩書にすぎませんが……おっと、順番どおりに話さなければ。もともと、われわれの種族は広い世界と積極的に交流するほうではありません。いばれることではありませんし、ほかの次元の悪口を言うつもりもないのですが、わたしが考えますに、それは、われわれが自給自足だけで充分にやっていけるからという背景がなくもないのではないか、と。なにしろ、土地が肥沃で、農牧が一大産業となっており、気候もきわめて温暖なものですから」

「天国みたいな場所なんですね」バニーが言葉をさしはさんだ。

ウェンズレイは苦々しげな笑い声を洩らした。

「本当にそうだったんですよ、お嬢さん。ところが、二個の賽子《さいころ》とちょっとした設備を持ちこんできた亜口魔《ディヴィール》たちのせいで、われわれは地獄へまっしぐら――いや、そういう表現は不穏当かもしれませんが」彼はいたたまれないような表情になった。

「そんなことはありませんよ」ぼくが声をかけた。「亜口魔《ディヴィール》たちは金の亡者ですから。なるほど、問題の根源というのは、博奕《ばくち》だったわけですね？」

「まぁ、ね」彼は言葉を濁し、居心地が悪そうに身をよじった。「あれが〝博奕〟と呼べるものであれば、ですが。思い出してみれば、いささか公正を欠いていたような気もするのですよ」

「亜口魔《ディヴィール》たちが胴元だったら、公正は望むべくもありません」バニーがきっぱりと断言した。「とりわけ、亜口魔《ディヴィール》同士でないときは。なにしろ、あいつらときたら、金を稼ぐ機会をのがさず――相手をすかんぴんにすることが生き甲斐だと思ってるんですよ」

「えぇ」ウェンズレイは言葉を切った。自分よりもはるかに痛烈な批判を聞いて、安心したらしい。「たぶん、おっしゃるとおりだったのでしょう。連中がもちかけてきた話では、〝国庫に余禄をもたらすことができるから〟ということでした。われわれとしても、それは悪くないと思ったものです。ぜったいに損はないはずだったのですよ。まとまった金額を賭ければ、莫大な収益が得られるでしょう。そこで、国民投票をおこなったところ……」

「ペアレイは王国じゃないんですか?」てっきり、そうなんだと思っていたけれど。

「えぇ、ちがいますよ」ウェンズレイはびっくりしたらしい。「いや、昔はそうでした。しかし、その当時から、政体として公正でないという認識があったのです。やがて、老王が退位したとき、彼の息子は〝民衆に何々をせよという指示を与えるにふさわしい知恵があるかどうかの自信がないので、国民すべての声を聞いていくことにしたい〟と宣言したのです。そうすれば、最良の着想を採用することができるでしょう」

「ただし、方針がまずかったとしても、責任の所在がはっきりしませんよね?」バニーがつけくわえる。

「たしかに」ウェンズレイがうなずいた。「みんな、最初はおおいに満足していました。ところが、ひとつひとつの事案について全員の意見を集めなければならないというのは、わずらわしいものです。理屈としては、広い国土の地域ごとに意見をまとめて代表者を派遣すればいいわけですが、辺境の人々にとっては難儀なことですし、場合によっては、同じ意見を二度もくりかえさなければならないというのも……」

「なぜ、あなたがここへ?」ぼくは彼の言葉をさえぎった。一刻の猶予もないはずなのに、本題をはずれちゃってるじゃないか。

ウェンズレイはひかえめな表情になった。

「それは、つまり――同胞たちに言わせれば――もっとも決断力のある人物がわたしだからということです。しかし、どうなんでしょうか。そのとおりかもしれませんが……正直なところ、わかりません」

「で？」さっさと話を進めてくれ。

「あ、はい。そうでしたね。もちろん、今から考えてみれば、賭け率が本当に有利なものかどうか、入念に検討してみる必要があったのですが、なにぶん、相手がその話をもちかけてきた理由を疑おうともしなかったのです。われわれの財政に配慮してくれているかのような態度だったものですから！」

「そうでしょうとも」それが亜ロ魔《ディヴィール》の常套手段なんだよな。「そのあげく、国庫はからっぽに？」

「からっぽというわけではありません」ウェンズレイはあわてて答えた。「まぁ、それに近い状態になってしまいましたが。とりあえず、やりくりできる程度の金は残っています。たぶん、あいつらもやりすぎたと思ったんでしょう、これを売ってくれました」

彼は懐に手をつっこみ、次元跳躍器を取り出した。壊れてはいないようだけれど、いいかげんな中古品だった。

「すばらしい装置ですよ」彼はうれしそうな口調になった。「みんな、ほかの次元へ行きたがるようになりました——あの亜口魔《ディヴィール》たちが来るまでは、ほかの次元が存在することさえも知らなかったのに！　とはいうものの、ひょっとしたら、知らないままのほうが幸せだったのかもしれません。まぁ、なにしろ、旅行には金がかかりますし……」

ぼくはうなずいた。

「つまり、あなたがたは新しいものを見るたびに、それを買わずにいられなくなってしまったわけですね。よくあることですよ」

ぼくもそうだった。ディーヴァの市場《バザール》にはじめて足を踏み入れたときは、あらゆるものを買いたくなっちゃった。幸運にも、金がなかったんだけれど。それでも、幼いドラゴンを売りつけられたんだっけ。

「おっしゃるとおりです」ウェンズレイがうなずいた。「そして、それらの商品と次元跳躍器の代金は、われわれが払うことのできる範囲をはるかに超えていました。そもそも、われわれ邑人《ウーズ》は交渉があまり得意でないのです。同胞のあいだでは、きまって、おたがいに相手の意見を尊重しますから」

「それで、負債から逃げようとしているわけですか？」ぼくが尋ねた。

「そんな、まさか！　かならず、借金は返済しますとも。他人が努力して稼いだはずの金を隠匿《いんとく》してしまおうとするなんて、よからぬことだと……」ふと、ウェンズレイの言葉がとぎれた。「……まぁ、借りたものは返さなければなりません。われわれが世間を

われわれ邑人は交渉があまり得意でないのです
スーパー安眠柵
枕もとに置くだけ！
ハーブの香りとマイナスイオンが
快眠と美肌と金運をお約束。
ミスリル風高級仕上げです。

知らないという欠点があったからこそ、あんな……あんな……」

「カモにされた、ですか？」バニーが水を向けた。

とたんに、ウェンズレイは純白の髪の生えぎわまで真赤になった。

「いや、そういう表現はやめておきましょう。とにかく、そんなわけで、国庫はからっぽも同然の状態になってしまいました。もはや、財政は破綻《はたん》寸前のありさまです。誰かに手を貸していただかないと」

「ぼくは財務の専門家じゃありませんよ」はっきりさせておかなきゃ。

「財務の専門家はいらないのです」ウェンズレイはつらそうに目を見開いた。「すでに、大規模な顧問団を招聘《しょうへい》しました。むしろ、その面々を辞めさせるための援助こそが必要になっておりましてね」

ぼくはバニーと視線を交わし、あらためて、彼の顔を眺めた。

「解任を通告すれば？」

「それが……できないのです」ウェンズレイは身体を震わせ、視線を落とした。「あの〈十人組〉が相手では、何も言えませんよ」

ぼくは両眉を上げてみせた。なんだか、話の展開がおもしろくなってきたぞ。

「〈十人組〉ですって？　どんな連中なんですか？」

「その名のとおり、十人の女性たちです」それがウェンズレイの答え。

とっさに、ぼくは邑人《ウーズ》たちと美女軍団のあいだで仲裁にあたっている自分自身の姿を想像した。対立を解消することができれば、双方から感謝されるにちがいない。魔術の研究があるといっても、たまには気分転換も悪くないだろう。

「女性たち？」

ウェンズレイは顔をしかめた。

「まぁ、女性であることは事実なのですが……緑色の鱗に黄色の瞳、鋭い牙……威圧的な言動も多くて……おっと、偏見はいけませんよね……」

いやはや。

「待ってください——ひょっとして、天牙鬼《バーヴェクト》？　あなたがたが雇った財務の専門家って、天牙鬼《バーヴェクト》だったんですか？」

「契約した時点では、あくまでも顧問という立場にすぎませんでした」ウェンズレイはぼくたちの理解を得ようと必死になっている。「敏腕という評判にたがわず、われわれの前に現われるや、全面的な組織改革を断行したのです。われわれの負債の内容を調べ、収益の可能性を算定して、あらたな方策を押し——いいえ、教えてくれました。彼女たちのおかげで、ささやかな産業の萌芽とともに、異次元との交易も始まりました。ほどなく、彼女たちは工場を開設させ、その一方で、支出の抑制をはかりました。二年か三年のうちに、われわれは負債を完済することができました。しかし、何が問題なのかといえば、すべてが彼女たちの支配下にあるという現状です。辞めさせたいのですが、われわれは手も足も出せません」

「十人の……天牙鬼《バーヴエクト》？」ぼくは声を洩らした。「十人の……天牙鬼《バーヴエクト》の……女性たち？」

「ええ、そうです。それで……とある邑人《ウーズ》の同胞がジャーク次元への旅を敢行したのですが、そのとき、あなたが偏人《ジャーク》たちのトロフィーをかっさらったという話を聞いてきましてね。いやぁ、すばらしい！　そんなことをやってのける人物が味方になってくれれば、われわれも抑圧の軛《くびき》から解放されるのではないかと……いや、そうではなくて」彼は言葉を切り、息を呑んで、「われわれの期待をはるかに超える成果をもたらしてくれた関係を友好裡にしめくくることができるのではないかと思ったわけです」

「なるほど、あなたがたが支援を必要としている事情はわかりました」そういうことであれば、答えはひとつ。「ぼくの出番じゃありませんね」

「そんな、スキーヴ先生！」ウェンズレイは今にも泣いてしまいそうだった。

ぼくが決然と席を蹴ったので、その邑人《ウーズ》はおびえたように跳び上がった。

「友人を紹介してあげましょう。天牙鬼《バーヴエクト》のことなら、彼に任せておけば大丈夫。ぼくのほうから事情を説明します。まかせておいてください」

「オゥズね？」バニーがぼくと腕を組んだ。

「オゥズさ」

2

もういっぺん、昔の仲間と一緒にやってみたいのさ。
――J・ブルース

「魔術師と会うんですか?」ウェンズレイが尋ねたのは、露店が軒を並べているディーヴァの市場《バザール》の一角、客を呼ぶ店主たちを次々とかきわけていくあいだのことだった。

さっきから、彼は岩にへばりついた巻貝のように、ぼくの腕をしっかりとつかんでいる。亜口魔《ディヴィール》をはじめとする商人たちと価格の交渉をくりひろげている次元旅行者たちの姿にびっくりしているのだろう、目を丸くするばかり。ぼく自身はここの状況に慣れてしまっているため、彼の表情を見るまでは忘れていたけれど、気がついてみると、かなりの喧騒だった。露店の天幕もさまざまで、翁魔《ノーム》がひとり入るだけでも窮屈そうなところもあれば、忌鬼《インプ》の大家族をまるごと収容できるほどのところもある。どの露店でも、肌の真赤な亜口魔《ディヴィール》たちが老いも若きも大声で売り口上を叫び、近所の商売敵をけなしあい、それぞれの客と値段のおりあいをつけ、満面の笑みで代金を受け取り……〝まいど～！〟とか〝おおきに～！〟という挨拶にいたるまで、鼓膜が破れるんじゃないかと思うほどのやかましさ。でも、売買をすませた客を見送っているような暇はありゃしない。次の客が待ちかまえているんだ。何百という次元から来た人々が歩きまわり、飛びまわり、這いまわり、ぶつかりあいながら、ここでしか手に入らないものを買い集めている。ディーヴァの市場《バザール》でも手に入らないものがあるとすれば、それは合法か非合法かを問わずいかなる手段をもってしても手に入れることができないだろうと思われる、きわめつけに稀少な代物にちがいない。

あとは、いろいろな匂いもただよっている。香辛料の匂い、各種の食材を煮たり焼いたりしている匂い。鼻腔をくすぐるような芳香はいいけれど、激烈な臭気はどうしようもない。たとえば、すぐそこを通り過ぎていく荷車なんか、腐った虫の死骸を満載しているじゃないか。あれの行先はどこなんだろう？　捨てられるのかな、それとも、どこかの食堂の調理場へ運ばれるのかな？　そうだとしたら、考えたくもない。ぼくだって、泥棒になるつもりで魔術師の弟子になったばかりのころ、かなりの怪体物《げてもの》も食べた経験はあるけれど、パーヴ料理やらディーヴァ式の軽食やら、そんなものを口に入れようとは思わない。胃がおかしくなっちゃうにきまってるし、生命にかかわるかもしれない。襟許にレース編みをあしらった服をまとい、うっすらと緑色をおびた胸の谷間を半分以上もあらわにしている色情魔《トロロップ》が現われ、ウェンズレイを誘惑しようとするかのような視線を向けてくる。すぐさま、ぼくは彼女に首を振ってみせた。ぼくの渋い表情に気がつくと、彼女はいかがわしい笑顔になり、深緑色の髪をなびかせながら、こんどは、けばけばしいスーツ姿で掏摸《すり》の標的になりそうなほどの指輪やネックレスを大量にじゃらつかせている忌鬼《インプ》のほうをふりかえった。

「魔術師じゃありません。ぼくの親友なんですよ」とりあえず、ウェンズレイの質問に答えておかなきゃ。

おあつらえむきに、オゥズはディーヴァにいるそうだ。ちなみに、さっきの女性と同じく色情魔《トロロップ》で、かつては殺し屋だったというタンダが、ぼくたちも昔は一緒に住んでいた家で暮らしつづけているんだけれど、バニーの話によると、オゥズがこの次元に来たときは、もっぱら、そこに泊まっていくんだとか。それで、タンダに訊いてみたら、近所にあるビアガーデンで飲みまくっているらしい。

くだんの酒場に入っていくと、ズンチャッチャという三拍子の音楽が大音量で耳にとびこんでくる。クラーでの生活が長くなっていたので、この時期のディーヴァが〈寓多《ぐうた》良祭《らさい》〉のさなかだということを忘れていたよ。膝までの革ズボンを穿《は》いた亜口魔《ディヴィール》たちが、短い角《つの》の先端に緑色の帽子をひっかけ、小型の樽を肩にかつぎ、木製の大きなテーブルのあいだを行ったり来たりしている。通路の壁を見てみれば、飾り模様のついた陶製や金属製の酒器がそこらじゅうに並べてある。その下では、あらゆる次元からの種族が席を埋めており、おかわりを求める人々もいるし、待ちわびていた祭の享楽にふけるあまり眠りこんでしまった人々もいる（そう、〈寓多良祭〉は年に一度しか開催されないんだ）。あるいは、酒場の片隅で演奏している三人編成の楽団の舞曲にあわせて身体を左右に揺らしている人々もいる。さすがに、昼間の暑さの中では誰も踊っていないけれど、こんなに早い時間にもかかわらず、みんな、すっかりできあがっているようだった。

オッズはどこにいるかな？　あぁ、あそこだ。あるテーブルの一角を占領して、バケツほどもある巨大な酒器をつかみ、泡だらけの液体を喉に流しこんでいる。彼と会うのがこんなにもうれしかったことなんて、これまでになかったんじゃないだろうか。蝙蝠《こうもり》のそれに似た形の緑色で大きな耳とか、ぼくの指と同じほどもある長い牙とか、すべてが魅力的に見える……って、ほかの人は同意してくれないだろうな。ぼくよりも背が低いけれど、天牙鬼《バーヴェクト》ならではの泰然たる雰囲気をたたえている（ちなみに、無知な次元旅行者たちから〝天邪鬼《バーヴァート》〟と呼ばれることがあるのは、ひとえに、この種族の故郷であるパーヴをおとしめようとする人々の悪意に満ちた表現が流布しているせいなんだ）。

彼の服装はといえば、薄緑色の開襟シャツと、それから……あのズボンは〝赤砂糖色〟ってところか。緑の鱗だらけの足には靴を履いていない。その必要もないんだ。ぼくたちが一緒に暮らしていたころ、彼は服飾による自己演出の方法を教えてくれようとしたけれど、実際には、バニーが教えてくれたことのほうが役に立っていたりする。

オゥズはこっちに視線を向け、びっくりしたような表情になった。ひさしぶりだったし、そもそも、ぼくの都合で別れることになっちゃったんだから、複雑な心境だろう。でも、やらなきゃならないことがあるとなれば、彼もわかってくれるにちがいない。


「何の話だ、そりゃ？」オゥズはあえぐように声を上げ、飲みかけのビールをまきちらした。チューバ奏者がたしなめるように彼をにらみ、楽器をさかさまにして、管の中に入ってしまった液体を振り落としている。「天牙鬼《パーヴエクト》の女が十人で？ 邑人《ウーズ》たちを？ 亜口魔《ディヴィール》のいかさまで金欠になっちまってたから、稼ぐ手段を与えてやった？ その天牙《パーヴエ》鬼《クト》たちがうっとうしい？ ふむ、ふむ、ふむ」

彼は酒器をテーブルに叩きつけるように置いた。その仕種にびっくりして、ぼくは身体をこわばらせてしまった。彼は口許をゆがめた。やがて、彼の両肩が上下に揺れはじめた。

「ふむ、ふむ、ふむ。ふっ、ふっ、ふっ。ふっふっふっはっはっはっははははは！　**はーっはーっはーっはーっはーっはーっ!!**」

あまりにも大きな笑い声に、建物全体が震動した。ほかの客のためらいがちな視線が彼に集まっている。彼はぼくの背中を叩くと、席を立とうとして足をすべらせてしまい、テーブルの下にころがりこんだまま、さらに笑いつづけた。

ようやく、笑いの発作がおさまり、彼はもとの場所に座りなおした。それから、ぼくの手をがっしりと握りしめる。

「なぁ、相——スキーヴ」彼は声をかすれさせ、涙の溢れる目許をこすった。「なつかしいぜ。この数カ月のあいだに聞いたうちじゃ最高の冗談だよ。まったく、おもしろいじゃないか。お姐《ねえ》ちゃん！」彼は片手を上げ、指を鳴らした。「こいつらにも飲ませてやってくれ！」

「真面目な話なんですよ」笑わないでほしいな。

そこへ、たっぷりと襞《ひだ》のついたスカートの裾から尻尾を突き出した亜口魔《ディヴィール》の女の子が、ぼくの手に酒器を押しつけ、代金をせっつくように片手を広げてみせる。ぼくは腰の小物入れをひっかきまわし、硬貨を取り出した。そのあいだも、オゥズは自分の酒器を呷《あお》っている。

「まぁ、そのへんにしておくことだな、ぼうず。天冴鬼《パーヴェクト》に席巻されちまった次元へ行って、そいつらを追い出そうとするなんざ、まともなやつのやることじゃない。とりあえず、おれはごめんだね。鮫に腕の一本も噛み切られちまったからって、それを返してもらえるはずがないだろ？」

「サメって何ですか？」

とたんに、オッズがにやりとした。一瞬、さびしげな表情がよぎったようにも見えたけれど、ぼくの気のせいだったんだろうか？

「あいかわらずだな、えぇ？　まぁ、真面目な話で、おれの忠告に耳を貸すつもりがあるなら、やめたほうがいい。中国全土の茶とひきかえにしてもらったところで、うまくいくはずがない。それと、〃チューゴクって何ですか？〃ってやつも遠慮させてくれ。もう、おれはおまえさんの教育係じゃないんだからな。おれが賛成しない理由だって、説明してやるまでもないだろう？　それでも、やる気になっちまってるんだとしたら、幸運を祈るぜ。ただし、タンダと相談して、葬式の手配はしておけよ。まぁ、がんばってくれ。バニーも、ひさしぶりだったな。伯父さんによろしく。そっちにいる巻毛の旦那にゃ、すまなかった」彼はウェンズレイのほうをふりかえって、「しかし、こういう苦い経験をふまえて成長すれば、次回はもっと簡単に対応できるようになるってもんさ」

「われわれの窮状がどれほどのものか、お友達には理解していただけなかったようですな」ビアガーデンを出たとたん、ウェンズレイがぼくの耳許で泣き声を洩らした。

「いや、わかっていればこその反応ですよ」残念だけど、そういうこと。

ぼくとしても、無謀なんじゃないかと思いはじめているところだった。天牙鬼《バーヴェクト》のことを熟知している人物が手を貸してくれないとなれば、自殺行為にひとしいだろう。すでに、やはり一緒に働いてくれたことのあるプーキーという天牙鬼《パーヴェクト》の女性にも話をもちかけようとしたんだけれど、その当時の縁で相棒になったスパイダーともども、別の仕事にかかりきりになっているようで、連絡がつかなかった。まぁ、おそらく、彼女からもオゥズと同じことを言われたにちがいない――〈十人組〉にはかまわないほうがいい、ってね。たしかに、邑人《ウーズ》たちの生活がその連中のせいで苦しくなったというわけじゃない。だけど、ウェンズレイが主張しているとおり、自立こそが大切なんだ。ペアレイを解放しなきゃ。

ぼくは腰につけた小物入れに手をつっこみ、次元跳躍器があることを確認した。ただし、すぐにクラーへ戻るつもりはない。まだ、今後の展望がまとまっていないんだ。ウェンズレイがあの悲しげな丸い目でこっちを凝視している。どうにかしてあげなきゃ。

バニーは一言もしゃべろうとしない。たぶん、オゥズと同じ意見なんだろう。だからこそ、ぼくはウェンズレイのかかえている問題を解決するんだという決意をひときわ強くしていた。やりとげれば、大勢の人々にたよらなくても独力で難局をきりぬけていけるということを証明できるじゃないか。

「このあたりで、昼食にしようか」ちょうど、それらしい芳香もただよってくる。「たまには、他人の作ってくれる料理も悪くないと思うよ」

バニーが表情をゆるめた。「だったら、〈アリ＝ケバブ〉で串焼を食べるっていうのは？」

ぼくは彼女に腕をさしのべた。「いいね。あなたはいかがですか、ウェンズレイ？」

「えぇ」彼はためらいながらも、かすかに瞳をきらめかせた。「ご迷惑でなければ……」

「こっちもたのむよ！」

「だめ、こっちが先よ！」

次の角《かど》を曲がってみると、その道は雑踏でいっぱいになっていた。さまざまな種族の人々が、男も女も、そこにある書店の天幕に入ろうとしている。扉のかたわらに〝本日、サイン会！〟という看板があった。厚い大判の本をたずさえた人々がひっきりなしに店の外へ出てくる。みんな、満面の笑みを浮かべていた。とある精魔《トロル》とすれちがったとき、ぼくは彼の大きな手の中にある本の表題を覗きこんだ。彼は最初の頁を凝視したまま、涙を流している。ぶつかりそうになったので、ぼくはあわてて進路を譲った。歩くときは、前を見てほしいもんだよなぁ。

「『忌鬼《インプ》はインパーから、亜口魔《ディヴィール》はディーヴァから』」それが本の表題。「まぁ、そりゃそうだ。忌鬼《インプ》がインパー出身だの、亜口魔《ディヴィール》がディーヴァ出身だの、わかりきったことじやないか」

「ゾル・イクティ！」だしぬけに、バニーが叫んだ。

「はぁ？」

「著者の名前よ！　自己啓発の本を何冊も書いてる人なの。すばらしいんだから！　あたしも新刊が出るたびに買ってるわ。ちょっと待っててね、スキーヴ。直筆のサインがもらえるなら、ここで手に入れなきゃ」

「いいとも」ぼくはうなずいた。

たちまち、バニーは雑踏の中につっこむと、書店の入口にむかって人波をかきわけていった。ぼくはウェンズレイの手をひっぱり、興奮している人々から離れ、通りの反対側の安全な場所へ連れていった。

ほかの通行人もその角を曲がると看板に気がつくので、路上はいよいよ混雑がひどくなり、店から出てきた人々が動けなくなるほどだった。ところが、不思議なことに、誰も文句を言わない。ふつうだったら、こんなときに喧嘩のひとつやふたつ、めずらしくもないだろうに。ぼくは空中にある術力線を調べてみたけれど、天幕の中で魔術が使われている気配は感じられなかった。みんなの精神状態にいい作用をおよぼしているのは、ほかのものにちがいない。

一時間ほども待っていると、バニーが店から出てきた。青い瞳が輝いている。手に入れたばかりの本をかかえる胸許もはずんでいた。

「あぁ、すごく魅力的な人だったわ！」バニーは声を上げ、深々と息をついた。「ほら、スキーヴ！　こんな言葉を書いてくれたのよ――〝バニーへ。すばらしい感性と雅量をそなえているということが、あなたの容貌にも現われていますね。そのまま、世界に光を与えつづけてください。親愛の情をこめて、ゾル・イクティより〟って。これ、一生の宝物にするわ！」

うへぇ。褒め言葉はいいけれど、くどすぎると思うぞ。だけど、まぁ、バニー本人がよろこんでいるんだから、うんざりしたような表情を見せちゃいけない。

「へぇ、よかったじゃないか」気の抜けた返事になっちゃったけれど、バニーには悟られなかったようだ。

ウェンズレイが本をひっくりかえし、著者近影を眺めた。大きな目をした灰色の男で、唇は薄く、上にそりかえったような鼻は低く、耳は小さく、髪は黒々とした巻毛。コボルという次元の出身にちがいない。小朋鬼《コボルド》――数学を得意とする種族だ。オゥズから聞いた話によれば、〝カンピューータ〟とやらの技術者が多いんだとか。複雑な思考をこなし、遥かな未来を予測することもできるらしい。外見は血色の悪い胎児みたいなんだけど。

あいかわらず、バニーはその著者と会ったときのことを話しつづけている。立て板に水とばかり、言葉がひっきりなしに流れ出してくるようだ。

「……で、彼は数百におよぶ次元の種族を研究したのよ。だから、それぞれについて、厖大な知識があるの。翁魔《ノーム》とか、忌鬼《インプ》とか……」

「天牙鬼《パーヴェクト》とか？」そうだ、いいことを思いついたぞ。

「えぇ、もちろん」ふと、バニーは言葉を切った。「たしか、例に挙げていたはずよ。どうして？」

「ぼくたちは専門家を必要としているんだ。相談してみる価値はあるかもしれない」

「それ、名案！」バニーが笑う。「彼を昼食に誘えるかどうか、様子を見てくるわ！」

ふたたび、彼女は雑踏の中につっこんでいった。

二十分か三十分が経過して、雑踏もおさまったころ、バニーが書店の天幕から出てきた。くだんの著者の腕をつかんでいる。その小柄な灰色の男は彼女の耳のあたりまでの背丈にすぎなかったけれど、彼女のほうは、あたかも、伯父さんの側近のうちでいちばん重要な人物と一緒にいるかのような態度だった（もともと、バニーは情婦になるべき女性として育てられてきたそうだけれど、そんな枠に押しこめたら、せっかくの才覚が無駄になるところだったにちがいない）。ぼくを紹介するにあたって、彼女は最大級のはったりをきかせた。

ぼくの名前を聞いたとたん、くだんの著者は目を見開いた。

「〈偉大なるスキーヴ〉とは」ゾル・イクティは声を洩らしながら、ほっそりとした手をさしのべてきた。「えぇ、えぇ、ご高名はうかがっておりますよ。まさしく、期待していたとおりの人物でいらっしゃる」

「どういう意味でしょうか？」べつだん、ぼくは変装の術を使っていたわけじゃない。髭もない金髪の若者として、あるがままの姿をさらしているのに。

「噂によれば、あなたは親切で慎重な人物だそうですね」その小朋鬼《コボルド》がにこやかに答える。「あなたの毛穴のひとつひとつから、その気質があふれんばかりになっていますよ。お目にかかれて光栄です」胸やけするほどの褒め言葉じゃないか。だけど、うれしいかもしれない。ぼくが親切で慎重だなんて、オゥズはこれっぽっちも褒めてくれなかったっけ。むしろ、誰かと利害が対立するようなとき、その相手の弱味につけこまないからって、どやされてばかりだった。「ところで、ご用件というのは？」

3

こいつは傑作だ、
世間のやつらにも見せてやろうぜ！
――M・ルーニー

昼食のあいだじゅう、ぼくは今回の任務の概要をゾルに説明しながら、彼に賞賛してもらった自分自身の〝人物像〟を崩さないようにするので一苦労だった。

ぼくたちがいるのは、さっきの書店からいくぶん離れたところにある軽食堂で、照明はひかえめ、しかも、こぢんまりとした個室の中なんだけれど、それにもかかわらず、内密の話を進めるのは容易なことじゃなかった。なにしろ、何百という数の人々が次から次へと入ってきては、期待に満ちた表情で、あの本にサインをねだるんだから。ぼくとしても、親切だと思われていればこそ、怒りをこらえていたけれど、二言か三言もしゃべらないうちに邪魔されるばかりで、そろそろ、堪忍袋の緒が切れそうだった。

ぼくだって、ディーヴァの市場《バザール》における地位はかなりのものだから、いつもは店主が気を利かせてくれて、食事中に誰かが入ってくるようなこともないんだけれど、今日ばかりは、当の店主でさえも――中年の亜口魔《ディヴィール》だ――ぼくたちが連れてきた客人の顔を見たとたんに絶句してしまって、ゾル・イクティの熱狂的な信奉者の大群をくいとめるための方策を何も考えられなかったらしい。そんなわけで、給仕たちも人波をかきわけなければ料理を運んでこられないありさまだった。

くだんの小朋鬼《コボルド》はといえば、翁魔《ノーム》のおばさんにたのまれて、彼女が持参した本にサインをしている。おばさんは敬愛する著者との対面がうれしかったんだろう、青い顔が紅潮のあまり瑠璃《るり》色になっていた。そのとき、ふと、ゾルが視線を上げ、眉間に皺を寄せた。

「忍耐力もたいしたものでいらっしゃいますな、スキーヴさん。いやぁ、お待たせしてしまって。これで最後になります。今日、さきほどの書店で売れたのは八千七百三十六冊でしたが、そのすべてにサインをしたことになります」

こりゃびっくり。

「正確な数がわかっているんですか？　一冊もまちがわずに？」

彼はあっさりと肩をすくめてみせた。

「それも小朋鬼《コボルド》の天性のひとつですよ。数学に対する志向は、さしずめ、完璧な直角を描くことができるほどです。さて、よろしければ、お茶をいただけますかな？　本題にとりかかるとしましょう」

　えぇ、おっしゃるとおりに。

「天牙鬼《バーヴェクト》ですか」おもむろに、ゾルは茶碗に口をつけた。「天牙鬼《バーヴェクト》には興味をそそられますよ。魔術と科学技術がいずれも発展を遂げた次元の種族として、さまざまな特色をそなえています。また、肉体面においては、弱い種族であれば生命を失ってしまうような環境に耐えることができます。皮膚は天然の鎧ですし、牙や爪はおそるべき武器になりますし、知性もすぐれているのです。自分たちのありように全幅の自信がありますから、まずもって、他人の意見に耳を貸そうとしません」

　ぼくはウェンズレイと視線を交わし、うなずいた（バニーはゾルに目を奪われっぱなしだったけれど、まぁ、話の内容はわかっているはずだ）。

「たしかに、そういう種族ですよね」これは、ぼく自身の経験にもとづいて。

「そこで重要になってくるのは、秘密の保持ということです。天牙鬼《バーヴェクト》を相手にするとき、こちらが何を望んでいるか、しゃべってはいけません。弱点をさらしてしまうことになりますからね。あれほどの知性と自負をかねそなえていると、自分たちよりも劣る種族に妥協することを嫌うものです。しかも、むこうにしてみれば、すべての種族は自分たちよりも劣っているという意識があるでしょう」

「そこが問題なのですよ」ウェンズレイがなさけない声を洩らした。「出ていってもらいたくても、そのとおりにしてくれるはずがありません」

「ひかえめな言葉は効果がないのですよ、ウェンズレイくん」ゾルがたしなめるように言った。「天牙鬼《バーヴェクト》に対しては、威圧的でなければなりません」

それができるんだったら、何も苦労はないんだけど。

「とりあえず、ぼくの計画を聞いてください、ゾル」このあたりで、はっきりさせておこう。「〈十人組〉は強力な集団です。まともにぶつかっても、ぼくたちに勝ち目はありません。そう、八つ裂きにされてしまうのが関の山ですからね。同じ理由で、脅迫もだめです。逆効果になりかねませんし、ぼくの個人的な意見として、あまり卑劣な手段は使いたくないんですよ。そうなると、自発的に退去したいと思うようにしむけるというのが唯一の方法でしょう。天牙鬼《バーヴェクト》という種族はめったなことでは弱気になりませんが、皆無というわけではないはずです。王国に伝染病が流行しているとか何とか、噂を流すのもいいかもしれません。そいつらを排除するためには、どうすればいいんでしょうか？」

小朋鬼《コボルド》は真剣な表情でぼくの顔を凝視した。「わたしがその質問にお答えしたら、計画を実行に移すつもりですか？」

「ええ、そのつもりです」きっぱりと。「ウェンズレイとの約束どおり、彼とその同胞たちを自由にさせてあげたいんです」

「汎人《クラード》のすばらしいところですな」ゾルがうれしそうにうなずいた。「どんなときでも、正しいことをしようとする。よろしい、その気概こそが肝心です。それがあれば、迷うことはありませんよ」

ぼくは心が熱くなり、その場で立ち上がってしまった。とたんに、バニーに腕をつかまれ、椅子に座らされる。

「それはいいけど具体的な方針を考えておかないと」彼女が指摘した。「汎人《クラード》と邑人《ウーズ》たちが数人だけで、一致団結した天牙鬼《パーヴェクト》の集団を駆逐できますか？」

「おっと、経験豊富な小朋鬼《コボルド》の存在を忘れないでくださいよ」ゾルは灰色の細い指を伸ばし、バニーの手をつついた。「お話をうかがったところ、おもしろそうじゃありませんか。わたしもご一緒させていただきましょう」

ぼくはウェンズレイのほうをふりかえった。彼は希望が湧いてきたような表情だったけれど、その一方で、困惑もあらわになっている。

「しかし、ペアレイの現状としては、先生の報酬を捻出することができそうにないのですが」

「報酬？」ゾルは目を丸くしてみせた。「いかなる場面でも正義を忘れない、それこそが大切です。わたしにとって、こういう機会は金で買えるものではありません。調査の一環というわけです。経費を負担していただければ充分ですよ。渡航費、滞在費、娯楽費……」彼は列挙しながら、長い指を折ってみせた。

項目ごとに、ぼくは頭の中で硬貨の山を並べていった。それが表情に現われていたんだろう、彼は笑い声を上げ、ぼくの腕に手を置いた。

「わたしは少食ですし、どこでも眠れますし、人生そのものが娯楽なのだと思っています。心配はいりませんよ。やろうじゃありませんか。かならず、うまくいきますとも」

第一印象はよくなかったけれど、なんだか、彼のことが気に入ってきたぞ。

「ぼくの仲間たちにも声をかけてみますよ」

「できることなら」ゾルは自分でお茶のおかわりを注ぎながら、「女性が望ましいですな。わたしの好きな言葉のひとつに〝泥棒をつかまえたければ泥棒にやらせろ〟という諺《ことわざ》がありましてね」

「泥棒じゃありません」ぼくも笑顔で言葉を返す。「殺し屋ですよ」

ぼくたちが住んでいた家に行ってみると、タンダは鞄に荷物を詰めこんでいるところだった。

「あたい、実家に帰らなきゃならないのよ」彼女は手を休めようともしない。「母ちゃんのことが気になっちゃって。まぁ、チャムリィがむこうにいるんだけどね。なんでも、母ちゃんが家の壁紙をすっかり新調しようとしてるらしくて……ほら、やると決めたら徹底的にやっちゃう性分だから。そのついでに家の改装もやりたいってことで、そうなると、兄貴も手伝わざるをえないでしょ。それはいいけど、石敷の床をひっぺがして、砂利をちりばめた舗装にするっていうのは……石敷にしたばかりなのに、飽きちゃったのかしらね？　だから、あたいとしちゃ、ふたりの仲介をしなきゃならないと思うのよ。兄貴ときたら、母ちゃんの発案がまずかったとしても、反論できやしないんだから。ちょうど、あたいも仕事の谷間だったし」

チャムリィとタンダは兄妹で、ぼくが信頼している仲間なんだけれど、その母親にあたる色情魔《トロロップ》とは会ったことがない。でも、タンダがその性格をうけついでいるとしたら、たしかに、かなりの女傑にちがいない。

「ちょうど、仕事をたのみたかったんだけどね」どうやら、間《ま》が悪かったみたいだな。

「オゥズも一緒なの？」彼女がふりかえり、首をかしげてみせた。

「う〜ん」ぼくは声を落とした。あいかわらず、彼女はてきぱきと荷物をまとめている――レース編みの肌着もあり、黒や翡翠《ひすい》色のショーツもあり、あの躰《からだ》の曲線美を柔軟に包みこむブラジャーもあり……って、目が離せなくなっちゃった。さっきの質問に答えなきゃ。「彼は……ちょっと……忙しそうだったから」

タンダはうなずいた。「やりたくないって言われたのね」

ご明察。

「まぁ、そういうこと。でも、ほかの専門家が協力してくれるんだ。彼のおかげで、一分《いちぶ》の隙もなさそうな〈十人組〉の意表をつくことができるはずさ。さぁ、ゾル・イクティさんを紹介するよ」

ぼくが小朋鬼《コボルド》のほうをふりかえると、彼はにこやかな表情でタンダの両手を握りしめた。

「タンナンダさん！　こんなにも魅力的な色情魔《トロロップ》にお会いできるとは、うれしいかぎりですよ！」

「さっきから、あなたじゃないかな～と思ってたんです」タンダもうれしそうな口調になり、親愛の情を超えるほどの仕種で抱きついた。「あたいのこと、タンダって呼んでくださいね」

色情魔《トロロップ》という種族は、たとえ初対面の相手であっても、肉体的な接触こそが最良の挨拶だと信じているんだ――それについては、ゾルの説明を待つまでもない。当の小朋鬼《コボルド》のほうも、おおいに歓迎しているようだった。

「今日、あなたが市場《バザール》に来るっていう話は聞いてたけど、混雑がひどくなるんじゃないかと思って、行かなかったんですよ。でも、お会いできて光栄です。いつも、あなたの本を読ませていただいてます」

「こちらこそ、ありがとう」ゾルは彼女の胸の谷間に抱きしめられたまま、こもった声で言葉を返した。

ようやく、タンダは彼を離すと、ぼくのほうをふりかえった。

「あんたのやろうとしてることの成否はわからないけど、信じることにするわ。兄貴のほうは、まぁ、ひとりでがんばってもらうっきゃなさそうね。舗装した床っていうのも、それはそれで、悪くはないかもしれないし」

「よかった」ぼくは安堵の溜息をついた。「とはいえ、もうちょっと頭数《あたまかず》が必要だね」

ゾル・イクティが同行するにもかかわらず、ほかの仲間たちは不安を隠そうとしなかった。いずれも、M・Y・T・H株式会社では荒事を担当してくれていたし、現在はディーヴァの市場《バザール》における組織の活動を統括しているほどの存在なんだけれど。

そのふたりがいるのは、かつては〈丁半〉という賭博場だったところを改装した事務所。まずは、肩幅のたっぷりとした派手なスーツに身を包み、幅を広くした襟の下に小型の弓銃をたずさえているグィドが、驚愕と同情のいりまじったような表情で口を開いた。

「失礼ですが、社長――天冴鬼《パーヴェクト》のスケ《女》どもを相手にゴロマキ《喧嘩》ってぇのは、タマ《生命》を粗末にするようなもんですぜ。あっしが知ってる天牙鬼《バーヴェクト》はプーキーとオゥズだけですが、あいつらが味方でよかったと思ってるんでさぁ。それに、どっちかを敵にまわさなきゃならねぇとしたら……まだ、オゥズのほうがましでしょうね」

「もうしわけねぇんですが、おれも同じ意見っすよ」ヌンジオがつけくわえた。グィドの従弟《いとこ》で、体格もいくぶん小さいけれど、実力はこちらも充分。やっぱり、派手なスーツの懐に武器を隠し持っている。「あれやこれやの装備品が必要なら貸してさしあげますが、おれっち自身が参加するってことになると、できねぇわけじゃねぇとしても、よくねぇかもしれねぇと思うんでさぁ。おれっちが同意したところで、今回ばかりは、ドン・ブルースが許してくださらねぇでしょうぜ。親分としちゃ、できることなら、天牙《バーヴェ》鬼《クト》とのあいだでゴタ《悶着》になっちまうような展開は避けてぇと考えてらっしゃいますんでね。もちろん、それでも協力しろとおっしゃるんなら、えぇ、社長の身に万一のことがあっちゃいけねぇし、組織の指示にそむくことになろうとも、やらせていただきまさぁ」

そんなふうに言われちゃ、無理にたのめないじゃないか。

ほどなく、ヌンジオは溜息を洩らした。「とりあえず、ご幸運を祈ってますぜ」

かつての家へ戻ると、ぼくは少ない戦力を眺めた。期待したほどの人数は集められなかったな。どうしたものやら。

「アマゾニアあたりへ行って、何人か雇ってくるとしようか」

「いりませんよ！」ゾルが自信たっぷりに叫んだ。「色情魔《トロロップ》がひとり、汎人《クラード》がふたりもいるんですぞ――みなさん、経験といい才覚といい統率力といい、超一流ではありませんか。さらに、邑人《ウーズ》は順応性が高い種族ですし、わたしは専門家ですし、何も心配はないでしょう！」

その評価を額面どおりに解釈するつもりはないけれど、たしかに、タンダとバニーの技倆はたいしたものだ。敵の弱点をつきとめるにあたって、殺し屋と会計士がいてくれるのは役に立つかもしれない。おっと、彼女たちがこっちを見てるじゃないか。態度をはっきりさせなきゃ、信頼してないのかと思われちゃうぞ。

「まずは、偵察から始めよう」きっぱりと。「むこうの計画がどんなものなのか、それがわかったところで、こっちの行動を考えればいい」

バニーが笑顔になった。よし、この台詞でよかったんだな。

「偵察ね」タンダが口を開いた。「敵はどこにいるの、ウェンズレイ？」

「あぁ、城の中ですよ」邑人《ウーズ》が答えた。「王子が住んでおられませんのでね。街の中心にある城よりも、郊外で暮らしたいということでしたから。それはさておき、あの城は難攻不落です。石塀があり、瓦屋根で、梁も太いものを使っています。きわめて頑丈です。われわれ邑人《ウーズ》は頑丈な建物が好きなのです」

「好都合ね」タンダがうなずいた。

「好都合？」わけがわからない。「屋外だったら、何をしゃべってるのか、簡単に聞くことができるんだろうけれど」

彼女はにんまりとした。「そういう場所じゃ、盗み聞きは不可能なのよ。あんた、広い場所で他人に忍び寄ろうとしたことがある？」

「まさか」あるわけがないじゃないか。「遠くからでも姿が見えるんだから……あぁ、なるほど」

「まったくもって、そのとおり」ゾルが満面の笑みを浮かべた。「いかがですか？　こうやって、それぞれの長所を発揮していけばいいのですよ。よろしい、〈十人組〉は堅固な城の中にいて、誰も忍び寄ってくるわけがないと思っているはずです。そうとなれば、盗み聞きにうってつけの隠れ場所を確保するのも容易なことでしょう」

4

最大の問題を生じさせてしまうのは、
もっぱら、自分自身の所業である。
――V・フランケンシュタイン博士

「もういっぺん、さっきの資料を見せてちょうだい、ケイトリン」花柄のドレスに身を包んだ年配の天牙鬼《バーヴェクト》が声をかけ、目の前にある制御盤の側面を杖で軽く叩いた。

「やめてよ、ヴェルゲッタ」端末の前に座っている若い娘がくぼんだ琥珀色の眼でふりかえる。「基板を動かしてる小人《グレムリン》がびっくりしちゃうわ」

「あの程度のことしか報告できないような連中なら、目を覚まさせてやらないと」ヴェルゲッタは不機嫌をあらわにした。「びっくりだろうがしゃっくりだろうが、だめなものはだめなのよ。この数字はまちがっているわ。ありえない」

「そんなものだと思うけれど」ヴェルゲッタに反論したのは、優雅な歩調で部屋へ入ってきたばかりのオシュリーンだった。ほっそりとした長身の天牙鬼《パーヴェクト》で、もうひとり、彼女よりもさらに細身の仲間を連れている。オシュリーンは床まで届きそうなほどに長い絹のスカートの裾が足元におさまるのを待ってから、言葉を続けた。「あたしが自分で計算をやりなおしているあいだに、テノビアが国庫のほうを確認してくれたわ。残っているはずの資産のうち、およそ一割が消えているのよ」

「またなの!?」ヴェルゲッタが大声を上げた。彼女が両手を制御盤に叩きつけたので、ケイトリンがにらみつける。「あの邑人《ウーズ》どもめ、どうしてやろうかしら?」

「だから、跳躍器を接収しておくべきだったのよ」黒衣をまとった目の細い天牙鬼《パーヴェクト》が、部屋の隅で鉤爪をみがきながら、あきれたように鼻を鳴らした。

ヴェルゲッタが憤怒をこらえているような表情でふりかえった。「ただの玩具《おもちゃ》よ、ルーアナ。あの連中を遊ばせておくための道具にすぎないわ」

たちまち、ルーアナは黄色い牙をあらわにした。

「その玩具を使うたびに、あいつらは金を浪費しちゃうんだってば！　ありもしない金を！　あたしたちだって、そんな金は持ってないのよ。まったく、どうしようもないったら」

「相手は邑人《ウーズ》なのよ、何を期待しているの？　隠された商才があるとでも？」

「それ以前に、多少なりとも自制心があるところを見せてもらいたいわね。そうすれば、商売のひとつやふたつ、できるようにさせてやるわよ。ところが、あの連中ときたら、叱られるたびに畏縮《いしゅく》しちゃって、ほかの誰かのせいにしようとするだけ」

「邑人《ウーズ》どもに跳躍器を売りつけたとかいう亜口魔《ディヴィール》をつかまえて、そいつの尻尾にくくりつけてやりたいわ」テノビアが唸り声を洩らした。「できることなら、あれを国庫にしまいこんで、使うときには書類を提出させるようにしたかったんだけれど。あいつら、あたしたちのことを〝非協力的かつ非友好的〟だと思ってるから、使用禁止になるのをおそれて引き渡そうとしないのよ。邑人《ウーズ》同士でこっそりと貸借をくりかえして、たった五分のあいだも同じ場所にないんだから。あたしたちが管理しないかぎり、次元旅行を規制することは不可能だわ。あの連中にしてみれば、どこへでも行きたい放題よ——おもしろそうな次元があると知ったら、おとなしくしていられないの。しかも、かならず、土産を買いこんでくる。かならず！　がらくたにすぎないような代物《しろもの》でも、あの連中にとっては新機軸だから、みんなが手に入れたくなる。そんなわけで、あっというまに輸入が増大する。だけど、無料《ただ》のはずがないから、財政はいよいよ逼迫《ひっぱく》する。もちろん、あの連中は何も言ってこない——あたしたちを論破できるわけがないんだから。それで、勝手に金を持ち出しているのよ。どいつもこいつも、ちょっとぐらいは国の資産をくすねてもいいだろうと思っているにちがいないわ。全額をせしめるほどの度胸はないようだけれど、結果は同じこと。問題があるとすれば、却下されたくないという一心で、確認を忌避しているところよ。とりわけ、あたしたちに対しては」

「問題を解決できる日も遠くないって言っちゃったのは、まずかったわね」オシュリーンが溜息をつきながら、袖口で爪をみがいている。「あの連中にしてみれば、財政危機は過去の出来事になっているのよ」

「過去の出来事じゃないわ！」ケイトリンがくってかかった。「収支計算の担当者として、はっきりさせておきたいんだけど」

「わかってるわよ」オシュリーンも声を荒らげる。「あたしだって、毎日のように確認作業をやってるんだから」

「書類に目を通してるだけでしょ！」

「あんただって、小人《グレムリン》たちが働いてくれなきゃ、何もできないくせに！」

「ほら、ふたりとも」ヴェルゲッタがたしなめる。「いいかげんにしなさい！」

「新しいものに興味を惹かれるのは、あたりまえのことだわ」ネディラがなだめるように言葉をさしはさんだ。「邑人《ウーズ》たちは好奇心が旺盛なの。玩具で遊びたいのね」

「玩具が問題なんじゃないのよ」テノビアが反論した。「その代金が問題なんだってば。古くなった玩具を売るっていう発想がないんだから。しまいこんでおくばかりで、金が必要なときには熟れた果実みたいに落ちてくるとでも思ってるにちがいないわ」

パルディンはしきりに指先で唇をつついていた。

「こんな風潮がペアレイ全土に広まるよりも前にきっちりと釘を刺しておいたら、あたしたちが金の流れを管理して、それなりの利益を上げることもできたはずよ。もちろん、あの連中がいかさま商売にひっかかるような事態にもならなかったでしょう。ところが、現状はといえば、あいつら、いつでもどこでも無駄金を使いまくったあげく、それを反省するつもりもありゃしない。遅かれ早かれ、誰かが金庫番をたぶらかして、あたしたちが目を離した隙に小銭を持ち出そうとするにきまってるわ。だから、金庫の中にワイヴァーンを入れておくべきだって、あたしは何度も言ったのに」

「たしかに、邑人《ウーズ》たちは責任感がないわね」ヴェルゲッタが肩をすくめた。「だからこそ、わたしたちが雇われたわけだけれど」

「あいつらに必要なのは財務の専門家じゃなく、監視員よ」ルーアナが指摘した。「番犬の群れと、できれば、国境警備隊も。そう、これだわ。あたしたちが状況を改善するまでのあいだ、あいつら全員を軟禁しておけばいいのよ」

「あいつらが手間をかけさせずにいてくれたら――」オシュリーンは終わることのない議論にうんざりしているような口調で、「――あたしたちは六カ月も前におさらばできたはずだわ。うまくいかないのは、あいつらのせいよ。ねぇ、パルディン、あんたが成果契約を提示したのは失敗だったわね。この仕事が終わるまでは次の仕事にとりかかれないんだからね。期間契約にしておくべきだったのよ」

パルディンはといえば、ジャケットとスカートに身を包み、花柄のスカーフを肩にあしらい、清純かつ華麗な雰囲気で安楽椅子に身を沈めていたものの、オシュリーンの言葉を聞いたとたん、彼女の絹のドレスの襟許につかみかかった。

「もういっぺん同じ台詞を吐いてごらん、その首を叩き落としてやるからね！　あたしが契約を結んでるあいだ、あんたは何をやってたの？　新しい衣装の試着？　それとも、色気をふりまく練習？」

「あんたたちは色も艶もないから、あたしが一肌も二肌も脱いであげたのよ！　必要なものを手に入れるつもりだったんだから！　あの〈魅惑の箱〉があれば、邑人《ウーズ》たちを誘導して、悪癖をやめさせることができるはずだったわ。それもこれも、ろくでなしの亜口魔《ディヴィール》のせいで買物中毒にかかっちゃった連中のためだったのに！」オシュリーンも剣呑《けんのん》な視線でにらみかえす。

「でも、やりそこなっちゃったのよね。楽勝だったはずの仕事をしくじるなんて、みっともない」

「ふたりとも、やめてよ」ネディラが両者のあいだに割りこんだ。ふたりの天牙鬼《バーヴェクト》はその頭上でにらみあったままだったが、彼女の丸々とした体型がうってつけの緩衝材になった。シャリラーがパルディンの背後へと歩み寄り、オシュリーンの襟許をつかんでいた彼女の手をひねる。とたんに、パルディンは顔をしかめ、手首をさすった。「どうして、喧嘩になっちゃうの？　現状は現状として受け入れなきゃ。大切なのは、解決法を考えることでしょ」

　オシュリーンは喉をさすった。

「あのバカどもの借金をかたづけるたびに、ごたいそうな評議会とやらの誰かが次の散財をやらかすんだから。どいつもこいつも、あたしたちが出費を抑えようとしてることに協力するつもりもないみたいだし、評議会の同僚たちの負債総額がいくらなのかも考えてないのよ。どんなに稼いだところで、追いつけやしないわ。そもそも、くだらない契約のせいで、報酬をもらうわけにもいかない。六十日以内に財政再建を達成しなきゃいけないって？　できるはずがないでしょ！　おまけに、経費も請求できない。そんなことをしたら、国庫はからっぽ——つまり、あたしたちの仕事は失敗よ。そうかといって、穴だらけの状態のままで撤収するとなれば、非難を浴びることになっちゃう。あらゆる次元において、あたしたちの評判は地に落ちるわ」

「そのとおりね」テノビアが相槌を打った。「きっちりと財政を再建するまで、ここを離れるわけにはいかないのよ」

　パルディンは呻き声を洩らし、頭をかかえた。

「あ〜ぁ、こんなところ、永遠におさらばさせてもらいたいわ！」

「たとえばの話だけど、めいっぱいの粉飾決算でその六十日ぶんの償還とあたしたちの報酬をまかなっておいて――」ケイトリンがよからぬ表情を浮かべてみせ、「――それを邑人《ウーズ》たちのせいにするっていうのは？　それなら、長居は無用ね。実情はどうあれ、財政再建がうまくいったことにできるはずよ」

「債権者たちが押し寄せてきたら、どうするつもりなの？」ネディラがたしなめるように言葉を返す。「二カ月ぶんの財源をでっちあげたとしても、一週間で底が割れるにきまってるわ。合法的に収益を確保する方法を考えなきゃ」

「まず、輸出には期待できないわね」パルディンが断言した。「すでに、手織布の生産を縮小させたところよ。詩歌関連の書籍にいたっては、どうしようもないわ。家具は売れ線の商品だけれど、それも、ヴェルゲッタとシャリラーが――」彼女は視線をひるがえし、腕組みをして壁に寄りかかっている屈強そうな若い女性をにらみつけ、「――無限にひとしい需要があるはずのディーヴァの市場《バザール》で営業活動をやりそこなったことで、無駄になっちゃうかも」

「わたしたちの責任にするつもり？」ヴェルゲッタが声を荒らげた。「やめておきなさい。いずれ、あの色情魔《トロロツプ》をとっつかまえたら、尻が真赤になるまで、思い知らせてやらなきゃ」

「このあいだ、思い知らせてやったってば」シャリラーが笑った。「あいつも、あいつと一緒にいた大男たちも、徹底的にぶちのめしてきたでしょ。やられる前に借りを返しておいたっていうことにすればいいのよ」

「だめよ、わたしは許さないわ！」

「やめてったら！」ネディラが叫んだ。

「ねぇ」窓ぎわで何かを熱心に調べていたモニショーネが口を開いた。「ひょっとすると、これで解決できるかもしれないわよ」

とたんに、全員がそちらをふりかえった。モニショーネはこの面々のうちでもっとも優秀な魔術師である。いや、むしろ、ありとあらゆる科学技術を軽蔑しているのかもしれない。天牙鬼《バーヴエクト》らしからぬ態度だ。

「いいものがあったの？」ヴェルゲッタが尋ねる。

ほっそりとした繊細そうなモニショーネが立ち上がった。青い絹の長衣はどうにも緑色の鱗と調和していなかったが、彼女にとって、その色こそが術力をあやつるときの正装なのである。彼女が広い袖口をまくりあげてみせると、掌《てのひら》の上には小さな物体があった。

「これなんだけれど」

「眼鏡？」ニキが尋ねる。「へぇ、あんたも時代に逆行しちゃいられなくなったわけ？」

そう、モニショーネと対照的に、ニキは科学技術至上主義者なのだ。ヴェルゲッタが自分自身の手を煩《わずら》わせるほどのことはない何かを思いついたときも、彼女にそれをまかせるのが通例となっている。

「くだらないわね」モニショーネが尊大な視線を返す。「これは〈おとぎ眼鏡〉よ」

「はぁ?」ニキの口調がきつくなった。「仮想空間《ヴァーチャルリアリティ》対応の装備と同じような代物でしょ?」

「こっちは術力内蔵なのよ、電波ちゃん」モニショーネも負けてはいない。「あんたが玩具にしてるようながらくたとちがって、本物なんだから」

「さぁ、喧嘩はおよしなさい。先週、そこの壁を修理したばかりなのよ」ヴェルゲッタはふたりをなだめると、モニショーネに歩み寄り、その眼鏡をつかんだ。「どうすればいいのかしら?」

「かけてみて」

年長の天牙鬼《バーヴェクト》は鼻の上に眼鏡を置き、大きな両耳に耳掛《イヤーピース》をひっかけた。「何が見えるはずなの?」

「視界の端のほうに小さな本が並んでるでしょ? どれでもいいから、ほんのちょっとだけ術力をぶつけてみて」

「それで……?」ヴェルゲッタがたたみかけたが、モニショーネは答えず、唇にうっすらと笑みを浮かべているだけ。すると、ほどなく、「あああああぁぁぁぁーっ!!」

ニキがあわてて駆け寄り、ヴェルゲッタの顔から眼鏡をはずした。「どうしたの？」

年長の天牙鬼《バーヴエクト》はそれをひったくった。「返しなさい！　すごいんだから！」すぐさま、眼鏡をかけなおす。

「すごいって、何が？」テノビアが尋ね、その眼鏡をつまみ、自分の鼻の上へ。「そんなに……わ〜ぉ！」

「貸しなさいよ」オシュリーンが長い鉤爪でさらっていく。背の低いテノビアが抵抗しようとするのを片腕で突き放しながら、すばやく眼鏡をかけた。「これって最高！　壁の宝石に手が届きそうだわ！」

「みんな、行儀が悪いったら」シャリラーが声を荒らげ、オシュリーンの腕をつかむや、背後にひねりあげた。それと同時に、もう一方の手で彼女の顔面を覆うようにしながら、眼鏡を奪い取ってしまう。

「きゃっ！　鼻を殴るなんて、ひどい！」

「あたしにも見せて！」ネディラが強引にほかの面々をかきわけ、シャリラーに迫った。

「いいかげんにしなさい！」

ヴェルゲッタがどやしつけたとたん、石造の部屋に震動が走り、すべての照明具が揺れた。〈十人組〉のうちの八名は凍りついたようになり、彼女のほうをふりかえった。

モニショーネだけは腕を組んだまま、勝ち誇ったような表情でたたずんでいる。

「返しなさい！　すぐに！」ヴェルゲッタは片手をシャリラーの目の前につきつけた。

シャリラーはあきらめきれない様子でゆっくりと眼鏡をはずし、それをヴェルゲッタの手の上に置いた。

「みんな、座りなさい。わたしが使い終わったら順番にやらせてあげるから、それまで、じっとしていること！　わたしのことを老いぼれと思って甘く見るような青二才は、夜が明けるまで尻を蹴ってやるわよ！」

全員が恥じ入ったような表情になり、それぞれの席に腰をおろすと、ヴェルゲッタに注目した。聞こえてくるのは、ケイトリンが端末を操作する乾いた音だけ。

ヴェルゲッタはうなずき、眼鏡をかけなおした。

その視界は暗く、左上の隅にある小さな本棚だけが光っている。そこに並んでいる本をあつかうのは、熟達の魔術師でなくとも簡単なことだった。わずかな術力だけで任意の一冊を選び、題名を確かめる。桃色の本は『堂のなかの姫君』、青い本は『竜の散策』、黒い本は『クラーからの物体×××』……

「恐怖小説もあるのね？」

「えぇ、どんなものでも」モニショーネが答えた。

どうやら、『竜の散策』がよさそうだ。あらためて、ヴェルゲッタはその本を選んだ。術力でなぞるようにして、表紙をめくる。

次の瞬間、彼女の目の前にあった小さな本はどこへやら、はてしない風景が広がっていた。遠方の活火山が三つ、灰色の空に煙をたなびかせている。足元の地面が不安定だったので、彼女が視線を落としてみると、そこは金銀財宝の山になっていた。彼女はその場にしゃがみこみ、それらを拾おうとした。

「うおりゃあぁぁぁーっ！」

背後からの叫び声とともに、金銀財宝が飛び散った。ヴェルゲッタがふりかえると、白銀に輝く鎧をまとった小さな輩《やから》が剣をふりかざしてくるところだった。身長は彼女の膝までもない。そいつが彼女にとびかかり、剣を一閃させる。その切先が彼女の膝をひっかいた。

「あっ！」ヴェルゲッタは声を洩らした。とたんに、一陣の炎が彼女の口から噴き出し、騎士の身体をかすめそうになった。「へぇ！　わたしはドラゴンなのね！　おもしろいわ！」彼女は自分の両手を眺めてみた。すらりと長い前足は青く、きらめくような赤い爪がついている。「この色は気に入らないけれど」

だしぬけに、右手のかたわらに虹のような細い帯が現われた。

「これがいいわ」彼女はまばゆい橙色を指し示した。「どんなときでも、補色同士は相性がいいのよ」その言葉が終わらないうちに、彼女の爪は橙色になった。「ぴったりね。さぁ、動く人形ちゃん、どうしてやろうかしらね！」

ところが、その騎士はヴェルゲッタの爪の色が変わるのを待っていなかった。手にしていた剣を投げ捨てるや、彼女の指ほどの長さもない両脚を必死に動かし、全速力で逃げようとしていたのである。ただし、彼女のほうは、四本脚で歩かなければならないにもかかわらず、追いつくのに時間はかからなかった。そして、騎士の襟首をつまみあげると、鱗だらけの長い尻尾をひるがえし、その先端でそいつの顔を左右にひっぱたきはじめる。

「女性に暴力をふるうなんて、最低の男ね！　母親から何も教わらなかったの？　反省しなさい！」

ほどなく、ヴェルゲッタはその騎士を赤ん坊のように泣かせてしまった。そいつが五十回かそこらも謝罪したところで、ようやく、彼女はそいつを地面に落としてやった。騎士はあわてて立ち上がり、一目散に走り去っていった。その背後から、彼女は烙印のかわりに灼熱の息を吐きかけた。あっというまに、そいつは丘のむこうへと姿を消した。

おもむろに、彼女は腰をおろし、ゆっくりと金銀財宝を勘定することにした。

やがて、眼鏡をはずしたとき、ヴェルゲッタは涙を浮かべていた。

「すばらしかったわ」彼女はモニショーネに声をかけた。「最高よ！　あなたは天才ね！　これがあれば、天牙鬼《バーヴェクト》たちに夢を与えることができるわ」

たちまち、ほかの八名が押し寄せ、眼鏡をつかもうとする。

「次はあたしね！」

「だめ、あたしが先よ！」

「あたしだってば！」

「みんな、順番を待ちなさい。若い順でいくわよ。ケイトリン？」

ヴェルゲッタの言葉に、端末の前に座っていた小娘が椅子から飛び降り、ヴェルゲッタのほうへ駆け寄りながら、両手をさしのべた。しかし、ヴェルゲッタはすれすれのところで眼鏡をひっこめてしまう。彼女はたしなめるような仕種で人差指をつきつけた。

「言うことがあるでしょ？」

「あたしにちょうだい、ばぁば！」

ヴェルゲッタは満面の笑顔で、幼さを残している相手の頭を撫でてやった。「よし、いい子ね」

ほかの面々が見ている前で、ケイトリンの表情がゆがんでいく。彼女が口をあんぐりと開けるたびに、乳歯が抜けたあとの新しい牙が生えそろっていない穴があらわになる。〈十人組〉で次に若いシャリラーより二十歳も年下なのだが、ケイトリンはこの集団になくてはならない存在だった。コンピュータを自在にあやつるための奥義というのは、若くなければ会得できないものである。情報分析にかけても、昔ながらの手法に熟達しているオシュリーンに匹敵するほどの能力をそなえていた。いずれ、それを十全に発揮

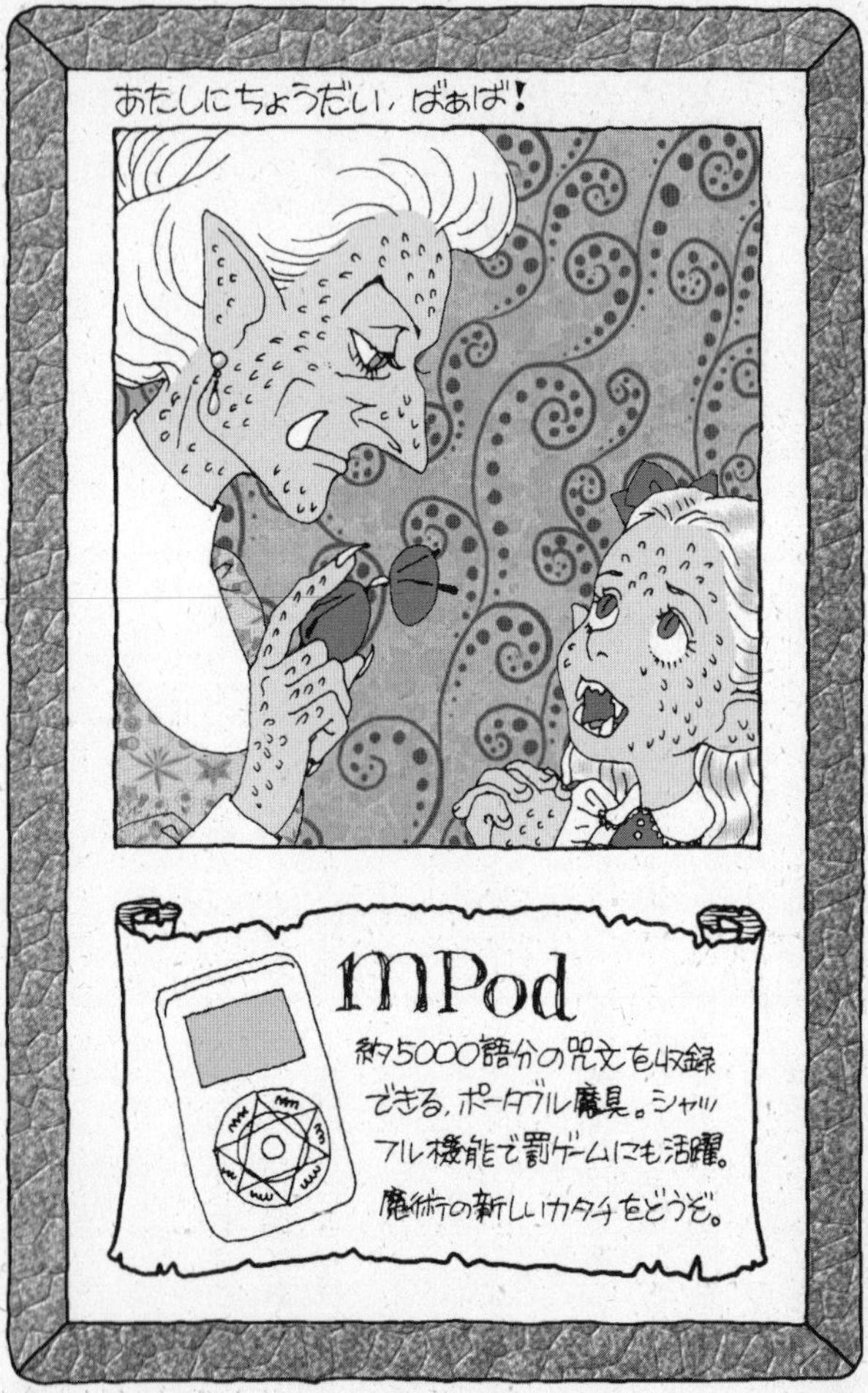
あたしにちょうだい，ばぁば！
mPod
約5000語分の呪文を収録できる，ポータブル魔具。シャッフル機能で罰ゲームにも活躍。魔術の新しいカタチをどうぞ。

するための知恵も身につけていくだろう。今はまだ、これといった恐怖を体験していないせいか、どんなことでもやってみたいと思っているようだ。眼鏡が内蔵している術力の作用によって、ケイトリンは泣き、笑い、唸り、やがて、ひときわ大きな声で叫んだ。

「すごいわ！」

彼女はいかにも満足そうに眼鏡をはずすと、それをシャリラーに渡した。

ひとり、またひとり、〈十人組〉の面々はかわるがわる〈おとぎ眼鏡〉を使ってみた。ヴェルゲッタはその様子を眺めていた。使い終わった者たちは至福の表情を浮かべている。やがて、ネディラが眼鏡をはずし、モニショーネの手許に戻す。これで全員というわけだ。

「さぁ、みんな、どうだった？」ヴェルゲッタが問いかける。

「すばらしいわ」テノビアがうなずく。

「これなら、いけるかもしれないわね」パルディンが意見を述べた。「増産できるかしら？　納期はいつごろ？」

「原価は？」オシュリーンがつけくわえた。

「もういっぺん、やらせて！」シャリラーが声を上げた。

「だめよ！」ヴェルゲッタが却下した。「今はだめ！　よろしい。モニショーネの発明を商品化することについて、賛成かしら？」

「はーい!!」みんなが声をそろえた。

「反対意見は?」

沈黙。ヴェルゲッタは九名の仲間たちの熱意をたたえた緑色の顔にゆっくりと視線をめぐらせてから、手を叩いた。

「はい、決定！　みんな、がんばるのよ！　明日の朝、十時までに全体的な計画をまとめてちょうだい。このいかれぽんちな国での仕事をやっつけて故郷に帰りたければ、これを成功させなくちゃ！」

たちまち、〈十人組〉は拍手と歓声を響かせた。

城外では、当地の邑人《ウーズ》たちが震えあがり、近くにいる同胞とすがりあっていた。またもや、あの威圧的な女たちは何かをやらかそうとしているらしい。そもそも、あんなに騒ぐ必要があるんだろうか?

5

場合によっては、たのまれなくても
救いの手をさしのべなければならないことがある。
――J・スターリン

ディーヴァの市場《バザール》からウーへの次元移動はあまりにも極端だった。熱気と喧騒と埃のまっただなかにいたはずが、一瞬のうちに、静寂と草葉と青空ばかりの世界を目の前にしているんだから。

背後をふりかえってみれば、なだらかに曲がった石敷の道が伸び、小さいけれど瀟洒《しょうしゃ》な建物が軒を並べていた。正面はいずれも似たような外観の店舗で、裏手は庭になっている。そして、この区画のはずれには、木々と芝生のある公園。もう一方の端はといえば、冠をかぶった邑人《ウーズ》が両手を前にさしのべている立像があり、その周囲で家畜たちが草をはんでいる。ハトのような鳥の群れも飛んできて、餌をついばんでいた。

長い羽毛をまとった鳥たちの姿に、ギャオンが目を見開いている。追いかけてみたいと思っているにちがいない。しっかりと手綱をつかんでおかなきゃ。タンダはこいつを連れてくることに反対だったけれど、ぼくとしては、重要な戦力になってくれるだろうという期待をいだいているんだ。

偶然のなりゆきで飼うようになってからというもの、こいつは何度もぼくを護ってくれたし、ぼくの生命を救うために自分自身を死の危険にさらしたこともあった。それに、ドラゴンがいるとなれば、天牙鬼《バーヴェクト》たちといえども容易に襲いかかってくるわけにはいかないはずだ。年端もいかないやつだけれど、炎を噴くこともできる――ちょっとだけ。それに、体力もあるし、頭もいい。おまけに、ぼくとギャオンだけの秘密もある。そう、こいつは言葉を使えるんだ。つまり、情報収集にうってつけ。

さしあたり、ぼくはギャオンを当地で飼われているような牧羊犬に変身させておいた。ただし、全身の構造はドラゴンのままだから、こいつが鳥たちを追いかけようとするたびに、その尻尾がぼくの脚をひっぱたいてくることになる。

ちなみに、トガリキャップは留守番。タンダに言われるまでもなく、天牙鬼《バーヴェクト》たちと対決するときに戦闘用ユニコーンが役に立つだろうとは思えなかった。ただの家畜と思われるか、おやつにされてしまうのが関の山だろう。

ウェンズレイはひかえめな仕種で、丘の上にある紅茶色の石造の高い建物を指し示した。円錐形の塔のてっぺんに、ベージュ色の質素な長旗がたなびいている。

「どうぞ、ごらんください」彼はわずかに胸を張ってみせた。「われわれの城です」

「城とは呼べませんよ」ぼくが指摘する。「防衛のための施設が何もありませんからね」

「とんでもない——そんなもの、われわれは必要としておりませんよ」ウェンズレイは愕然としたのか、言葉をもつれさせた。「非友好的な印象を与えてしまうでしょう。とにかく、われわれにとっては、あれが城なのです。そういうことにしておいてください」

彼の背後で、タンダが天を仰いだ。

まぁ、とりあえず、潜入するにあたって、防壁や落とし格子をどうするかという心配はいらないだろう。ペアレイ城にはそういったものもないんだから。それどころか、弓矢の射出口もない。窓という窓はどれもこれも大きく、太陽の光がたっぷりと入るように、透明な硝子《がらす》がはめこまれている。鎧戸はおろか、横木のひとつもありゃしない。そのうちのいくつかは全開になっており、おだやかな風が吹きこむたびに、きれいなカーテンがひらひらと揺れていた。

ぼくは目を凝らしてみたけれど、人影はなさそうだった。〈十人組〉の誰かが監視にあたっているんだろうか？　あらかじめ、ぼくは仲間たちに変装の術をほどこしておいた。さもないと、ぼくは背が高すぎるし、ゾルは華奢だし、バニーはまばゆいばかりの赤毛、タンダは緑の髪ということで、この次元では人目を惹いてしまうにちがいない。でも、これなら、誰が見ていようとも、ヒツジの群れのような邑人《ウーズ》たちと区別がつかないはずだ。

まさしく、ペアレイの住民はヒツジにそっくりだった。胸のふくよかな女性がひとり、八百屋の上にある家の窓から身をのりだしていたけれど、ぼくが視線を向けたとたん、頭をひっこめてしまう。まぁ、どうでもいいや。ちょうど、ウェンズレイが立像についての説明を始めたところだった。

「あれは、退位なさったばかりの〈和合王〉ことステルトン陛下のための記念碑です。ほら、両手を広げているでしょう。すべての人々は平等であるという意味がこめられているのですよ。あのころはよかった……」ウェンズレイは溜息をついた。「いいえ、クロミエール王子を批判するつもりはありませんとも。彼は彼なりに、最善の選択をしたつもりだったのでしょうからね」

彼の肩ごしに、邑人《ウーズ》の一団がこちらへ歩み寄ってくるのが見えた。みんな、満面の笑みを浮かべている。

「あら、歓迎してもらえるみたいね」バニーが口を開いた。

その邑人《ウーズ》たちはヒツジさながらの細い目をウェンズレイに向けている。いや、むしろ、彼が持っている次元跳躍器のほうが主眼なんだろうか。

たちまち、ウェンズレイは顔色を失った。

「さぁ！　こちらへどうぞ」その声もひきつっている。「ほかにも、見ていただきたい場所がいろいろとあるのです」彼はふりかえろうともせず、大股に歩きはじめた。何をあわてているのやら。駆け足じゃないと、ついていけないじゃないか。「あちらがパン屋です。カッシェルが焼いてくれるパンはおいしいですよ、最高です！　それから、酒屋もあります。その隣は薬局です。酒屋と薬局がすぐそばにあるというのは、理想的でしょう」

「ウェンズレイ！」一団の先頭にいる大柄な女性が声をかけてきた。ぼくたちは通訳ペンダントを使っているので、彼女が何を言っているのか、容易に理解することができた。これがあれば、言葉だけでなく、含意や感情もわかるんだ。とはいうものの、今回の場合、これがなかったとしても、その女性の心理状態は一目瞭然だった。なにしろ、とってつけたような笑顔なんだから。「ひさしぶりね！　ちょっとでいいから、おしゃべりにつきあってちょうだい。聞いてほしいことがあるのよ」

「えぇ、あたしも！」細身の娘がそのおばさんを追い越し、先を譲るまいとするように両肘を左右につっぱっている。「ずっと、あなたのことを想ってたのよ！　ここで会えたのも何かの縁にちがいないわ！」

「おれたち全員にとって、きみは忘れられない存在なんだ!」灰色の巻毛の男が叫んだ。

ウェンズレイは動揺もあらわに、次の角を左へ曲がり、すぐに右へ。そこは狭い路地で、いかにも下町らしく雑然としている。建物のバルコニーに頭をぶつけてしまいそうなほどで、空も見えやしない。

ところが、どこかに近道があったんだろうか、前方からも別の一団が現われた。やっぱり、ウェンズレイが〝大切な人物〟だということを当人にわからせようとしているにちがいない。

「なつかしいな、ウェンズレイ」大男がうれしそうに声を上げ、両腕を広げている。あの様子じゃ、通り抜けるのは不可能だ。

「ひぇ〜っ」ウェンズレイは愕然としたように声を震わせ、来た道を戻りはじめる。

そこへ、さっきの角でやりすごしたはずの一団がひきかえしてきた。あいかわらずの力強い歩調で、あらたな競争相手の出現に気がついたとたん、それまで以上の勢いで迫ってくる。

ぼくたちは逃げ場を失ってしまった。邑人《ウーズ》たちが笑顔でひっきりなしに肩や背中を叩いてくるので、ぼくは身体をこわばらせた。ウェンズレイこそが目的のはずなんだろうから、こっちには手を出さないでくれないかな。

「お友達かい、ウェンズレイ?」ぼくと同じぐらいの歳の青年が尋ねた。「いやぁ、はじめまして」彼はぼくの手をにぎりしめた。おざなりな握手につづいて、彼は当然のようにウェンズレイの次元跳躍器のほうへと手を伸ばしていった。「ところで、そこにあるのは、魔法の旅の杖じゃないか？　いっぺんでいいから、この目で確かめてみたいと思ってたのさ！」

「あたしも！」黒髪の女性が叫んだ。「ねぇ、見せてちょうだい。後生だから！」

こうして、跳躍器をめぐる三つ巴《どもえ》の対決が始まった。こっちに青年がいて、あっちに黒髪の女性がいて、中央のウェンズレイはそれを奪われまいと両手でにぎりしめている。

「気をつけてくれ」彼はくいしばった歯の隙間から声を洩らした。「ぼくの手がすべったら、どんなことになる？」

そりゃ、跳躍器を奪い取ったほうが異次元へ転位《テレポート》するにきまってるじゃないか。

「とにかく、ちょっとだけでも、見せてちょうだいってば」女性は手を離そうとせず、くいさがっている。

「しかし……ほら、ここにいるのは、わたしの友人たちなんだ」ウェンズレイは必死のありさまだった。「この杖で連れてきたのさ。今夜じゅうに帰らせてあげなければならないんだ。そう！　今夜！　ひょっとしたら、それよりも早いうちかもしれない。だから、わかってくれ、今は貸してあげるわけにいかないんだよ。期待に応えられないのは残念だが……むんっ！」彼はせいいっぱいの力で跳躍器をふたりの手から引き抜くや、しっかりと胸許でにぎりしめた。「あとにしてくれないかな？　もうしばらくの辛抱だからね」

群衆は彼をにらみつけたい心境だったにちがいないけれど、おたがいに横目で仲間たちの様子をうかがっているうち、笑顔を崩さないことにしたようだ。

「もちろん、わかっているさ」快活そうな大男が声を響かせた。「なるほど、お友達だね？　いやぁ、ようこそ！　この美しい町をごらんになったあとは、食事をご一緒させてください。お世話という大切な役割ですから、ウェンズレイだけでなく、われわれも手伝いましょう。そのつもりですとも」それから、彼はバニーとタンダにむかって頭を下げてみせ、「お会いできて光栄です、お嬢さんがた。わしは国家安全評議会の代友、ガッビーンといいます」

「ダイ、ユ、ウって？」ぼくはウェンズレイに尋ねた。

「〝平等な立場で議事をまとめる人物〟のことです」それが彼の答え。「ガッビーンの任期になってからというもの、安全評議会は多くの懸案をかたづけています。すべての階段に手摺《てすり》をとりつけるとか、橋の上にすべりどめ加工をほどこすとか。すばらしいでしょう？」

なるほど。この国の人々ときたら、誰もが平等であろうとするあまり、議長という肩書を使うだけの度胸もないんだな。天冴鬼《パーヴェクト》たちが実権を掌握するのは、さぞかし容易なことだったはずだ。ここでは、自分の権利を主張するなんて、国王ほどの立場でないかぎりは無理なんだろう。何千年ものあいだ、弱肉強食という言葉と無縁だったにちがいない。

「ところで、失礼にあたらないようでしたら、この風光明媚なペアレイへおいでになった理由を教えていただけませんでしょうかな？」ガッビーンの質問も、同胞たちに視線をめぐらせ、自分が話を進めても問題はなさそうだと判断してからのことだった。

「それは――」ぼくはできるだけ快活に口を開きながら、変装の術を解き、「あなたを助けてあげるためですよ。〈偉大なるスキーヴ〉におまかせあれ」

異次元からの来訪者が四人に緑色のドラゴンが一頭という集団がだしぬけに出現したとたん、邑人《ウーズ》たちは八方へと逃げ去ってしまった。ウェンズレイも一緒に行ってしまいたかったようだけれど、タンダがその腕をつかんでいる。

「あわてないで、彼氏。あたいたちの帰りの切符、あんたが持ってるんでしょ」

「へっ？　あぁ、そうですよね」ウェンズレイはあわてたような口調になり、胸許で抱きしめたままの跳躍器を指先でなぞった。そして、誰にも見られていないことを確かめると、それをブーツの中にすべりこませる。

ちなみに、ぼくとしては、宿屋で彼の話を聞いたときもディーヴァの市場《バザール》へ行ったときも、自分も跳躍器を持っているということを彼に悟られないようにして、クラーとディーヴァのあいだを往復するにあたっては閃光の粉でごまかしておいたんだ。おそらく、ここから脱出する必要が生じた場合の切札になるだろう。もちろん、タンダは次元旅行の達人だから、こんな装置を使わなくても大丈夫。ゾルも、本人の説明によれば、そのぐらいのことはできるらしい。つまり、これがたよりなのは、ぼくとバニーのふたりだけ。ささやかな弱点にすぎないけれど、他人には知られないほうがいい。というわけで、ぼくもブーツの中に跳躍器を隠してある。

ひとり、またひとり、おそるおそるといった様子で、邑人《ウーズ》たちが戻ってくる。好奇心もあらわに、最初のうちは遠くから、やがて、ぼくたちが身動きもできなくなるほどの至近距離まで人垣の輪が迫ってきた。

「うわぁ」誰かがぼくの顔を覗きこみ、あえぐように声を洩らす。「瞳孔が丸いよ!」とたんに、その一言がぼくに対する否定的な表現になりかねないと思ったのか、「いやぁ、これはこれで、いいかもしれないねぇ!」

ぼくたちは肌の色も毛並も身長も体型もまちまちなので、邑人《ウーズ》たちの注目の的《まと》だった。とりわけ、種族が異なっているにもかかわらず、タンダとバニーには熱い視線が集まっている。横目でちらちらと眺めている者もあり、睫毛の一本一本にいたるまで仔細に観察している者もあり、ひっきりなしに人波が押し寄せてくる。まぁ、彼女たちの身辺を心配する必要はないだろうけれど。なにしろ、邑人《ウーズ》たちの性格はおとなしいし、タンダもバニーも、自分の身を護る方法は熟知しているんだから。

ギャオンはといえば、かまってくれる相手がいない。ここぞとばかりに首を伸ばし、青くて丸い目を輝かせているんだけれど、かわいそうに。

「い……異種族のかたでいらっしゃるとは、思ってもいませんでした」ガッビーンが口ごもりながら、震える指先でぼくの袖をつまんだ。「な……なれなれしい態度で失礼いたしました、い……い……〈偉大なるスキーヴ〉さま。それで……えぇと、どのような理由とおっしゃいましたか？」

劇的な自己紹介のつもりだったんだけれど、そのあとの騒動のせいで無駄になっちゃったんだな。こうなったら、拡声の術を使ってやろう。

「あなたがたを助けてあげるつもりなんですよ！」

「しーっ！」あわてて、ウェンズレイが人差指を口許にあてててみせた。「あいつらに聞こえてしまうじゃありませんか！」

とたんに、邑人《ウーズ》たちはおびえたように視線をめぐらせた。その様子を見れば、〝あいつら〟というのが誰のことなのか、尋ねてみるまでもない。けれど、これといった戒《いまし》めが天から落ちてくるわけでもなかったので、一同は安心したんだろう、さらに接近してきた。密集した人々の上を歩くこともできるんじゃないかと思うほどの状態だった。

「われわれの窮状をわかってくださったのですな、スキーヴ先生」ガッビーンがささやき、ぼくの手をにぎりしめた。「ありがたいかぎりです。もともと、われわれは良識と協調を大切にする自由な民衆でした。ところが、あいつらのせいで、日々の生活もめちゃくちゃにされてしまったのですよ！」

「えぇ、やめさせなければいけません」きっぱりと。「まずは、ここにいる仲間たちを紹介させてください。こちらがタンダです。その隣にいるのがバニー。それから、高名な学者にして文筆家でいらっしゃるゾル・イクティ」

ぼくの名前を知っていた邑人《ウーズ》はディーヴァへ行ったことのある数人にすぎなかったけれど、ゾル・イクティとその著作については半数以上が知っているようだった。ゾルは鞄の中にあった数十冊の『忌鬼《インプ》はインパーから、亜口魔《ディヴィール》はディーヴァから』を取り出すと、邑人《ウーズ》たちの求めに応じて、それらにサインを入れていった。

つづいて、ガッビーンを筆頭に、これ以上はないというほどの接待が始まった。街を延々と歩きまわり、ちょっとでも大きな建物があるたびに、その由緒を説明してくれる。三時間もすると、でこぼこの敷石のせいで、ぼくは足が痛くなってきた。そこで、見世物もかねて、ぼくは自分自身とバニーに浮揚の術を使うことにした。タンダはタンダで、空中で躰《からだ》を横に伸ばし、頬杖をついた恰好で移動している。ゾルも胡坐《あぐら》をかいた恰好で虚空に浮かんだまま、そこかしこの風景に目を輝かせていた。おかげで、街を一周したあとで出発地点に戻るころには、むしろ、さっきよりも元気になっていたほどだ。邑人《ウーズ》たちをびっくりさせる効果もあったようだし、けっこうなことだ。

「さて、みなさん、軽い食事や飲み物などはいかがですか？　ウェンズレイ、きみもどうかね？」ガッビーンは声をかけたものの、最後の一言はおまけという感じだった。

「ご厚意のほど、ありがとうございます」ぼくにしてみれば、それは本心だった。なにしろ、城の見える建物があるたびに昇ったり降りたりをくりかえしているうち、すっかり喉が渇いちゃったんだから。

とりあえず、変装の必要はなさそうだ。邑人《ウーズ》たちは異次元からの来客を目の前にして、よろこんでくれている。〈十人組〉の密偵がまぎれこんでいないかぎり、まずいことはないだろう。

「いやはや、すばらしきかな」ゾルが相槌を打った。「さぞかし、お茶がおいしいことでしょう。それに、ウー料理を食べさせていただく機会というのも、めったにありませんからね」

とたんに、邑人《ウーズ》たちは大喝采。食堂の経営者たちが次々と招待の言葉をかけてくる。

ウェンズレイが必死に首を振っている。なるほど、それらの食堂のうちの一軒だけを選ぶとなれば、政治的な問題をひきおこすことになりかねないわけだ。とはいうものの、すべての店で食べるわけにもいかない。

「邑人《ウーズ》のみなさん」ぼくは笑みを浮かべ、期待に満ちた数十の顔を眺めた。「ぼくたちはご当地の事情にくわしくありません。よろしければ、そちらで決めていただけますか？」

6

うまい台詞のひとつも言えないんなら、黙ってろよ。

——D・リックルズ

どこで食事をするのがいいか、邑人《ウーズ》たちの議論はあくまでも遠慮がちで、ちょっとした見物《みもの》だったけれど、そのぶん、所要時間もかなりのものだった。ぼくたちを招待するという栄誉の行方が決まったのは、日が暮れたあとのこと。

「よし、それでいこう!」ガッビーンの宣言に、ぼくたちは暇をもてあましての居眠りから目を覚ました。彼は両手を揉みあわせながら、ぼくたちのほうへと歩み寄ってきた。あいかわらずの笑顔だったけれど、さすがに、くたびれているらしい。「〈モンゴメリ酒場〉へ行きます。もっとも平均的なウー料理をめしあがっていただきますよ! われわれの大切なお客人ですからな」

「ただし、わたしたちの窮状を救ってくださるということなら——」眼鏡をかけた顔がいかにも生真面目そうな女性が口を開き、「厳密には、お客人としての接待でなく、食費も報酬の一部であるものと考えてよろしいでしょうね」

これじゃ、またしても、やたらと丁重な議論が始まっちゃうんじゃないだろうか。

「そこまで！」とっさに、ぼくはその話題をさえぎった。「食費は自己負担にさせてもらいますよ。報酬については、具体的な状況を聞かせていただいてから、その内容に応じて相談させていただくことにしましょう」

「ねぇ、報酬をもらうほうが先じゃないの？」邑人《ウーズ》たちの案内で、はなやかな照明に飾られた店のほうへ歩いていきながら、タンダがささやきかけてきた。

「いやぁ、どうだろうね」ぼくは言葉を濁すばかり。

たちまち、彼女は緑色の眉毛を上げた。「この連中が無一文だったりしたら？」

「そうだとしても、天牙鬼《パーヴエクト》たちによる抑圧を放置しておくわけにはいかないよ」

「しっかりしなさいよ」タンダは指を鳴らしてみせた。「誰も死んだわけじゃない。食糧難に苦しんでるわけでもない。あんたを雇うからには、それなりの対価を払ってもらわなきゃ。こんなところで無料奉仕だなんて、どうかしてるわ。この話が市場《バザール》に伝わったら……」

ぼくは引退したんだってば。

でも、その表現は正しくない。ウェンズレイにも言ったとおり、ぼくは〝休暇中〟…

…ということにしてある。いつの日か、ぼくは魔術の研究を修了するだろう。そのあと、何をやりたいのか……考えてなかったんだ。タンダの言うとおりかもしれない。ぼくが市場《バザール》へ戻ることになったとき、無料奉仕の噂が広まっていたら、くだらない依頼ばかりが殺到するかもしれないし、採算の合わない長丁場の仕事を押しつけられるかもしれない。過去にも経験があるけれど。

「そりゃ……だから……」

「心配しないで、スキーヴ」バニーが片手でぼくの胸許を軽く押し、明るい店内へとうながした。ぼくは呼吸が止まりそうになった。なにしろ、ふだんから運動で鍛えているだけに、バニーは腕力もすごいんだ。「交渉はあたしの仕事よ。まかせておいて」

〈モンゴメリ酒場〉というのは、ほかの次元だったら〝酒場〟の部類に入らないような店だった。もちろん、酒はそろっているようだし、簡単な食事もあるけれど、誰も煙草を吸っていないし、落書きのひとつもないし、酔いにまかせての喧嘩もない。むしろ、喫茶店みたいじゃないか。父さんの農場の近くにあった町で母さんと教師仲間が休日の会合に使っていたところも、こんなふうだったっけ。とにかく、〈モンゴメリ酒場〉はあまりにも整然としすぎていて、酒を飲んでいても肩が凝ってしまいそうな雰囲気だった。

「ひかえめな店ね」タンダは最初の一杯をあっさりと飲み干すと、赤い巻毛の店主におかわりを求めた。「レモネード、おかわり」

「シトラス・マティーニですね。きつくありませんか?」モンゴメリは大瓶でおかわりを注ぎながら、彼女に声をかける。

「ぜんぜん」タンダはグラスの中を覗きこむ。モンゴメリがおかわりを注ぐ手を止めた。タンダは意味ありげに咳払いをした。店主はびっくりしたような表情になり、グラスの縁まで酒を満たした。「それでいいわ。どうせだから、その大瓶を貸して。あんたって最高の男ね、ありがとう」

モンゴメリがぼくたちのテーブルを離れ、ぴかぴかに磨きあげられた木製のカウンターを拭きはじめると、タンダは首を振った。

「ここがディーヴァの市場《バザール》だったら、酒を薄めてるんじゃないかってことで、営業停止処分になっても不思議じゃないわ。まさしく、〝悪酒は水のごとし〟よ。これじゃ、軽く一杯のつもりで身代《しんだい》をつぶすことになっちゃうかも」

まぁ、ぼくとしては、どうでもいいや。なにしろ、今夜はビール一杯だけのつもりなんだから。

そう、思考力をはっきりさせておかなきゃいけない。ぼくたちの手でペアレイの解放を実現するにあたり、急遽《きゅうきょ》、代友たちも集まっての秘密会議をおこない、ぼくたちに対する要望をまとめようという話になったのだ。

ウェンズレイによる紹介のあと、十五の評議会の代表者たちは本題にとりかかった。まずもって、邑人《ウーズ》たちは喧嘩をしないし、あからさまな非難の言葉をぶつけることもないけれど、この場のやりとりときたら、仇敵同士が顔を合わせたかのように険悪な雰囲気が感じられるものだった。

「博学なる友よ」国家保健評議会の代友をつとめるウィグモアが口を開いた。「わたしの立場はさきほどから申し上げているとおりですが、もしかしたら、説明不足の部分があったかもしれません。充分なご理解をいただければ、異論が出ることはないでありましょう。ペアレイの民主主義が本来の影響力を失っている現状は、すべての邑人《ウーズ》の福利厚生に悪影響をおよぼしております。すなわち、われわれが全面的に承認したわけではないかたちで統治されていることから生じた保健行政への不安です。したがって、スキーヴ先生が今回の問題を打破してくださるのであれば、わたしは国家保健評議会の代友として、僭越ながら、そのための活動方針についての助言をさしあげたいと考えております。もちろん、ご本人がそれを必要となさっている場合の話ですが」

「国家保健評議会の博学なる友よ」声を上げたのは、ヤーグという名の代友だ。「率直に言わせていただきましょう。いかにも、わが国の行政が十全なる機能を回復するために外部からの支援を仰がなければならないということは、われわれ全員が承知しているところです。その機能が欠如している現状について、ひとえに国家保健評議会の問題であるものと考えておられるのは、おおいなる自己犠牲の精神の発露にちがいありません。わたしが思うに、スキーヴ先生は国家保健評議会だけに過大な責務を与えることなく、ほかの分野にも相応の貢献を求めてくださるでしょう。もちろん、保健行政の重要性をいささかも否定するものではありませんが」

この発言に、ところどころから息を呑む音が聞こえてきた。邑人《ウーズ》にしては強い表現があったんだろう。みんな、友好的な笑みを浮かべてはいるけれど、その視線はドラゴンの吐く炎のごとく、燃えるような凄味をたたえていた。

ヤーグが着席するや、別の代友であるアルドラハンという女性がここぞとばかりに立ち上がった。ちなみに、彼女の発言の主旨はといえば、ウェンズレィは同胞たちを信じて跳躍器をすべての人々の手に触れさせるべきであり、彼女自身がその管理者になるというものだった。大きな仕種は気合を感じさせたけれど、肝心の演説はくだらない。いつしか、ぼくは舟を漕ぎはじめていた。すでに、ギャオンはぼくの足元で丸くなっている。ぼくは半分ほど中身の残っているグラスにあやうく鼻先をつっこむところだった。

すべての代友が発言の機会を与えられていた。そのたびに、ぼくの脇腹を肘でこづいてくる。とたんに、バニーが演説にうなずいてみせながら、ぼくは相手の襟許をひっつかんでやりたいという衝動に駆られそうになった――〝何をどうしてほしいのか簡潔にまとめてこい、それができなきゃ仲間ともども帰らせてもらうぞ〟ってね。

ただし、こんな状況下でも、ゾルはすっかりくつろいでいるようだった。彼にとっては、喫茶店のような雰囲気がぴったりだったにちがいない。ワインもビールもなし、リキュールもウイスキーもなし、鎮静剤も興奮剤も幻覚剤もなし（というか、そんな代物がこの店にあるとも思えない）。はじめのうち、邑人《ウーズ》たちは彼がお茶しか飲まないことに困惑の表情を隠せなかったけれど、それでも、数十種類におよぶ茶葉の見本を持ち出してきて、テーブルのほとんど全面を埋め尽くしてしまった。残されている余地は小さな茶器一式を置くところだけ。

なるほど、〈十人組〉がペアレイの財政再建のために呼ばれた当初の理由がわかってきたぞ。邑人《ウーズ》たちは浪費癖があって、それが国庫を圧迫してきたにちがいない。ここにあるお茶を見ても、最高級の品種ばかりじゃないか。ディーヴァの市場《バザール》だったら、百グラムで金貨三枚といったところだろう。つまり、六杯かそこらのお茶を淹《い》れるために、八人家族の一カ月ぶんの生活費にあたる大金をばらまいているわけだ。

ゾルはそんなお茶をゆったりと飲みながら、邑人《ウーズ》たちの話に耳をかたむけている。

「えぇ、本音をおっしゃってくださいよ」彼は何度もそう言っていた。「心の奥底をさらしてこそ、明確な相互理解が可能になるのですからね」

気がつくと、ぼくのグラスはからっぽ。ぼくはテーブルの上でぐったりと頬杖をついた。店の外では鳥の声が聞こえはじめている。窓のむこうの空が漆黒から濃紺へと色を変えつつある。もう、朝になるころか。それなのに、まだ、誰も有意義なことを言っていない。目が痛くなってきた。これ以上、たわけた演説を聞いちゃいられない。

　八人目の代友が立ち上がったところで、ついに、ぼくは言葉をさしはさんだ。

「抑圧についての具体的な事例を挙げてください」きっぱりと声を響かせる。視線をめぐらせてみれば、みんなも疲労の色がありありとしていた。「みなさん、ご自分の評議会こそが〈十人組〉を追放するにふさわしいと考えていらっしゃるようですが、そもそも、どんな目に遭わされているんですか？」

「代友たちの演説を聞いておられなかったのですか？」たちまち、ウェンズレイが言葉を返してくる。「あいつらのせいで、われわれはすべてを失ってしまったのですよ！　何をしようとしても、自由にできません。硬貨の一枚にいたるまで、あいつらの手の中にあるのですからね。あいつらは工場や農場をひとつひとつ巡回して、われわれが作った品物の数を完全に把握しているのです」

「このままでは、わたしたちが異次元で買ってきた多くのものも奪われてしまいかねません」アルドラハンが泣きそうな声になった。「どれもこれも、わたしたちにとって、なくてはならないものです。この国の人々は自力で魔術を使いこなすことができるようになってはおりません。労働軽減装置はたいそう役に立っています！」

「あまつさえ、自衛のための――いいえ、自衛の必要に迫られているわけではありませんとも！」ヤーグがたたみかけてくる。「敵がいませんからね。ペアレイはどこよりも安全です。しかし……まぁ、万一にそなえるつもりで……わずかながら、調達しておいたものがあるのです。そのおかげで、われわれは平穏に暮らしていけるのです。ところが、〈十人組〉はそれさえも接収しようとしているのです！」

「さらなる給与の削減についても、許しておくわけにはいきません」ウェンズレイがつけくわえる。「遠い昔から、われわれはウーだけが唯一無二の世界だと思いこんできました。どれほどの知識を手に入れそこなっていたか、想像してください！　たしかに、異文化交流に慣れていないのは事実かもしれませんが、その場所へ行ってみなければ、何も習得できないままでしょう？」

たちまち、数人の代友が口々に賛同を叫んだ。「同感！」

「異議なし！」

「あいつらは神経質になりすぎる！」

「われわれの誰かが次元旅行を経験したという評判が城に届くと、たちまち、召喚状が送られてくることになるのです」ガッピーンがおちつかなげに説明する。「もちろん、ただの事情聴取にすぎませんよ！」

「一時的な身柄の拘束ということですか？」そうだとしたら、ひどいことだ。「これまでに、危害を与えられた人はいますか？」

きますね」

「いやぁ……」邑人《ウーズ》たちはおたがいに視線を交わすばかり。「みんな、上機嫌で帰って

「非常に鋭い質問が出るそうです」アルドラハンが助け舟を出した。「なにしろ、あの天牙鬼《バーヴェクト》たちは頭のいい連中ですからね。もともと、その点に期待して、わたしたちも財政再建への協力を要請したわけです。とはいえ、こういう三段論法はいかがでしょうか？　甲が物質面における必要性を感じているにもかかわらず、乙の出現でそれが満たされないようになったとしたら、両者のあいだに対立が生じますよね？」

ぼくは眠気で朦朧としていたけれど、それでも、彼女の発言の核心をつかむことはできた。

「満たされない？　何が満たされないっていうんですか？　拝見したところ、あなたがたは食糧もたっぷりとあるでしょう。ついでに、飲むものも」ゾルのために最高級のお茶を並べてみせることもできるほどだし、店の奥にある棚も酒壜でいっぱいじゃないか。

「みなさん、きれいな服を着て、居心地のよさそうな家に住んで——生活水準は低くないと思いますよ」

「お金がないんです！」ウェンズレイが泣き声を洩らした。「硬貨のひとつも自由に使えないんですってば！　裕福そうな印象はあるかもしれませんが、すべてにおいて、あいつらに頭を下げなければなりません。商人たちは備蓄を強制され、一日の販売量も上

限が決められています。工場の倉庫にも鍵がかかっています。毎朝、どれだけの商品を出荷するか、あいつらの許可を求めなければなりません。その必然性がないと判断されてしまったら、何も売ることができません。われわれのものだというのに！」

彼のきわめて率直な発言に、ほかの面々は慄然としながらも、自分たちが胸の中に隠してきた鬱憤《うつぷん》をぶちまけてくれたという安堵感もあるようだった。それほどまでに、〈十人組〉はおそれられているのだろう。

「必然性がないというのは、どんな？」そこが肝心なところ。「食糧はこの程度で充分だろう、とか？」

「いやぁ」ウェンズレイはあっさりと否定した。「たとえば、ある銀細工師がすばらしいペンダントをいくつも作って、その腕前は〈十人組〉にも認められるほどなのですが、それらの製品をよその入手困難な品物と交換したいと思った場合は、どうすればいいのでしょう？」

「まぁ、通常の商業活動だと思いますが」ぼくは肩をすくめた。「双方が一緒に城へ行って、その場で取引をおこなうというのは？　ペンダントは相手のものになり、銀細工師は望むものを手に入れることができるでしょう」

「それで、えぇと……その相手というのが……ここいらの住民でないとしたら？」

「異次元の種族だったりするわけですな？」ゾルが尋ねた。

その一言はあまりにも痛烈だったようで、邑人《ウーズ》たちは視線を落としてしまった。なるほど、そういうことか。

「つまり、あなたがたとしては、次元旅行の禁止をおそれているわけですね」

「そんなことになってしまったら……！　しかし、ありえませんよ」ウェンズレイがきっぱりと言葉を返してくる。「跳躍器がわれわれの手許にあるかぎりは大丈夫です！　どこであれ、自由に行ったり来たりできますとも！」

「しぃーっ！」ほかの面々が口許に人差指をあててみせる。

「とはいうものの、奪われてしまった品々も少なくありません」ウェンズレイは声をひそめた。「しかも、あいつらは所定の報酬だけでなく、好き勝手な金額の特別手当をふんだくっていこうとするにきまっています」

あわれな邑人《ウーズ》たちを搾取するってことか。そうだとしたら、血も涙もありゃしない。

「しかし、それにもまして厄介な問題があるのです」ウィグモアが口を開く。「ごらんのとおり、ウーはきわめて平穏な次元ですが、あいつらの活動拠点にされてしまうとなると……」

「ひょっとして、〈十人組〉はウーを足場に、ほかの次元を征服しようとしているんですか？　なぜ、そんなことをご存知なんですか？」

「おわかりでしょう」ヤーグが言葉をさしはさんだ。「あいつらは大声でしゃべりますからね。城内にいる衛生管理士たちが（すかさず、〝掃除係のことよ〟とバニーがささやいた）そのあたりの話を聞きつけてきたのです。もちろん、偶然にすぎませんが」

「そうでしたか」

ぼくは視線をめぐらせ、タンダとバニーとゾルの表情を眺めた。三人とも、ぼくと同じことを考えているようだ。〈十人組〉をのさばらせておくわけにはいかない。

「なるほど、わかりました」ぼくはきっぱりとうなずいた。「とりあえず、充分な睡眠が必要です。そのあと、こちらで調査をおこない、敵をやっつけるための方策を検討することにします」

「えぇと、あのぅ……」ガッビーンが一本指を立ててみせる。「スキーヴ先生、さしでがましいかもしれませんが、われわれの意向を聞いていただいたではありませんか」

ぼくは彼の顔を凝視した。わけがわからないぞ。

「どうやったら〈十人組〉を追放できるかという話ですよね？」

「まぁ……いささか、まわりくどかったかもしれませんな」ガッビーンがひかえめに咳払いをした。「あからさまに申し上げるのは失礼というものでしょう。しかし、われわれとしても、役に立つことができればと思いまして」

「はぁ？」ぼくは頭を振り、脳に刺激を与えようとした。徹夜はつらいよ。「つまり、こういうことでしょうか？　これまでの話は、ぼくたちが何をどうすべきか、指示を与えているつもりだったと？」おそらく、そういう解釈が妥当なところだろう。「そうなんですか？」

邑人《ウーズ》たちは言葉にならない声を洩らすばかり。うっとうしいったら。

「はっきりとおっしゃってください」

「なにぶん、簡単に答えられるような事柄ではありませんので……」

「〝はい〟か〝いいえ〟だけで充分でしょう？」

「えぇと……」アルドラハンがおずおずと口を開いた。「それでは……〝はい〟」

「却下」きっぱりと。

「却下!?」とたんに、邑人《ウーズ》たちが目を見開いた。

「そのとおり」ぼくは腕を組んでみせた。「指示はご無用。ぼくたちは専門家です。助言はありがたいと思いますが、作戦の進めかたは自分たちで考えなければなりません。あなたがたの望む方法で〈十人組〉を追い出すことができるとしたら、そもそも、ぼくたちを呼ぶ必要もなかったはずでしょう？」

ぼくは邑人《ウーズ》たちに視線をめぐらせた。誰も言葉を返そうとしない。

やがて、アルドラハンが咳払いをした。「まぁ、むこうは魔術についての知識も豊富だけれど、わたしたちは素人ですからね。それに、自分たちの権利をはっきりと主張するだけの気概もありませんし」

「ただし、術力をそなえている相手に対処する方法はご存知ですね？」

ぼくの質問に、カッシェルという名前の邑人《ウーズ》が唇をすぼめる。

「とりあえず、科学技術をあまり理解していない相手であれば、どうにかなるでしょう。しかし、それらの両方を使いこなす相手となると……」

いいかげんにしてくれ。雄鶏の声が聞こえてきたじゃないか。

「わかりました」ぼくは両手を上げてみせ、彼の言葉をさえぎった。「つまり、〈十人組〉が相手では、あなたがたはどうすることもできないというわけですね」

「えぇと……まぁ、現時点においては……」

「なるほど」ぼくは笑みを浮かべた。「だったら、まかせておいてください。よろしいですね？」

「せめて、そのぅ、進捗状況ぐらいは教えていただけるでしょうか？」ガッビーンが消え入りそうな声で尋ねてくる。

「もちろん」あたりまえじゃないか。「意見交換の必要性を否定するつもりはありませんよ。ただ、あなたがたの指示どおりに行動する義務はないということを理解しておいてください。こちらの要求としては、こんなところです」

「おみごと、スキーヴさん」ゾルが拍手を送ってくれた。「おみごとですぞ」

ようやく、邑人《ウーズ》たちも安堵したような表情になった。とりわけ、ウェンズレイは顔をくしゃくしゃにしている。

「どうやら、おたがいの事情について、充分に理解できたようですね」バニーが口を開き、色気たっぷりの視線でウェンズレイのほうを一瞥した。「さしつかえなければ、この話題はまとまったと考えてもよろしいでしょうか？」へぇ、邑人《ウーズ》たちの婉曲表現をうまく模倣しているじゃないか。「明日になれば、〈偉大なるスキーヴ〉は多忙をきわめることになります。ほかの仲間たちもふくめ、そろそろ、休ませていただけませんか？　わたしは大丈夫ですから、次の話題にとりかかりたいと思いますが」

「それは、われわれにとっても幸甚ですな」ガッビーンが声を高くした。

「ありがとうございます！」バニーは満面の笑みを浮かべ、両手をしっかりとテーブルの上に置いた。「さて、報酬については……」

たちまち、ガッビーンたちは震えあがった。あ～ぁ、かわいそうに。

ぼくは口許がゆるみそうになるのを噛み殺しながら、モンゴメリの案内で、タンダやゾルやギャオンとともに、寝室につながる階段のほうへと歩いていった。

7

きみのために、こういうものを作ったんだ！
——H・ヒル教授

「ごめんなさい、遅くなっちゃった」ニキがあやまりながら、入ってきたばかりの扉を閉めた。「第五工場の組立施設を修理しなきゃならなかったのよ。切断装置の故障だったんだけど、あの連中ときたら、ヒツジの群れみたいに、茫然としてるだけなんだから」

「こちらも、始めたばかりよ」ヴェルゲッタが答えた。彼女をはじめ、一同は大きなテーブルのまわりに集まり、その中心にいるモニショーネが研究成果を発表しようとしているところだった。ケイトリンだけは興味のなさそうな表情もありありと、おなじみの端末の前に座ったままだ。ヴェルゲッタのかたわらにはシャリラーがついており、必要とあらば使い走りをまかせてもらおうと待機している。「こっちへいらっしゃい、お嬢ちゃん。今日のところは、邑人《ウーズ》たちもおとなしくしているの？」

ニキはにんまりと、鋭い牙をあらわにしてみせた。

「騒動をひきおこすほどの度胸もない連中よ。ただ、ひっきりなしに愚痴をこぼしてばかりで、うっとうしいったら。ときどき、首をひっこぬいてやりたいと思うこともあるわ」

「すべては自分たちのためなのに、これっぽっちも理解していないのね」ヴェルゲッタが溜息をついた。「いいわよ、モニショーネ。さぁ、パルディンが営業のときに披露する売り口上のような感じで、説明を聞かせてちょうだい」

モニショーネはおもむろに両手を交差させ、広い袖口の中にたくしこんだ。

「この眼鏡をかけると、物語の世界が目の前に広がり、自分自身もその一部になれるわ。視界の端にある各種の案内表示にわずかな術力を使えば、筋書を変更することもできるの。見てもらったとおり、とても臨場感のある映像だけれど、もちろん、本物じゃない――ただの映像よ」

「よろしい」ヴェルゲッタがうなずいた。たしかに、鮮烈な情景だったし、眼鏡をはずすだけで現実に戻ることができるという点もすばらしい。なにしろ、次元旅行の術を使う必要もないのだから。「ところで、物語はどれぐらいの種類があるの？」

「これまでに術力設定をおこなったのは昔ながらの伝説と冒険譚ばかりだったけれど、

大丈夫よ。初期投資というかたちで吟遊詩人たちを雇って、新しい物語を創作してもらえばいいの。映像や登場人物や脚本はこちらで調整するということで。そうすれば、無限にひとしい物語を用意することができるわ。しかも、眼鏡の中にある書庫を更新するには、優秀な魔術師がひとりで充分。つまり、物語ごとの経費はささやかなものよ」

「消費者にしてみたら、やめられなくなっちゃいそうね」パルディンがうれしそうに声を洩らし、手許の書類をめくる。「スキャマローニみたいな次元にぴったりだと思うわ。現実と仮想を区別するだけの知性をそなえていて、なおかつ、趣味に金をかけるだけの経済的な余裕もある住民が人口の半数以上を占めている、そういう社会ってことね」

「それだけじゃないのよ」モニショーネはかすかな笑みに牙の先端をちらつかせながら言葉を続けた。「眼鏡の中の物語を誰かと共有することもできるの。全篇でも一部だけでも、旅の仲間を集められるわけね。あるいは、端役のほうがいいと思うなら、たとえば、城壁の上にたたずむ哭妖《バンシー》になることもできる。主人公、その敵、ただの話し相手、名もない通行人、どんな役柄もお望みのままよ」

「おもしろそうね」オシュリーンが声を上げた。今日の衣装はといえば、特別にあつらえてもらった迷彩服、黒いベレー帽と軍靴、そして、襟許には白いスカーフを巻いている。おもむろに、彼女は手にした乗馬鞭をひるがえし、テーブルの上にある眼鏡の側面をつついた。「この星印はそのためにあるんでしょ？　物語を共有するときの符丁みたいなもの?」

「そういうこと」モニショーネが実際にやってみせる。「この星に触れてから、物語を共有しようとしている相手の眼鏡の星に触れるだけ。誰でも参加できるわ。もちろん、相手のほうも事前に同じ物語を用意しておく必要はあるけれど……」

「そのぶん、こちらの収益が増えるというわけね」テノビアが牙を舐めた。「しかも、吟遊詩人たちに報酬を払う以外、これといった経費もかからないわ。うまくいけば、大金を稼ぐことができそうね。従来の娯楽は過去のものよ! 何百という次元で、みんながこの眼鏡を買いたがるにちがいないわ!」

しかし、パルディンが首を振った。

「夢もほどほどにしておきなさい。魔術になじんでいる次元はいくつもあるけれど、こういう商品が売れる条件にあてはまるところは多くないわ。おおかたにおいて、こんなものは玩具だと思われるか、これを使いこなすほどの段階に到達していないか、そもそも、購入する余裕もないはずよ。商売になる次元の数は、せいぜい、三十か四十ぐらいじゃないかしら」

「それだけでも充分でしょ」オシュリーンが言葉をさしはさみ、乗馬鞭でテーブルを叩いた。

「むしろ、十か十二にすぎないかも……って、あんた、めずらしいものを着てるわね？」

オシュリーンは上着についている真鍮製のボタンのひとつを指先でこすった。「作戦会議にぴったりの衣装だと思ったんだけど」

「へ〜ぇ」パルディンが鼻を鳴らした。「ちなみに、戦術論の知識はあるの？」

「よけいなお世話よ、ヒラメ女のくせに。優越感にひたるのは勝手だけど、そんな笑顔じゃ、客が寄りついてくれやしないにきまってる——」

「いいかげんにしなさい！」ヴェルゲッタがどやしつけた。「ふたりとも、本題を忘れないで。どうして、くだらない議論をせずにいられないのかしら？」彼女は言葉を切り、目を見開いた。「あぁ、いまいましい！　これじゃ、邑人《ウーズ》たちと同じだわ」

「その眼鏡を量産するには、どうすればいいの？」ネディラが尋ねた。

「何十個か、自力で作ってみたんだけれど」モニショーネが答えた。彼女が指をはじくと、箱が空中をただよってきて、部屋の中央におさまった。「先行販売の結果がうまくいったら、あとは、邑人《ウーズ》たちにやらせればいいわ」

「食器用の布巾とか毛糸の帽子にくらべて、工場を稼動させる価値があるわね」ルーアナが言った。

「だけど、あいつら、製品を勝手に持ち出したりしないかしら？」テノビアが眉間に皺を寄せた。「布巾よりもはるかにいいものだってことは、あの連中もわかるはずよ」

「肝心の部分だけは術力で管理すればいいのよ」ニキが提案した。「眼鏡の内部に記憶装置を組みこむでしょ。だけど、そうするだけじゃ、眼鏡を作動させることはできない。あの連中はそのための咒文を知らないんだから」

「それについては、わたしたちの役割というわけね。単純だけれど、多大なる術力を必要とするわ。誰かに模倣される心配もないだろうし」モニショーネがにんまりと口許をゆがめた。「おいそれと真似できるようなことじゃないのよ」

「よろしい」ヴェルゲッタが口を開いた。「みんな、整列しなさい。ケイトリン、こっちへいらっしゃい。そんなものをいじっている場合じゃないでしょ」

いやいやながら、いちばん小柄な天牙鬼《バーヴェクト》は端末を離れ、テーブルのまわりにいる〈十人組〉のほかの面々と合流した。全員が手をつなぐ。

「扉に鍵をかけたほうがいいんじゃない？」ネディラが尋ねた。

「なぜ？」シャリラーが笑った。「わたしたちが呼びつけないかぎり、邑人《ウーズ》たちは入ってこられやしないわ。しかも、結界にひっかかったら、一瞬で灰になっちゃうのよ」

「術力線に意識をさしのべて」モニショーネが指示を与えた。彼女は目をつぶり、頭を後方へのけぞらせた。「ありったけの術力を輪の中にみちびくのよ」

「この程度のことで？」ニキがあきれたような口調になった。「ありったけ、ありったけなんて、そんな必要はないんじゃないの？」

たちまち、黄色い瞳がそちらをにらみつける。

「包括的な咒文を使おうとしているのよ、低脳女！　この部屋の環境全体を術力で満たす必要があるわ。各部に適用する具体的な咒文を一気にぶつけてやらなきゃならないし、すべてを輪の中でおこなうことが大前提なの！」

「あんたが自力で作ったときは、どうやったのよ？」

モニショーネは剣呑な表情をあらわにした。「ひとつずつにきまってるでしょ！」

「あぁ」ニキが声を洩らし、目を丸くしてみせた。「わかったわよ」

「だったら、よけいなことは言わないで。ありったけの術力をちょうだい」

この城はペアレイにおける主要な術力線の真上に建っているわけではない。ヴェルゲッタが何度も言っているとおり、邑人《ウーズ》たちが魔術を理解していないという証左なのだが、そもそも、その分野に対する適性もないにひとしいのだから、しかたがあるまい。いちばん近いところにある術力線は流れが弱く、城の裏側の濠の中を通っている。それよりも強い術力線はといえば、もうちょっと遠いところ、空にむかって垂直に伸びている。心の眼に感じられるのは、やわらかな緑色とまばゆい黄色の輝き。

ゆっくりと集中力を高めていきながら、手と手をつなぎあって輪になった〈十人組〉は光に包まれはじめた。全員の影がくっきりと壁に伸び、やがて、黒い巨人の群れがそびえているかのような様相になった。

数年前、この面々が自分たちの才能を合一させるという可能性を発見したのは、ほんの偶然にすぎなかった。それは歳末恒例のバーゲンセールのさなか、ひとつだけとなった銅製の蒸留器がきっかけだった。はじめのうち、ヴェルゲッタは腕力にものをいわせて競争相手を押しのけようとしていた。しかし、どうにもならないので、彼女はこっそりと術力を使うことにした。さらには、手近な術力線をたよりに、せいいっぱいの力をふりしぼった。ところが、その術力線を使っていたのは彼女だけでなく、それと同じことをしている女たちが九人もいた。驚いたことに、その全員が対等の力をそなえていたのだ——彼女の隣にいる筋肉質の若い娘も、真正面にいる年端もいかない少女も。しかし、ヴェルゲッタとしては、蒸留器をあきらめるつもりはなかった。なにしろ、七割引という大特価だったのだから！　彼女が押せば、ほかの女たちも押す。彼女が引けば、ほかの女たちも引く。やがて、埃《ほこり》がおさまってみると、十人は床の上にへたりこんでいた。いや、床のなれのはてといったところか。四方の壁は完全に崩れ落ちていた。彼女たちをのぞく買物客は数百ヤードも遠くへ吹き飛ばされていた。そこらじゅうにあったはずの商品も粉々になっていた。そして、あの蒸留器だけが、十人の女たちの輪のまんなかに鎮座したまま、一点の曇りもなく輝いていたのである。ヴェルゲッタとしては、ほかの九人を殺してやりたいところだったが、他方、この十人が集まれば百倍になろうかという術力を無駄にするのも惜しい気がしたものだ。結局、天牙鬼《バーヴェクト》のありようにふさわしく、彼女たちは共同で商売を始めることになった。とはいうものの、あのときに殺しておいたほうがよかったのではないかと思うこともないわけではないのだが。

「こんなの、大仰すぎるわよ」ケイトリンが鼻を鳴らした。

「うるさい、たわけ」テノビアがやりこめた。

「よし」モニショーネが宣言した。

彼女がうなずいたとたん、箱の蓋が開き、眼鏡が空中へと飛び出してきた。フレームは青や赤や銀色になり、レンズは虹色に輝いている。

「フレームで咒文を制御するようになっていて、レンズは半透過性の鏡よ。わたしたちが意志の力をひとつにすれば、ここにあるすべての眼鏡をいっぺんに処理できるわ」

モニショーネの指先がさまざまな咒文をほとばしらせる様相は、さながら、色彩の乱舞のようだった。そのひとつひとつに明瞭な色があり、空中をただよっている眼鏡をすっぽりと包みこんでいく。まばゆい銀色の光条がもっとも重要な咒文なのだろう、ほかのすべての色を先導している。モニショーネがあやつる術はきわめて複雑なもので、ヴェルゲッタでさえも舌を巻くほどだった。まぎれもなく、凄腕の魔術師にほかならない。彼女の両親はさぞかし自慢に思うはずだし、パーヴ次元にとっても〈十人組〉にとっても役に立ってくれる人材にちがいない。せっかくの技倆をこんな些事のために使わなければならないのは残念だろうが、〝百里の道も一歩から〟という諺もある。まずは、金を稼ぐことが先決なのだ。いつの日か、充分な資本を集めることができたら、彼女にふさわしい魔術の奥義を学ばせてやれるようになるだろう。

呪文の効果によって、細い糸のような色の流れが巻物や書籍を飾りはじめる。それらの物語が眼鏡のフレームに浸透していくところだ。術力の塊が黄金色に輝き、フレームをきらめかせる。

「ふぇっ……くしゅん！」ケイトリンはくしゃみをこらえきれず、鼻を拭こうとして手を離しかけた。

「結界を切らないで！」モニショーネが一喝した。

「これ、使っていいわよ」ネディラが声をかけ、自分のハンカチを術力で取り出し、輪の反対側へと飛ばしてやった。

ケイトリンは、白い正方形の布地にそのまま顔をつっこみ、盛大に鼻をかんだ。

「うげぇ」ルーアナが顔をしかめた。「呪文に影響が出ないかどうか、心配だわ」

とたんに、ケイトリンが彼女をにらみつけ、舌を突き出してみせる。

「もっと力を！」モニショーネが叫んだ。

8

こいつぁ、罠ってやつだな！
——F・バック

「何があったの？」タンダがささやきながら、ぼくの襟をひっつかんだ。

ぼくは天井に戻ろうとして、空中でもがくばかり。「わからないよ」下を見てみれば、床までは三十フィート以上もある。浮揚の術を使っていたはずが、いきなり、術力がとぎれちゃったんだ。あらためて、たよりの術力線に意識をさしのべてみたけれど、からっぽになっている。こんなにも厖大な術力を必要とするなんて、どんな呪文なのやら？　やっぱり、邑人《ウーズ》たちが言っていたように、天牙鬼《バーヴェクト》たちがあちこちの次元を征服しようとしているのかもしれない。

タンダは殺し屋としての技倆をそなえているので、術力線の状態にかかわらず、天井にへばりついていられる。彼女はぼくの襟首をつかんだまま、ゆっくりと後退して、大きな暗い部屋の片隅にある暖炉の上へと移動した。そこから、ぼくの足が炉棚に届くまで、慎重に降ろしてくれる。それでも、〝コツン〟とかすかな音。

ぼくは身体をこわばらせた。この先の部屋には天牙鬼《バーヴェクト》たちがいるんだ。そいつらの耳に届かなかったかな？　十人の天牙鬼《バーヴェクト》だなんて！　ぼくは臆病者じゃないつもりだけど、ひょっとしたら、自分自身と仲間たちをとてつもない危険にさらすことになってしまったのかもしれない。今この瞬間、扉が開かれたら……

「置物をひっくりかえさないようにしてね」タンダが声をかけながら、クモのような動きで壁を這い降りてくる。

ぼくは大きな鏡にもたれかかったまま、彼女が床の上に戻るのを待つしかなかった。なんともはや、マヌケもいいところじゃないか。自分自身が置物になってしまったかのような気分だった。けっこうな教訓もあったものだ！〈偉大なるスキーヴ〉ともあろう者が、琥珀に閉じこめられたハエにひとしい存在だなんて。

彼女が手にしている角灯がうっすらと彼女の顔を照らし、頬や鼻や睫毛がきわだって白く見える。

「左脚を膝の高さに上げて、またぐように。そこまで！　降ろして。次は右脚を……」

ゆっくりと、じりじりと、どれほどの価値があるかわからないがらくたの隙間を縫うようにして、ぼくは暖炉の端にたどりついた。そこから跳び降りる着地点のあたりに、タンダは幾重にもクッションを用意してくれたあげく、その位置がわかるように角灯をかざしてくれた。

こんなにも無力感にさいなまれるなんて、何年ぶりのことだろうか。このごろは、どこへ行っても、なんらかのかたちで術力を使ってきたものだ。おかげで、生身としての技倆も必要だということを忘れてしまっていたんだ。いつもの宿屋に帰ったら、もういっぺん、壁の登りかたを練習しなきゃ。かつて、ぼくはガルキンに説得されたことで泥棒になるのをあきらめた（というか、そっちの分野で才能があったとも思えない）けれど、当時の技倆がいくらかでも残っていたら、こういう場面で役に立ったんじゃないだろうか。どうやら、ぼくは〝自助努力〟というやつが不足しているにちがいない。その意味も充分に理解しちゃいないんだから、どうしようもない。

今回だって、正面玄関に設置されている高性能の警報器にひっかからずにすんだのはタンダのおかげだし、床や壁の圧力検知板をかわすために浮揚の術を使うべきだと教えてくれたのもタンダだったんだ（その理由について、彼女は〝遠まわりをしたくないから〟と言っていたっけ）。まぁ、ぼくだって、廊下のどんづまりの五フィートで四方八方に張りめぐらされている無数の赤い光線の感度を鈍らせたりはしたけれど、それさえも、心の眼で看破することが肝心だっていう彼女の忠告があればこそ。

とにかく、ここの警備はとてつもなく厳重なんだ。〈十人組〉は誰にも邪魔されたくないらしい。

外は昼、きれいに晴れわたっている。ぼくとタンダとゾルは午前中いっぱい、ぐっすりと眠りつづけた。早朝、ちょっとだけバニーが声をかけてきた。彼女の魅力的な双眸のまわりには黒々とした隈ができていたものの、ぼくが起き上がろうとすると、横になったままでいいという仕種をしてみせてくれた。

「金貨千五百枚ってことで、契約は成立よ。ただし、交換条件として、ウェンズレイはみんなに跳躍器を使わせなきゃならなくなったわ」彼女はいかにも疲れきっているようだった。「あなたが依頼を引き受けるって宣言するよりも前だったら、もっと金額を吊り上げることができたかもしれないけれど、でも、あなたの口癖のとおり、あたしたちはお金に困ってるわけじゃないものね。とりあえず、休ませてもらうわ。朝食はいらないから」

正午ごろ、城へ潜入するために出発したとき、ぼくはバニーの部屋の前にギャオンを配置してきた。誰にも彼女の眠りをさまたげさせたくなかったんだ。ぼくたちが戻ってこられないような事態になっちゃったとしても、ギャオンにまかせておけば大丈夫。あいつも了解してくれたけれど、そのあと、ぼくの足の上に顎を乗せて、大きな青い瞳にありありと心配の色を浮かべていたっけ。ちなみに、ゾルも宿屋に残り、邑人《ウーズ》たちから情報を集めることにしてくれた。邑人《ウーズ》たちはといえば、やっぱり、くたびれきった様子で……徹夜で議論したせいなのか、バニーとの交渉がいけなかったのか、くわしい事情はわからないけれど。

ともあれ、ぼくとタンダは邑人《ウーズ》の清掃員に変装して、実際にその仕事をまかされている人々とともに歩いてきたというわけ。

城内にもぐりこんだところで、ぼくたちは本物の邑人《ウーズ》たちと別れ、変装の術を解き、〈十人組〉がいる場所をめざして、隠密行動を開始した。

正直なところ、ぼくとしては、〈十人組〉に対して、ウェンズレイたちが主張するほど強欲な連中だという確信があったわけじゃない――誰だって、それなりの欲望はあるものだろう。なにしろ、天牙鬼《パーヴェクト》のありようについては、ォゥズという実例を見てきたんだから。彼に言わせれば、世間の富はふたつに分類できるらしい。自分のものか、まだ手に入れていないものか。

それをふまえて、ぼくとタンダは〈十人組〉が占有しているという十カ所の部屋を調べてみた。家具は城にそなえつけのものばかり。衣装棚の中を見ても、ウーで作られた服はほとんどない。〈十人組〉にとって、この次元で一般的とされている服装は地味すぎるのだろう。むしろ、そこにあるうちのいくつかは、タンダでさえも驚きのあまり口笛を吹くほどの代物だった。そして、部屋自体はといえば、完璧なまでに整理整頓がいきとどいている。部屋にあるのは〈十人組〉の私物ばかりで、不当に奪ってきたのではないかと思われるような金品はなさそうだった。

調理場は匂いでわかる。パーヴ料理というのは、厩舎のそばにある肥溜めもかくやというほどの臭気をただよわせているもので、おまけに、いつまでも鼻の奥を刺激するという特徴がある。オッズやプーキーが故郷の料理を食べているとき、ぼくはその場にいられなかったものだ。空腹にさいなまれることはあっても、パーヴ料理を食べるか死を選ぶかというほどに切迫した状況がどんなものやら、想像もつかない。

今回も、すさまじいばかりの異臭に涙が止まらなくなってしまったけれど、とにもかくにも、ぼくたちは調理場の中へ足を踏み入れた。

白い上着と帽子をまとった邑人《ウーズ》がひとり、とてつもなく巨大な鍋のかたわらに立っていた。彼は片手に大きな杓子を持ち、それで鍋の中身をかきまわしながら、もう一方の手で金槌をかまえている。もちろん、密装式の保護眼鏡と鼻栓も忘れてはいない。どうやら、ぼくたちには気がついていないようだ。つらい仕事をたったひとりでやらされて、周囲に注意を払う余裕もないのだろう。

ほどなく、鍋の縁から紫色の触手のようなものが現われ、彼のほうへ迫ろうとした。

そこへ、彼が金槌を叩きつける。

グワ〜ン！

たちまち、触手のようなものは動きを止め、やがて、鍋の中へと姿を消した。

ぼくとタンダはひそかに調理場を離れた。

さて、現状に話を戻すとしよう。ぼくはクッションの山の上に跳び降りると、よつんばいの姿勢でタンダを追いかけ、邑人《ウーズ》たちの話によれば〈十人組〉が作戦本部にしているという部屋につながる大きな木製の扉のほうへ進んでいった。清掃員といえども、邑人《ウーズ》がその部屋に入ることは許されていないらしい。扉の下のわずかな隙間から強烈な光が洩れ、ぼくたちの手足を照らしている。声も聞こえてくるけれど、何を言っているのか、はっきりしない。ぼくはその場で腹這いになり、中の様子を覗きこもうとした。

「ここ、開いてるわよ」タンダがささやいた。

彼女が指し示すほうを見てみると、なるほど、扉はぴったりと閉ざされておらず、光が不規則な角度でちらついている。

よーし。ぼくは肚《はら》をくくった。中へ入ってみようじゃないか。すばやく物陰に隠れてしまえば、〈十人組〉が視界の端で何かを感じたとしても、古い扉が風で動いたにすぎないと思ってくれるだろう。廊下の警備があれだけ厳重だったんだから、侵入者がこの部屋まで到達するかもしれないとは夢にも疑わないはずだ。ぼくはなめらかな敷石の上で指先を忍ばせ、ゆっくりと扉を引きはじめた。ありがたいことに、蝶番《ちょうつがい》は錆びついておらず、これっぽっちも音を立てなかった。

手も足も爪先だけを使うようにして、ぼくは部屋の中へもぐりこんだ。こういうときこそ、幻影の術をあやつることができればいいんだけど。なにしろ、目の前にいるのは、おそろしいほどの凄味をそなえた連中なんだ。天牙鬼《バーヴェクト》の女性が十人、長い牙をぎらつかせながら、聞いたこともないような咒文を斉唱している。はじめてオゥズと会ったとき、彼はすでに術力を失ってしまっていたので、ぼくとしては、天牙鬼《バーヴェクト》が魔術をあやつる姿を見た経験はないにひとしいんだけれど、それでも、これが稀有《けう》なものだということは一目瞭然だった。〈十人組〉はとてつもないことをやろうとしている。部屋は黄金色の光で満たされ、その熱気がぼくの身体を突き抜けていく。ぼくは壁ぎわにある物陰で息をひそめるばかり。そこでさえも反射光に照らされて、凝然と目を見開いているタンダの表情がはっきりとわかる。

「……こうして、みんなは幸せに暮らしましたとさ！」

黄金色の光条が無数に交錯したかと思うと、巨大な袋をくくる紐のように結びあい、そこから一気に降下して、テーブルの上に置かれている箱の中へ。次の瞬間、その蓋がバタンという音とともに閉まった。

たちまち、ぼくは身体の中に力がよみがえってくるのを感じた。肉体的なものというより、魔術的なものだ。ようやく、〈十人組〉が術力線を使い終えたというわけだ。一本だけじゃなく、二本も。すさまじい消費量じゃないか！

「できたわ」小柄な天牙鬼《バーヴェクト》がきっぱりと宣言し、両隣の仲間とつないでいた手を離した。

その両手を一件落着とばかりに叩きあわせる。「これで完了よ」

「期待どおり天牙鬼《バーヴェクト》が声を洩らす。「おみごと」花柄のドレスに身を包んだ恰幅のいい天牙鬼《バーヴェクト》が声を洩らす。

「期待どおりというわけね。きっと、すばらしいことになるんじゃないかしら!」

ぼくのかたわらで、タンダが息を呑んだ。厄介なことに、天牙鬼《バーヴェクト》は汎人《クラード》や色情魔《トロロップ》よりもはるかに聴覚が鋭い。たちまち、二十のとがった耳がひるがえり、ぼくたちのいるあたりに注意を向けてくる。

「何か聞こえたわね」革製の短いスカートを履いている若い天牙鬼《バーヴェクト》が口を開いた。

彼女は扉のほうへと歩きはじめた。さっきまでの光が消えたせいで、ぼくたちがいる場所は物陰というほどのところでもなくなってしまっていた。あわてて、ぼくは幻影の術をあやつり、自分自身とタンダの姿を壁面の情景にまぎれこませた。その若い天牙鬼《バーヴェクト》はいよいよ接近してきて、扉の周囲を眺めまわした。ぼくは呼吸を止めた。あとは、心臓の早鐘が聞こえないことを祈ろう。

「心配するまでもないわ」年長の天牙鬼《バーヴェクト》がなだめた。「邑人《ウーズ》たちにしてみれば、ここへ来ることを想像するだけでも腰が抜けるにきまってるんだから」

若い天牙鬼《バーヴェクト》はしっかりと扉を閉めた。「万が一にもあの連中に覗かれるような状況は避けたいのよ」

「そんなこと、あるはずがないでしょ? とにかく、オシュリーンの計画を聞かせてもらおうじゃないの」
オシュリーン！　聞いたことのある名前だ。でも、どこで？
ほっそりとして背の高い軍服姿の天牙鬼《バーヴエクト》が最前列に進み出た。あの顔は……たしかに、
知っているような気がする。どこかで会ったっけ？　ひょっとして、オッズを連れ戻す
ためにパーヴへ行ったときかな？
彼女は乗馬鞭を掌の上でピシャリと鳴らしてから、その先端を壁に向けた。
「ケイトリン？」
いちばん小柄な天牙鬼《バーヴエクト》が跳びあがるようにして椅子に座り、そこにある端末のボタン
をあれこれと押した。たちまち、壁に地図が現われる。どこの国だろうか？　ウーじゃ
ないし、クラーでもないし、ディーヴァでもない。ぼくの知らない次元の地図だけれど、
とにかく、きわめて精密なものだった。
「それじゃ、あたしの計画を説明するわ」オシュリーンが口を開き、地図に記されてい
る都市のひとつを指し示した。「工場の生産性をもうちょっと高くすれば、初動段階で
投入しようとしているぶんの製品は確保できるはずよ。当面の目標はここと、ここと、
ここ」彼女が鞭を動かすにつれて、小さな赤い矢がその場所に現われる。「あっという
まに全土を制覇できるわ。みんな、あたしたちの目の前にひざまずくわよ。抵抗できる
はずがあると思う？　術力にかけても商才にかけても、あたしたちのほうが優位にある

んだから。楽勝にきまってるわ」

「そうね」年長の天牙鬼《バーヴェクト》が相槌を打ち、箱の中にあった物体をつかむ。

さっきの呪文にともなう光のせいで、まだ視界がはっきりしないや。あれって、眼鏡なのかな？

「すべてが手に入る、わたしたちのものになるのよ」短いスカートを履いている天牙鬼《バーヴェクト》が喉を鳴らした。「目を奪って、意識さえも奪って」

とんでもない話だ。〈十人組〉はしゃべりつづけていたけれど、もはや、その言葉がぼくの頭の中に入ってくる余地はなかった。ウェンズレイたちの主張は正しかったんだ！　ここにいる天牙鬼《バーヴェクト》たちは、まぎれもなく、ほかの次元を征服しようとしている。他人を洗脳するための邪悪な器具をばらまこうという計画にちがいない。

「よろしい！」年長の天牙鬼《バーヴェクト》がひときわ声を大きくして、手を叩いた。「そろそろ、休憩にしましょう。昼食の準備もととのったころじゃないかしら」

「やったね！」小柄な天牙鬼《バーヴェクト》が叫ぶ。「あたし、お腹がぺこぺこよ」

ジャケットとスカートで身形《みなり》をととのえた天牙鬼《バーヴェクト》が指をはじくと、テーブルの上の箱が空中に浮かんだ。「取引先を確保しておく必要があるわ。数量がまとまったら、すぐに連絡を入れるわ」たちまち、彼女は箱とともに消え去った。

その場に残っていた九人がぼくたちの目の前を歩み去っていく。最後のひとり、短いスカートを履いている若い天牙鬼《バーヴェクト》が扉の前で立ち止まり、室内をもういっぺん一瞥してから、荒々しく扉を閉めた。とたんに、白い閃光が部屋を満たす。それにあわせて、こもったような低い音が聞こえた――というか、感じられた。

天牙鬼《バーヴェクト》たちが部屋から遠く離れたころ、ようやく、ぼくは立ち上がると、壁になりすましたままだった幻影の術を解いた。

タンダはといえば、ぼくよりも早く立ち上がっており、きびしい表情を浮かべている。

「どうしたんだい？」

「あいつらのうちのふたり、会ったことがあるわ」

「本当に？」

「あの花柄のドレス、まちがいないわよ」タンダが断言した。「二カ月前、ディーヴァの市場《バザール》にちょっかいをかけてきた連中だわ」

「何だって？」

「店の上前《うわまえ》をはねたのよ。それで、ドン・ブルースがグィドに対策をまかせて、あたいとチャムリィも手を貸すことになったの。でも、あいつらを追い払うのは一苦労だったわ。あのときは小規模だったけど、どうやら、遠大な計画があるみたいね。ウーを制圧しちゃって、次はどこの次元を狙ってるのかしら」

「〈十人組〉か」おそろしい連中だな。

「市場《バザール》を征服するには、天牙鬼《バーヴエクト》が十人だけじゃ無理よ。亜口魔《ディヴィール》たちは天牙鬼《バーヴエクト》のことを熟知してるんだから。でも、魔術になじみのない発展途上の次元だとすれば……」

ぼくは拳をもう一方の掌に叩きつけた。「そんなこと、させるもんか」

「どうやって？　あいつらの標的がどこなのかっていう見当もつかないのに」

「ゾルに相談してみよう。きっと、いい知恵を貸してくれるよ」ぼくは扉のほうへ歩み寄った。

「待って！」タンダが叫んだのは、ぼくが把手をつかむ寸前だった。「ほら、そこ！」

肉眼で見るかぎり、扉は何の変哲もなかった。でも、彼女の言葉はあきらかに警告だ。ぼくは軽く目をつぶり、魔術が使われているかどうかを調べてみた。すると、まばゆいばかりの青い光。

「これ、何だい？」ぼくは尋ねながら、反射的に目をこすった。

「焼却の術よ」それがタンダの答え。「あたいたち、閉じこめられちゃったみたい」

9

すぐに脱出してみせるさ！

――Ｈ・フーディーニ

「転位《テレポート》すればいいんじゃないかな？」ぼくは壁をにらみつけた。残念ながら、扉も、四方の壁も、天井も、窓にいたるまで、どこもかしこも青い光に包まれている。そこから離れていたければ、部屋の中央にいるしかない。「とりあえず、あいつらのうちのひとりは、その方法でいなくなったじゃないか。ほかの連中は歩いていったけど」

「そりゃ、自分たちの呪文がどういうものか、充分にわかってるからよ」タンダが指摘した。「でも、あたいたちはわかってないの。やってみたら焼死体になっちゃったなんて、まっぴらごめんだわ」

「だったら、どうしようか？」動顚《どうてん》をあらわにしないようにしなきゃ。

タンダは思案ありげな表情で、その結界を観察した。

「極性があるわね」ようやく、彼女が口を開く。「外からは触れられないようになってるけど、中からは大丈夫みたい。押してみればいいんじゃないかしら」

「なるほど」ぼくはゆっくりとうなずいた。

これまでにも何度か、術力による罠を突破した経験がある。オゥズがここにいてくれたら、方法を教えてもらいたいところだけれど、まぁ、どうせ、〝自分を信じるんだ、ぼうず、やってみろよ！〟とかいうたぐいの台詞を聞かされるのが関の山だろう。そんなの、この状況下じゃ何の役にも立ちゃしない。

とにかく、ぼくの知るかぎり、天牙鬼《パーヴェクト》はのんびりと食事を楽しむような種族じゃない。〈十人組〉が戻ってくるまで、それほど時間はかからないだろう。

ぼくは両手をこすりあわせ、目の前にある青い光を凝視した。ぐずぐずしている場合じゃないぞ。さっさと脱出しなきゃ。

〈十人組〉がさっきの咒文を終わらせてくれたおかげで、あたりには術力がたっぷりとある。ささやかな咒文がいくつか、梢《こずえ》にくっついている木の葉のごとく、かすかに動いているのが感じられる。ぼくは意識の中で術力線のありようを想像してみた。地中の深いところで緑色に輝いている、あれがそうだ。強くはないけれど、距離は近い。よし、集められるかぎりの術力を集めてこようじゃないか。

魔術をあやつるにあたっては、自分自身よりもはるかに強大な術力を制御するため、あくまでも積極的にやらなきゃいけない。なんらかの術を構築しようとしているとき、ちょっとでも集中力を失ってしまえば、その反作用によって生命を落とすことになりかねない。罠を無効化する過程をまちがえたら、ガツン！　一巻の終わりだ。

　ぼくは一対の巨大な手の幻影を作りあげ、それが扉を包んでいる青い光の結界を押すところを想像してみた。動くじゃないか！　結界は五歩かそこらも後退した。

「待って！」タンダが声を上げた。「うしろにも気をつけなきゃ」

　ぼくは手の動きを止め、そのままの状態でふりかえった。後方の青い光が五歩ほども前進している。慎重に、細心の注意を払って、ぼくは結界をもとどおりの位置に戻した。それから、心の中で四つの手を思い描き、前後左右へ押してみる。すると、壁面の結界はいずれも遠くなったものの、こんどは、天井の結界が頭上に迫ってきてしまった。しかたがないので、すべての方向にむかって押してみることにした。結界の内側の空間は広くなったけれど、やっぱり、脱出できそうな穴はどこにもない。

「動く結界っていうのは、あたいも初体験よ」タンダがつぶやき、好奇心もあらわに目を丸くした。「おもしろいわね。このテーブル、あきらかに結界と接触してるんだけど、発火しないわ。ほら、煙も出てないでしょ」それから、彼女は木製の天板の上に置きっぱなしになっている派手なフレームで飾られた眼鏡をつまみあげた。

「それって、〈十人組〉が呪文をかけた箱の中にあったものだね」ぼくは興奮を隠しきれなかった。「問題解決の糸口になるかもしれないな。持ち帰って、ゾルに調べてもらおう。どんな代物なのかってことがわかれば、敵の狙いも見当がつくはずだよ」

「ここから脱出できたらの話でしょ」タンダが釘を刺した。「もうじき、あいつらが戻ってくるだろうけど、この呪文を解いてもらうわけにはいかないんだから」

「そんなつもりもないさ」きっぱりと。

「へぇ？　いったい、この青い光の檻をどうするつもりなの？」

「一緒に移動すればいいんだよ」つまり、そういうこと。「動かない物体には損害を与えないだろ？　だから、ぼくたち自身が接触しない範囲で可能なかぎり結界の輪を狭くして、出ていくのさ。あいつらが戻ってきたとき、結界そのものが行方不明になっていたとしても、おおかた、いったん術を解いて、やりなおすだけのことだろう。それまでのあいだ、誰も結界に触れないように気をつけておけば、何も問題はないはずだよ」

タンダもゆっくりと笑みを浮かべた。

「バカみたいだけど、名案かも」彼女もうなずいた。「あたいも協力するわ。〝善は急げ〟ってね」

ぼくは部屋の中から結界を押していた目に見えない手を消すと、こんどは、部屋の外から同じようにした。

「さぁ、やるぞ——それっ！」

たちまち、結界はとても細長くなった。その上のほうの部分は天井をはるかに突き抜けている。別の階で働いている邑人《ウーズ》の誰かがひっかからなければいいんだけれど。ぼくとタンダはおたがいに身体をぴったりと寄せあったまま、狭い廊下のまんなかを早足で歩き、控えの間をつっきり、広間にさしかかれば、タンダがそこにある警備の咒文を解除し、通り抜けたところでふたたび作動させていく。ありがたいことに、ぼくたちは〈十人組〉の誰とも遭遇しなかった。正面玄関にたどりつく直前、ぼくは変装の術で邑人《ウーズ》に身をやつしたけれど、いずれにしても、天冴鬼《パーヴエクト》たちが窓の外を見ていたら、高い塔のように形を変えた結界に気がついたにちがいない。

城の外に出てからは、邑人《ウーズ》たちが離れていてくれるようにするため、大量の腐肉を満載した荷車の幻影を使うことにした。

「こんなに本物っぽいと、臭いがただよってきそう」タンダがにやりとした。「これでこそ幻影の術ってことね、彼氏」

ようやく、ぼくたちは宿屋に戻った。けれど、入口の扉をくぐる決心がつかない。塔のような結界のせいで、上の階にいる誰かの生命を奪ってしまいかねないんだから。

「ゾル」視線をめぐらせてみれば、奥のほうにあるテーブルで、くだんの作家が邑人《ウーズ》たちと静かに言葉を交わしているじゃないか。

とたんに、ぼくの声を聞きつけて、バニーが顔を出し、安心したような笑顔になった。床でとぐろを巻いていたギャオンも頭を上げる。たちまち、うれしそうに目を見開き、立ち上がった。

「ギャオッ！」あっというまに、ぼくのところへ猪突猛進。

「だめだ、ギャオン！」ぼくは大声で叫んだ。「やめろ！　止まれ！　ぼくたちのまわりには……」

次の瞬間、あいつは結界にひっかかり、まばゆいばかりの閃光がほとばしった。

視力がよみがえってくると、ぼくはギャオンが足元に倒れていることに気がついた。かわいそうに！　その場にひざまずき、あいつの頭をかかえこむ。焼却の術のせいで、身体じゅうが灰と化して……いや、青緑色のままだった。長い鼻面の下にある髭も白いままだ。けれど、その双眸は……

「ギャオーッ！」あいつが声高に啼《な》いた。だしぬけに瞼を開き、頭をのけぞらせるようにして、ぼくの顔にむかって長い舌を伸ばしてくる。

いつもどおりの青い瞳が輝いていた。無事だったのか！　ぼくはあいつを抱きしめた。とたんに、あいつが顔を舐めてきた。うへぇ。その吐息ときたら、やっぱり、パーヴ料理にまさるともおとらない悪臭だ。

そこへ、ゾルとバニーもすぐに駆け寄ってくる。それにつづいて、不安そうな様子のウェンズレイも。

「何事ですかな?」ゾルが声をかけてきた。

「こっちへ来ないで!」ぼくは必死に叫んだ。

「なるほど」ゾルは思案ありげな表情になると、片腕を伸ばし、結界にひっかかりそうになっていたウェンズレイを押しとどめた。「そういうことでしたか。いったいぜんたい、どこでそんなものを?」

すでに、ぼくたちは宿屋の中に入り、城からは見ることのできない場所にいた。そこで、結界の大部分を地中に沈め、上階に危険がおよばないようにする。ぼくとタンダは腰をおろし、ぼくのほうから事情を説明した。

「……というわけで、あいつらが呪文を完了すると、術力が戻ってくるとともに結界が復活しました。〈十人組〉がこの術を解いてくれないかぎり、ぼくたちは外へ出られません。だから、一緒に移動してきたんです」

「大丈夫、出てこられますよ」ゾルは結界をしげしげと眺めた。「この結界の構造は、タンダ嬢がおっしゃったとおりです。たしかに、極性が存在しています。これが作動したとき、あなたがたは内側にいらっしゃった。それから、〈十人組〉は部屋から出ていった。あなたがたが一緒に出ていったのであれば、何も感じなかったにちがいありません。結界を構成している断片のひとつひとつを観察してみると、一方はとがっていますが、反対側は丸くなっているのがわかるでしょう。危険なのは、とがっているほうだけです。さきほど、あなたがたが戻ってきた時点で、それは内側を向いていたはずです。このたぐいの結界は、内外のどちらにも開く蝶番のようなものです。外側へ動いたあとは、内側へ動くわけです」

「あぁ！」言われてみれば、すぐに納得。「つまり、ギャオンがそれを内側へ動かしてくれたんですね。ということは、今のところ、とがっているほうは外側を向いているんですか？」

「そのとおり！　さぁ、みなさん、出ていらっしゃい」

おそるおそる、ぼくとタンダは立ち上がった。ぼくはギャオンのかたわらにひざまずき、あいつの双眸を覗きこんだ。

「ぼくたちと同時に、ここから飛び出すんだぞ」きっぱりと。

「ギャオッ」そっけない啼き声だったけれど、あいつは眉毛をわずかに動かしてみせた。ぼくの言葉を理解してくれたらしい。

ぼくはあいつの首に腕を巻きつけた。

「**一、二、三——それっ！**」

ぼくたちは結界の外へと身を躍らせた。またしても、まばゆいばかりの閃光がほとばしる。髪の毛がパチパチとはじけるような感触があったけれど、炎に包まれることはなかった。全員がそろって自由の身になったところで、ぼくは自分の身体のあちこちに手を走らせてみた。よし、どこも燃えていないぞ。ギャオンも長い首をめぐらせ、ぼくが無事だったことを確認している。

タンダは髪の毛をなでつけてから、完全にめくれあがってしまっていた胴衣の裾をひっぱり、それなりに胸許を隠した。

「油断も隙もないわね」彼女が口を開いた。「こんな術もあるんだってこと、憶えておかなきゃ」

ぼくたちが立ち上がろうとしているうちに、もういっぺん、パチパチとはじけるような音が背後から聞こえてきた。ふりかえってみると、青い光の檻が崩れるように消えていくところだった。〈十人組〉が呪文で回収したにちがいない。

「魔術の用途としては、きわめて巧緻なものですな」ゾル・イクティがうなずいた。

ゾルにうながされて、ぼくたちは席に戻った。そこへ、店主のモンゴメリがたくさんの料理とビールを持ってきてくれる。ぼくは一週間も絶食していたかのような気分だったので、すぐさま、その料理にむしゃぶりついた。タンダはもうちょっと上品だったけれど、やっぱり、積み上げた皿の高さは同じぐらいになった。灰にされてしまうかもしれないという恐怖感と緊張感にさいなまれていた影響で、ぼくたちの食欲はひときわ増進したにちがいない。

「どうやら、敵はきわめて知的な連中のようですな」ゾルが意見を述べた。「部屋の中にコンピュータらしき装置があったとおっしゃいましたか？」

「えぇ」ぼくは口いっぱいのチーズをビールで流しこむと、うなずいてみせた。「小柄な天牙鬼《バーヴェクト》が、とてつもなく長い巻物のような書類を読んでいました。無限に続くんじゃないかと思うほどの長さでしたけれど、どこに収納してあったのやら」

「仮想空間ですよ」ゾルはにこやかに説明してくれる。「魔術の一種と考えてください。教えてあげてもいいのですが、さしあたり、そんなことで時間を無駄にするのは賢明でないでしょう。それよりも、くだんの部屋へ連れていっていただけますかな？」

ぼくたちはウェンズレイに視線を向けた。彼は居心地が悪そうに身をよじった。

「あいつらがあの部屋を離れるのは、食事のときと眠るとき、そして、われわれの仕事を監督するときだけです」

「今夜がおあつらえむきでしょう」ゾルがきっぱりと言った。「たっぷりと眠ったあとですから、体調もばっちりですよ」

「帰ってこられたばかりなのに、またですか!?」ウェンズレイはおびえたように悲鳴を上げた。

「あいつらが何をやっているのか、つきとめようとしているんじゃありませんか」しっかりしてもらいたいな。「当人たちに質問できるはずもないでしょう？」

敵はきわめて知的な連中のようであな
パーヴミックス
どんな次元の
イキモノも，このシーズニングで
煮こめばおいしいパーヴ風。
青・紫・黄緑の3色セット。

ウェンズレイは返す言葉もなかった。

そんなわけで、ふたたび、ぼくたちは城内へと潜入した。警備をまかされているはずの邑人《ウーズ》たちは、ぼくたちが目の前を通りかかるたび、それとない仕種で視線をはずしてくれた。まるで、子供たちが鬼ごっこを始めるときに百まで数えるのと同じことじゃないか。

どうやら、〈十人組〉としては、昼間のうちに結界が行方不明になっていたことについて、盗まれたとは考えなかったらしい。青い光の檻はまったく同じ場所に戻され、どこかへ移動してしまうことのないよう、術力線を使って壁面に縛りつけてある。まぁ、それはそれで、心配するほどの問題じゃない。さっきの経験があるおかげで、入るも出るも自由自在なんだから。

ぼくたちが部屋にたどりついたとき、檻を構成している小さな断片は内側を向いていた。〈十人組〉がその場を離れているという証拠にほかならない。あくまでも慎重に、ぼくはわずかな術力をあやつり、部屋の扉をちょっとだけ開き、その隙間から覗きこんだ。思ったとおり、室内は暗く、静まりかえっている。ぼくは仲間たちに合図を送り、みんなと一緒に足音を忍ばせ、部屋の中へ入っていった。

あらかじめ、ぼくは廊下の端にギャオンを配置しておいた。天牙鬼《パーヴエクト》の誰かが現われたら、あいつが啼き声で知らせてくれることになっている。その場合、ぼくたちは控えの間に駆けこみ、跳躍の術で宿屋に戻るというわけだ。あいつも、敵の手をかいくぐり、さほど時間もかからずに合流できるだろう。年端もいかないドラゴンが侵入者の一味だなんて、敵は予想もしていないにちがいない。というか、そうであってほしいものだ。

「なにしろ、天冴鬼《バーヴェクト》の暗号を解読するのは至難の業ですからな」ゾルはそんな言葉とともに、そこにある子供用の椅子に腰をおろすと、長い指を曲げた。あんなに椅子が小さいにもかかわらず、不思議なことに、彼の身体はぴったりとおさまっている。「パスワードを設定するにあたって、複雑な数列をいくつも組み合わせる傾向があるのですよ」

バニーはあこがれの人物の隣にある机の上に座り、うっとりとした表情で彼を眺めている。うらやましいというか、くやしいというか。そういう視線をこっちへ向けてもらうには、どれほどのことをしなきゃいけないんだろう？

そこへ、タンダが歩み寄ってきて、ぼくの肩に手をかけた。

「心配しなくていいのよ、彼氏」やんわりとした笑顔で。「夢見心地になってるだけだってば。彼女もあんたのことが好きなんだから」

とたんに、ぼくは顔が熱くなった。バニーは友達じゃないか。彼女にいいところを見せようとするなんて、そんな必要はないだろ？　まったく、どうかしてるよ。ぼくはその場を離れ、扉の外の様子を眺めた。

真夜中なんだから、〈十人組〉の連中、ほかの次元を征服する計画のことを忘れて、深い眠りについていてくれるといいんだけど。とりあえず、廊下には誰もいない。自分自身の呼吸の音がとてつもなく大きく聞こえるような気がする。

さすがのゾルも、かなり苦労しているらしい。すべての指をものすごい速さで端末の上に走らせ、カチャカチャと音を立てている。ひとつひとつのボタンのまんなかに小さな記号がついていた。パーヴ語の書物を目にした経験から、それらが文字であるということは見当がついたけれど、読みかたはわからない。画面いっぱいに図像と文章が光っている。いったいぜんたい、何がどうなっているのやら？　ただ、何度もくりかえし現われる同じ記号が気にかかる——大きな✕《ばつ》印。

「それって、どういう意味ですか？」

「まぁ、いくつかの言語においては、進入禁止を示す記号として使われますな」ゾルはさかんに指を躍らせながら、ぼくの質問に答えてくれた。「パーヴ語をはじめとする少数の言語では〝十〟という数の古典的表記となります。今回の場合、その解釈が妥当かもしれません。ただし、もうひとつ、〝未知の変数〟とも考えられます。そうだとすれば、このコンピュータの内部にある書庫を開く鍵ということになるでしょう。厖大な量の文書がありますよ。具体的な内容はわかりませんが、それだけは確実です。あとは、このXにあてはまるパスワードをつきとめればいいのです。とりあえず、いろいろと考えられる選択肢はあります。これまでに一千語あまりも、さまざまな大文字と小文字を組み合わせてみたり、さらには、パーヴの各大学で必須とされている損益計算の公式なども試してきたわけですが、なかなか、幸運には恵まれませんな。とはいえ、希望はあります。キーボード上にあるキーはこれだけですし、それらの組み合わせも無限ではありませんから……」

ぼくはおちつかない気分で、扉のほうを眺めた。「どうにかなりそうですか？」

「いや、まぁ、金庫破りのようなわけにはいきませんが」ゾルの口調はあくまでも快活なままだった。「遠からず、正解にたどりつくでしょう」

「時間がかかるとして、最大、どれくらいになりそうですか？」

「ふむ……」しばし、ゾルは思案をめぐらせた。「二年か三年といったところですな。どんなに長くても、ね」

「三年も待っていられませんよ」ウェンズレイがささやいた。「すでに、同胞たちは天《パー》牙鬼《ヴェクト》たちの抑圧に耐えきれなくなっているのですから！」

「さもありなん」ゾルがうなずいた。「あなたがた邑人《ウーズ》の神経は繊細なものです。しかも、協調的に暮らしてきたわけですから、天牙鬼《パーヴェクト》たちとつきあうのは至難の業でしょうとも」彼が手を動かしつづけているうち、だしぬけに、魔法の鏡のような画面から煙幕のような幻像が溢れ出してきて、小朋鬼《コボルド》にまとわりついた。さまざまな顔が見える――天牙鬼《バーヴェクト》、忌鬼《インプ》、亜口魔《ディヴィール》、汎人《クラード》、邑人《ウーズ》、そして、ぼくの知らない種族もたくさん。「さしあたり、どれでもいいから、デスクトップに置いてあるファイルを開こうとしているところなのですよ」

机の上《デスクトップ》だって？　きれいさっぱり、何もないじゃないか。

とたんに、ゾルが笑みを浮かべた。「小柄な天牙鬼《バーヴェクト》が読んでいたという書物と同じことです。画面のむこうに机があると考えてください」

「あぁ」なるほど、そういうことか。「魔術ですね」

「いかにも」ゾルがうなずいた。「われわれ小朋鬼《コボルド》は、そのたぐいの魔術を生業《なりわい》としております」

彼がその作業をやればやるほど、彼にまとわりついている幻像は威嚇的になっていった。いずれの顔も醜悪にゆがみ、爪や牙をあらわにする。やがて、そいつらは原型を失い、巨大な塊と化した。髪の毛もばらばらに流れ、表面で渦を巻いている。

「離れていてください」ゾルが警告した。「各種のウイルスです。わたしはワクチンを使っているのですが、あなたがたは免疫がないでしょう。ちょっと接触するだけでも、精神に異常をきたしてしまいますよ。おっと！」

だしぬけに、部屋の反対側が明るくなった。それにあわせて複数の塊が迫ってきたので、ぼくはあわてて回避した。

「地図ですね」ウィルスの塊を横目でにらみつけながら。

「パスワードを要求されなかった唯一のファイルです」それがゾルの説明。「さて、しかし、これはどこなのやら？」

「ウージャありませんよ」ウェンズレイが断言した。

「あたいもわからないわね」タンダが顔をしかめる。「とりあえず、トロリアとかクラージャなさそうだけど」

「わたしが過去に訪れたことのある次元かもしれません。そちらも参照してみる必要がありそうですな」ゾルが意見を述べた。

「どうやって？」ぼくは自分の耳を疑ってしまった。「そんなこと、完璧に憶えていられるものじゃないでしょう」

「大丈夫」小朋鬼《コボルド》がうなずいてみせる。「こういうときこそ、コーリィが役に立ってくれるはずですよ」

おもむろに、彼は鞄の中から銀装の本を取り出した。開いてみると、そこには紙のページがまったくない。それは超小型のコンピュータだった。彼は輝く画面を地図のほうに向けた。

ぼくは興味津々、そちらを覗きこんだ。パーヴで見たことのあるコンピュータとちがって、これは文字だけでなく総天然色の画像についても対応しているらしい。今この瞬間、画面のむこうには写真蟲《シャッターバグ》の一群がいる。ニコンナという次元の種族で、透明な内翅《うちばね》にありとあらゆる画像を撮影することができるんだとか。その画像は本物そっくりで、ぼくは思わず手を伸ばしたものの、目に見えない障壁にさえぎられてしまった。たちまち、写真蟲《シャッターバグ》たちがぼくのほうをふりかえり、邪魔をするなというような仕種をしてみせる。いやはや、これは失礼。

一匹の写真蟲《シャッターバグ》が親指を立て、片目をつぶってから、内翅を震わせはじめた。ゾルはその様子を眺めている。やがて、その写真蟲《シャッターバグ》は彼に終了の合図を送った。

「バックアップもたのむよ」

二番目の写真蟲《シャッターバグ》が進み出て、両手で枠の位置を決めると、最初のやつと同じように内翅を震わせはじめた。これも、あっというまに終了。

ゾルは超小型コンピュータを閉じて、鞄の中にしまいこんだ。

「いざ、コボルへ！」

10

簡単に接続できるよ！

——W・ゲイツ

「ここ、雰囲気がすばらしいわね」バニーが周囲を眺めながら溜息をついた。

ぼくたちはゾルの案内で、木々のむこうに見えている円形の建物にむかって歩いているところだった。昼の陽射《ひざし》がまぶしい。ぼくたちが転位《テレポート》してきた場所は、背の高い生垣に囲まれた庭園の一角だった。濃緑色の茂みのところどころ、てっぺんの丸い扉が埋めこむように配置されており、ある区画から別の区画へと行けるようになっている。どこを見ても、数学的な正確さが感じられた。伸びすぎている枝は一本もないし、枯れた花や葉が残ったままということもない。

あまりにも整然としている風景のせいだろうか、ウェンズレイはおちつかない様子で、タンダにひっついている。彼女はといえば、そんな彼をかばうように抱き寄せてやっていた。ちなみに、ぼくはギャオンの首輪から手を離すことができない。そうしなきゃ、こいつは迷路のような庭園の中を駆けまわろうとするにきまっている。完璧に設計されたはずの空間であればこそ、生垣のどこかを突き破ったりしたら面倒なことになってしまうにちがいない。

「そうでしょう」ゾルはにこやかな表情でバニーのかたわらに立ち、木陰になっている小径《こみち》の刈りこまれた芝生の上を進んでいく。「われわれにとって、庭園はなくてはならないものです。それがすべてというわけではありませんが、われわれ数学者は精神衛生のために庭園を使っているのです。なにしろ、数字をあつかっていると疲弊しますからね」

「わたしが同行させていただく必要はなかったのではないでしょうか」ウェンズレイが落胆の表情をあらわにした。「もちろん、あなたがたの判断については、おおいに信頼しておりますよ。ええ、本当ですとも。ただ……城内の動向を監視するというのも、大切な役目です。こちらの方面はあなたがたにおまかせして、わたしは残っているべきだったかもしれません。よろしければ、このあたりで……」

「ご自分の次元を護ろうという気概はどうしてしまったんですか？」ぼくはまっすぐに彼を凝視した。

「そりゃ、ありますとも」ウェンズレイはたじろぎながら言葉を返す。「しかし、はたして、これはウーの存亡にかかわる問題なのでしょうか？　わたしの同胞たちは、まずもって、自分たちの次元が無事であることを望んでいます。もちろん、ほかの次元がどうなってもいいと思っているわけではありませんよ。おおいに心配です。ただ、われわれとしては、あなたがたの主目的がどこにあるのかということを気にしているのです。もちろん、あなたがた自身がわかっておられるのであれば、かまいませんとも。契約を守っていただけない場合の措置など、わたしが申し上げるまでもないでしょうからね」

彼の口から出た言葉としては、これ以上はないだろうというほどに明確な意思表示だった。

「ウーの現状とも関連のあることですよ」ここはひとつ、断言しておこう。「ぼくたちは〈十人組〉の弱点をつきとめようとしているんです。ご承知のとおり、敵は腕力も強いし、経験も豊富だし、魔術師としても優秀だし、科学技術についての造詣も深いし、それを自在にあやつる技倆もそなえています。このままで、あいつらをウーから追放することができると思いますか？」

「えぇと……まぁ、おっしゃることはわかりますが」ウェンズレイは声を落とした。

「そうでしょう！　だからこそ、ぼくたちはここへ来たんですよ。敵の弱点をつきとめてこそ、あいつらに狙われているとは夢にも思わない種族を救うことにもつながるんです」

「おみごと、スキーヴさん！」ゾルが歓声を上げた。「まさしく、名言ですな！　その目的のために、われわれ小朋鬼《コボルド》も全力を尽くしましょう。ご期待！」

ウェンズレイはおもしろくなさそうだったけれど、とにかく、それ以上は文句を言わなかった。タンダがひときわ躰《からだ》を押しつけたおかげかもしれない。

通りすがりの一隅にあるベンチに、小朋鬼《コボルド》の女性が座っていた。ゆったりとした白い長衣をまとっており、その襟は高く、袖口は広い。一輪の青い花を指先に持ったまま、ときおり、香りを嗅いでいる。彼女は大きな黒い瞳で遠くを眺めていたけれど、ゾルが笑顔で歩み寄っていくと、我に返ったような表情になった。

「この女性はルータといいます」ゾルが紹介してくれた。「きわめて優秀なプログラマーですよ」

「☺」たちまち、彼女は頬を深い灰色に染めた。「ゾルってば、褒めすぎよ」

その場を通過したあと、ぼくはゾルのほうをふりかえった。「彼女のさっきの一言、何だったんですか？」

「〝にっこり〟という意味ですよ」それがゾルの答え。

「だったら、表情でにっこりしてみせればいいのに」

「そうしましたよ。われわれにとっては、あれもひとつの表現方法なのです」

円形で平らな建物は、ゾルの鞄の中にある超小型コンピュータと似たような銀色の外板で覆われている。近くで見てみると、かなりの大きさだった。模様のついた半透明の窓の前で、ゾルはかたわらにある青くて四角い台の上に掌を押しつけた。

「ゾル・イクティと、客人が四名」彼はその機械に話しかけながら、満面の笑顔でぼくたちのほうをふりかえった。「いや、失礼。五名だ」ギャオンにむかって片目をつぶってみせる。

どこからともなく、かすかに唸るような音が聞こえてきた。とたんに、誰かに背中をくすぐられたような感触。あわてて視線をひるがえすと、こんどは身体の前から。ぼくたち以外には誰の姿も見えないのに、どうなってるんだ？　ギャオンも長い首を伸ばし、自分自身の背中や腹のあたりを眺めまわしている。バニーもタンダもウェンズレイも、どうやら、そんな感触があったにちがいない様子だった。ただひとり、ゾルだけが平然としている。やがて、半透明の窓がすべるように横へ動くと、彼はぼくたちを建物の中へうながすような仕種で手をひるがえしてみせた。そうか、これは窓じゃなく、扉だったんだな。

「こちらへどうぞ」

ゾルを先頭に、ぼくたちは白一色のいかにも清潔そうな通路を歩いていった。意外なことに、ここはディーヴァの市場《バザール》を連想させる。なにしろ、不可解な物音やら、音楽やら、叫び声やら、そういったものが洩れ聞こえてこない部屋はひとつもない。ぼくとタンダとギャオンは万一の事態にそなえ、密集隊形で進むことにした。バニーはゾルの隣で、彼の言葉のひとつひとつに耳をかたむけている。

「じつは、働きどおしだったもので、小腹《こばら》が空《す》いてしまいました。みなさんも、わたしが仲間たちと地図を分析するあいだ、軽い食事はいかがですか？」

「いいですねぇ！」ぼくにとっても、その提案はありがたいかぎり。

ゾルはにこやかな表情で、どれも同じように見える扉のひとつを押し開けた。その部屋の中には大勢の小朋鬼《コボルド》たちがいて、それぞれ、彼が持っているのと似たようなコンピュータの画面を注視したまま、キーボードの上で華麗に指を躍らせている。部屋の奥には細長いテーブルがあって、派手な色柄のついた袋がいっぱい。

「ご自由にどうぞ」ゾルが勧めてくれた。「一袋につき、小朋鬼《コボルド》が一日に必要とする栄養素のおよそ六分の一がふくまれています。したがって、スキーヴさんは十二袋、タンダさんは九袋、バニーさんは八袋ということになりますな。ギャオンくんは……まぁ、いくつでもかまわないでしょう」

それらの袋は一端を横にひっぱるだけで簡単に開けられるようになっていた。その中身はといえば、たいていの酒場でビールと一緒に出てくるおつまみとそっくり——甘いものか塩味のものか、どちらにしても、一口で食べられるカリッとした代物だ。ぼくが選んだのは黄金色のねじれた棒状のやつで、ほのかに肉のような風味があった。ギャオンは袋ごと食べながら、うれしそうに舌鼓を打っている。タンダはあれこれと袋を確認して、小さなクッキーと豚皮のチップスをそれぞれ数種類ずつ。バニーはといえば、ゾルがどれにするかを見てから、彼と同じものに手を伸ばした。

「お好きなだけ、存分にめしあがってください」ゾルはそう言いながら、チーズ菓子の袋を開けた。「あぁ、そうだ！　飲み物もありますよ」

彼は大きなグラスを用意すると、テーブルの端にある台の上に並べられている樽の栓をひねった。ぼくはそれを受け取り、呷《あお》ったとたん、むせそうになってしまった。一見したかぎりではエールのような色だったけれど、味は甘いし、炭酸もきつくて、鼻腔はもちろんのこと、肺や胃にいたるまで、泡だらけになってしまうんじゃないだろうか。

あわてて、ぼくはグラスを口許から離し、盛大なげっぷをひとつ。これほどの刺激があるなら、たちまち身体の奥底から熱くなってくるにちがいない。

ところが、いつになっても、それらしい感触はこみあげてこなかった。

「これって、度数はあまり高くないんですね？」

「あぁ、お酒じゃありませんよ」ゾルが答える。「小朋鬼《コボルド》もお酒は大好きですし、〝酒は百薬の長〟という諺もあるほどですが、複雑な計算をおこなっているときには禁物です。それは仕事のあとにしましょう」

ぼくが子供のころ、母さんは算術の基礎を教えてくれた。やがて、市場《バザール》あたりで仕事をするようになってからは、経理でたくさんの数字をあつかうことも多かったけれど、この部屋の状況といったら、まったくもって、それどころじゃない。

「みなさん、何をなさっているんですか？」とりあえず、尋ねてみよう。

「この次元における現実環境のありようを維持しているのですよ。まず、わたしのような野外研究者がこまごまとした情報を収集します。それを、ここにいる面々が解析したうえで、あらゆる物事をきっちりと説明できるようにするため、一連の方程式にまとめあげていくのです。どんな作物を育てるか、どういった業種が成長するか、どの地域を開発するか……えぇ、すべてについて。これを、われわれは〈統一場理論〉と呼んでいます」

ぼくは周囲に視線をめぐらせた。さまざまな声がどこから聞こえているかと思ったら、小朋鬼《コボルド》たちが話しているんじゃなく、コンピュータからのものだった。誰かが使っている機械の光る画面のむこうに小さな人影が次々と現われると、ほかの小朋鬼《コボルド》たちも、それぞれの画面をとおして、その一行がどこまでも歩きつづけていく様子を観察するのだ。やがて、異次元の種族とおぼしき風体《ふうてい》の敵と遭遇した一行は、血で血を洗うような戦いをくりひろげる。誰もそれを回避しようとせず、瞬時に剣を抜き、魔法の杖を振りかざす。その結末は死屍累々――無駄な生命を失った人々のために、ぼくは泣きたくなってしまった。

「ご心配なく」ゾルがぼくの腕にやんわりと手をかけた。「あれは現実の出来事ではありませんからね。みんな、本物のように見えるでしょうが、ゲームの登場人物です。われわれ小朋鬼《コボルド》は仕事の合間にこうやって息抜きをしているのです。そう、ただの遊びにすぎませんよ」

「遊び？」そりゃびっくり。「どうして、現実のゲームをやらないんですか——たとえば、ドラゴン・ポーカーみたいな？」

「あまりにも簡単すぎるのですよ」ゾルは肩をすくめた。「賭け率もすべて計算でわかってしまいますし、そんなもの、小朋鬼《コボルド》にとっては息抜きになりません」

「簡単すぎる？」ぼくは自分の耳を疑いたくなってしまった。

「息抜きなら、もっと……のんびりするほうがいいんじゃありませんか？」バニーも小朋《コボ》鬼《ルド》たちがゲームに熱中している様子を不思議そうに眺めている。

「だけど、おもしろそうにしてるじゃない」タンダが言葉をさしはさんだ。「みんな、笑ってるわよ。機械が娯楽を与えてくれてるってことでしょ」彼女はすぐそばの席に座っている小朋鬼《コボルド》のほうをふりかえった。その小朋鬼《コボルド》は画面に表示されている記号にむかって陶然としたような笑みを浮かべている。タンダはそちらへ歩み寄った。

「タンダさん——かねてから、わたしはトロリアの人々こそがもっとも肉体的な感受性にすぐれているという持論を主張してきたのですよ」ゾルは笑みを浮かべ、彼女に対する敬愛の念をあらわにした。「たしかに、おっしゃるとおりです。それに、コンピュータのほうも、こういう関係を望んでいるのですよ。こちらが自分のコンピュータを使えば使うほど、コンピュータもこちらのことを理解してくれるようになります。われわれとコンピュータのあいだには密接な共生関係があるというわけです。実際のところ、われわれは長期にわたって自分のコンピュータと離れていることができないのですよ、スキーヴさん。コンピュータといえども、放置されたままでは孤独を感じるものですし、最悪の場合、完全に活動を停止してしまうこともあるのです。そんなことになろうものなら、ほかのコンピュータたちも嘆き悲しみ、ときには、死んだ仲間への同情から自殺する事例さえもあります。そして、愛機が亡くなったあとの小朋鬼《コボルド》はといえば、みじめもいいところです。そこで、わたしのような社会調査の専門家の出番となるわけです。そういった人々を現実に引き戻し、新しい機械を紹介してあげるのです。それでも、最初のコンピュータを忘れることはできませんが」ゾルは追憶にふけるような溜息をついた。

ふと、テーブルの上にぽつねんと置かれている赤い外装のコンピュータの画面が点滅しはじめた。どうしちゃったのかな？　歩み寄ってみると、ぼくの幻像がそこに映し出され、キーボードに手を伸ばそうとする場面になった。それにつられて、ぼく自身も同じことをしようとした。

「いけませんよ！」ゾルの鋭い声が飛んできた。とたんに、ぼくは我に返り、さしのべかけていた指先を虚空にさまよわせた。たちまち、画面の点滅が激しくなる。「生涯の縁《えにし》を結ぶ意志があるのでないかぎり、およしなさい」

「生涯の……？　あぁ！　ドラゴンになつかれるみたいなものですね」

その言葉を聞いたギャオンが駆け寄ってきて、ぼくの脚に頭をこすりつける。ぼくはあいつの頭を撫でてやるために、キーボードから手を離した。画面に悲しげな顔が現われた。

ゾルはゆっくりと首を振った。

「いいえ、それよりもはるかに深遠な意味のあることです。おたがい、二度と離れられなくなるのですから」

「相手は機械なのに？」とんでもない話じゃないか。

ぼくの気分が伝わったのだろう、そのコンピュータの画面に映し出されている顔はますます悲しげになった。

「共生関係のありようとして、それが自然なのです。あなたの創造性が、コンピュータにも影響をおよぼすのですよ。われわれにとっては、きわめて常識的なことです。何世紀も昔から、そうやってきたわけですからね」

「結婚は？」バニーが質問した。「小朋鬼《コボルド》は独身主義者なんですか？」

「まさか、そんなことはありませんとも！　夫婦となった小朋鬼《コボルド》がおたがいに互換性のあるコンピュータを使っていれば、いつまでも幸せに暮らすことができますよ」それがゾルの説明だった。「コンピュータが小朋鬼《コボルド》の私生活に支障をきたすようなことはありません。むしろ、発展させてくれるものです」

「収支計算もやりやすくなりそうね」バニーはつぶやきながら、赤い外装のコンピュータに注目した。けれど、その画面に映し出されている顔はといえば、彼女にかまおうともしない。ぼくに視線を向けているときは、ゾルに対するバニーのごとく、いかにも夢見心地といったふうだったはずなのに。「これって、術力で動くんですか？」

「そういうことです」ゾルがうなずいた。「ちなみに、わたしが使っているものは携帯用でしてな。術力線があれば、それにこしたことはありません。ただし、電気しか供給されていない場所でも、まぁ、コンセントに接続するだけのことですよ」彼は笑みを浮かべてみせた。「どうやら、興味がおありのようですね」

なんだか、奇妙な話になってきたじゃないか。でも、ぼくの心配をよそに、バニーは目を輝かせている。

「いいなぁ、あたしも手に入れたい！」彼女が喉を鳴らした。

「バニー、こういうものは……よくわからないし……やめておいたほうがいいよ」

とたんに、彼女がふりかえる。

「どうして？　ゾルが危険な代物を勧めるとは思えないわ。そうでしょ？」

「そのとおり」ゾルが相槌を打った。「スキーヴさん、ご心配はわかりますが、杞憂にすぎませんよ。なんなら、あなたも一緒においでなさい！　紹介所へ連れていってあげましょう。バニーさんにぴったりのコンピュータがあれば、うまくいきますとも。ただし、ひとつだけ――」彼はバニーのほうに向きなおり、「――今日がだめでも、がっかりしてはいけませんよ。まだ、あなたのためのコンピュータが製造されていないという可能性もありますからね」

「あきらめるつもりはありません」バニーがきっぱりと答えた。姿勢を正して、両手を握りしめている。

　そんなわけで、ぼくたちはその部屋を出ると、ふたたび広い通路を歩きはじめた。

「呪文にかかっちゃったみたいな感じだね」ゾルとバニーのうしろで、ぼくはタンダにささやきかけた。

「状況がまずくなりそうなときは、跳躍の術で脱出させればいいのよ」タンダも小声で言葉を返してくる。「とりあえず、様子を見てみることにしましょ。ひょっとしたら、すごく便利だってことになるかもしれないし」

11

あらゆる点で使いやすくなっております。
――Ｉ・マック

紹介所というのは、好きな軽食を選べるようになっていることにいたるまで、さっきの部屋とそっくりだった。異なっている点があるとすれば、ひとつだけ、部屋のまんなかに巨大な丸いテーブルがあるところ。その上に、銀装の本やら、魔法の手鏡やら、女性が持ち歩いている化粧品入れに似た小さな円形の物体やら、そういったものが何十個も置いてある。ほかに、大きな銀色の巻物もひとつ。

こういうとき、ディーヴァの市場《バザール》での経験が役に立つ――見るだけにして、ぜったいに手を触れないこと。見るのは無料だけど、手を触れてしまったら、そのとたんに店主が出てきて、〝中古品になってしまったから買い取ってくれ〟だの何だの、とんでもない話になっちゃったりするんだから。ぼく自身も、はじめて市場《バザール》へ行ったとき、そんな目に遭ったものさ。

ゾルは自分の携帯用コンピュータを鞄から取り出すと、その場にいた別の小朋鬼《コボルド》に手渡した。彼が紹介してくれたところでは、アスキータという名前だそうだ。やっぱり、灰色の肌に黒い髪、長い手に大きな目という姿で、男性か女性かの区別もつかない。まぁ、どっちでもいいや。アスキータはゾルから預かったコーリィを自分自身のコンピュータの上に置いた。たちまち、二台の機械がまばゆく輝きはじめる。だしぬけに、その二台のすぐそばにあった複数のコンピュータもつられたように光を放ち、さらに、水面を走る波紋のごとく、光の輪が広がっていった。すると、それらの画面の前に座っていた小朋鬼《コボルド》たちがいっせいに活動を開始し、熱意もあらわにキーボードの上で指を走らせる。

「よし」ゾルはおもむろにコーリィをつかみ、鞄の中へしまいこんだ。「これで、すべてのコンピュータが起動しましたよ」

彼はバニーを巨大なテーブルへと案内していった。銀装の本も、魔法の手鏡も、化粧品入れに似た円形の代物も、自分たちに興味のある相手が来たことを察知したのだろう、それぞれが蓋の部分を動かしたり、しきりに画面を点滅させたり、その様子ときたら、籠の中の仔犬のようだった。バニーはいかにもうれしそうに、よりどりみどりの機械を眺めている。

「さぁ、選んでください」ゾルが彼女に声をかけた。「みんな、ここぞとばかりに視線を惹こうとしていますよ。ただし、あくまでも、ご自分の直感を信じることです。あなたにぴったりのものがあれば、見た瞬間にそれとわかるはずですからね」

ぼくとしては、相手がどんな存在であれ、みずからの意志で縁を結ぶという発想にはかなりの抵抗がある。まぁ、たしかに、ぼくもドラゴンをなつかせちゃったけれど、あれは偶発的な事故だったんだ。こんなことになると知っていたら、あそこへ近寄ろうともしなかったはずさ。とはいうものの、こうやってギャオンの頭を撫でてやると、こいつが来てくれたおかげで愉快なこともあったんだなと思えてくる。もちろん、長年にわたって、しょっちゅう家を壊されてばかりなのは困るけれど。それと、パーヴ料理に匹敵するほどの悪臭で鼻が曲がりそうになる糞の始末も。あとは、もうひとつ、ギャオンは口も臭いんだよなぁ。こいつときたら、おかまいなしに顔を舐めようとするんだから。

バニーがうなずき、小さな声を洩らした。「みんな、すてきねぇ」

彼女はひとつひとつのコンピュータの表面にそっと手を触れていった。彼女に撫でられた機械の外装がどれもかすかに震えているように見えたのは、ぼくの目の錯覚だったんだろうか？　現実のことだとしても、無理はないかもしれない――そのぐらい、彼女の手の感触は甘美なんだから。

やがて、バニーは大きな銀色の巻物を広げてみた。その幅は彼女の身長ほどもあった。

「それを使うのは、もっぱら、芸術関係の人々ですな」ゾルが話しかけた。「壁にかけるか、もしくは、かなりの面積のある作業机が必要になりますよ」

「あら！　これだと、人目につかない」彼女が声を上げた。「クラーはこんなに科学技術が進歩していないし、ディーヴァの市場《バザール》だったら、作業中に覗きこもうとするやつがいるかも。他人に内容を知られちゃいけないような仕事なのに」

ゾルは小型の機械が並んでいるあたりを指し示した。

「そういうことであれば、こちらのほうがいいでしょう。これでも、あなたに必要な機能はそろっていますよ——財務管理、表計算、経済予測、確定申告にいたるまで。しかも、鞄にすっぽりと入る寸法です。お気に入りの一品があるかどうか、ごらんください」

とたんに、小さな丸い機械がどれもこれも開いたり閉じたり、カスタネットのような音を立てながら、彼女に見てもらおうとする。

「うわぁ、ピンからキリまで、どれがいいのかしら!?」バニーが喉を鳴らした。

その一言に、ゾルが満面の笑みを浮かべる。

「なんと、よくわかっておられますな！　〝ピンキリ・どれでも・あなたのために〟——ということで、これらのコンピュータはPDAと呼ばれているのですよ」

小さな機械たちとしても、彼女が気に入ってくれたことを察知したのだろう、しきりに跳躍をくりかえしている。バニーは慎重にそれらを観察した。宝石のような色彩の外装はとても魅力的なものばかりだった。みんな、彼女の視線を惹こうと、ひときわ明るく輝いている。やがて、彼女が赤い外装の機械に歩み寄ると、それは小さな画面をめいっぱいに開いてみせた。バニーの青い瞳がそこに映っている。彼女が手をさしのべたとたん、その機械はみずから彼女の掌の上に跳び乗った。バニーはそれを自分のほうに引き寄せ、なめらかな外装を指先でなぞりながら、小さな声でささやきかけている。

「すばらしきかな」ゾルが口を開いた。「その子はあなたのことを心底から好きになったようですよ、バニーさん。それほどまでに熱意のこもった反応は、わたしでさえ、めったに見たことがありません」

　どうやら、両者は同じ感情をいだいているらしい。バニーはその小さな物体をためつすがめつ、ゆっくりと撫でまわしている。その機械のほうも、彼女の手の中で躍動しながら、音楽と歓声と口笛のいりまじったような奇妙な音を響かせた。

「うわ〜ぁ」タンダが声を洩らした。「それ、かわいいわねぇ！」

「でしょ」バニーがうなずいた。「女の子らしく、バイティナっていう名前にするわ」

「男なのか女なのか、区別がつくのかい？」そんなの、無理だと思うんだけど。

「一目瞭然よ」バニーがきっぱりと言葉を返し、その小さな機械をぼくに見せようとした。けれど、ぼくが覗きこもうとしたとたん、そいつは蓋を閉じてしまった。「あーぁ、こわがらせちゃって」

「ぼくのせいかな？」わけがわからないや。「何もしてないのに」

「まぁまぁ、スキーヴさん、交友関係というのは自然にできあがっていくべきものですし、いっぺんに多くを望んではいけませんよ。とりあえず、バニーさん、その子をここに置いてください」ゾルはそんな言葉とともに、アスキータのコンピュータの上を指し示した。そこには銀色の触手のようなものが伸びており、バイティナをぴったりと包みこむ。「よろしい！　これで、この子はネットワークに接続されます——あなたも、ね」たちまち、室内にある何十というコンピュータの画面が明るくなった。「ほら！　みんな、あなたのことを知りたがっていますよ」

バニーはバイティナのほうに視線を落とし、魔法の鏡のような画面を眺めた。もう、彼女の顔は映っていない。かわりに、磨きあげられた木製の机の絵がある。なるほど、これが〝デスクトップ〟ってことか。そこへ、さまざまな大きさの封筒が何百通も落ちてきて、本物の紙のような乾いた音を立てた。

「おや、早くもメールが届いたようですね」とゾル。

バニーは指先で画面をつついた。「どうすれば、封筒を開けることができますか？」

「これが手のかわりになります」ゾルは手をかたどったボタンを指し示す。

バニーがそれに触れたとたん、画面のむこうに彼女の手がそっくりそのまま映し出された。

「でも、片手じゃ開けられないわ」

「もう一方の手も触れてごらんなさい」

言われたとおりにすると、画面のむこうの手はふたつになった。へ〜ぇ、おもしろいじゃないか。映像になった両手が最初の封筒をつまみあげ、開封して、装飾のついた挨拶状を取り出した。バニーは画面に顔を寄せ、目を細めた。

「何も読めないわ」

「拡大すればいいんですよ」ゾルが教えた。

バニーがその方法を尋ねるよりも早く、バイティナ自身が対応した。その画面が縦に伸び、横に伸び、あっというまに、大皿ほどの寸法になる。なるほど、読みやすくなったぞ。

〝ようこそ〟青い文字が躍っている。〝極美おねーさん（@@∀）キター！　じゃ、お仲間ってことでvピザは好き？　なんちてw∧キャス・ノスタト〟

バニーはびっくりしたような笑みを浮かべた。

「ピザは大好きよ。キャスって誰かしら？」とたんに、部屋の片隅にある一台のコンピュータの画面が青く点滅した。それに応えるように、バニーの目の前にある画面も銀色に点滅する。「うわぁ！　この子たち、おしゃべりもできるんですか？」

「そのとおり。独自の言語があるのですよ。とても便利な機能です。おかげで、遠く離れた場所にいる誰かと話したければ、すぐにできるというわけです」

バイティナの画面は封筒でいっぱいになっている。どれもこれも、元気のありあまっている蝶のごとく、乱舞をくりかえしていた。バニーはひとつひとつ、うれしそうに読んでいった。ほどなく、彼女は室内のみんなに紹介された。さらに、まったく別の場所からも挨拶状が届いていた。ゾルが確認したところによると、そのうちのいくつかは、同じ次元とはいえ遠方にある別の国から送られてきたんだとか。

「どうして、そんなことが可能なんですか？」

「自然の力でつながっているからですよ」ゾルが説明してくれる。「たとえば、噂話はあっというまに広まるでしょう？　内緒話のつもりだったことが、その当人も気がつかないうちに、地平線の彼方まで知れわたってしまいますよね？　そこで、われわれはその経路をたぐり、ある事柄が実際にどうやって伝播《でんぱ》するかということを検証したのです。それらの情報の流れこそが、このシステムの根幹になっているわけです。もちろん、ただの風聞と同列に論じてしまっては問題があるでしょうが、とにかく、今回の件についても、このシステムによって、解決の糸口をつかむことができるはずです。そして、バイティナもそこに参画する一員ということになります」

「あたし、この子が気に入っちゃった」バニーがうれしそうに宣言した。「かわいいし、すばらしい可能性を秘めているわ」

彼女の手の中で、その小さな機械は狂喜乱舞とばかりに画面を開いたり閉じたりしている。そこへ、ギャオンが鼻面を寄せ、匂いを嗅ごうとした。とたんに、バイティナがぴしゃりと蓋を閉じたので、あいつは髭をはさまれそうになった。たちまち、ギャオンは跳びすさり、ぼくの背後に隠れ、肩口から覗くように顔を出す。

「あなたたちも手に入れるべきよ」バニーがきっぱりと主張した。「すばらしいんだから。とても大勢の人々とつながっているような感じがするの」

「あたいは遠慮しておくわ」タンダが言葉を返す。「だって、ほら、生身でつながってる相手だけでも充分すぎるほどだし」

「まぁ、あらゆる人々とつながる可能性はいいんですけど、〈十人組〉が狙っている次元をつきとめる方法はあるんですか？」そろそろ、本題に戻らなきゃ。

「その質問を待っていたのですよ」ゾルが満面の笑みを浮かべてみせた。「よろしい、お答えしましょう」

またしても、ぼくたちは別の部屋へ連れていかれた。そこは小朋鬼《コボルド》でいっぱい、コンピュータもたくさんある。ぼくたちが室内に足を踏み入れたとき、小朋鬼《コボルド》たちは仕事にかかりきりだったけれど、みんな、ぼくたちの存在には気がついていたようで、いくつかの画面が点滅で迎えてくれた。扉の反対側にある壁は巨大な銀色の幕に覆われており、そこに、こちらも巨大なクモの巣を連想させる複雑な模様が描かれている。それが本物だったりしたら、いやだなぁ……こんな巣を作るやつは、クマグモだろうと何だろうと、とてつもないでかぶつにちがいない。

「ウーから直行できる次元は無数にあります」ゾルは説明にとりかかりながら、その幕のほうに手をひるがえした。クモの巣の中心部にうっすらと白い光がともる。「ごらんのとおり、われわれはここにいます」最初の光のすぐそばに、銀色の小さな光が現われる。つづいて、彼がもういっぺん手を動かすと、かなりの部分が明るくなった。「われわれ野外研究者のこれまでの調査によれば、この範囲内にある次元はいずれもウーから直行できるということです。さて、天牙鬼《バーヴェクト》たちは汎人《クラード》や精魔《トロル》よりも毒に対する耐性が強いため、大気や土壌が有害物質に満ちていても生きていけるそうですが、それでも、どこが〈十人組〉の標的になりうるかといえば、かなりの数の次元が除外されるでしょう。まず第一に、魔術を使わない次元。また、魔物の存在が受容されていない次元もそうですね――とりわけ、天牙鬼《バーヴェクト》のような外見であれば、なおさらでしょう。正直なところ、あの風貌に慣れるまでには、かなりの時間がかかったのではありませんか？」

「ごもっともです」まったくもって、そのとおり。「スキーヴったら！」

とたんに、タンダが肘鉄をくらわせてきた。

「くわえて、対象とされるであろう次元の住民は、先進的な装置を使いこなし、充分な収入があり、魔術師をおおいに尊敬し、なおかつ、眼がふたつで鼻面は長くない種族でなくてはなりません」

「どうして、そんなことがわかるんですか？」ぼくは純粋に好奇心から訊きかえした。ときどき、ゾルの存在がうっとうしくなることもあるけれど、すばらしい慧眼にびっくりさせられたのも一度や二度じゃない。

「もちろん、タンダさんが持ち帰ってくださった物証のおかげですよ」ゾルはあの眼鏡をかざしてみせた。そして、それを鼻の上に乗せたものの、ひっかけておける耳はないし、そもそも、幅が広すぎる。「まずもって、使う当人にその意志がなければなりません——呪文で固定されるものではありませんし、紐や接着剤がそなえつけてあるわけでもありません。ただし、かけてしまえば、その人物の意識に直接作用をおよぼす呪文が内蔵されており、厖大な量の情報をもたらします」

「どんな情報ですか？」そこが怪しいところだ。

「ファンタジイですな」ゾルは眉間に皺を寄せた。「くだらない物語ですよ。感情を鈍らせ、計算能力を低下させるだけの、有害無益な戯言《たわごと》です」

その言葉を聞いて、ぼくは慄然としてしまった。

「つまり、〈十人組〉としては、どこかの次元の住民たちを洗脳することによって、そこを征服するつもりなんですね。でも、誰を？　どこを？　一刻も早く、それをつきとめて、警告してあげないと！」

「すでに、それらしい次元を三十五カ所に絞りこみました」ゾルは自分のコンピュータで計算をくりかえしている。「さらに数を減らすには、多少の時間がかかります」

「ひとつずつ、行ってみましょう」それが最善の方法だと思うんだけど。「この眼鏡がぴったりの種族がいれば、そこだっていうことがわかるはずです」

「情報検索の結果を待つほうが早いでしょう」ゾルが言葉を返してくる。「無用の労は惜しむべきですよ。われわれの指先におまかせあれ」

ぼくは仲間たちをふりかえった。

「あたいも、そのとおりだと思うわ」タンダが肩をすくめてみせた。「次元はとても広大なのよ。家宅捜索みたいなわけにはいかないってば」

「そうか」そういうことなら、しかたがないや。〈十人組〉に狙われている人々を助けてあげなきゃいけないという焦燥感はあるけれど、しばらくの辛抱だ。「わかりました、おまかせします」

スキャマローニの第一貯蓄銀行、ヴォリュート支店の正面入口の階段の下で、パルディンは足を止め、ヴェルゲッタとオシュリーンが転位《テレポート》してくるのを待っていた。

ここ、ヴォリュートは首都近郊にある中規模な町で、もっぱら、衣料品の生産および販売がおこなわれており、経営者たちが豪奢な屋敷をかまえている。まごうかたなき特権階級というわけだ。次男坊、三男坊、四男坊にいたるまで、自分専用の馬車を与えられている。その子供たちは捕虜や奉公として働く霊鬼《ジン》や世話魔《ブラウニー》の手で育てられている。また、労働者たちの衣服や靴も上等なもので、町はどこもかしこも清潔な雰囲気に満ちている。劇場をはじめとする各種の大衆娯楽もさかんで、魔術師たちによる公演も少なくない。みんな、貧乏とは無縁の生活を送っており、〈おとぎ眼鏡〉を売りこむには絶好の場所だった。

スキャマローニという次元は、パルディンが思うに、数百年前のパーヴと似ているかもしれない――そう、とある天牙鬼《パーヴェクト》が電気を発見し、ただの悪戯よりもはるかに有益な目的で使うことができるはずだと考えた、それよりも昔のパーヴとそっくりではないか。現在でも、故郷の首都へ行ってみれば、高々とかざした片手に稲妻をつかんでいる発見者の銅像が残されている。もっとも、その台座に記されていたはずの名前は何世紀も前に消されてしまったままだ。おそらく、成功を先に奪われた競争相手の遺族の誰かが嫉妬心に駆られたか、掃除機を使うたびに電気代を払わなければならない消費者が腹を立てたか、そんなところだろう。どちらにしても、しみったれた連中のそういう仕業は尊敬に値する。

「それで、朝も早くから、こんなところに何の用があるの？」転位を完了したばかりのヴェルゲッタが、人目を避けるために路地裏へ入りこんだとたんに尋ねる。「気楽にいきましょうよ」

「市場調査の一環だってば」パルディンは前方を指し示した。「あそこなんだけどね」

「ただの商店でしょ。どこにでもありそうな感じ」

「まずは、あの店で売り出すことにするわ。昨日、契約を結んできたの。ちなみに、あそこの店主はヴォリュートだけでも十軒の店を所有しているんだけど、〈おとぎ眼鏡〉を気に入ってくれたみたいよ。それに、彼の奥さんも、子供たちも〝最高におもしろい〟って。最初はあたしの姿におびえてたけど、慣れてきたら、契約交渉のあいだじゅう、亜口魔《ディヴィール》みたいな調子で……」

「まさか、まるめこまれちゃったんじゃないでしょうね？」オシュリーンは特製のドレスの袖口で爪をみがきながら、冗談半分にからかった。

しかし、パルディンはそれにつきあおうともしない。「……スキャマローニでの独占販売権を手に入れたがっていたのよ」

「そういうことなら、身代をつぶすぐらいの覚悟はしてもらわなきゃ」ヴェルゲッタがにんまりとしたので、そこいらにいるネズミの群れが一目散に逃げ出した。

「そのつもりでふっかけてみたら、くいついてきたわ」パルディンが答える。「こちらの提示した条件のとおりで話がまとまったんだから。彼の予測では、この町だけでも一カ月で千個は売れるにちがいないって。その勢いで、首都の市場にも進出するつもりらしいわ。あたしとしても、ニキに連絡して、邑人《ウーズ》たちの増産態勢を確認してもらったところよ」

「あてがはずれなきゃいいんだけれど」オシュリーンが鼻を鳴らす。

「うるさいわね、このマネキン女が！　店主本人もはまっちゃってるのよ！　交渉の途中で、あたしは彼の言葉に侮辱されたようなふりをして、席を蹴ってみせたわ。とたんに、彼はあたしを帰らせたくない一心で、目の前に立ちふさがったの！　天冴鬼《パーヴェクト》に対して！　おまけに、試作品を奪いあっていた彼の子供のひとりが腕を折ったほどなんだから」

ようやく、オシュリーンも表情をほころばせた。パルディンが自信ありげにうなずいてみせる。

「そういうわけだから、まかせておきなさい。あたしたちは金蔓《かねづる》をつかんだのよ。やみつきにさせてやるわ。みんな、たまらなくなるはずよ」

スキャマローニには術力線が何本もある。パルディンはそこから適当な量の術力を導き出した。何の苦労もなく、彼女はふたりの仲間とともに無我の術を使うと、往来の雑踏の中にまぎれこんだ。

「〈おとぎ眼鏡〉の発売日はもうじきよ。流血沙汰になるかもしれないわ。じっくりと見物させてもらおうじゃない?」

12

ここが例の場所にちがいない！

――C・コロンブス

小朋鬼《コボルド》たちが数字と格闘し、情報を整理し、〈十人組〉に狙われているとおぼしき三十五カ所の次元をひとつに絞りこむまで、三日間もかかってしまった。そのあいだ、ゾルはぼくたちのために居心地のいい家を用意してくれた――あの大きな建物のすぐ隣にある、卵のような形のこぢんまりとした宿泊施設だった。ぼくたちは当地の食事で消化不良になりかかっており、とりわけ、ギャオンはひどいありさまだった。袋詰の軽食類はどれもこれも澱粉《でんぷん》と脂肪がたっぷりで、あいつは腹の底から悪臭がこみあげてくるほどの状態におちいっていた。まぁ、すべてが今に始まったわけじゃないんだけれど。しかたがないので、ぼくはあいつを連れ出し、整然と設計された庭園よりもはるかに遠い沼地へ行って、適当な餌をあさらせてやることにした。知性をそなえた動物はいないという話を聞いていたので、何も問題はないだろう。なにしろ、ドラゴンは好き嫌いがないから、どんなものでも食べてしまうのだ。

ギャオンがうれしそうに泥を掘りかえすと、ワニガエルやヘドロムシなどといった沼地の生物たちが逃げ出していく。やがて、あいつは蹴玉《けりだま》ほどの大きさの奇怪な塊に目をつけた。灰色の殻に覆われ、棘《とげ》のような長い脚が無数にあり、それらにまぎれるように突起状の眼がついている。ギャオンのやつ、棘だらけの殻をバリバリとかじって、目玉をうまそうに吸っているじゃないか。うげぇ。とりあえず、かわいいものを餌にしようとしないのは救いだけれど……というか、少なくともぼくはそういう場面を見たことがない。まぁ、気にしないほうがいいや。

ようやく、あいつは髭をきれいに舐めると、満足そうな様子で、ぼくのほうへ駆け戻ってきた。

「帰るぞ」ぼくは声をかけ、あいつの首輪をひっつかんだ。逃走する竜巻のごとく途中で好き勝手に駆けまわったりすることのないように、引き綱はなるべく短くしておこう。

ぼくたちは泥を振り落としながら、卵形の家へと戻っていった。小朋鬼《コボルド》たちが構築したものは何から何まで整然としているので、やっぱり、きれいにしておかなきゃいけないはずだ。そんなわけで、家の玄関の扉をくぐるころには、きれいさっぱり、風呂に入った直後のようになっていた。

すぐさま、ギャオンはタンダの隣にころがりこみ、長い舌で自分の鱗をつくろいはじめる。その彼女はといえば、ゆったりと安楽椅子に身を沈め、両足をテーブルの上に置いたまま、長刃のナイフで爪をきれいにしているところだった。ウェンズレイはおちつかない様子で歩きまわっている。銀灰色の絨毯にくっきりと足跡が残っているということは、かなりの時間、そうやっていたにちがいない。

「どこへ行っていたんですか？」ウェンズレイはぼくにつかみかからんばかりの剣幕で、今にも泣き出しそうな金切声を上げた。「いったい、何を待っているんですか？　こうしているあいだにも、わたしの同胞はあの天牙鬼《パーヴェクト》どもの鉤爪で引き裂かれてしまっているかもしれないんですよ。ウーがきわめて危機的な状況にあるというのに、なぜ、そんなふうに悠然としていいられるんですか？」

「そもそも、あんたたちの負債はどれぐらいなの？」タンダが尋ねた。「稼ぎになる仕事をやれば、返済できるんじゃない？」

「稼ぎになる仕事がないんですよ」ウェンズレイがなさけない声を洩らした。「あるいは、これといった当座資本もありません。そうかといって、等価交換で土地を譲渡したくもありませんし、あいつらの身辺の世話もまっぴらごめんです」

いわゆる〝奉仕義務〟ってやつだな。天牙鬼《パーヴェクト》の従僕にならなきゃいけないとしたら……たしかに、そんなこと、考えたくもないいや。

「ところが、実情はといえば、あの連中はわれわれの工場すべてを掌中におさめています。観光事業もうまくいかないでしょう。〝わが国の城は長い歴史があり、現在のところ、異邦から来た財政再建の専門家たちの活動拠点となっております〟なんて、みっともないじゃありませんか」

「あのねぇ、ぼうや」タンダは爪をいじっていた手を止め、ナイフの切先を彼のほうへ向けてみせた。「あんたたちのために、〈偉大なるスキーヴ〉は大切な研究をわざわざ中断してくださってるのよ。まさか、その彼をあてにできないっていうの？　そういう態度なら、彼も本来の居場所へ戻るほうが幸せにちがいないわね」

「そんな！」ウェンズレイが悲鳴を上げた。愕然としたように目を見開くと、ぼくの手にすがりついてくる。「スキーヴ先生、お許しを！　わたしが軽率でした。もちろん、あなたは正義のためにお力を尽くしておられるかたです……われわれの難局を解決していただけますよね？　どうか、見捨てないでください！　そんなことになってしまったら、われわれは一巻の終わりです！」

どうして、ぼくはタンダみたいな殺し文句を思いつかなかったんだろう？　彼女のほうをふりかえってみると、彼女はおおげさに片目をつぶってみせた。

「もちろん、やめるつもりはありませんよ」きっぱりと。「ただ、当初の予想よりも複雑な状況であるらしいと判明したので、時間がかかっているんです」

「おっしゃるとおりです、おっしゃるとおりですとも」ウェンズレイは感謝の念をあらわにした。「有効な策を考えてくださっていることは充分にわかっておりますが、そのために必要な時間というものを忘れてしまっていたのです」

どうにか、彼の信頼をつなぎとめることができたようだ。そこへ、うまいぐあいに、家の外から、うれしそうな叫び声が聞こえてくる。

「結果が出ました！」ゾルがおなじみの超小型コンピュータを片手に、隣の建物からの小径《こみち》を走ってくる。バニーも彼のすぐうしろで目を輝かせていた。「どんぴしゃりですよ！　まちがいなく、これで正解ということになるはずです。地勢の八十九パーセント以上があの地図に示されているとおりですし、眼鏡のほうも住民の顔の形状に合致しました」彼はコンピュータの画面を開き、ぼくたちに見せてくれた。「スキャマローニです！」

なるほど、そうだったのか。〈十人組〉が狙っているとおぼしき次元の一覧表を検討した時点で気がついておくべきだった。スキャマローニといったら、ディーヴァの市場《バザール》でその名前を知らない者はいない――散財魔《スキャミー》ばかりの次元ということで、亜口魔《ディヴィール》たちが〝お得意さん〟にしているのだ。ほかの次元の商人たちにとっても、何世紀も前から、スキャマローニとの交易は旨味が大きいものだった。まがりなりにも他人に助けを求めるだけの知恵をそなえていた邑人《ウーズ》とちがって、散財魔《スキャミー》たちは学習能力がまったくない。

〈十人組〉がスキャマローニに目をつけたのも、当然といえば当然だろう。

確実にスキャマローニへ転位《テレポート》するために、まず、ぼくたちはウーへ戻ることにした。ところが、おなじみの青灰色の空の下、ハトの群れに覆われた立像が見えたとたん、ウェンズレイが脱兎のごとく走り去ってしまった。しばし、ぼくとタンダとバニーは顔を見合わせるばかり。

「ギャオン、つかまえろ!」あわてて、ぼくは彼が逃げた方角を指し示した。

たちまち、あいつは地面も揺れるほどの足音を轟かせ、ウェンズレイを追いはじめた。ぼくも追跡にとりかかったけれど、ウェンズレイはあっというまに角《かど》を曲がってしまう。こんなことをしていたら、〈十人組〉がいる城はすぐそこだ——ぼくは一抹の不安にそちらをふりかえりつつ、必死に彼を追いかけた。なさけない泣き声が聞こえてくるので、だいたいの居場所は見当がつく。

そんなわけで、とある路地に入ってみると、彼は地面にひっくりかえっていた。その片脚をギャオンがくわえ、ひきずってこようとしている。

「おぉ、勘弁してください、スキーヴ先生!」彼はぼくの顔を見るなり、哀願するような口調で叫んだ。「どうか、わたしを同行させないでください。戦力になれるはずがないのですから。それに、次元を解放する方法を考えるだけの知恵もありません」

ギャオンは彼をぼくの目の前に連れてくると、くわえていた脚を離した。そのまま、そこに座りこみ、ご褒美《ほうび》を待っているかのような姿勢になる。ぼくは腰につけた小物入れの中をひっかきまわし、小さな菓子袋を投げてやった。あいつはそれを口で受け取り、一息に呑みこんで、舌鼓を打った。ウェンズレィはといえば、その場にひざまずいたま
ま、ぼくの上着の裾にすがりついている。

「ここにいさせてください。情報を集めておきますから。同胞たちの話を聞いておきますから。状況を分析しておきますから。便所掃除でも何でも、できることをやっておきますから。とにかく、みなさんと一緒に行くことだけは勘弁してください」彼は大粒の涙をこぼしはじめた。それにしても、ぼくの袖で鼻をかまないでほしいんだけれど。

ようやく、タンダとゾルとバニーもぼくたちに追いついてきた。

「わからないな」それが正直なところ。「クラーやディーヴァへ行くのは平気だったじゃありませんか」

「そりゃ、ただの買物でしたから」なさけない答えが返ってくる。「でも、今回は戦いが待ち受けているかもしれないんですよ」

「しかたがありませんな、スキーヴさん」ゾルが言葉をさしはさんだ。「邑人《ウーズ》という種族は決断力のあるほうではありません。彼を連れていったとしても、困難な状況下ですくみあがってしまうのが関の山でしょう。肝心なときに卒倒してしまうかもしれませんよ」

そんなことになったら、みんなが窮地におちいってしまいかねない。ぼくは全員の顔に視線をめぐらせた。どうやら、タンダもバニーも、ぼくの判断を待っているらしい。こういうとき、オゥズがいれば、ウェンズレイの襟をひっつかんで気合を入れさせるなり、ぺしゃんこにしてしまうなり、いいようにしてくれるんだろうけれど。

「わかりました」しかたがないや。「あの眼鏡がどこで製造されているのか、調べておいてください——できれば、ほかの情報についても。とりあえず、なるべく早いうちに戻ってくるつもりです」

ウェンズレイは安堵のあまり腰が抜けそうになっている。

「ご英断のほど、ありがとうございます」彼の声はかすれきっていた。

ぼくは彼から離れると、びしょびしょにされてしまった袖を絞った。タンダもうんざりしたような表情になっている。あの様子じゃ、彼にべったりと躰《からだ》を寄せることは二度とないだろう。

「よろしい」ゾルがその話題をしめくくった。「邑人《ウーズ》のみなさんも当地で協力してくださるということですね。さて、やっていただけますかな？　それとも、わたしがやりましょうか？」

「おまかせあれ」

小物入れの中から、魔法の粉をひとつまみ。跳躍器を使う瞬間にこれを発火させて、手許をごまかそうというわけだ。ウェンズレイはよろよろと立ち上がり、この装置の作用にさらされてしまうことのない位置まで離れた。わずかに手を振ってみせたあと、さらに遠くへ。とたんに、魔法の粉が閃光をほとばしらせた。その瞬間の邑人《ウーズ》の顔といったら、まるで、稲妻にびっくりしたオオツノジカのようだった。

「残念」タンダが舌打ちをした。「もうしばらく、彼と一緒にいられると思ったのに」

バニーはバイティナに手を触れた——外装と同じ色の小物入れを腰につけて、その中にしまってある。「彼にもコンピュータが必要なんじゃないかしら」

「むしろ、人格移植が必要かも」タンダの言葉はにべもなかった。

「それは危険な副作用がありますよ」ゾルが顔をしかめてみせる。

いったいぜんたい、何の話をしているのやら？　人格をどうやって移植するっていうんだろう？　憑依みたいなものかな？　新しい人格がその身体を気に入らなかったら、どうすればいいんだ？

いや、そんなことを考えている場合じゃない。ボタンを押したとたん、ぼくたちは暑い陽射《ひざし》の下、人通りの多い街角に立っていた。この気温にもかかわらず、人々は黒っぽい服に身を包み、板敷の歩道のかたわらにある灰色の石で造られた建物の前を行き交っている。ぼくたちにぶつかっても、あやまろうともしない。

大柄な散財魔《スキャミー》がひとり、ぼくに膝蹴りをくらわせ、無言のままで歩き去っていった。

ぼくは完全に不意をつかれ、その場でつんのめり、通りすがりの馬車にぶつかりそうになってしまった。馬車を牽いていたのは、樽のような胴体に六本の脚と長い尻尾をそなえた、ウマというよりも巨大なネズミのような姿の動物だった。ぼくが路上に飛び出したとたん、その動物はけたたましい警告とともに、三本の脚を虚空に躍らせた。御者は手綱を引くと、空気の匂いを嗅いでから、あらためて、その動物をなだめるような調子で進ませた——やっぱり、無言のまま。それどころか、表情も変えていない。ぼくの存在にも気がついていないようだし、あやうく事故になるところだったということさえも念頭にないようだ。そういえば、黒っぽい眼鏡をかけているじゃないか。もしかすると、散財魔《スキャミー》たちは視力が弱くて、そのかわりに精神的な測位能力が発達しているのか、あるいは、嗅覚が鋭いのかもしれない。

タンダがぼくの腕をつかみ、歩道へと引き戻してくれた。すでに、バニーとゾルは雑踏をはずれた場所に避難している。そこは丘の上で、大通りを一望できるところだった。背後にあるのは行政関係の建物だろうか、大勢の散財魔《スキャミー》たちが重厚な青銅製の扉をひっきりなしに出たり入ったりしている。

「人波にまぎれるつもりなら、おあつらえむきですな」ゾルが意見を述べた。

ごもっとも。ぼくは足を止め、散財魔《スキャミー》たちを観察することにした。汎人《クラード》よりも背が高く、緑青色の肌、その身体にまとっている服は長袖で、裾も地面をこするほどに長い。

顔の骨格は逆三角形。口は丸く、とがった顎の先端に近い位置にあり、散財魔《スキャミー》の風貌のうちでもっとも特徴的な部位――すなわち、特大の鼻の陰に隠れかかっている。誰の顔を見ても、青虫のような輝きをたたえている鼻梁はちょっとした塊といった感じで、ぼくの掌では完全に覆うことができないだろう。ひとつしかない鼻腔も大きく、小さな口のすぐ上から両眼のあいだまで、縦長に広がっている。ちなみに、瞳の色はわからない。黒っぽい眼鏡のせいだ。

「あの眼鏡ですよ！」思わず、ぼくは叫び声を上げた。

「まずは、変装しないと」ゾルが釘を刺した。

たしかに、警官か軍人とおぼしき制服姿の散財魔《スキャミー》がこっちに鼻を向けている。彼は空気の匂いを嗅ぎはじめた。あわてて、ぼくは自分たちの姿を想像し、それを散財魔《スキャミー》としての風貌に重ねあわせた。鼻も口もそっくりそのまま、黒っぽい眼鏡も忘れちゃいけない。ありがたいことに、散財魔《スキャミー》も二本脚でまっすぐに立っている種族で、なおかつ、ふたつの眼は頭部の前面に並んでいる。それらしい服装をでっちあげながら、ぼくは通行人の匂いを嗅いでみた。これまで、変装の術といえば外見をどうにかするだけのことだったけれど、嗅覚もごまかす必要があるなら、やるっきゃない。散財魔《スキャミー》たちの匂いはさっぱりしたもので、柑橘系の芳香をバニラでやわらかくしたような感じ。

そのとおりにしてみると、警官は匂いを嗅ぐのをやめた。ひとしきり、混乱したような様子で逆三角形の顔を左右に向けていたけれど、やがて、往来の交通整理を再開する。

「う〜ん」タンダが笑みを浮かべ、自分の手首の匂いを嗅いだ。「やるじゃない。せっかくだから、あたいのために香水を調合してくれる？」

ギャオンは丸い眼をひときわ大きく見開いている。なにしろ、ウマなのか巨大なネズミなのかという奇妙な姿に変えられてしまったのだから――それ以外にどんな動物がいるのか、見当もつかない――当然といえば当然だろう。あまつさえ、ぼくの姿も匂いも別人のようだったわけで、わけがわからなかったにちがいない。

「大丈夫だよ、ギャオン」ぼくはあいつに話しかけながら、耳のうしろを撫でてやった。

あいつは疑うような表情だったけれど、それでも、ぼくの声だということはわかってくれたらしい。ぼくはあいつの頭に手を置いたまま、周囲に視線をめぐらせた。

ぼくたちが〈十人組〉から目を離して四日間、敵のほうは一刻も無駄にしなかったようだ。さっきの御者だけじゃなく、すべての人々があの眼鏡をかけている――そう、ぼくの小物入れの中にあるのと同じ代物だ。散財魔《スキャミー》たちが雑然と歩いているのは、前方の状況をこれっぽっちも気にしていないせいだ。馬車がいようと壁があろうと、おたがいにぶつかろうと、かまうつもりもないらしい。なんともはや、不気味な光景だった。事故があたりまえだなんて、まともじゃないや。

「みんな、うれしそうね」バニーが口を開いた。

「呪文の影響にちがいありませんな」ゾルが心配そうに声を上げた。「あの眼鏡によって、精神をあやつられてしまっているのでしょう。さぁ、教えてあげてください、スキーヴさん！　散財魔《スキャミー》たちに真実を伝えるのです！　それこそが、この人々を救う唯一の方法です！　あなたの言葉で、みんなを解放してあげてください！」

彼の台詞に、ぼくはじっとしていられなくなった。目の前にあるのは、〈十人組〉の魔手にさらわれてしまう寸前の世界なのだ。ぼくたちの対応が遅れたせいで、事前に阻止することはできなかったけれど、ここで散財魔《スキャミー》たちが目を覚ましてくれたら、あいつらの好き勝手にされることはないはずだ。

ぼくは階段のてっぺんまで一気に駆け登ると、両腕を大きく広げ、スキャマローニの住民たちにむかって叫んだ。

「その眼鏡をはずしてください！　パーヴから来た女たちの一団が、その眼鏡を使って、みなさんの次元を征服しようとしています！　魔術です！　みなさんは心の中から毒に侵《おか》されかかっているのです！」

13

本当に手をかじられたいのか？

――Ｐ・ベンチリー

ぼくの言葉は虚空に消えた。目の前には何千という熱狂的な顔があって、不本意な隷従から解放されることに対する感謝の念をあらわにしている……はずだったんだけど。あにはからんや、ネズミウマは蹄《ひづめ》の音をポクポクと響かせ、馬車はガタゴトと走り、通行人もあいかわらず雑然と歩きつづけている。実際のところ、誰も足を止めようとしない。どうなってるんだ？　自分たちが危機的な状況にあるのに、わかっちゃいない！　無関心もいいところじゃないか――ぼくは目を丸くして、漫然と流れていく人波を眺めるばかりだった。どうして、平気でいられるのかな？

「主導権をつかむのですよ、スキーヴさん！」ゾルが声をかけてくる。「汎人《クラード》ならではの決断力を見せてください！」

よーし、肚《はら》をくくるぞ。まずは、市民への影響力がある重要人物と会うことが先決だ。そうすれば、〈十人組〉の眼鏡をはずすように説得してもらえるだろう。ぼくは周囲に視線をめぐらせた。

あぁ、あそこだ——ちょうど、丘の頂上にある大きな建物から、刺繍だらけの長衣をまとった男性が出てきたところだった。恰幅がよくて、いかにも裕福そうだ。彼もあの眼鏡をかけているけれど、たくましい男がふたり、どちらも眼鏡をかけずに、左右の手を引いている。ぼくが長衣の男性のほうへ駆け寄っていくと、たちまち、そのふたりは褐色の塊のような鼻をこちらに向けた。

「洗脳を解かないと！」ぼくは大声で叫んだ。「眼鏡をはずしてあげてください。幻想よりも現実を見る必要があるんです」

「やっこさん、うらやましいのさ」左側の護衛が同僚にむかって鼻を鳴らした。「見ろよ、かけてないぞ」

「貧乏人ってわけだ」右側の護衛も笑っている。「まったく、かわいそうに。どんなにすごい代物か、知る機会もないんだろうな」

「ちがいないぜ」もうひとりが相槌を打った。

まんなかにいる男性は一言もしゃべらない。大きく開けたままの口の端から、涎がこぼれそうになっている。

散財魔《スキャミー》たちときたら、いいものを手に入れたと思っているらしい。わかってくれるまで、あきらめるわけにはいかないや。

「その人のためです。助けてあげてください。精神をあやつられているんですよ。あなたがたも、その眼鏡をかければ、同じような状態におちいってしまうでしょう」

「けっこうなことじゃないか」右側の護衛が肩をすくめた。「おれも、眼鏡を買うために金を貯めはじめたんだ。ドマーリ先生の話じゃ、やみつきになるってさ」

みんな、何もわかっちゃいないんだ。こうなったら、自分の力でどうにかしなきゃ。

ぼくは手を伸ばし、まんなかの男性の鼻の上にある眼鏡をひったくろうとした。とたんに、左側の護衛が大きな掌でぼくの襟許につかみかかってきた。小さな口の隙間から、鋭い歯があらわになっている。ぼくは彼の突進をかわした。そっちが腕力勝負のつもりなら、相手になってやろうじゃないか。安全な位置から浮揚の術を使って、その男を後方へふっとばす。もうひとりの護衛も雇い主の手を離し、攻撃をしかけてくる。でも、わずかな術力を胸に叩きつけてやれば、簡単にひっくりかえすことができるんだ。それにつづいて、ぼくはさらに術力を使い、恰幅のいい散財魔《スキャミー》の顔から眼鏡を奪い取った。たちまち、彼は悲鳴を上げ、両眼を手で覆った。

「わたしの眼鏡はどこだ？　返してくれ！」

ぼくが手を振りおろすと、その眼鏡は地面に落下して、レンズが粉々に砕け散った。

「これで、あなたは自由の身です！　正気に戻ったはずですよ！」

「何だと？」その男性はわめき、ぼくをにらみつけた。「金貨二十枚もかかったのだぞ！　とんでもないことをしてくれたな！　犯罪行為だ！」

「いいえ、解放運動ですってば！」なんだか、話がややこしくなってきたぞ。金貨二十枚だって！　〈十人組〉のやつら、この次元を征服するための小道具を、ほかでもない犠牲者たちに売りつけていたのか？　オゥズでさえも考えつかないほどがめつい手口もあったものだ。「みなさんの心の中は邪悪な妖術のせいで曇ってしまっているんです。いずれ、これでよかったんだと思えるようになるはずですよ」

　ふりかえってみれば、ひとりの女性が〈十人組〉の眼鏡をかけたまま、手探りで階段を降りようとしているところだった。ぼくは術力を一閃させ、彼女の鼻の上にある眼鏡を叩き落とした。彼女は悲鳴を上げたけれど、それは、やっとのことで自由の身となった感激の声だったにちがいない。次から次へと、ぼくは〈十人組〉の害毒をはらんだ眼鏡を術力で奪い取り、破壊していった。茫然としていた人々の顔に感情がよみがえってくる。最初はびっくりするだろうけれど、わかってくれるはずだ。さらに三個の眼鏡が宙に舞った――ほっそりとした女性からは術力を使って、若い男女からは自分の手で。どこかで子供が泣いている。ぼくは仲間たちのほうをふりかえり、親指を立ててみせた。タンダが笑顔で応えてくれる。彼女とゾルも、ぼくと同じく、〈十人組〉の呪文を打破するための活動にとりかかっていた。

「これでよかった？」最初の散財魔《スキャミー》が拳を握りしめ、くってかかってきた。「きさま、これでよかったと思っているのか？　ふざけるな！　警備の者！　警備の者はいるか!?　この……このたわけを逮捕しろ！」

彼の大声を聞きつけて、交通整理をしていた警官がぼくたちのほうをふりかえった。毅然とした仕種で両手を真上に伸ばし、車両の往来を止めると、立ち台から降り、わめきつづけている散財魔《スキャミー》のほうへと階段を登ってくる。どうやら、洗脳が解けるまでには多少の時間がかかるにちがいない。恰幅のいい男性はなおも憤然としたまま、〈十人組〉の眼鏡のせいで支離滅裂な言葉を吐き散らしている。どうやら、みんなが正気に戻るまで、ぼくたちは近くにいないほうがよさそうだ。かつて、ぼくは暴徒の群れに襲われたことがある。あんな経験はまっぴらごめんだ。

「一時撤退！」ぼくは仲間たちに手を振ってみせた。

ギャオンが走ってきて、ぼくのほうに詰め寄ろうとしている散財魔《スキャミー》たちの人垣にぶちあたり、そのうちの半数以上を転倒させた。タンダもすばやい動きで、ゾルとバニーがいるところへと連れ戻してくれる。

「逃げるぞ、ギャオン！」

ぼくはあいつの体臭をごまかしていた幻覚の術の一部を解いた。たちまち、散財魔《スキャミー》たちは呼吸が苦しくなったのだろう、おびえたような悲鳴とともに道を開けた。

「ギャオーッ！」あいつは高々と啼き声を響かせ、階段を駆け降りていった。

ぼくたちもギャオンのすぐうしろを走りながら、行きがけの駄賃とばかり、散財魔《スキャミー》たちの眼鏡をひっぺがしていった。意外なことに、いつもは冷静沈着なゾルもはりきっている。彼が両手をひるがえすと、数十個の眼鏡がいっぺんに宙を舞った。タンダも魔術の技倆を発揮して、やるべきことをやっていた。バニーはといえば、バイティナを握りしめ、ぼくたちに遅れまいと必死に走っている。

ぼくたちの背後にいる集団はふくれあがるばかり。何がまずかったんだろう？　そろそろ、当初の衝撃がおさまってもいいころなのに……あの眼鏡をはずさせるだけじゃ、〈十人組〉による精神操作を解くことはできないのかな？　あいかわらず、散財魔《スキャミー》たちは怒号とともに拳をふりかざしている。

「追いかけろ！」あの恰幅のいい男性が叫んだ。

「あいつら、わたしの眼鏡を壊したぞ！」

「わたしの子供たちもやられたわ！　どうしてくれようかしら？」

ぼくは大通りのまんなかを全力疾走で駆け抜けていった。ネズミウマの鼻先をつっきるたび、そいつらは大きな前歯もあらわに、荒い鼻息を吹きかけてくる。自分の足で漕ぐ二輪車に乗っている散財魔《スキャミー》たちもあわてて止まり、罵声を浴びせてきた。〈十人組〉

の眼鏡をかけていない人々もあちらこちらで歩調をゆるめ、何があったのかという表情でふりかえる。これじゃ、めだちすぎもいいところだ。

ぼくは周囲に視線をめぐらせ、跳躍器を使うことのできそうな物陰に隠れようとしたけれど、すでに、どこもかしこも怒りの声を上げている人々でいっぱいだった。ぼくは肩ごしに背後をふりかえった。ゾルは脚が短いにもかかわらず、ぼくの走りについてきているけれど、バニーは人波に呑みこまれそうになっていた。タンダの居場所はわからない。まぁ、彼女は自力で次元跳躍の術をあやつれるから、大丈夫だろう。でも、バニーは術力を使うことができないんだ。助けてあげなきゃ。

バニーは必死に手を上げていたけれど、散財魔《スキャミー》の大群が押し寄せてくるにつれ、それさえも完全に見えなくなってしまった。

「ギャオン！」こうなったら、あいつだけがたよりだ。「バニーのところへ行け！　彼女を護るんだ！」

「ギャオッ！」あいつの答えが返ってくる。

あいつは群衆のあいだを突破していく先導役を中断すると、その場で長い胴体をひるがえした。たちまち、追手の散財魔《スキャミー》たちにぶつかるのもかまわず、通ったばかりの道を逆走してくる。

あわてて、ぼくは両手を広げ、あいつを制止しようとした。

「ちょっと待て、ギャオン！」

その言葉も終わらないうち、ぼくたちは激突していた。

「おやおや、これはこれは——いったいぜんたい、何事かね？」

ぼくは目を開いてみたものの、すべてがぼんやりとしていた。やがて、視界がはっきりしてくるにつれ、散財魔《スキャミー》の警官が鼻をくっつけんばかりにして、褐色の瞳でぼくの顔を覗きこんでいることに気がついた。その警官が手を伸ばし、ぼくの腕をつかもうとする。ぼくは腕をひっこめようとしたけれど、すぐそこに地面があるせいで、そうすることができなかった。あぁ、ぼくは倒れているんじゃないか。何がどうなったんだっけ？

さまざまな怒号が聞こえてきたとたん、ぼくはすべてを思い出した。ギャオンのやつ、ぼくが〝バニーのところへ行け〟と言ったからって、最短距離を戻ろうとしなくてもいいじゃないか。そのせいで、ぼくはまともにぶつかられて、気を失っちゃったんだ。胸のあたりが痛い——たぶん、痣《あざ》になっているだろう。あいつに踏まれたのか、それとも、散財魔《スキャミー》に蹴られたのかな？　呼吸もまともにできやしない。

ぼくは正面衝突をくらって、その場にひっくりかえり、地面で頭を打ったにちがいない。それって、何分ぐらい前のことだったんだろう？

まずは、深呼吸から始めよう。ところが、簡単なはずのことなのに、うまくいかない。

ぼくは警官に手をひっぱられ、よろよろと立ち上がった。彼が巨大な鼻をひくつかせたので、ぼくも空気の匂いを嗅いでみる。いつのまにやら、体臭をごまかす幻覚の術が切れてしまっていたようだ。散財魔《スキャミー》ならではの柑橘系とバニラを調合したような芳香とくらべれば、ぼくの身体は豚舎にひとしい臭気をただよわせているのかもしれない。もはや、幻覚の術をかけなおすことはできない。周囲にいる散財魔《スキャミー》たちもぼくの体臭を嗅ぎつけたようで、多くの人々が顔をそむけたり、大きな鼻腔を指先でふさいだりしている。警官も涙をこらえきれない様子だったけれど、まともに視線を向けたままなのは、職業意識の賜物《たまもの》といったところだろうか。彼はぼくの腕をしっかりとつかみ、ぼくの顔を指先でなぞりはじめた。そして、小さい鼻（もちろん、散財魔《スキャミー》ほど大きいはずがない）に触れたとたん、彼の表情がけわしくなった。

「きみは誰だ――そもそも、何者だ？」

ぼくは質問に答えようとしたものの、まともな声が出てこない。なにしろ、いつになっても、喉が詰まったままなんだから。

「ぼくの名前は……」口を開くだけでも一苦労。

「おーい、どいてくれ！」そこへ、別の警官がずかずかと歩いてくる。

最初の警官が片手をさしのべた。「魔術解除器を持ってきたか？」

現われたばかりの警官は同僚に杖のような代物を渡した。最初の警官がその柄《え》の部分についている小さなボタンを押し、先端をぼくのほうに向ける。たちまち、変装の術が解け、周囲にいる散財魔《スキャミー》たちの表情が変わった。

「汎人《クラード》か」その装置を使っている警官がうっとうしげに鼻を鳴らした。「何をするつもりだったのかね？」

「ぼくの名前はスキーヴ」やっとのことで、かすれた声を絞り出す。「みなさんを助けてあげたいんですよ」

「こいつ、まともじゃないぜ」第二の警官が軽口を叩いた。

「そんな、本当のことですってば！」からかわないでほしいな。「この次元は危機的な状況におちいっているんです」

「われわれを助ける、ってか？」第一の警官が言葉を返してくる。「だから、庁舎の玄関前でおかしな演説をやらかしたのかね？　スキャマローニがなんらかの脅威にさらされているという具体的な証拠があるなら、当局に通報すればいいだろうが？」

「それは……」

う〜む、自信がなくなってきたぞ。ゾル・イクティの提案だったなんて、言えるわけもないし。ひょっとしたら、この方法はまずかったんじゃないだろうか。だけど、すでに頭のおかしいやつだと思われているところへ、それ以上に低脳だということを自分から露呈するわけにはいかない。

「そんなふうにおっしゃるとは、どうやら、当局がまともに機能していると信じこんでいらっしゃるようですね」皮肉のひとつも返してやらなきゃ。

第二の警官はその意味がわかったのだろう、かすかな笑みを洩らしたけれど、彼の同僚のほうは冗談の通じないやつだった。あくまでも平然としたまま、幼い子供を相手にしているかのように言葉を続ける。

「それじゃ、きみが暴動をひきおこした理由を説明してごらん」

「あの眼鏡ですよ」なんだか、うっとうしくなってきたな。「おおいなる陰謀のために使われているんです」

「そうだろうともさ」

「あれを作った連中は、この次元を征服しようとしているんです」

ふたたび、彼の表情がけわしくなった。「それを示す証拠はどこにある?」

「本当の話なんですってば」ぼくは周囲の怒れる人々にむかって手をひるがえした。タンダもゾルもバニーも姿が見えない。どこかでこんな尋問を受けないように、さっさとウーかクラーへ転位《テレポート》してくれていればいいんだけれど。「嘘じゃありませんよ! ぼくは自分の人生さえも思うとおりにできなくなってしまいかねないんですよ! ぼくは魔術師、この業界でも名の知れた魔術師です。すでに、そういう窮状におちいっている次元があるんです。あなたがたを同じような目に遭わせたくないんです!」

「そこでも、眼鏡が使われているのかな?」

「いやぁ、そうじゃありませんけど……でも、同じ天牙鬼《バーヴェクト》たちの仕業です。その次元は征服されてしまいました。次はここの番ですよ!」

「あぁ、そう」

彼は同僚と視線を交わした。そちらの警官は指先で顎をつついている。きっと、この次元で〝頭の螺子《ねじ》がゆるい〟ことを示す仕種にちがいない。そんなふうに思われて、たまるもんか!

「……あたくし、資産はいくらでも所有しておりますわ! 山のような金銀財宝ですことよ! だけど、ささやかな娯楽があってもよろしいじゃございませんか」散財魔《スキャミー》の女性がひとり、第三の警官にともなわれて、ぼくたちの議論に割りこんできた。「それなのに、この極悪人に〈おとぎ眼鏡〉を壊されてしまったせいで、あたくし、すばらしい夢の世界を失ってしまいましたのよ!」

「おわかりですか?」ぼくは彼女のほうを指し示しながら、警官たちに言った。「あの眼鏡は、みなさんの心の中を曇らせてしまうんです」

「それがどうしたっていうの?」その女性が憤然とふりかえった。「大切なものだったのに!」

「でも、そのせいで、あなたがたの生産活動はどうなっていますか?」まいったなぁ、ぼくが何を言っているのか、理解できないみたいだぞ。「日常生活はどうなっていますか？」

「日常よりもはるかに愉快なのよ！」その女性は声を荒らげた。「あたくしには五人の子供がいるわ。ささやかな現実逃避ぐらいは許されるんじゃないかしら？」

「それを作った連中はあなたがたを好き勝手にあやつって、血の一滴にいたるまで搾り取るつもりかもしれないんですよ」

「たしかに、金貨二十枚といったら、けっこうな値段にちがいないわ」女性が言葉を返してくる。「でも、それだけの価値は充分にあるのよ！　あの美しい世界へ行っていると、大空を飛ぶ鳥のように自由でいられるんだから！」

「いいえ、それどころじゃありません」ぼくは周囲をとりかこんでいる憎悪に満ちた顔のひとつひとつに視線をめぐらせながら、きっぱりと警告した。「みなさんが現実から目をそむけているあいだに、この次元は征服されてしまうでしょう」

とたんに、ある男がぼくの腹をこづいた。「それがどうした？　おれたちが満足なら、何も問題はないだろうが？」

第一の警官が片手を腰にあてがった。「きみは、この眼鏡を使ってみたか？」

「いいえ」そんなこと、あるはずもないじゃないか。「でも、どういう代物か、わかりきって……」

「だったら、ほれ」

彼は近くにいた野次馬の眼鏡をひったくると、ぼくの手に押しつけてきた。その持ち主は愕然と目を見開いたものの、警官のやることには文句を言えないようだった。その持ち

「やめてください！」あわてて、ぼくは両手をひっこめた。「幻惑されるなんて、まっぴらごめんですよ！」

警官は肩をすくめ、眼鏡を持ち主に返した。すぐさま、持ち主はそれをかけなおした。

だめだ、〈十人組〉の術中に戻ろうとするのを看過してはおけない。ぼくは両手をかざし、ひねるような仕種をした。とたんに、その男はおびえたように悲鳴を上げた。

「いずれ、これでよかったと思えるようになり……」

ぼくの言葉が終わらないうち、男はぼくの喉を絞めようとした。とっさに、三人の警官が彼を引き離した。警官たちの肩ごしに、彼の拳が見え隠れしている。

「この……この野蛮人！」男はどなりながら、大きな鼻を憤然とそびえさせた。「ええい！　警察は善良なる市民の味方だったはずじゃないのか！」

「いいですか」いったいぜんたい、どうしたものやら。「みなさん、あの連中が何をやらかそうとしているか、ご存知じゃないでしょう。今日のうちは害のない娯楽だと思っていても、気がついたときには奴隷にされていたりするんです。もちろん、壊した眼鏡については、きっちりと弁償しますとも――卸値《おろしね》で」それを忘れちゃいけない。オゥズ

から教えられたことだけれど、商人を二重に儲けさせてやる必要はないんだ。小売価格で払うなんていう話になったら、オッズはあきれはてるにちがいない。「あの連中はみなさんをひどい目に遭わせようとしています。まちがいありません」

ぼくが必死に説得しようとするうち、周囲の人々も思案ありげな表情になっていった。「ひょっとしたら、あの子は何かを知ってるのかも」貧相な女性が首をかしげる。「ただの玩具《おもちゃ》だと思ってたけど……たしかに、どんな咒文が使われてるか、見当もつかないわよね。世の中、いろんなことがあるんだから。毎日、いろいろと新聞に書いてあるでしょ」

「けっ」若い男が鼻を鳴らした。「やっこさん、自分は眼鏡を手に入れることができないもんだから、やっかんでるのさ。汎人《クラード》ごときに買えるわけがないだろ、えぇ?」

「むしろ、商売敵《しょうばいがたき》の玩具会社に雇われてるのよ」中年の女性が声高に叫んだ。「どうせ、自分のところの製品を買わせようとしてるんだわ——図星でしょ、ぼうや?」

「いいえ、そんなつもりじゃありません!」

第一の警官が両手を上げてみせた。「わかった、わかったから、おちつきたまえ。こうなったら、徹底的に調べさせてもらおう。眼鏡を検分して、有害でないかどうかを確認する。とりあえず、コブリンツ巡査がきみたちの名前を記録しておく。すべての検分が完了した時点で、こちらから報告を送ることにする。さぁ、一列に並んで! 路上にいると、通行の邪魔になるぞ！」

散財魔《スキャミー》たちは文句を言いながらも、第一の巡査の指示に従った。コブリンツという名前だった第二の巡査が懐《ふところ》から手帳を取り出す。あっというまに、その場にいる人々の名前が魔術によって記録されていった。

彼はうなずくと、手帳をしまいこんだ。「徹底的に調べるから、結果を信頼してくれ」

「それを聞いて、安心しましたよ」ぼくは溜息をついた。あっというまに、往来はあるべき状態に戻り、群衆もそれぞれの行く方向へと去っていった。「いやぁ、ありがとうございました」あとは、近くの路地に入って、靴の中に隠しておいた跳躍器を——

「おっと、どこへ行くつもりだ？」

ぼくは第一の警官に襟をつかまれ、そこから先へ進めなくなってしまった。手足をばたつかせたあげく、ひそかに術力も使ってみたけれど、彼の手は万力のようだった。

「まだ、やるべき仕事が残っているんですよ」きっぱりと。「さっきも言ったとおり、その天牙鬼《バーヴェクト》たちはすでに別の次元を征服しているんですからね」

「いや、行かせてやるわけにはいかないぞ」

「はぁ？　どうして？」

第一の警官はあきれかえったような表情になった。「きみを逮捕する——私有財産損

おっと、どこへ行くつもりだ？
メリーさん
近くに術力線さえあれば、
貴方のあとをどこまでもついてくる！
かわいい汎人型ドールです。専用
ドレスセットも一緒に！

壊の現行犯だ」

「ぼくが壊した眼鏡のことならきっちりと弁償しますってば」

「それはそれ、これはこれだ」彼はぼくの襟をつかんだまま、歩道ぎわに停まっている馬車のほうへと放り投げた。「いずれ、損害賠償もふくめた判決が出るはずだ。ほかにも、六十人ないし八十人に対する暴行、器物損壊、公共の場所における悪臭の発生、擾乱《じょうらん》……」

「ジョーランって何ですか？」

警官は溜息をついた。まるで、ぼくが救いようのないマヌケみたいじゃないか。

「つまり、暴動の原因を作ったということだな。かなりの厳罰を覚悟しておいたほうがいいぞ」

「ジョ……えぇと……擾乱をひきおこした罪は、どれぐらいの刑になるものなんですか？」

「あぁ、三十日か四十日ってところだ。しかし、ほかにも多くの罪状があるから、たぶん、残りの人生すべてを牢獄の中で送ることになるだろう」

「司法取引の可能性がありますよね？」ぼくは馬車の中にころがりこみながら、一縷《いちる》の望みを口にした。「弁償の日程を決めるとか、ぼくが眼鏡を壊した散財魔《スキヤミー》のみなさんに謝罪するとか？」

「それはどうかな」第一の警官が言葉を返しながら、同僚に合図を送った。それをきっかけにして、馬車が走りはじめる。「きみが最初に襲いかかったドマーリさん——彼がこの町の判事なんでね」

14

世の中、あまり鼻が利かないほうが
幸せなこともある。
——C・ベルジュラック

ぼくは狭い独房の中を行ったり来たりしていた。何の変哲もない独房とはいえ、とりあえず、匂いはすばらしい——バラの芳香と、刈ったばかりの若草のような匂い。掌ほどの大きさの窓には鉄格子が入っているし、扉には極太の閂《かんぬき》がかかっているし、巨岩ばかりを積んだ壁も重厚なものだけれど、それらを気にしなければ、まるで、どこかの庭園を散歩しているかのような感じだった。

第一の警官と第三の警官は——名前はそれぞれゲーリとバーノルドだそうだ——跳躍器やら何やらの魔具一式をぼくの手許に置いていった。おまけに、ぼくが〈十人組〉の部屋から持ち出してきた眼鏡の見本も。

「この建物じゃ、すべての魔術は無効化されてるんだよ」それがゲーリ巡査の説明だった。跳躍器を返してもらったとき、ぼくはさぞかし不思議そうな顔をしていたにちがいない。「背中を掻くとか、その程度のことには使えるだろう。ただし、罪状認否がおこなわれているあいだは、一歩たりとも外へ出ることはできないからな」

「弁護士を呼んでもらえますか？」

「もちろん。どこの誰がいいんだ？」

いやぁ、答えようがないな。とりあえず、ぼくの仲間たちは脱出に成功したらしい。けっこうなことだ――四人と一匹がまとめて身柄を拘束されてしまったら、二進《にっち》も三進《さっち》もいかなくなる。みんなが戻ってきたとしても、変装の術のおかげで、ぼくの共犯者だと看破されることはないだろう。きっと、戻ってきてくれるはずだ。そうにきまっている。ぼくをここに放置しておくような冷たい連中じゃない。

独房の扉には特大の錠前がひとつ。いかにも旧式の代物だ。ぼくが泥棒になろうと思っていたころ、何百回となく練習をくりかえして開けられるようになったやつも、こんな構造だったっけ。ぼくの指は細いので、その鍵穴の中につっこむことはできるものの、残念ながら、そこを強引にひねるだけの力がない。ほんのちょっとでも術力を使えたら、跳躍器の軸を針状にして、鍵穴のいちばん奥にある金具をはずせるんだろうけれど……ないものねだりというやつだ。

べつだん、術力そのものが不足しているわけじゃない。流量の多い術力線は何本もある。警察署の真下にも、巨大な青い矢が走っている。ところが、それに触れることができないんだ。ゾルの超小型コンピュータの画面のむこうにいた写真蟲《シャッターバグ》たちに手が届かなかったのと同じような感じ。どんなにがんばってみても、その術力線にせよ、大通りの上空で金一色の虹とばかりに輝いている術力線にせよ、独房から離れたあたりで青い矢と交差している淡い緑色の術力線にせよ、どうすることもできない。この建物の周囲には、とてつもない実力をそなえた古代の魔術師たちによる封印の術がかけられているんだ。ぼくよりもはるかに優秀な大先達というわけだ。ぼくが十六人も束《たば》になったところで、ちっぽけな穴を開けることさえもできるかどうか。ひとりでやってみたかぎりでは、かなうはずもなかった。

ぼくは魔法のかなてこを思い描き、それで窓の鉄格子を折り曲げようとした。咒文をくりかえすうち、ぼくの顔は汗まみれになってしまったけれど、鉄格子のほうは冷たいまま、びくともしない。魔法の縄を扉に巻きつけ、蝶番をひきちぎろうとしてみても、ぐらつくどころか、きしむ音さえも聞こえない。

ほどなく、ぼくはその場に座りこんでしまった。へとへとだ。誰かが来て、連れ出してくれるまで、おとなしくしているしかない。

散財魔《スキャミー》たちを解放しようとしたのはいいけれど、あきらかに、やりかたがまずかった。

ゾル・イクティはさまざまな次元で自助努力の本が売れている有名人だし、それらの次元の住民たちについての知識も豊富だけれど、あそこで彼が提示した方法は最悪だった。まぁ、ぼく自身がいけなかったんだな。彼の言葉がいかにも説得力に満ちているので、いつのまにやら、そのとおりにしていればいいと思いこんでしまっていたわけだ。これからは、彼の意見にしっかりと耳をかたむけたうえで、正反対のことを実行するようにしなきゃ。そうしていたら、今ごろは家に帰ることができたにちがいない。

　ぼくは行ったり来たりをくりかえしたあげく、足が痛くなってしまった。しかたがないので、窓にへばりつき、外の景色を眺めることにする。ぼくの独房は大通りが見えるところにあった。どうやら、この町の住民たちの半数以上は〈おとぎ眼鏡〉をかけているようで、あっちへふらふら、こっちへふらふら――そんな状態でも事故に遭わないのは、ひとえに、鋭い嗅覚のおかげだろう。そして、眼鏡をかけていない残りの人々のうちの大多数はといえば、うらやましそうな表情を隠そうともしない。でも、ぼくの努力もまったくの無駄ではなかったようで、ときおり、眼鏡をかけている同胞とすれちがうたびに眉をひそめる散財魔《スキャミー》の姿もあった。もしかしたら、わかってくれたのかも。

　扉のむこうからカチャカチャという物音が聞こえてきた。夕食の時間か。扉の下端にある跳ね板が開き、木製のお盆が入ってきたかと思うと、あっというまに閉められ、鍵をかけられてしまう。

持ってきてくれたものは、覆い布をかけた料理が一皿、ワインと水がそれぞれ一杯ずつ。それから、燭台がひとつに蠟燭が二本、燧石《ひうちいし》と燧鉄《ひうちがね》が一組。ぼくの計算によると、蠟燭が二本といえば日没から真夜中までのぶんだ。せっかくだから、これで独房に火をつけてやろうかな？　けれど、燃やせるものといっても自分の服ぐらいしかない。

ちなみに、用便のときは、片隅にある洗面所――といっても、石造の棚があって、陶器の鉢と瓶が置いてあるにすぎない――の下に押しこんである蓋つきの金属製のバケツを使う。ほかにも石造の棚があって、そっちは寝台。寝心地のいい代物じゃないけれど、とりあえず、虫がつく心配はなさそうだ。ここは暖かいから、毛布はいらない。

ぼくは皿の上の覆い布をはずしてみた。散財魔《スキャミー》たちにしてみれば、ぼくは頭のいかれたやつだということになっているんだろうけれど、それはさておき、囚人に対する処遇は悪くない。この料理だったら、ディーヴァの市場《バザール》にある最高級の店で出すことになったとしても恥ずかしくないだろう。

夕食が終わると、ぼくはふたたび窓の鉄格子にしがみついて、黄昏《たそがれ》の通りを歩く人々を眺めた。そのうちの数人がぼくの姿に気がついたようだ――汎人《クラード》としての姿をさらしているのだから、絹織物の中にいるヤマアラシのごとく、人目を忍ぶこともできやしない。おかげで、こっちにむかって舌をひらつかせたり、いかがわしげな仕種をしてみせたり、いろいろとやってくれるよ。あの大きな鼻をそびえさせていると、いかがわしげな仕種はひときわ強烈な印象を与えるものだった。

翌日、朝食が運ばれてくる直前、ぼくは陽光に照らされて目が覚めた。カチャカチャという音が聞こえたとたん、扉のほうへ駆け寄り、がっしりとした木の塊に拳を叩きつける。

「おーい！」あらんかぎりの大声で。「こんなところにいたくないってば！」

それっきり、何も聞こえてこなくなった。やがて、長い時間があってから、扉のむこうにある重い門を動かす音が響いた。扉がきしみながら開き、コブリンツ巡査が入ってくる。彼はぼくの通訳ペンダントを指し示した。

「それ、使えないよ」たどたどしい言葉とともに手帳と鉛筆を取り出す。そうか、すべての魔術が無効化されているんだったっけ。「わたし、クラー語がわかる。きみの話も聞いておく。最初から順番にたのむ」

「わかりました」ぼくは寝台に腰をおろした。「そもそもの発端は、ぼくが魔術の研究をしているところへ、ひとりの邑人《ウーズ》が現われたことで……」

食事と食事のあいだは何もすることがないので、ひたすら、窓の外を眺めているばかり。昼食のあと、この建物と外界をつなぐ跳ね橋の途中で立ち話をしているコブリンツ巡査とゲーリ巡査の姿が見えた。ゲーリは軽く敬礼をして、大通りへと出ていった。そこに、ひとりの女性が彼を待っていた――ゲーリ夫人だろうか、ふたりは愛情のこもったような表情で鼻と鼻をこすりあわせた。そして、あれこれと言葉を交わしながら、川辺の道を歩いていく。しばらくすると、ふたりは〈十人組〉の眼鏡をかけている女性とすれちがい、その女性に声をかけた。話しているうち、その女性は表情を変え、自分の眼鏡をひきむしるや、遠くへと投げ捨てた。眼鏡は川面に落ち、波紋とともに沈んでいった。ゲーリ夫妻はふたたび歩きはじめた。そして、もうひとりの女性はといえば、いかにも心配そうな様子で、こちらも眼鏡をかけている若者たちの一団のほうへと駆け寄っていった。彼女の言葉に耳を貸そうとしないやつもいたものの、ふたりほど、気になった様子の者もいて、それぞれの眼鏡をはずし、しげしげと観察している。

やったね！

「どういうことかしら、出荷してほしくないって？」パルディンは自分の耳が信じられなかった。店主であるボーファスは帳場の陰に隠れんばかりで、顔をかばおうとするかのように大きな鼻を押しつけている。「独占契約を結んだはずよ！　週に千個は売れるって、あんたが言ったんでしょ！」

「そりゃ、そのつもりでしたとも！　あなたの売り口上は完璧でしたからね」ボーファスは壁に背中を押しつけながら、必死に言葉を返した。

彼のすぐそばには垂れ幕がかかっており、その奥の部屋のむこうは通用口になっている。しかし、パルディンとしては、やすやすと彼を逃がしてやるつもりはなかった。彼女は両手を広げると、短い呪文をとなえ、垂れ幕を石化させた。ボーファスは指先で垂れ幕をまさぐっていたが、それが硬くなってしまったことを感じたとたん、ひきつったような笑みを浮かべた。

「そんなふうになりたくなければ――」パルディンは声を荒らげ、牙をあらわにしてみせながら、「あたしが持ってきた箱をすべて倉庫に入れて、そのぶんの代金をよこしなさい。今日はこれだけにしておくけど、来週も顔を出すから、注文をまとめておくのよ」

「そんな、勘弁してください！」ボーファスが泣きついた。「どうして、わかってくださらないんですか⁉　発注できる状態じゃありませんよ。前回のぶんも在庫が残ってるんです。それどころか、返品の山なんですからね！」

彼は帳場に置いてあった十個あまりの〈おとぎ眼鏡〉を取り出してみせた。パルディンはそれらを凝視した。めちゃくちゃに壊れているものも少なくない。

「いったいぜんたい、何があったの？」彼女が詰問した。「あんた、あたしが教えてあげたとおりにやったんでしょうね？　そのための手引書も渡しておいたはずよ」

「もちろんです！　何から何まで、おっしゃるとおりにしましたとも。試用品も使わせてやりましたよ——発売直後は大好評で、はずさせるのが一苦労だったほどです。あの調子なら、品切になるのは確実でした。ところが、昨日のこと、ちょっとした騒動がありましてね。一説によると、あれは預言者だったとか」

「預言者？　あんたこそ、あたしの預言者になって、この町の連中に伝えてやらなきゃいけない立場なのよ」パルディンは相手の襟許をつかみあげた。「それで!?　その預言者とやらは何を言ったの？」

「そ…そ…その男が言うには、この眼鏡はただの玩具じゃないんだと」ボーファスは舌をもつれさせた。「わ…わ…われわれを洗脳するための装置だそうで」

「はぁ？　あんたたちなんて、洗脳するほどの脳もないくせに！　そんな戯言《たわごと》をぬかしたマヌケがいるの？　どこのどいつ？」

「わ…わ…わかりません！　ス…ス…スキャマローニの住民じゃありません。ど…ど…どこかの異次元から来たようで、た…体臭のきついやつでした」

パルディンは目を丸くした。「あんたたちにくらべりゃ、誰だって体臭がきついでしょうよ。そいつの特徴は？」

「あ…あ…ありません。われわれと同じ姿をしていましたから。そのあと、警官が変装をひっぺがしたんですが……そのぅ……わたしゃ、どんな魔物も区別がつかないんですよ」

ここでは自分自身も魔物ということになる天牙鬼《バーヴエクト》は、きれいにととのえてある爪の先端で牙をつついた。どこかの異次元から来たやつ——化身の術もしくは幻覚の術を使う魔術師にちがいない。あたしたちがスキャマローニで稼ごうとしているのを邪魔するつもり？　散財魔《スキャミー》たちを商売の種にしているのは、あたしたちだけじゃないはずよ。少なくとも半年に一度はどこかの商人がうまいことをやっているんだから、企業倫理がどうのこうの、そこで腹を立てるやつがいるとは思えない。むしろ、今回の場合、〈十人組〉は先行投資のために大枚をはたいているわけで、こっちのほうこそ腹が立つ。

パルディンは壊れた眼鏡をつまみあげた。せっかくの商品がめちゃくちゃにされている。無知蒙昧《もうまい》な田舎者どもめ。横目で見てみると、ボーファスは指を震わせながら、垂れ幕の石化を解除するための術をあやつろうとしていた。

「まだよ」彼女は鋭い口調で釘を刺したので、店主はがっくりと肩を落とした。「一昨日かそこらまでは、あんた、あたしをおそれるような様子はなかったわね。これが玩具じゃないとかいう話はでたらめだってことも、おたがい、充分にわかってるはずよ。ほかに、どんな話を聞かされたの？」

「こ……こ……この眼鏡を製造する工場で、あ……あ……あなたがたが奴隷を働かせているとか、さ……さ……さらに別の次元を征服するにあたって、わ……わ……わたしたちも歯車にされてしまうとか」ボーファスは息を呑んだ。

パルディンは思案ありげに目を細めた。「次元を征服するなんて、あたしも初耳よ」

ひょっとして、オシュリーンか誰か、〈十人組〉の関係者の仕業だろうか？　いや、そうではないだろう。些細なことから大喧嘩になってしまうほどの険悪な仲とはいえ、みんな、裏工作をするような卑怯者ではない。こんなことをしていたら、いずれ、自分たちの首を絞める結果になってしまう。いや、それどころか、大切な収入源をみすみす失ってしまいかねない。そんなことになったら、天牙鬼《バーヴェクト》にあるまじき最悪の事態というものだ。

ボーファスは、いまにも失神寸前のありさまで、大きな鼻もぐったりと垂れ下がり、履き古しの靴下のようになっていた。パルディンは話の進めかたを変えることにした。隠し持っている魔具を起動させてから、しなやかな動きで相手のほうに身体を寄せていく。

「その預言者と会うには、どうすればいいかしら？」彼女はことさらに声色を甘くして、緑色の睫毛をはためかせた。

制服姿の衛兵がふたり、抜身《ぬきみ》の剣をたずさえて、ぼくの独房に入ってきた。いきなりのことに、ぼくは全身がすくんでしまった。ふたりは厳然たる表情で、ぼくを片隅のほうへ追いやると、その場に立ったまま、ぼくを監視している。ぼくはふたりの顔を覗きこんだ。

「ぼくに対する審理が始まるんですか？」そうだといいんだけれど。「さっさと決着をつけて、家に帰りたいですよ」

けれど、返事はなかった。ふたりが何も言ってくれないので、ぼくは気分がおちつかなくなってきた。諺によれば、〝便りがないのはよい便り〟だそうだけれど、今のぼくの心境は、むしろ〝便りがないのはたよりない〟といったところ。そこへ、廊下を歩く足音が聞こえてくる。それとともに、金属がぶつかりあうような音も——何だろう？保釈してもらえるのかな？いや、さらなる問題が発覚したとか？まさか、拷問が始まるところだったりして？

あにはからんや、ぼくの目の前に現われたのは、渋茶色と灰色の服を着た散財魔《スキャミー》のおばあさんだった。髪をひっつめ、こちらも灰色のスカーフできっちりと覆っている。そして、鼻には巨大なクリップ。彼女はぼくのほうに視線を向けようともせず、車輪つきのバケツを押してくる。

わかってみれば、がっかりだった——独房の掃除か！

ふたりの衛兵がおそるべき魔術師（ぼくのことだ）を独房のいちばん奥で牽制しているあいだに、清掃係のおばあさんが大きなモップで床をきれいにしていく。彼女が拭く場所を変えるにつれて、衛兵たちは彼女の邪魔にならないよう、凶悪な犯罪者（ぼくのことだ）を隅から隅へと移動させる。このふたりを倒したあと、清掃係のおばあさんを人質にすれば、逃げることができるかな？　ぼくは自分自身の体格を考えてみた。オゥズから教えてもらった喧嘩の裏技を使うとして、五割増の計算でいいだろう。それでも、実力の差は一対四もありそうだ——勝ち目はまったくない。

「やぁ、いらっしゃい」あたりさわりのない挨拶だけにしておくほうがいいや。

それでも、散財魔《スキャミー》の衛兵たちは無言のまま。その表情から想像するに、できることなら、清掃係のおばあさんと同じようにクリップをつけたかったんだろう。

あいかわらず、清掃係のおばあさんは一心不乱に自分の仕事をこなしている。洗面所に置いてある鉢を新しいものと交換して、その隣の瓶に入っている水を捨てて、新鮮な水を汲みなおして、食事の終わった皿をかたづけて、最後に、石造の寝台の上へ飴玉の包みをひとつだけ置いていく。彼女が車輪つきのバケツをきしませながら独房をあとにすると、衛兵たちも外に出て、扉を閉め、閂をかけた。

ぼくは意気消沈して寝台にへたりこみ、どっかりと腰をおろした。飴玉をつまみあげ、包みをほどき、口の中へ放りこんだものの、すぐに吐き出してしまう。これって、甘草《リコリス》じゃないか！　いやな教訓もあったものだ——〝便りをたよるな〟。

15

ねぇ、そこのお嬢ちゃん、
下着が見えちゃってるわよ。

——G・R・リー

「あんたの責任だからね」オシュリーンはパルディンと肩を並べてヴォリュートの大通りを歩きながら、非難の言葉をぶつけた。「どこをどうすりゃ、この眼鏡を売りこむっていう完璧な商売をやりそこなうことになるの?」

ふたりのうしろにはヴェルゲッタの姿もある。そして、そのあとから、さらに五人の天牙鬼《バーヴェクト》たち。

ちなみに、ケイトリンはいない。

「他人のへまに救いの手をさしのべるなんて、あたしの主義に反するわ」彼女はにべもなく鼻を鳴らすと、おなじみの端末から離れようともせず、実在の邑人《ウーズ》たちを題材にした自作のコンピュータ・ゲーム、《借金大魔王》の登場人物を設定しているばかりだった。

もうひとり、ニキはといえば、モニショーネもしくは魔術関連の事柄をひとつも信用していないので、今回の話を聞くやいなや、邑人《ウーズ》の監視役として現地に残ることを自己申告したものだ。ヴェルゲッタとしては、それを認めるしかなかった。邑人《ウーズ》たちがおかしなことをやらかすのは、きまって、〈十人組〉が目を離したときなのである。おまけに、このごろは不穏な噂も流れているらしい。

まぁ、大丈夫だろう。天牙鬼《バーヴェクト》が八人もいれば、どんな誤解もたちどころに雲散霧消するにきまっている。いや、ひとりでも充分なはずなのだが。いったいぜんたい、パルディンはどうしてしまったのだろう？〝洗脳〟だなんて、悪い冗談もいいところだ！〈十人組〉はあくまでも商品を売ろうとしているのであって、実体をともなわない経済活動に手を染めるつもりはない。

「あたしのせいじゃないんだってば」パルディンが反論する。「すべては計画どおりに進んでいたのよ。本来なら、今ごろは金貨の山に埋もれていたはずだわ。週に一万枚は確実だろうっていうことだったんだから」

「金貨一万枚じゃ、まだ、あたしたちが必要としてる総額の五パーセントにすぎないけどね」オシュリーンが鼻を鳴らした。

「わかってるわよ！　ボーファスの話によると、正体不明の一団が現われて、あたしたちが世界征服を狙ってるとか、この玩具を買った連中が最初の犠牲者だとか、ありもしないことをしゃべりまくったらしいの。ちなみに、そいつらは散財魔《スキャミー》じゃないって。だけど、みんなが信じこんでる。どうして、こんなにも簡単にだまされちゃうのかしら？」

「きっと、邑人《ウーズ》どもよ！」ルーアナが唸り声を洩らした。「やっぱり、あいつらの跳躍器を接収しておくべきだったわ。帰ったら、八つ裂きにしてやらなきゃ。あたしたちが誰のために昼も夜も働きっぱなしなのか、わかっちゃいないんだから！」

「邑人《ウーズ》にできることじゃないわ」ネディラが断言した。「初対面の群衆を前にして、あたしたちをこきおろすなんて、そんな度胸があると思う？　無理にきまってる。ありえないわよ」

「それじゃ、誰の仕業だっていうの？」ルーアナがくってかかる。「あたしたちが散財《スキャ》魔《ミー》に〈おとぎ眼鏡〉を売りつけようとしてるってこと、ほかには誰も知らないはずでしょ？」

「あたしとしては、このあいだのこと――焼却の術を使った結界がどこかへ行っちゃった一件についても、はっきりさせてほしいわ」テノビアがつけくわえた。「モニショーネは〝固定が不充分だったから〟って言ってたけど、そうじゃないような気がする」

「邑人《ウーズ》もいくらかは魔術の心得があるのよ」モニショーネが口を開いた。「あたしたち、あそこに本物の魔術師がいるかもしれないっていう可能性を考えてなかったわね」

「とにかく、今回の問題については、あいつらのせいじゃないと思うわ」ネディラは同じ主張をくりかえしながら、前を行くパルディンが歩幅を広げたのに遅れないよう、足の回転を速めなければならなかった。

ほかの面々もどんどん早足になっていくので、ヴェルゲッタは障壁の術をあやつった。とたんに、若い天牙鬼《バーヴェクト》たちは障壁にぶつかって、数フィートもはじきかえされてしまう。おもむろに、ヴェルゲッタはひとりひとりの襟をつかみ、立ち上がらせた。

「みんな、あわてないで。ネディラの言うとおりよ。憶測だけで他人を非難しないの。まずは、おちついて、ボーファスとやらの話を聞かせてもらいましょう。彼の契約違反をどうするかということについては、そのあとで考えてやればいいわ」

「むしろ、やめておくべきかもしれないわよ」シャリラーが声を上げ、その場で足を止める。彼女はボーファスの店がある方向を指し示した。「ほら、あれ！」

あわてて、ヴェルゲッタは同行の天牙鬼《バーヴェクト》たちに透化の術をかけた。「みんな、こっちへいらっしゃい」彼女はいちばん背の高いふたりの手をつかんだ。「匂いも嗅ぎつけられないようにしなければいけないわ。なにしろ、わずかな異臭にも反応する連中なんだから」

八人の天牙鬼《パーヴェクト》たちは立ち止まった。大通りでは抗議行動がくりひろげられているところだった。数百人の散財魔《スキャミー》たちが人垣を作り、〝脳を返せ！〟とか〝独裁反対！〟とか、さまざまな訴えを書きつけた旗をたずさえている。

「字も満足に書けないくせに」シャリラーが声を落とす。「どこの馬の骨かもわからないやつらの口車に乗せられるなんて、あきれたものね」ヴェルゲッタもぼやいた。

「あたしたちの商売敵かも」ルーアナが憮然たる表情で意見を述べた。「亜口魔《ディヴィール》だったら、あたしたちの収益をかっさらおうとしても不思議じゃないわ」

「もう？」オシュリーンが訊きかえした。「ここでの商売を始めてから、まだ五日にもならないっていうのに」

「あいつらがどんな連中か、わかってるでしょ！　商売にかけちゃ、あいつらの右に出る者はいないのよ！　あたしたちでさえ、ひとつかふたつは真似をさせてもらったことがあるんだから」

「ええ、ごもっとも」シャリラーが言葉を返す。「でも、あの色情魔《トロロップ》のせいで、ディーヴァの市場《バザール》には二度と行けなくなっちゃったわ」

「過去の話はそれぐらいにしておいて」ヴェルゲッタが釘を刺した。「そんなことより、この状況をどうすればいいのかしら？　とんでもない過剰反応だわ。どこの誰なのかもわからないような輩《やから》に言われたことを鵜呑みにして、わたしたちには確認のための連絡もよこさないなんて。しかも、話に尾鰭《おひれ》がついてるんじゃないかしら。〝子供たちの未来を大切に！〟ですって⁉　たかが玩具なのよ！　こんなことがあっていいの？」

「あるんだから、しかたがないでしょ」パルディンが指摘した。「散財魔《スキャミー》が相手なら売りつけやすいだろうと思ったのは、あたしたち自身なのよ」

そうこうしているあいだにも、群衆の規模はふくれあがるばかりだった。ボーファスの店の正面で、拡声器を握りしめた散財魔《スキャミー》が叫んでいる。

「出てこい、裏切者！　その顔を見せてみろ、ボーファス！　ろくでなしの怪物め！」

「ふん！」ヴェルゲッタが鼻を鳴らした。「あんなに強烈な呼びかけに応えようともしないなんて、なさけない男だこと」

「裏切者をやっつけろ！」拡声器の男がわめいた。

「そうだ、そうだ！」群衆もさかんに拳を振っている。「裏切者をやっつけろ！」

たちまち、その散財魔《スキャミー》たちは店の入口へと殺到した。ところが、あと二歩のところで、先頭にいた面々が見えない壁にぶつかり、後方へふっとんだ。

「鎮圧部隊の登場ね」オシュリーンがささやいた。「そうこなくっちゃ。ほら、おいでなすったわよ」

全員の注目が集まるなか、完全武装に身を固めた警官が数十名、店の正面に停まった馬車から次々と降りてくる。その様子は、さながら、出番を待ちかねていたサーカスの道化師たちのようだった。距離があるので何の呪文を唱えているのかは聞き取れないが、群衆にむかって杖をつきつけ、歩道にある橙色の線まで後退させる。

「こらっ、いいかげんにせんか！」隊長とおぼしき警官がどやしつけ、さきほどの男の拡声器をひったくった。「われわれが捜査にあたっているところだ。さっさと解散しろ。みっつ数えるあいだに帰らんやつは檻の中で一週間だぞ。ひと～つ……ふた～つ……」

たちまち、大半の散財魔《スキャミー》たちは逃げ去ったものの、若者がふたり、ひとりは籠を、ひとりは松明を手にして、堂々と残っていた。まず、籠を持っているほうが中身を地面にぶちまける――〈おとぎ眼鏡〉が数十個。そこへ、もうひとりが松明をつっこんだ。

「そんな！」モニショーネは憤慨をこらえきれなかった。「ひどすぎる！　どれも、わたしの努力の結晶なのに！」

「しーっ！」ヴェルゲッタが押し殺した声で制止しようとした。

だが、それは遅すぎた。警官たちがふたりの若者をとりおさえ、火を消しているかたわらで、隊長は鋭い視線を周囲にひるがえした。

「今の言葉、誰だ？」

「あっちから聞こえたわよ！」近くにいた女が叫ぶ。

ヴェルゲッタがふりかえってみると、いつのまにやら、ボーファスの店をめぐる騒動を見物するつもりだった散財魔《スキャミー》たちの数はひときわ多くなっている。

「姿の見えないやつがいるんだ。そのあたりじゃないか⁉」

「匂いがするぞ！」別の男もかすれた声でたたみかける。「他所者《よそもの》か！　魔物だな！」

天牙鬼《バーヴェクト》たちの姿が見えていないにもかかわらず、散財魔《スキャミー》たちはその周囲に迫り、手を伸ばしてくる。ひとりの男がオシュリーンの尻に触れた。彼女は怒りに目を見開いた。

「この痴漢め！」彼女は金切声とともに相手の顔をひっぱたいた。

男はひとたまりもなく宙を舞い、同胞たちの頭上を飛び越えていった。

「敵だ！」たちまち、群衆がざわめいた。

「今日のところは、これまで」ヴェルゲッタが宣言した。「みんな、整列しなさい！呪文を唱えるわよ」

「何の呪文だね？」

年長の天牙鬼《バーヴェクト》はあたりを眺めまわした。声の主は彼女の背後にいた——彼女と同じぐらいの歳で、襟にも袖にも華美な刺繍をほどこした制服を着ている。その男はまっすぐに彼女の顔を見た。いや、実際のところ、すべての視線が天牙鬼《バーヴェクト》の一団に集まっていた。

「いったい、どういうこと？」ヴェルゲッタは声を上げた。仲間たちも驚愕の表情を浮かべている——透化の術は外部から解かれてしまったらしい。「さぁ、行きましょ！」

「おっと、お待ちなさい、お嬢さんがた……というか、ご婦人がた」その制服姿の散財《スキャ》魔《ミー》がやんわりとさえぎった。

「あいつらですよ、隊長さん！」ボーファスが彼の隣に駆け寄ってくる。「あの眼鏡をわたしに売りつけた連中です！　わたしは同胞をだますつもりじゃありませんでした、本当ですとも！」

その警官はヴェルゲッタのほうをふりかえった。「そうなのかね？」

「まさか！」パルディンが反論する。「ただの誤解よ！」

彼はおちつきはらっていた。「事情聴取のため、本部へご同行いただきましょう」

見てみると、百名ほどの警官たちの姿がある。おそらく、さきほどの抗議行動をやめさせるために派遣されたのだろう。

「ごめんなさいね、おまわりさん」彼女は相手の頬を撫でた。「つきあっていられないのよ。みんな、手をつなぎなさい！」

すぐさま、八人だけの〈十人組〉はおたがいに意識を集中しようとした。

「逃げようとしてるぞ！」郡衆が騒然となり、天牙鬼《パーヴェクト》たちのほうへ詰め寄ると、つなぎあわせた手と手をはずさせようとする。

とはいえ、次元旅行の方法はいくつもあるのだ。妨害しようとする散財魔《スキャミー》たちが多いので、ヴェルゲッタは別の呪文を唱えることにした——ひときわ強大な術力を発揮するために。

「わかった、もういい、そこまでだ！」隊長が叫び、群衆をかきわけた。「逃げることはできないようになっている！」

たしかに、そのとおりだった。ふたたび、ヴェルゲッタは同じ呪文を唱えてみた。それから、もういっぺん。韻律は正しいし、術力線も町のそこらじゅうにあるというのに、彼女の呪文は役に立たなかった。仲間たちも愕然としている。天冴鬼《バーヴェクト》でさえも術力を封じられてしまうのだから、散財魔《スキャヤミー》たちが使っている術力無効化システムはきわめつけの代物にちがいない。おいそれと入手できるはずもないだろうに、はたして、どこから調達してきたのやら？

ヴェルゲッタがあまりの衝撃に動けなくなってしまった一瞬、ふたりの警官が彼女の腕をつかんだ。その感触を受けて、年長の天冴鬼《バーヴェクト》はようやく我に返った。片方の警官は高々と放り投げられ、群衆のまっただなかへと落下した。もう一方の警官は強烈な蹴りを急所にくらって、その場に倒れこむ。しかし、ほかの警官たちが波のように押し寄せ、ほどなく、八人の天冴鬼《バーヴェクト》たちは地面に組み伏せられてしまった。

「あなたたち、女性に対する礼儀を知らないようね」ヴェルゲッタは手首にずっしりとした鉄の輪をはめられながら、唸り声を洩らした。

「おまえたちを逮捕する。公共道徳違反の容疑、市内における危険物品販売の容疑、そして――」その警官は顔をしかめながら、「――公務執行妨害の現行犯だ」彼は部下たちにむかって手を振ってみせた。「全員を連行しろ！」

「そんな、あなた」ヴェルゲッタは手錠をかけられたままの両手を黒衣の裁判官のほうにさしのべながら、弁解の言葉を口にした。「まったく、とんでもない誤解ですよ。わたしをごらんなさいな。ただの老女じゃありませんか。虫も殺せないほどの人畜無害な存在なんですから」

彼女の背後から、激しく息を呑む音が響きわたった。おそらく、彼女の蹴りをくらった巡査にちがいない。その男にとって、彼女が道を開けさせようとしたにすぎなかったことは幸運だったはずなのだが。ヴェルゲッタにしてみれば、一瞬のことにせよ、彼に対する慈悲心のために淑女のたしなみを忘れなければならなかったのだ。

ほかの天牙鬼《パーヴェクト》たちは彼女の後方にある固い木製のベンチに座らされている。老体の腰にふさわしくない場所だ。立ったままのほうがいい。

「この二日間で二度の騒動があった」裁判官は両手の指先をくっつけながら、重々しい口調で述べた。「どちらも、魔物が関与したものだ。過去にも、異次元からの来訪者はさまざまな問題をひきおこしている。もちろん、わたしも寛容を知らないわけではないが、今回の場合、あなたに……あなたがたに不利な証拠がそろっているのでね」

「証拠ですって？」ヴェルゲッタが言葉を返す。「わたしたちは玩具を売っていた――

それだけのことです。みなさんに幸せを感じていただきたかったんです。わたしたちの製品をお試しになってくださいましたか？　すばらしいものですよ。おおいに堪能していただけるはずです。責任重大なお仕事で疲れてしまった頭を休めるのに最適です。とりわけ、あなたのように地位が高いと、ときには息抜きも必要でしょう」彼女が両手を上げてみせると、手錠の鎖が音を立てる。「どうか、これをはずしていただけませんかしら？　きつすぎるんですけれど」

しかし、裁判官は耳を貸そうともしなかった。

「あなたの主張は、ほかの人物がおこなった証言と合致するものではない。それによると、あなたがたの玩具は邪悪な動機にもとづいて作られたそうだが」

「邪悪な動機だなんて、でっちあげです！　住民のかたがたも同じようなことを叫んでいたようですけれど、そんなはずがありませんとも！　なにしろ、こういう商売は信用第一ですからね」ヴェルゲッタはせいいっぱいの笑みを浮かべてみせたものの、彼女の鋭い歯並びを目のあたりにした裁判官はたちまち血の気を失い、青銅色の顔になってしまった。「つまり、こういうことなんですよ。わたしはスキャマローニにおける新製品の評判を確かめるべく、同僚たちと一緒にここへ来ました。ところが、何もわからないうち、逮捕されてしまったんです！　ねぇ、わたしの心境がおわかりですか？」

「わ、わたしの心境としては、あなたがたを無罪放免にするべきではないだろうということだ」それが裁判官の答えだった。「こちらの証人によれば……」

「それって、預言者とかいうやつのことでしょ！」パルディンが叫んだ。「その男を連れてきなさいってば！」

「スキャマローニの法律でも認められてるはずだわ」ルーアナがたたみかける。「あたしたち、告発者と会わせてもらう権利があるんでしょ。だったら、そうしてちょうだい。どんな根拠があって、あたしたちが……あんたたちを……」

「洗脳しようとした」警官のひとりがつぶやいた。

「えぇ、そうね。洗脳しようとした……って、してないんだけど」

裁判官はうなずいた。顔の血色もよみがえっている。

「うむ、妥当な要求だな。ちょうど、その人物もわれわれの庇護下にある。よろこんで、ご紹介するとしよう」彼は廷吏のほうをふりかえった。「あちらの被疑者を連れてきなさい」

ヴェルゲッタは待つことにした。あきらかに、これは誤解なのだ。そいつの首を絞めてやることができれば、あっさりと解決するにちがいない。

ほどなく、廷吏が戻ってきた。その顔は完全に血の気を失っている。ついさっきの裁判官にまさるともおとらないほどのありさまだ。

「あの被疑者が！　いません！」

16

今回も、派手にやらせてもらいましょうか！

——B・フリン

だしぬけに、ドンドンと扉を叩く大きな音が聞こえてきたので、ひっきりなしに独房の中を歩きまわっていたぼくは跳びあがった。今回こそ、衛兵たちを殴り倒して、ここから脱走しなきゃ。ぼくは足音を忍ばせ、からっぽにしておいた瓶をつかむと、扉のすぐわきの壁面にぴったりと身を寄せた。扉がゆっくりと内側へ押し開かれる。ぼくは両手で握りしめた瓶を高々と——

「ここにいたのね、彼氏！」

タンダが独房に駆けこんでくると、ぼくの身体を壁に押しつけ、唇を重ねてきた。

「んちゅ〜っ!!　あたいがいなかったから、さびしかったでしょ。それ、あたいにくれるの？」

ぼくの両手は瓶を持ったまま、こわばってしまっている。彼女はそれを受け取ってくれた。

「遅れてしまって、もうしわけない」ゾルも笑顔で、竜巻のようなタンダのあとから、バニーとともに現われた。

三人のうしろにいるのは、大柄な散財魔《スキャミー》の衛兵だった。いかにも夢見心地といった表情で、タンダに視線を奪われている。胸甲は一方にかたより、その下に着ている胴衣はまくれあがったまま。おまけに、兜をかぶっている頭も、髪の毛がくしゃくしゃに乱れきっている。

「町のあちこちで、いささか不穏な雰囲気になっていました。おかげで、この建物に入るまでが一苦労でしたよ。それにしても、術力を無効化する結界というのは名案ですな！　この次元で発明されたわけではないでしょうが、役に立ちます。ディーヴァの市場《バザール》にも同じものを導入すべきかもしれません。日常茶飯事になってしまっている悶着を多少なりとも減らすことができるはずですよ」

ぼくは彼に笑みを浮かべてみせた。でも、今後、ディーヴァの市場《バザール》にいる誰かがスキャマローニのように術力を無効化しようと提案したら、ぼくはあらゆる影響力を行使して、徹底的な反対運動を展開するつもりだ。たしかに、面倒なことも少なくないし、ひどい目に遭った経験もあるけれど、だからといって、亜口魔《ディヴィール》たちが得意とする商売の手法を変えさせたいとは思わない。市場《バザール》での買物の要領がつかめないのであれば、市場《バザール》での買物はあきらめたほうがいい。強引な解決策はかえって問題をこじれさせるだけだろう。

「いやぁ、よかった！　どこから入ってきたんだい？」

「まぁ、ね」タンダが衛兵のほうをふりかえり、にんまりとしてみせる。「いろいろと、秘密の抜け道があるのよ」

「そうだろうね」

彼女とバニーはいかにも意味ありげな視線を交わしている。はたして、どんな手練手管を使ったのやら……まいっちゃうな。

タンダが殺し屋として成功したのは、彼女の才覚がすぐれていたからだけれど、それだけじゃない。色情魔《トロロップ》ならではの気質もかかわっている。ただし、それが発揮されるのは、きまって、ぼくがいないときなんだ。もちろん、助けに来てくれたのはありがたいけれど、そのために彼女がどんなことをしなきゃならなかったのかを考えると、複雑な気分だった。

「われわれはあなたの正当な弁護人として接見するはずだったのですがね」ゾルが口を開いた。「しかし、タンダさんがそちらの男性を説得してくれたおかげで、秘密裡にこの独房まで入りこむことができました」

「それって……わからないけれど、手間をかけさせちゃって、ごめんよ」思わず、ぼくは途中で言葉を濁したくなってしまった。

きっと、ぼくの顔は真赤だったにちがいない。タンダは笑いながら、ぼくの腕に手をかけた。

「気にしないで。好きでやってることなんだから。あの鼻がどんなふうになるのか、想像もつかないでしょ」

「聞きたくないってば！」ぼくは悲鳴を上げた。それから、無人の廊下を眺める。「ところで、ギャオンはどこにいるんだい？」

「ウーに戻って、ウェンズレイと一緒にいるわよ」バニーが答えた。「邑人《ウーズ》たちにかわいがってもらってるわ。みんな、ドラゴンに対する恐怖心はすっかりなくなった——と思うわ。やりたいようにさせてるし、餌もたっぷりと与えてるし、家を壊されちゃっても大目に見てるんだから」

「あいつにしてみれば、天国にいるような気分だろうね」ぼくは呻き声を洩らした。ここまで躾《しつ》けるには何年もかかったというのに、すべてが水の泡となってしまうんだろうか。「すぐにでも、あっちの次元へ戻らなきゃ」

「じゃ、ご要望どおりに」タンダがうなずき、衛兵のほうをふりかえった。「さぁ、鍵をちょうだい」

肉厚の手がゆっくりと動き、鉄製の巨大な鍵を彼女に渡す。

彼女はその男の頬を撫でた。

「いい子ね！　さぁ、どこかに隠れて、千まで数えなさい。途中でふりかえらないのよ！　あたいが鬼になって、つかまえたげるから。わかった？」

「わかりました」うっとりとした表情の散財魔《スキャミー》は従順に答えた。

その男はのろのろと踵を返し、独房の扉のほうへ足をひきずっていった。それから、廊下に出るところで立ち止まると、期待をこめたような視線をタンダに向ける。けれど、彼女は無言で首を振ってみせ、悲しげな微笑とともに片手をひるがえすばかり。男は落胆の溜息を洩らしながら、廊下を歩み去った。

「ぼくはどうするんだい？」それが肝心なところ。なにしろ、裁判にかけられている身の上なんだから。「衛兵たちと遭遇するたびに千まで数えさせておくわけにはいかないだろ？」

「不可能だと思うの？」タンダのほうは自信満々。

「その必要はありませんよ」ゾルが口をはさんだ。「散財魔《スキャミー》という種族は他人に言われたことを信じやすい気質がありますから、われわれとしては、この建物を出ていこうとしている人物があなたではないと思わせればいいのです」

「そのためには、姿を変えるほうが好都合ね」バニーがつけくわえながら、ぼくの全身を上から下まで思案ありげに眺めた。

「この建物はどこもかしこも術力が無効化されているんだってば」そこのところを忘れないでほしいな。「この次元じゃ魔術はあたりまえのものだから、それこそが最良の脱獄対策っていうことなのさ。もちろん、変装の術も使えないよ」

「大丈夫」バニーはきっぱりと言った。しばし、彼女はその場を離れた。数分もせずに戻ってきたとき、彼女は両腕いっぱいに古布をかかえていた。「はい、どうぞ」

何かと思ったら、よれよれになったスカートとブラウスじゃないか。

「これって……清掃係のおばさんの仕事着かい？」

「名案だわ」タンダがバニーに笑いかけた。「下働きの作業員になりすませば、誰からも注目されやしないわよね」

「でも、この服を持ち去られたって、おばさんが通報するかもしれないよ」

「彼女は退職したわ」それがバニーの返事。「別荘のひとつも買えるほどの金貨をあげてきたのよ。もう、この町にいないんじゃないかしら。バケツもモップも投げ捨てちゃったほどだし」

ぼくの正当な弁護人として、ゾルは堂々とこの建物から出ていった。タンダとバニーをひきつれ、正門から大通りにつながる橋を渡りきったところで、ぼくを待っている。

あとは、ぼく自身が術力無効化の結界をかいくぐって、姿を見えなくして、そのまま、未来永劫——というか、今回の騒動について、町の人々がさっぱりと忘れてくれるまで——おさらばするだけのことだ。

自慢じゃないけど、ぼくは役者の素質があると思う。清掃係の古い仕事着をまとって、できるかぎり腰を曲げていれば、誰の目にも、スカーフで覆った頭のてっぺんが見えるだけ。車輪つきのバケツを押していく両手もきっちりと布で隠してあるので、肌の色もわからないはずだ。ぼくの歩みは遅々としていたけれど、あせっちゃいけない。この廊下を通ったのは一回だけ、独房にぶちこまれたときのことだ。でも、どっちへ行けば外へ出られるか、おおまかな見当はつく。

廷吏の徽章《きしょう》をつけた散財魔《スキャミー》がひとり、鼻笛を吹き、巨大な鍵を空中に投げながら、ぼくとすれちがった。まずいな、ぼくの独房へ行こうとしてるんだ！　ぼくはせいいっぱいの速さで足を動かしつづけた。やがて、その男は同じ通路をひきかえしてくると、大声で衛兵たちを呼びながら、ぼくを追い越していった。ぼくの脱獄がばれたというわけだ。ぼくはますます顔を伏せ、ブラウスの襟の中につっこんだ。こうなったからには、用心にこしたことはない。ほどなく、衛兵たちの小規模な一隊が走ってきて、抜身の剣を手に、ぼくのいなくなった独房を調べはじめる。さらに、周辺を捜索しているうち、タンダの〝お友達〟が発見され、物陰から連れ出されてきた。

「……八百九十六、八百九十七、八百九十八……」

「あいつはどこだ⁉」ほかの衛兵たちが大声で尋ねた。

ようやく、あの男は我に返り、いたたまれないような表情になった。

「……わからない」消え入らんばかりの一言。

「追いかけろ！」

すでに、ぼくは出口まで数ヤードのところにいた。もうちょっとで自由の身に……

「おい、待て！」

荒々しい声が飛んできたので、ぼくは凍りついてしまった。変装を見破られちゃったのかな？　靴もスカートの裾の下に隠しておいたんだけれど。石敷の床をドカドカと響かせながら、足音が迫ってくる。たちまち、衛兵の軍靴がぼくの目の前に立ちふさがった。その衛兵は左のほうを指し示した。

「ばあさん、こっちだよ！　床が汚れちまったんで、きれいにしてくれ」

ぼくは呻き声を洩らしそうになってしまった。ちくしょう、あと数歩のところだったのに！　でも、ここで芝居をやめるわけにはいかない。みんな、ぼくのことを清掃係のおばさんだと思いこんでいるんだ。言うとおりにしなければ、かえって疑念を招くだろう。これまでのところ、この変装はうまくいっているんだから。

そんなわけで、ゆっくりとした歩調でその衛兵についていくと、彼は彫刻のほどこされた大きな扉の前で立ち止まり、剣を抜いた。ぼくは心臓が止まりそうになった。彼は扉を開け、床の上を指し示した。

「ほら、ワインがこぼれてるだろ」

ぼくは意味のない言葉をつぶやきながら、その部屋の中へと足を踏み入れた。

次の瞬間、ぼくは逃げ出したくなってしまった。

まちがえようのない匂い――もう何年も、同じ屋根の下、その匂いとともに暮らしてきたんだ。そう、天牙鬼《バーヴエクト》の体臭。〈十人組〉がここにいるのか！　いや、スカーフの縁から盗み見るようにして数えたところでは、そのうちの八人だった。大きな身体、緑色の鱗……で、ぼくと話したいことがあるんだって⁉

「おかしいじゃありませんか」花柄のドレスを着た年長の天牙鬼《バーヴエクト》が裁判官の顔を覗きこんでいる。「証人がいるとおっしゃったのに、ここへ連れてくることはできない、と？　だったら、ほかの証人を召喚してくださるんでしょうね？　それも無理なら、わたしたちも仕事が忙しいので、帰らせていただきますよ」

「あの証人がいないからといって、そんなことは些細な問題にすぎん」ドマーリ判事が言葉を返した。

けれど、天牙鬼《バーヴエクト》たちは納得しなかった。ぼくだって、同じ立場だったら、それでは納得できないだろう。

ぼくは背中をつかれ、天井まで跳び上がりそうになってしまった。

「さぁ、たのむぜ」衛兵が声をかけてきて、天牙鬼《バーヴェクト》たちのいるテーブルの近くにあるワインの池と割れた瓶の破片のほうへと追いたてた。「あいつらのことなら心配するな、おれが護ってやるよ」

台詞そのものは勇敢だったけれど、その口調はあやふやだった。実際のところ、術力を使えても使えなくても、天牙鬼《バーヴェクト》のほうがはるかに強いはずだ。

「あの男は魔術師だと自称していました、判事どの」ゲーリ巡査が口を開いた。「われわれが使っている無効化の術を一蹴するほどの実力をそなえているとすれば、われわれ全員を殺すこともできたでしょう。そうしなかったのは、警告のつもりかもしれません。それに、破壊した眼鏡についても、きっちりと弁償してくれましたからね」

「くわえて、ボーファスの供述もあります」コブリンツ巡査がつけくわえながら、おなじみの手帳を取り出した。「それによると、ボーファスは何も知らないまま、ここにいる魔物たちの手先として使われたにすぎないということです。すでに、ここにいる魔物たちが彼に接近し、あの邪悪な代物をばらまくために彼を利用した、その一部始終を記録してあります」

「うむ、ボーファスか」ドマーリが両眉を上げた。ボーファスというのが誰なのか、ぼくは知らないけれど、ここへ呼び出されたら悲劇が待っているにちがいない。なにしろ、その名前を聞いた天牙鬼《バーヴェクト》たちも憤然と唸り声を洩らしているんだから。「これはスキャマローニの安寧と防衛にかかわる重大事件であり……」

おそるおそる、ぼくはワインの池のほうへと歩み寄っていった。膝が震えているけれど、車輪つきのバケツがきしむ音でごまかしておけるかな？　とにかく、顔を見られないようにしなきゃ。ぼくはモップを握りしめると、その先端を床へ叩きつけるようにして、あたりに広がっている液体を拭き取ろうとした。

いちばん背が高く、ぴっちりとした迷彩服に身を包んでいる天牙鬼《バーヴェクト》が、ぼくのモップの動きを避けるように脚をひっこめた。ぼくは視界の端で彼女の顔を眺めた。やっぱり、どこかで見たことがあるような気がする。ぼくがパーヴへ行ったときか、もしくは、ディーヴァの市場《バザール》にあるパーヴ料理の店から彼女が出てきたときにちがいない（店の中じゃないのかって？　鼻がもげるんじゃないかと思うほどの臭気がただよっているんだから、そんな場所へは足を踏み入れたくもないってば）。

ぼくはワインの池をおおまかにやっつけると、バケツの手前にひっかけてあった箒《ほうき》とちりとりをつかみ、割れた瓶の破片をかたづけることにした。

「ねぇ、ちょっと、ワインをあんなに拭き残してるじゃないの」その天牙鬼《バーヴェクト》がきれいな指先をひるがえしてみせる。「ほら、壁のほうへ流れはじめてるでしょ。このままじゃ、タペストリーの縁を汚しちゃうわ」ぼくはうなずいてみせながらも、必死に箒を動かしつづける。「聞きなさいったら！」

「静粛に！」ドマーリが大声を上げた。「したがって、諸君全員に対し、故意および過失による違法行為の数々、また、千人単位とは言わないまでも数百人におよぶ善良な市民の精神に害毒をもたらした罪で……」ふと、裁判官は宣告の途中で言葉を切り、机の上に身をのりだした。「おばさん、どこかで悪いものでも食べたのかね？」

ぼくを連れてきた衛兵が咳払いをした。「あの汎人《クラード》の魔術師の独房を掃除してきたせいでしょう、判事どの」

「むぅ……まぁ、ここの掃除が終わったら、家へ帰って風呂に入りたまえ」

ぼくは言葉にならない声を洩らし、うなずきながら、ふたたびモップを持ち、ワインの池を叩いた。

「破片を拾うんじゃなかったの？」さっきの若い天牙鬼《バーヴエクト》がたたみかけてくる。「雑巾でくるむようにすればいいのよ。モップはそのあと！　そんなふうにしても、広がっていくだけだってば」

「何から何まで、めちゃくちゃだわ」背の低い天牙鬼《バーヴエクト》がぼやいた。「これから、どうすればいいの？」

「次元はいくらでもあるのよ」迷彩服の彼女がなだめる。「ここは、忍の一字ね」

「汎人《クラード》の魔術師ですって？」年長の天牙鬼《バーヴエクト》が声を落とした。「汎人《クラード》の魔術師で、実力をそなえている？　この一千年のあいだ、魔術師らしい魔術師がひとりもいなかった次元なのに？　あなたたち、そんな話を聞いているかしら？」

「あいつのことかも」列の端でいかにも不機嫌そうな表情をしている天牙鬼《パーヴェクト》が思案ありげに口を開いた。「スティーヴ、スキューバ、スキー……そんな感じの名前だったような気がする」

「帰ったら、ケイトリンに調べてもらわなきゃ」一分の隙もないスーツ姿の天牙鬼《パーヴェクト》がしめくくった。

自分の名前を話題にされているだけで、おちついていられなくなってしまう。彼女たちはぼくのことを知らないようだけれど、この変装がずれたりしたら、警官たちの目はごまかせやしない。手が震えたせいで、拭き取ったばかりのワインが飛び散った。その雫がすぐそばにいた天牙鬼《パーヴェクト》の足首にかかりそうになり、彼女はあわてて跳びすさった。

「あ〜ぁ、もう、いいかげんにしてちょうだい！　この程度の掃除もできないなんて！　モップを貸してごらん！　あたしだったら、たとえ眠ったままだろうが、あんたよりは上手にやってみせるわよ！」

「そこ、着席しなさい！」ドマーリ判事がどなった。「彼女はその仕事で給料をもらっているんだぞ」

「あたしにまかせておけば、彼女が汚れを広げるよりも早く、裁判所の隅々までピカピカにしてあげるわよ！」スーツ姿の彼女も負けじと叫ぶ。

「そんなに掃除が得意なら、労役でやってくれたまえ」ドマーリが釘を刺した。「個々の罪状について三十日以上の収監だ——しかも、その累積刑ということになるのでね」

「はぁ⁉」

八人の天牙鬼《バーヴエクト》たちの憤怒に満ちた声を聞いただけで、ぼくは腰が抜けてしまいそうだった。さっさとワインの残滓を拭き取って、掃除用具をまとめて、車輪つきのバケツを押して、この部屋から出ていかなきゃ。背後では、判事をどやしつける声が響きわたっている。衛兵がぼくを廊下まで連れ出してくれたあと、扉を閉めた。

早足で歩いていくあいだも、天牙鬼《バーヴエクト》たちの声がはっきりと耳に届く。やっとのことで建物の外へ出るとき、歩哨に立っている衛兵が不思議そうな視線を向けてきた。

「おつとめはおしまい！」

ぼくの声はやたらと高く、ひきつりまくっていた。全身が震えているのも、年寄りの真似をしているわけじゃない——本当におびえていたんだ。その衛兵も同情してくれたのだろうか、うなずいてみせると、虚空に視線を戻した。

ぼくの計算が大幅にまちがっていなければ、〈十人組〉は——というか、そのうちの八人は、術力の使えない牢獄の中で長い歳月を送ることになるはずだ！　これで、ウーにおける問題は解決したも同然というわけだ。残りの二人については、対処のしかたもあるだろう。バニーたちが待っている橋の反対側へ渡るまで、ぼくは小躍りしたい衝動を抑えつけなければならなかった。

約束の場所にたどりつくと、バニーとタンダが抱きついてきた。ぼくは近くにある柱の陰に隠れ、清掃係のおばさんの仕事着を脱ぎ捨て、自分の服の皺を伸ばした。

「よろしければ、本来の姿に戻していただけますかな」ゾルが口を開いた。

あの建物をとりまいている術力無効化の結界の中では変装が解けてしまっていたけれど、外へ出てみると、咒文はあいかわらず有効で、当初の変装がそのままになっている。この術がこんなに精巧なものだなんて、知らなかったよ。

すぐさま、一日半かそこらも眺めているだけで使うことのできなかった術力線に意識をさしのべ、大きな鼻の散財魔《スキャミー》になりすましていたのを解除して、自分たちのあるべき姿を復元する。ふたたび魔術をあやつれるようになって、本当によかった！

「おみごと、彼氏」タンダが賞賛の言葉をかけてくれる。さっそく、バニーのＰＤＡを借り、魔法の鏡のような画面で自分の美貌を確認しているところだった。「ときどき、こんなふうに術力を使えない状態になるほうが、あんたのためかもしれないわよ」

「遠慮させてもらいたいね」きっぱりと。「たしかに、集中力は向上したと思うけれど、技術的な訓練っていう意味では無益だってば」

「他所者《よそもの》をやっつけろ！　魔物に死を！」

　そんな言葉が聞こえてきたので、ぼくは視線をひるがえした。裁判所の正面に大勢の群衆がつめかけている。

「何事かな？」

「あの眼鏡が回収されたことに対する抗議行動ですよ」ゾルが説明してくれる。「嘆かわしいことです。あんな子供だましの玩具で遊んでいたら、真実や美を追究するための時間がなくなってしまうというのに。回収処分は僥倖《ぎょうこう》だったと考えなければ」

「無理よ！　いったい、どうしたらいいの？」抗議行動に参加しようとしていた女性が足を止め、ぼくたちのほうをふりかえる。「あたしの物語が！　大切にしてきたのに！　人生のすべてだったのに!!」

「そんなものを必要としていなかったころの日々を思い出してください」ゾルはなだめるように彼女の手を撫でた。「頭の中を絵空事でいっぱいにしてしまうのは危険なことですよ」

「だけど、あれが好きなの！　もうちょっとだけでも、使わせてもらうことはできないのかしら？」

「おぉ、みずからの意志で別れを告げなければなりませんぞ。ありのままの自分自身に回帰するのです！」

「どうやって？」かすれた声の男性が尋ねてくる。「どうすれば、そんなふうになれるんですか？　あの眼鏡もないのに、どんな希望があるんでしょうか？」

「助けてください！」別の女性がぼくの腕にすがりついてくる。「わたし、あきらめきれないんです！」

「強くなりなさい！」小柄な灰色の男は叫んだものの、その声は周囲に集まってきた人々の嗚咽《おえつ》に呑みこまれてしまいそうだった。「自分自身を信じるのです！　その一点に尽きます！　あとは、おたがいの信頼関係があれば大丈夫！」

「彼の言うことは聞く価値があると思いますよ」ぼくはすぐ隣で涙を流している散財魔《スキャヤミー》に声をかけた。「かの有名なゾル・イクティ、自助努力の専門家ですからね」

「ゾル・イクティですって⁉」

たちまち、〈十人組〉の眼鏡による偽りの世界から切り離されてしまった人々はあらたな救いの手をつかもうと、ぼくたちのまわりに殺到した。みんな、おしあいへしあい、ありとあらゆる質問をぶつけてくる。こりゃ、よっぽど動揺しているにちがいない。ぼくは術力でわずかな隙間を作ろうとしたけれど、あまりにも人数が多すぎて、ぼくのすぐそばにいる人々が窮屈になるだけだった。バニーが苦しげな悲鳴を上げる。とっさに、ぼくは彼女の腰をつかみ、欄干の支柱のてっぺんに持ち上げ、自分もそこへ跳び乗った。

「お教えください、遠来の賢者さま！」ひとりの散財魔《スキャヤミー》が必死に手を伸ばしてくる。

すでに、抗議行動の群衆は裁判所の注目を惹くまでになっていた。その正面玄関から、警官たちが次々と駆け出してくる。ほどなく、ゲーリ巡査がぼくの姿を発見した。

「あの魔術師だ！　追え！」

しまった——群衆から離れることができたのはいいけれど、そのぶん、こんなに高い場所じゃ人目につくということを忘れていたぞ！　あわてて、ぼくは靴の中から跳躍器を取り出し、ウーへ転位《テレポート》できるように設定を調節した。

「タンダ！　ゾル！」

ぼくの大声に、ふたりが視線を上げた。ぼくは迫りつつある数十人の警官たちのほうを指し示した。

すぐさま、群衆のまっただなかで、タンダが彼女独自のなまめかしい仕種による次元跳躍の術をあやつりはじめた。ゾルは周囲の混乱をよそに泰然としたまま、ぼくに片目をつぶってみせた。まぁ、彼のことなら心配はいらないだろう。ぼくは跳躍器のボタンを押した。

たちまち、ウーの青灰色の空がもたらす涼気が頬をくすぐった。ぼくは大きく息を吸いこんでから、バニーの手を離した。ここは〈モンゴメリ酒場〉——安全で静かな場所だ。タンダもぼくたちのすぐそばに出現して、ふさふさとした髪の毛を両手でととのえている。

「なれなれしくされちゃうと、うっとうしいわね」タンダが肩をすくめてみせる。その動きにあわせて丸い胸が揺れ、ぼくは目を奪われてしまった。「くっつきたいんなら、まずは自己紹介が基本だと思うんだけど」

「戻ってこられたんですね！」ウェンズレイが叫び、奥の席から立ち上がった。「不当収監からのご帰還、おめでとうございます！」

ギャオンもぼくたちの姿に気がつくと、火の玉のような勢いで駆け寄ってくる。芳香に満ちあふれたスキャマローニから帰ってきたばかりとあって、あいつの悪臭はひときわ激烈に感じられた。ぼくはその場で押し倒され、顔を舐めまわされた。呼吸ができなくなりそうだったけれど、一安心。だって、邑人《ウーズ》たちに甘やかされていても、ぼくを待っていてくれたんだから。

「いやぁ、危機一髪でしたよ」ぼくは立ち上がり、顔にへばりついたギャオンの唾液を袖口で拭き取った。

ギャオンにしてみれば、せっかくの愛情表現が軽くあしらわれてしまったのかと思ったのだろう、がっかりしたような様子だった。そこで、ぼくはあいつの頭をつかみ、たっぷりと撫でてやった。たちまち、あいつは目を細め、床の上にゆったりと身体を伸ばした。

「ところで、ゾル先生は？」ウェンズレイがつっこんでくる。

17

ライオンの口に頭をつっこむよりも愚かなのは、
それを一度ならず二度までもやってしまうことだ。
——C・ベイリー

「う～ん」ぼくは呻き声を洩らした。周囲に視線をめぐらせてみても、小朋鬼《コボルド》が現われる気配はこれっぽっちもなかった。待つしかない。待つしか。「う～ん」

「ひょっとしたら、故郷の次元に戻ったのかも」バニーが意見を述べた。「おちあう場所をどこにするか、具体的に決めてあったわけじゃないでしょ」

またしても、長い沈黙——みんな、何もしゃべる気になれないんだ。

「きっと、逮捕されちゃったんだわ」とうとう、タンダがおそるべき一言を口にした。

「う～ん」けれど、呻いてばかりもいられない。ぼくは立ち上がった。「わかった。もういっぺん、あの町へ行くとしよう」

「あんたは無理でしょ」タンダが言葉を返してくる。

「無理じゃないよ。きっちりと変装して、術力無効化の結界や装置に気をつけていればいいのさ」それが前回の教訓。「とにかく、彼を助けてあげなきゃ。あの洗脳用眼鏡の破壊に彼が加担していたことは誰も知らない。ぼくだけが姿を見られていたんだからね。それに、彼はぼくたちの仲間なんだ。ぼくが独房にぶちこまれていたとき、きみたちは救いの手をさしのべてくれたじゃないか。ぼくだって、彼を見捨てることはできないってば」

「かっこいいわね」タンダが拍手を送ってくれた。バニーの視線も愛情に満ちている。

「しかし、あの天牙鬼《パーヴェクト》たちについては、どうするつもりなのですか?」ウェンズレイがあわてて口をはさんだ。「わたしは物事の全貌が見えていないのかもしれませんが、どうも、あなたがたの関心はあいつらの存在自体にかたよりすぎているような気がします。たしかに、状況は変化しているのでしょうし、ゾル先生がおおいに力を尽くしてくださったことを忘れてしまったわけでもありませんよ。とはいうものの、われわれは自分たちに選択権のない圧政下で苦しみつづけているのですからね」

「〈十人組〉のことなら、これまでのように心配する必要はないでしょう」ぼくは自信たっぷりに答えた。「そのうちの八人は、すでにスキャマローニで逮捕されています!」

「えーっ!?」タンダとバニーが同時に声を上げる。

そこで、ぼくは自分が脱出するまでの経緯を説明した。

「……というわけで、当分のあいだ、あいつらは監獄から出てこられません。それも、術力の使えない監獄ですよ。もちろん、残りのふたりを納得させるのも容易なことじゃないでしょうけれど、ほかの仲間たちが別の次元から戻ってこられないという事実を認識すれば、いつまでもここにいる理由はなくなるはずです。よしんば、ここに居座りつづけるとしても、多勢に無勢、みなさんの意志を無視したままではいられないでしょう」

「おぉ、スキーヴ先生!」ウェンズレイが感激をあらわにした。「あなたは……わたしの知るかぎり、世界でいちばん平均的な魔術師でいらっしゃる!」

……どういう意味だい、そりゃ?

「褒め言葉のつもりなのよ」バニーがささやきかけてきた。

「まぁ、そうなんだろうけどね」ぼくは溜息をひとつ。「なんだか、そんなふうに感じられない表現なんだよなぁ」

スキャマローニの監獄と裁判所は、まちがいなく、術力が無効化されている——ただし、ほかの手段に対しては、そんなに堅牢というわけじゃなさそうだった。ぼくとタンダの計画では、ふたりだけで忍びこんで、彼女がこのあいだ……えぇと、たぶらかした衛兵にもういっぺん協力してもらえば、すぐにゾルを救出できるだろうということだったんだけれど、バニーも同行を主張したので、結局、三人で動くことになった。

ぼくたちは跳ね橋の下に隠れ、大通りを歩く人々がもっとも少なくなる夜明け前の時間帯を待った。当直の交代だろうか、頭上から衛兵たちの足音が響いてくる。その連中がどこかに座ってくれたら、タンダが殺し屋として使い慣れた睡眠の術をかけても、バタバタと倒れる音が耳につくようなことはないはずだ。

ところが、いつになっても、腰をおちつける様子がない。まぁ、ぼくが同じ立場だったとしても、建物の中から荒々しい物音がひっきりなしに聞こえてくるとあっては、おちついていられるはずがないんだけれど。おまけに、すさまじいばかりの絶叫も、厚さ十二フィートもある石壁のむこうからでさえ、はっきりと耳に突き刺さってくるんだから。

「あの天牙鬼《バーヴェクト》たちってば、監獄の中でおとなしくしてることもできないみたいね」バニーがささやいた。

ズシーン！　ぼくたちの真上の壁が揺れた。まるで、ドラゴンが激突したかのような荒々しさだった。すかさず、衛兵たちが口々にどなりかえす。

「静かにしろ！　さもないと、鎖で縛りつけるぞ！」

「あんたたち、そんなことができると思ってるの？」たちまち、女の金切声が響く。

「これは不当逮捕よ、横暴だわ！」別の声がたたみかける。

「さっさと釈放しなさい！　それがいやなら、自力で出てやるからね！」

「やれるもんなら、やってみろ！　ヴォリュート監獄から脱走に成功したやつはいないんだからな！」衛兵のひとりが誇らしげに叫んだものの、最後の一言はいくぶん躊躇があるようだった。まぁ、ぼくが勝手に出てきちゃった直後なんだから、無理もないか？

そうこうしているうちに、頭上の足音はいよいよあわただしくなった。

「このままじゃ、どうしようもないわね」タンダがささやく。「脱獄をおそれているんだろ？　だったら、ひとつ、やってやろうじゃないか」

「どうにかしてみせるさ」きっぱりと。

あの日、独房から眺めつづけていたおかげで、跳ね橋がどんなふうになっているかということは充分にわかっている。ごつい体格をした天冴鬼《バーヴェクト》の女がふたり、上階の扉から石敷の歩道へと跳び降りて、町のほうへ走り去っていく——そんな光景をでっちあげるのも簡単だった。

とたんに、歩哨所は蜂の巣をつついたような大騒ぎになった。

「やりやがった！」誰かが叫んだ。「警報発令！　二名の天冴鬼《バーヴェクト》が脱走！」

あわただしい足音とともに、うっすらと黄色い光を放つ松明の数々が橋の反対側へと離れていった。

「何だ？　どうした？」建物の中にいる衛兵たちが不思議そうに声を上げる。けれど、そのうちのふたりは早くも幻の脱走者たちを追いかけはじめていた。ぼくは耳を澄ました。歩哨所からの警報があちこちに伝わりつつあるようだ。しばらくすると、衛兵たちと警官たちが一団となって現われ、先行している松明の光を目印に、大通りをすっとんでいった。

タンダがにんまりと笑みを浮かべ、橋のわきから上にむかって鉤を投げた。ぼくはバニーの腰に手をまわし、浮揚の術で移動した。彼女をそっと歩道に降ろしたあと、自分自身は行けるところまで術を使っていくことにする。それでも、正面玄関から先は、慎重に足音を忍ばせなきゃいけない。

問題の結界にさしかかった瞬間、術力が無効化されたことによる冷たい感触があった。実際に身体が冷えるわけじゃないけれど、ふだんは術力線を熱源のようなものと認識しているため、そこから切り離されるというのは熱を失うにひとしい。オゥズに教えてもらったとおり、できるかぎり多くの術力を体内に貯めこんであるとはいえ、やっぱり、気分のいいものじゃない。

でっちあげの脱獄騒動のせいで、建物の中は大混乱におちいっていた。寝床から叩き起こされたばかりの衛兵たちは褐色の双眸を血走らせ、髪もくしゃくしゃのまま、制服をひっかけただけの姿で、廊下を右往左往している。みんな、自分が何をやっているのか、わかっていないようだった。ぼくたちはタンダを先頭にして、物陰から物陰へ、衛兵たちの目を盗みながら、独房をめざしていった。

あの騒音と怒号が聞こえてくるところには、ゾルがいるはずもない。静かな部屋だけ、手近なところから順番に調べていくとしよう。ぼくは身体を低くすると、扉の下のわずかな隙間に顔を寄せた。

「ゾル？」ささやくような声で。

「誰!?」廊下の反対側から、荒々しい言葉が響いてくる。しばし、天牙鬼《バーヴェクト》たちの暴れる物音が止まった。**「そこにいるのは誰なの!?」**

しまった——あいつらの聴覚の鋭さを忘れていたよ。

「ゾル、聞こえますか？」ぼくはさらに声を落とした。

返事はない。ヒュッという音が聞こえたので、ぼくは視線を上げた。独房の扉よりも高いところ、迫持《せりもち》の要石にへばりついているタンダからの合図だった。バニーは彼女よりもさらに高く、垂木の上に座っている。タンダの手を借りて、ぼくもそちらへ——その直後、松明を手にした三人の散財魔《スキャヤミー》たちが現われたので、間一髪のところだった。

「囚人検査をおこなう！」先頭にいる下士官が宣言したものの、彼の表情ときたら、まるで、クマグモの群れに遭遇するほうがましだといわんばかりだった。

衛兵たちがいちばん端の独房の扉に鍵をつっこんだとたん、内側からの強烈な一撃で、その鍵が扉から飛び出しそうになった。

「さっさと釈放しなさい！」あの年長の天牙鬼《バーヴェクト》の声だ。「年寄りをこんな目に遭わせるなんて、ただじゃすまないわよ！　いずれ、あんたたちの母親に話を——」

彼女はその脅し文句を最後まで言う暇がなかったけれど、その効果は抜群だった。衛兵たちは震えあがり、あとずさった。下士官が冷汗まみれで鍵を引き抜く。

「ここは大丈夫だな」それが彼の言葉だった。

おそるおそるといった様子で、衛兵たちは次の独房に歩み寄った。

そのころになると、ほかの天牙鬼《バーヴェクト》たちも廊下の足音を聞きつけていた。当然のごとく、それぞれが釈放を要求し、衛兵たちが生命の危険を感じるような言葉を叫びはじめる。

ぼくはといえば、衛兵たちが無視している独房に注目していた。誰も入っていないか、天牙鬼《バーヴェクト》以外の囚人が閉じこめられているか、ふたつにひとつ。

ドカッ！　ゴスッ！　バキッ！　そんな騒音にまぎれて、静かな独房を次から次へと確認していく。やがて、衛兵たちがいなくなると、ぼくたちはいったん別々にその場を離れ、通用口の手前でふたたび合流した。

「彼の名前を呼んでも、返事がなかったわね」タンダがささやく。「きっと、ここにはいないんだわ」

「どこに収監されているのかしら?」バニーが首をかしげる。

だしぬけに、**ピルルルル**という呼鈴のような音が響きわたった。一瞬の沈黙。いったい、どこから?

次の瞬間、バニーが目を見開き、片手で口許を押さえながら、もう一方の手でバイティナを取り出した。彼女のPDAが音源だったのか! その小さなコンピュータを黙らせてくれと釘を刺す余裕はなかった。またしても、天牙鬼《パーヴェクト》たちが独房の扉を叩きはじめる。そこらじゅうから怒号が聞こえてきた。術力を使うことができない環境とはいえ、ぼくたちは独房の並ぶ区画から飛ぶようにして逃げ去り、出口へすっとんでいった。

ありがたいことに、大混乱のおかげで、誰もぼくたちの存在なんか眼中にないようだった。散財魔《スキャミー》たちは松明を手に走りまわり、おたがいに剣の切先をつきつけては立ち止まり、通用口を行ったり来たりしている。廊下のある区画から人影がなくなるたび、ぼくたちはそこを駆け抜け、次の物陰に身を隠す。やがて、見る者を威圧するような正面玄関にたどりついた——もう、ここを出入りするのは今回かぎりにさせてもらいたいものだ。外を眺めてみれば、空が白みはじめている。夜明けか。一条の光がこの廊下にも伸びかかっていた。無事に出ていけるかな?

けれど、あと数ヤードというところで、巨大な影がぼくたちの目の前に現われた。ぼくはその場で凍りついてしまった。もはや、隠れることもできない。ばれたか。この衛るというわけだ。


兵が仲間を呼べば、ぼくたちはそろって独房にぶちこまれ、あの天牙鬼《パーヴェクト》たちの隣人にな
「スクーティ！」タンダが叫び、相手の腕の中にとびこんでいった。

「やぁ、タンダ」衛兵はうれしいような困ったような、どちらともつかない様子だった。

「いったい、どこにいたの？」彼女は尋ねながら、ぼくたちを先に行かせようと合図を送ってくる。「あんたのこと、ずーっと探してたのよ」

「いやぁ……今はだめなんだ」スクーティはおちつかなげに答えた。「脱走したやつがいてね。えぇと……くわしい話はできないんだけど」

「うん、わかってるわ」タンダは相槌を打ち、ぴったりと躰を寄せた。「あんたってば、脱走犯を追いかけるなんて、勇気があるのね。そいつ、武器を持ってるんでしょ？」

「いやぁ、そういうわけじゃ……」

その散財魔《スキャミー》がタンダに目を奪われている隙に、ぼくたちは足音を忍ばせ、彼の背後を通り抜けた。

「おい、スクーターリ、どこだ⁉」ほかの衛兵が彼を呼ぶ。

「えぇと……おれ、行かなきゃ」スクーティは弁解するような口調になり、やっとのことでタンダから身体を離した。

「あら、そうなの？」タンダが喉を鳴らす。

すでに、ぼくとバニーは建物の外へ出ており、扉のかたわらの壁ぎわに立っていた。ぼくは幻影の術をあやつり、自分たちの正体を隠すため、実際には持ち場を離れてしまった歩哨たちの姿を借りることにする。

ほどなく、タンダがのんびりと歩み寄ってきた。

「さぁ、行きましょ」彼女はベルトを締めなおし、髪の毛をととのえた。「彼もいなくなったから、大丈夫よ」

ぼくはタンダにも散財魔《スキャミー》の顔をかぶせた。もちろん、花のような芳香も忘れちゃいけない。近くに喫茶店があったので、奥のほうの静かな席に腰をおろし、軽い朝食を注文する。ぼくは壁を背にして座り、店内の様子に視線をめぐらせた。脱獄の噂が広まって、町の人々はすっかり動揺しているようだった。

「あたしが聞いた話じゃ、魔術師は裁判官の目の前で姿を消したんだって」ひとりの女性がしゃべりながら、薄青色の液体をカップに注ぎこんだ。彼女はそこへ黄色い結晶を何匙も入れ、緑色になったところで、金属製の細い棒でかきまぜる。

「おれが聞いたのは、緑色の鱗のやつらが三人もいたっていう話だったぜ！」大柄な男が叫んだ。

「合計で四人ですか」ほっそりとした若い給仕が口を開いた。「そりゃ、ちょっとした軍勢ってことになりますね」

「軍勢!?」店に入ってきたばかりの初老の女性が悲鳴を上げた。「どうしましょう! 魔物の軍勢が脱走したなんて!」彼女はふたたび扉を押し開けると、弱々しい脚を必死に動かし、あっというまに逃げ去っていった。

ぼくは料理を食べながら、無言で首を振った。散財魔《スキャミー》たちときたら、本当にどんなとても信じこむんだなぁ。たしかに、今回の件については、ぼく自身にも責任の一端があるわけで、そこから生じた問題を解消する方法を考えなきゃいけないんだけれど、まずは、ゾルの居場所をつきとめなきゃ。

バニーがゆったりと座りなおすと、バイティナを取り出した。小さな画面の角度を調節して、ぼくたちも覗きこめるようにしてくれる。デスクトップには瀟洒な封筒がひとつ。すぐさま、彼女は左右の人差指を伸ばし、手の形をしたボタンをついた。

〝親愛なるバニー、わたしは帰りが遅れることになりそうです〟そんな文面が映し出される。〝あなた自身が次元跳躍の能力をそなえていない場合、このメールをすぐに受信することができないかもしれません。とりあえず、あまり心配しないでください。自由の身になったら、すみやかに合流するつもりです〟最後の署名はすでにおなじみ、ゾルの本に書きこまれていたのと同じものだった。

「コンピュータは手許にあるみたいね」バニーは安堵の溜息をついた。

「でも、どこで身柄を拘束されているのかな?」それが問題だ。

「わからないわ。どうすればいいのかしら？」タンダがバイティナを指し示した。「これ……っていうか、この子に訊いてみたら？」

「ねぇ、何か方法はある？」バニーは小さな装置に話しかけながら、指先で撫でた。

どうやら、ありそうだった。画面の中央に、何も書かれていない便箋が表示される。そこへ、長い羽根ペンが現われ、みずからインク壺に筆先をひたし、白地の上に〝どちらにいらっしゃいますか？〟という流麗な文字を並べていく。やがて、ペンとインクは画面から消え、その便箋は〝ゾル・イクティさま〟という表書のある封筒の中にすべりこんだ。封筒は自動的に封緘されると、こちらも画面から消えた。PDAは自慢するように作動音を響かせている。

「ほら、役に立ってくれるでしょ？」彼女は満面の笑みを浮かべてみせた。

なんともはや、けっこうなことで。

ぼくたちがドーナッツと熱い飲み物のおかわりを腹に入れているところへ、バイティナが呼鈴のような音を響かせた。ゾルからの返信が届いたにちがいない。バニーがPDAを開く。またしても、ぼくたちは頭を寄せるようにして、小さな画面を覗きこんだ。

そこには、手紙の文面じゃなく、ゾルの楕円形の顔が映し出されていた。

「おぉ、三人ともご一緒でしたか、よかった」彼は声を上げた。「わたしはスキャマローニにおりますよ」

「ぼくたちも同じです」彼の顔を見るかぎり、目のまわりに黒い隈はできているけれど、元気そうじゃないか。「あの監獄から三区画ほど離れたところ、大通りにある喫茶店で休んでいます」

「そちらへ行くことはできそうにありません」小朋鬼《コボルド》は首を振ってみせた。「足止めをくらっている状態でしてな」

「足止め⁉」思わず、ぼくは席を蹴っていた。「わかりました、お助けします。証拠もないのに自由を奪われるなんて、そんな横暴を許しておくわけにはいきませんからね」

ひとしきり、沈黙がただよった。ゾルの顔がゆがんでいるように見える。バイティナの画面のせいかな？　ぼくはバニーのほうを一瞥した。ややあってから、ゾルはあらためて口を開いた。

「スキーヴさん、わたしの身の安全を考えてくださるのは非常にありがたいのですが、どうも、何かを誤解していらっしゃるようですな。よろしい、はっきりさせておきましょう。わたしがこの場を離れられないというのは、大勢の人々がわたしの尽力を必要としておられるからです。よろしければ、こちらへおいでいただけますか？」

ぼくは口の中のものを喉に詰まらせそうになってしまった。あわてて、バニーがぼくの手許からバイティナをひったくる。

「どこですか？」彼女は画面のむこうの相手に尋ねた。

「わたしがいるのは、川のほとりにある庭園式の喫茶店です。あの邪悪な眼鏡からの解放を望む散財魔《スキヤミー》たちが会合を開いています。監獄からは南へまっすぐです。お待ちしておりますよ」

「なるほど」なんだか、釈然としない。とにかく、この店の精算をすませて、彼が教えてくれた場所へ行ってみるとしようか。

18

自分自身を発見するには、時間と金がかかる。
――S・フロイト

監獄からの道をたどって丘を登っていきながら、ぼくはなかなかゾル・イクティの姿を発見することができなかった。あまりにも人が多すぎるのだ。そこは喫茶店というよりも食堂だったけれど、なにしろ、散財魔《スキャミー》たちが千人ほども集まっているじゃないか。みんな、斜面を覆っている青緑色の草地に座ったり寝そべったりして、中央のテーブルで茶器一式と自著の最新刊の山に囲まれている小柄な灰色の男のほうに注目している。聴衆はみんな心を奪われ、うっとりと笑みを浮かべている。ゾルの細い声が歌うように高くなったり低くなったりするたび、無数の頭がそれにあわせて波のように上下する。

「……みずからの内面をしっかりと直視して、自分が何者なのかということを理解すれば、その驚くべき本質がわかってくるでしょう。〝自分らしさ〟を強調するための人工的な刺激や装置など、無用の代物にすぎません。自分自身のありようと正面から対峙するだけで充分なのです。誰々さんのほうが裕福だとか、さまざまな機会に恵まれているとか、そんなことはどうでもよろしい――ひとりひとりに個性と特徴があって、それこそが黄金よりも貴重なもの、どんな作り話もおよばないほどの愉悦を与えてくれるものです。自分自身に対して素直になろうではありませんか」

バニーが睫毛を震わせ、大きな溜息をついた。まったく、うっとうしいったら。ぼくは仲間たちをひきつれ、ゾルのほうへと歩み寄っていった。彼のいいかげんな忠告のせいで苦い経験をさせられてしまった者としては、あんな戯言《たわごと》は聞いちゃいられない。ぼくに言わせれば、あれは言葉がもたらす幻想の一種にほかならず、深層にある真実を隠してしまうものだ。けれど、聴衆は感銘を受けているらしい。催眠術にかかってしまったかのように、陶酔の表情で聞き入っている。

丘の中腹には数十人の警官たちがいた。近寄らないようにしておこう。意外なことに、そこにも笑顔がいっぱい。ゲーリ巡査とコブリンツ巡査の姿もある。ふたりとも、ぼくの視線に気がついたのか、うれしそうに敬礼をよこす。こっちは変装しているんだから正体がばれる心配はないはずだけれど、やっぱり、おちつかない気分にさせられてしまう。まぁ、あの面々も本来のありようを思い出したってわけか。とにかく、ゾルが自分の本に署名を入れるのを最後まで待っているつもりはない。ぼくたちの問題は――とりあえず、少なくとも八割かそこらは——かたづいたのだから、さっさとスキャマローニを離れようじゃないか。

「ご婦人がた」ドマーリ判事はうんざりしたような口調でくりかえした。「くだんの証人を喚問することはできなくなった。もちろん、あなたがたは彼と対面したいだろうが、無理なものは無理だからね。さて、あらためてお尋ねするが、昨夜のこと、ふたりが脱走したにもかかわらず、今朝はまた八人がそろっているというのは、どういうわけかな？」

「ぼうや」ヴェルゲッタが言葉を返す。「わたしは一刻も早く帰りたいのよ。何が問題なのかしら？」

「わたしとしては、あなたがたを無間《むげん》地獄に突き落としてやりたいところだが、判事としての立場上、法律は遵守しなければならん」

「無間地獄ですって!? ここの鉄格子の中にくらべれば、そのほうがましよ！ 大学の寄宿舎よりも居心地が悪いなんて、どうしようもないわね！」

「天邪鬼《バーヴァート》どもときたら」判事がつぶやいた。

「天冴鬼《バーヴェクト》よ」ヴェルゲッタが訂正を求めた。「正しい呼称を使ってちょうだい」

「この場合、どちらが適切なのやら」ドマーリが言葉を返す。「なにしろ、天邪鬼《バーヴァート》については、さまざまな悪評を聞いているのでね」

「そんなもの、世間の連中が好き勝手なことを言っているだけよ」ヴェルゲッタは冷静に答えた。「あなただって、わたしたちの身柄をいつまでも拘束しておきたいと思っているわけではないでしょう？　もはや、牢獄は崩壊寸前ですものね。それに、わたしたちが自由自在に出たり入ったりできるとなれば、拘束しようとしても意味はないのよ」

とたんに、判事はますますおちつかない表情になった。「だったら、なぜ、ここにいるのかね？」

「わたしたちが法律を尊重しているということを示すためよ。天牙鬼《パーヴェクト》について、さまざまな悪評を聞いているんですって？　そうなのね？　あなたの顔にも書いてあるわ。とにかく、どこかに妥協点があるはずよ。おたがいのために、おりあいをつけるべきじゃないかしら？」

ドマーリ判事は書類の束をつかみ、ととのえなおしはじめた。ヴェルゲッタが思うに、これ以上は何を言っても逆効果になりそうだった。かわいそうに、我慢の限界にちがいない。まぁ、おたがいさまなのだが。疑問はいくつもあるのに、誰も答えてくれないのだから。

昨夜、ふたりの天牙鬼《パーヴェクト》が脱走したとかいうのは、誰と誰のことなのかしら？　あるいは、ニキとケイトリンが助けに来たのかもしれないけれど、それだったら、どんな強敵にぶつかろうとも逃げ帰るはずがないわ。そもそも、よけいなことをせずにいてほしいものね。あのふたりの役割は、自分たちの留守中、あのマヌケな邑人《ウーズ》どもが国庫をからっぽにしてしまわないように監視することよ。それよりも、まず第一に、わたしたちが収監されることになったのは、誰のせいなのかしら？　誰がわたしたちの評判に泥を塗ったのかしら？　わたしたちが無害な玩具を売ろうとしているところへ横槍を入れてきて、組立式の対人地雷にまさるともおとらないほどの危険物であるかのように吹聴したというのは？

そして、最大の謎は、問題の汎人《クラード》があの眼鏡を持っていたということよ。実際に脱獄がおこなわれた独房の中から発見されたんだとか。モニショーネの話では、ディーヴァにもクラーにも持ちこんだことはないらしい。当初、パルディンは何者かが模造品を作ったのではないかと考えたようだったけれど、現物を見せてもらったら、まぎれもなく、わたしたちのものだったわ。

「ご婦人がた――くどいようだが、朝も早くから衛兵たちを町のあちこちへ走らせたあげく、何事もなかったかのような顔で牢内に戻ってきたのは、あなたがたのうちの誰と誰なのかな？　その理由は？」

そんなことを尋ねられても、答えられるはずがない。けれど、自分たちも知らないと認めてしまっては、〈十人組〉の面目をつぶすことになるだろう。

「〝百鬼夜行《ひやつきやこう》〟という言葉をご存知かしら？」ヴェルゲッタはにんまりと満面の笑みを浮かべてみせた。

「百鬼……夜行？」ドマーリが訊きかえす。

「そのとおり！　魔物たちは夜闇の中で跳梁跋扈《ちようりようばつこ》するもので……まぁ、そういう事情があったのよ」彼女はくわしく説明しようとしなかった。どうせ、ただの舌先三寸にすぎないのだ。

ほかの天牙鬼《バーヴエクト》たちもヴェルゲッタのほうをふりかえる。彼女はすばやく手を振ってみせた。わたしにまかせておきなさい。せっかくだから、利用させてもらわなきゃ。

「いいこと？　この狭い独房は散財魔《スキヤミー》たちを閉じこめておくための施設だし、散財の元凶となった相手を閉じこめておかなければならない場合もあるだろうけれど、結局、汎人《クラード》の魔術師は一昼夜のあいだも閉じこめておけなかったわけだし、わたしたち天牙鬼《バーヴエクト》を閉じこめておこうとしても、かえって、あっというまに建物自体が崩壊してしまうわよ。そして、もうひとつ、重要な事実を忘れないでちょうだい——わたしたちは出るも入るも自由自在ということ。むしろ、わたしたちを釈放するほうがいいんじゃないかしら？　そうしてくれたら、二度とあなたたちの目の前には姿を現わさないと約束してあげましょう。ぜったいに、ね」

判事もその提案に心を動かされたようだった。ヴェルゲッタはようやく彼を説得できそうだという感触を得ていた。うまくいってほしいものだ——徹夜で石の壁を叩きつづけていたせいで、くたびれてしまった。もう、若くはない。シャリラーのような若い子は毎晩のように徹夜で遊び歩いても元気なままでいられるだろうが、老軀《ろうく》では無理ができない。こうなったら、判事のほうも気力が疲弊していることを願うばかりだ。

ドマーリは咳払いをした。

「しかし……ご婦人がた、本件はそんなに単純なことではないのだよ。あなたがたのせいで、われわれは精神的な傷を受けた。かの有名なゾル・イクティが告発したとおり、あなたがたが悪意をいだいていたのだとすれば、きわめて重大な問題だ。多数の同胞たちが日常生活に戻るための治療を必要としており……」

「いいかげんにして！」

だしぬけに叫んだのは、オシュリーンだった。勢いよく席を蹴り、ヴェルゲッタにむかって片眉を上げてみせる。年長の天牙鬼《パーヴェクト》はあっさりと議論の主導権を譲った。どうやら、オシュリーンは妙案を思いついたにちがいない。

「意味のない話はやめましょう。ゾル・イクティはこの町の一員じゃないのよ。あんたたちの精神性がどんなものか、わかっちゃいないんだわ。ねぇ、わたしたちの眼鏡を思い出してちょうだい——使ってるときの気分は最高だったでしょ？　でも、あんたたちが架空世界と現実を区別できないだろうなんて、わたしたちは考えたこともないってば。

あんたたちは知的な種族なんだから」オシュリーンは説得するような口調でたたみかけながら、鎖でつながれている躰をできるかぎり前方へ動かした。「逮捕されるべきなのは、むしろ、ゾル・イクティのほうだと思うわ」

「そんな……そんなことはできん」とはいうものの、判事はオシュリーンの長広舌によって頭の中が混乱してしまっていた。「二度とスキャマローニに姿を現わさないというのは、まちがいないのかね？　もちろん、善良なる市民たちが買わされてしまった眼鏡の代金を払い戻してもらうときだけは例外とするが」

「眼鏡の代金を……払い戻す？」たちまち、天牙鬼《バーヴエクト》たちは息を呑んだ。

判事が全員の顔をゆっくりと一瞥する。

「あるいは、壊れかけの牢獄で刑期を満了するほうを選ぶのであれば、それでもかまわんよ。この数日の経緯を考えるに、情状酌量の余地はないぞ。どちらがいいか、相談する時間をあげよう」

彼は机の上に置いてあった小槌を打ち鳴らすと、法廷から退出した。

天牙鬼《バーヴエクト》たちは頭を寄せあった。

「無理よ」ルーアナがささやいた。「残りの資金を使いはたすことになっちゃうわ」

「資金と自由と、どっちが大切だと思ってるの？」シャリラーがくってかかったものの、途中でその言葉を切り、顔をしかめた。「あたしってば、何を言ってるのかしら？　気にしないで……だけど、昨夜の脱走については、あたしたちの仕業じゃないわ！　自由自在に出たり入ったり、できるはずがないんだから。あいつらが勝手に思いこんでるだけよ」

「別の次元で損失を回収できるわ」モニショーネが意見を述べた。「破壊されていない眼鏡をどこかへ転売すればいいのよ」

「転売できる状態の眼鏡なんて、いくつもないわ」パルディィンが反論する。「しかも、ゾル・イクティが告発したとなると、客がつかないんじゃないかしら。悪い噂はあっというまに広まっちゃうでしょ。これじゃ、どうしようもなさそうね。市場調査の結果でも、このたぐいの玩具を買ってくれそうな次元はここぐらいだったわけだし」

ヴェルゲッタはけわしい表情になった。

「選択肢はないわね。どこの誰だか知らないけれど、やってくれたものだわ。いずれ、そいつの正体をつきとめたら、破壊された眼鏡の山が役に立つでしょうよ。思い知らせてやらなきゃ」

パルディィンが溜息をついた。「判事との交渉はまかせてちょうだい」

ゾルと散財魔《スキャミー》たちの交流会が終わるまで、一日以上もかかってしまった。そのあいだ、ぼくとタンダとバニーは彼の足元に座りっぱなし。聴衆が川のほとりの小径を帰っていくころになると、ぼくはゾルに対する尊敬の念をあらたにしていた。

つまるところ、百万部の本を売るには、人々に内在する問題を自覚させておいて、それを解決する方法はくだんの本に書いてあると指摘すればいいわけだ。ゾルがあの平静な口調で語れば、聴衆は自分たちの問題で深刻に悩む必要はないのだと安心して、彼の教えるとおりに状況を改善しようとする。彼の言葉を借りるなら、物事はなるべく積極的に考えるべきで、望ましい結果がすぐに得られない場合でも方針そのものは正しいという確信こそが成功の秘訣なんだとか。なるほど、彼がさまざまな次元で有名になった理由もわかるような気がする。完全無欠な人生を追求しているわけじゃない。短所があっても大丈夫——それがゾルの発想なのだ。

その一方で、彼は散財魔《スキャミー》という種族に共通する気質をきっちりと把握していた。すなわち、自分自身の幸福にこだわるあまり、もっともらしい物語やら新しい玩具やらに弱いのだという。まぁ、そのおかげで、彼の最新刊も飛ぶように売れたというわけだ。

不思議なのは、彼はこういう商売のやりかたを偽善的だと思っていないということだ。他人に忠告してあげていることを自分自身も本気で信じており、その内容を確実に提供するために本という伝達手段を利用しているにすぎない。小朋鬼《コボルド》たちのあいだでは、彼はどんなふうに思われているのだろうか？

サイン会はとっくの昔に終わっていた。ぺしゃんこになった草地に残っているのは、ぼくたちだけだった。ゾルは茶碗の中身を飲み干すと、それを受皿の上にゆっくりと置いた。

「ありがとう」彼は店主に声をかけた。「こんなにも大規模な集会に場所を貸してくださり、おおいに感謝しておりますよ。ご迷惑にならなかったのであればいいのですが」

店主は疲れているようだったけれど、感激もあらわに彼の手を握りしめた。

「こちらこそ、ありがとうございました、先生。まことに光栄なことです！　わたしの店にゾル・イクティがいらっしゃるとは！」

店主はぼくたち全員に握手を求めてきた。三人の店員たちはといえば、壁ぎわの席にへたりこんでいる。硝子製の陳列棚の中に並べてあったサンドイッチや菓子類はひとつも残っておらず、レモネードやコーヒーなどの飲み物がたっぷりと入っていたタンクもからっぽ。有名な作家がだしぬけに来店したことで、予定外の大繁盛になったというわけだ。

ゾルは遠慮しようとする店主の手に自分が飲んだお茶の代金を押しつけると、ぼくたちと一緒に、次元跳躍の術でウーへと戻った。

ボアンという音を聞きつけたのだろう、ギャオンがすっとんできた。きっと、厩舎で昼寝していたにちがいない。

「ギャオッ！」うれしそうな啼き声が響きわたる。

ぼくは間一髪のところで身をかわし、押し倒されずにすんだ。ゾルがあいつを撫でてやり、小朋鬼《コボルド》たちが常食にしている菓子の袋を鞄の中から取り出した。ギャオンはその場に座りこみ、たちまち、袋ごと口に入れてしまう。

ぼくは周囲に視線をめぐらせた。〈モンゴメリ酒場〉はひっそりとしていた。シダ類の鉢植えを飾ってあるテーブルのどこにも人影がない。照明も消えている。通りのほうを眺めても、邑人《ウーズ》たちの姿は皆無だった。

「もしも～し？」誰もいないのかな？

「どうなってるの？」タンダが顔をしかめる。

「みんな、どこにいるのかしら？」バニーも首をかしげた。

ギャオンが耳を立てた。ほどなく、その理由がわかった——あわただしい足音。モンゴメリが二階から降りてきたのだ。両腕を広げ、ぼくたちのほうへ駆け寄ってくる。

「おぉ、よかった！」彼はぼくたちをひとまとめにして抱きしめた。「おかえりなさい、ゾル先生。ご無事だったようで、安心しました」

「ご心配をおかけしました」ゾルが笑顔で挨拶を返す。「いや、有意義な旅でしたよ。多くの人々の心をよみがえらせてあげることができたのですからね！　ところで、こちらの状況はどうなっていますか？」

「おおげさな表現かもしれませんが、興奮に満ちています」モンゴメリはためらいがちに答えながら、ぼくたちの反応をうかがった。

「けっこうなことですね。それで、ウェンズレイはどこに？」ぼくが尋ねる。

「あぁ、あなたがたのお帰りがいつになるか、予想もつきませんでしたからね。わかっていれば、みんなも待機していたところでしょうが」

「待機って、何の話ですか？」

モンゴメリの丸い顔が紅潮した。「革命ですよ、スキーヴ先生！」

「**はぁ!?**」

「あなたが会ったこともない次元の人々を助けたり、ゾル先生が窮地にあるとなれば身の危険もかえりみずに救出活動をおこなったり、そんな勇姿を拝見しているうち、ウェンズレイはおおいに感銘を受けたようです――まぁ、われわれもそうなんですが。それで、つまり、われわれは自分たちのことが恥ずかしくなってしまいましてね。ウェンズレイは秘密会議を招集し、みずからの手で故郷を防衛しなければいけないと訴えたのですよ。とりわけ、不服従運動を実践しようじゃないかという話でした。当地に残っている天牙鬼《バーヴェクト》はふたりだけ、絶好の機会ですよ！　みんなも彼の主張に賛同しました！　わたしもやるつもりだったのですが、あなたがたをお迎えする役割も大切だという指摘があったので……」

「やるって、何を？」いやな予感がするぞ。

「具体的に聞かせてください」

モンゴメリは胸を張ってみせた。

「ウェンズレイの言葉を借りるなら、〝あいつらの掌中……というか、鉤爪に握られている権限を奪還する〟ということです」

「それは、革命宣言ですかな？」ゾルが尋ねた。

「まぁ……そうですね」

「すばらしい！」ゾルが歓声を上げる。

「**ちょっと待って!!**」いったいぜんたい、何を考えているのやら。「実際問題として、ウェンズレイは何をやろうとしているんですか？」

「そりゃ、もちろん、ふたりの天牙鬼《バーヴェクト》を追放するんですよ」モンゴメリは当然至極とばかりに答えた。「敵はたったふたりですから、こんなに簡単なことはないでしょう」

ぼくは口の中がカラカラに乾いてしまった。なんともはや、開いた口がふさがらない。

「みんな、どこにいるんですか？」

モンゴメリは暖炉の上にある時計を一瞥した。

「あぁ、そろそろ、城に到着したころでしょう」

「だめよ！　殺されちゃうわ！」バニーが息を呑んだ。

「しかし、たったふたりの敵に対して、こちらは数千人もいるんですよ」モンゴメリは憮然としたように言葉を返した。

「たったふたりでも、竜巻のように荒々しい連中じゃありませんか」人数の問題じゃないんだってば。「やめさせなきゃいけませんね」

そんなわけで、ぼくたちはギャオンを連れ、茫然としたままのモンゴメリを店に残し、城へと急行することにした。外へ出ると同時に、ぼくは空中を飛びはじめた。浮揚の術の応用で、地面を後方にむかって押してやればいい。バニーも一緒に運んでいこう。ゾルとタンダもそれぞれの術力を使っている。ギャオンは全速力で走っていく。なにしろ、一刻も無駄にできない状況なのだ。

「やはり、ウェンズレイをスキャマローニへ同行させるべきでしたな」ゾルが意見を述べた。「そうすれば、天牙鬼《バーヴェクト》たちと対峙するにあたって、細心の注意を払わなければいけないということを教えてあげる機会もあったはずですよ」

「ぼくとしては、そのつもりだったんですが」忘れないでほしいな。「あ、あなたが反対なさったんじゃありませんか」

「いかにも、おっしゃるとおりです」ゾルはびっくりしたようだった。「すべて、わたしの責任です。邑人《ウーーズ》という種族は、もっぱら、他人の指示に従う気質なのですが……わたしは彼を過小評価していたようですな。こんなに積極的な性格だったとは思いませんでした。しかも、強迫観念に駆られているのでしょうか、状況の変化に対して危険な反応を示しています。われわれが当地を離れたことについて、それを安全な兆候であると考えてしまうとは、予想外の展開でした。あなたは触媒のような存在なのですね、スキーヴさん。彼が統率力を発揮するようになったのは、あなたの影響にちがいありませんよ。先導者としての自負が生まれたのでしょう」

「たどりつくところは血の池かもしれませんね」とんでもないことになっちゃったぞ。

「あきらめてはいけません」ゾルが釘を刺してくる。

ギャオンは駄菓子屋の角《かど》を曲がって、大通りに出た。ぼくは不吉な予感にさいなまれるあまり、その角を曲がりそこなってしまうところだった。

「実際のところ、人数としては、ふたりだけの天牙鬼《パーヴェクト》よりもはるかに多いのです。総力を結集すれば、うまくいくかもしれませんよ」

「だけど、何をどうすればいいのか、わかってないんじゃないかしら」タンダの指摘はきびしいものだった。「ウェンズレイ自身、これといった計画があるとは思えないわ」

「そうだとしたら、行動を中止するよう、説得しなければなりませんな！」

「とにかく、ひどい目に遭わされないうちに撤退させましょう」きっぱりと。

最後の角を曲がると、城が見えてくる。モンゴメリの予想どおり、何千という数の邑人《ウーズ》たちが行進し、歩哨のいない門をくぐろうとしていた。火のついた松明を持っている者たちもいる。みんな、気勢を上げていた。

「天邪鬼《パーヴァート》は帰れ！　天邪鬼《パーヴァート》は帰れ！　悪党め！　悪党め！　悪党め！」

〈十人組〉が司令室にしている部屋の窓から、コウモリのような耳のついた緑色の顔が現われた。そこへ、無数の石が投げつけられる。たちまち、その天牙鬼《パーヴェクト》は顔をひっこめた。その部屋の中にも邑人《ウーズ》たちがいるような気がしたのは、ぼくの目の錯覚だったんだろうか。

次の瞬間、ぼくは誰かに胃をつかまれたような感触とともに、空中での支えを失った。そのまま、ひとたまりもなく、地面に激突。そこへ、バニーがぼくの上に落ちてくる。

「スキーヴってば！」彼女が叫んだ。

「ぼくのせいじゃないよ」弁解するしかない。「術力が消えちゃったんだ！」

この近辺にいくつもあるはずの術力線の流れが、どこかで吸い取られている。以前にも経験のある感触だ。でも、そんなはずはないのに！　まさか、〈十人組〉が厖大な術力を確保しようとしているなんて⁉

そのとき、まばゆいばかりの閃光がほとばしった。それがおさまってみると、城の中庭を行進しながら気勢を上げていた数千人の邑人《ウーズ》たちの姿は跡形もなく消滅していた。大通りも静寂に包まれている。

ぼくは呻き声を洩らした。こんなふうに生命を奪われてしまうなんて、ひどすぎる。

「あいつら、戻ってきたのか……」

19

革命をお望みかな？

——V・レーニン

「こんなの、うんざりだわ！」ヴェルゲッタは声を荒らげ、左右にいる天牙鬼《パーヴェクト》たちの手を払いのけた。「いいかげんにして！　やっとのことで牢屋から出てこられたと思ったら、これ？　禁足令を公布しなさい！　すべての邑人《ウーズ》が対象よ！」

「どうして、こうなっちゃったの？」ニキが尋ねながら、窓の外を眺めた。あの咒文は効果絶大だった。通りには誰もいない。

「あたしたちが留守にしてるあいだの出来事なんだから、あんたたちの責任でしょ」パルディンが非難の言葉をぶつける。「反省してほしいわね」

ニキは彼女をにらみつけた。「あ、い、い、あたしたちの責任？　だったら、あんたたちは八人がかりで別の次元へ行って、何をやらかしてきたの？　もうちょっと、人手を残しておいてくれてもよかったのに。そりゃ、文句を言うだけなら簡単よね。でも、あたしたちは——たったふたりで——この国のすべてを監視しなきゃならなかったのよ。やらされるほうの立場も考えてほしいわ！」

「侵入者どもは隙を狙っていたにちがいないわね」テノビアが唸り声を洩らす。「あたしたちと一緒に入ってくることで結界をかいくぐった手口も、してやられたっていう感じだわ。きっと、事前にしっかりと計画を立ててあったのよ」

ルーアナは侵入者たちが床の上にばらまいていった書類の山を蹴りつけた。

「めちゃくちゃにされちゃったわ！　このありさまじゃ、かたづけるのに何日もかかるんじゃないかしら」

「そりゃ、ごもっとも」ニキは皮肉たっぷりに言葉を返した。「できることなら、あたしがやってあげるわよ。商品の管理とか工場の監督とか特別の企画とか、朝から晩まで仕事に忙殺されていなければ、ね！　何のために用務員を雇ったと思ってるの？」

「あんたたち、わかっちゃいないようだけど、ドラゴンに襲われそうなときに、そいつの鉤爪の色なんかを気にしてる余裕がある？　ぶちのめされたら一巻の終わりなのよ。その用務員とやらも城の強奪計画に加担してたんだからね」テノビアが指摘した。

「そういうことよ、みんな」ネディラが仲裁しようとする。「本棚の埃よりもはるかに重大な問題をどうにかしなきゃ」

「どうしようもないでしょ」ケイトリンが鼻を鳴らし、オシュリーンから渡された資料を叩いてみせた。「スキャマローニで眼鏡を売ってくるはずが、金貨の一枚さえも手許に残らないんだから。あんたたちのせいで、資金がすっからかんよ！」

「年長者にむかって、そういう言葉はないでしょ？」ネディラが釘を刺す。「あたしたちは卑劣な敵に遭遇したんだから」

「そう、汎人《クラード》の魔術師だったわね」ヴェルゲッタが剣呑《けんのん》な口調になった。「脱獄に成功したやつよ」

「名前はわかってるの？」テノビアが尋ねた。

オシュリーンが無言で胸の谷間に指先をつっこみ、一枚の紙片を取り出す。

「いつものことながら、用意がいいわね。それは？」

「訴訟人名簿よ」オシュリーンは胸を張った。「パルディンは閲覧させてもらえなかったみたいだけど。今回の件に決着をつけた時点で返送すればいいでしょ」

「でも、読めないわ」ルーアナが声を洩らした。「散財魔《スキャミー》たちの文字なんて、わからないってば」

「む〜ぅ」オシュリーンが呻いた。「廷吏を買収しておくべきだったわね。そうすれば、読んでもらえたのに」

ケイトリンが横柄な仕種で手を伸ばしてみせた。「それ、こっちへよこしなさいよ。

自動翻訳にかけてみるから」小柄な天冴鬼《パーヴェクト》はその紙片を画面の前に置くと、命令を入力した。コンピュータの作動音が聞こえはじめる。ほどなく、壁面に長方形の画像が投影された。「はい、おしまい」

「スミーとか何とか……だったわよね？」ニキがつぶやきながら、列挙された名前に視線を走らせていく。「グリーがあって、スキーヴがあって、パニーアがあって」

「さぁ、どれが正解でしょうか？」テノビアが口をはさんだ。

「ふざけてるんじゃないわよ。それで、問題の魔術師は？」

「ディーヴァへ行ったとき、スキーヴっていう名前は聞いたことがあるわね」ヴェルゲッタが意見を述べた。「でも、引退したはずだけど。スキャマローニに何の用事があったのかしら？」

「どうでもいいわよ」ルーアナが言葉を返す。「どうせ、あたしたちは二度とあの次元に入れないんだから。残っている商品を回収して、輸送費を精算して、やりなおし」そのとき、ニキが鼻を鳴らしたので、彼女はそちらをふりかえった。「何を笑ってるの？」

「あんたたちの留守中に何があったのか、わかってないのね」

「ここの惨状は承知しているつもりだけど」シャリラーが答えた。

「そんなことじゃないわ。精算も何も、できやしないのよ。あんたたちがいないうちに、あのマヌケな邑人《ウーズ》どもは毎日のように城内へ入りこんで、なけなしの金品をくすねていっちゃったんだから。それで、どんな買物をしてきたと思う？　びっくりするわよ」

「あ～ぁ、またなの？」ネディラが呻き声を洩らした。

「そういうこと」ケイトリンがコンピュータを操作すると、さまざまな画像が壁面に映し出された。「たとえば、衣料品ね──本物の毛皮で作った靴下とか。でも、なめしの工程がいいかげんだったみたいで、たぶん、何回も使わないうちに腐りはじめるんじゃないかしら。それから、次の日になると、写真蟲《シャッターバグ》の映写装置が大流行よ。今日は今日で、ニキが大量の飛行飴を押収してきたわ。邑人《ウーズ》どもは元来がうっとうしい連中だけど、そいつらが空を飛ぶようになっちゃったりしたら、手に負えないわ」

ヴェルゲッタがうなずいた。「それで、その代金をわたしたちが払わなきゃならないというわけね」

「とりあえず、今日からは大丈夫よ」ニキが答える。「国庫の残りを確認して、例の宝箱にしまってきたから」

パルディンが鼻を鳴らした。「最初の時点でそうしておくべきだったのよ」

「いいえ、最初の時点でそうするわけにはいかなかったの」ニキが反論する。「ほら、あれの中身はなくなることがないでしょ。手をつっこめば、かならず、そこにあるんだから。あれを発明した人物はよっぽどの楽天家で、世の中には正直者しか存在しないと思ってたにちがいないわ。邑人《ウーズ》どもがあの機能を知ったら、野放図に金を使いまわしたあげく、あらゆる次元から窃盗の罪で追われることになるのが関の山よ。あたしとしては、そこまでの責任をかぶるつもりはないけど」

「そのとおりね」ヴェルゲッタが溜息をついた。「どうすればいいのかしら？　いよいよ、打つ手がなくなってきたわ。借金取りにつきまとわれるなんて、まっぴらごめんよ。好きだろうと嫌いだろうと、わたしたちはあのバカな連中を矯正してやって、あらたな収入源を確保して、国庫の穴をきっちりと埋めなきゃならないの」

「何度も言わせてもらうけど、みんな、あいつらに跳躍器を持たせたままでいいと思ってるの？」ルーアナが根本的な問題を提起した。

ヴェルゲッタは降参するように両手を上げてみせた。「あぁ、もう、わかったわよ！　あんたの意見が正しくて、わたしは考えが甘かったってことね。没収しなさい」

ルーアナが笑みを浮かべた。「その言葉を待ってたのよ」

「さて、次はどんな商売を始めようかしら？」ヴェルゲッタは全員に視線をめぐらせた。

「そんな！」パルディンが悲鳴を上げた。「あたしたち、監獄から出てきたばかりなのよ。すぐに名案を思いつくような状況じゃないってば」

「それでも、やらなきゃ」年長の天牙鬼《パーヴェクト》はきっぱりと言った。「難局にぶちあたっているのは事実だけど、みんな、さっさと帰りたいでしょ」

「ちなみに、あたしは監獄にいたわけじゃないからね」ニキが自慢するような口調になった。「やるべきことをやってたのよ。これって、どう?」

彼女はもったいぶった仕種で、大きなテーブルの陰から、掌にすっぽりとおさまる円筒形の物体を取り出した。片方の端にボタンがひとつ。

「印鑑?」モニショーネが尋ねた。

「はずれ」ニキはにんまりとしながら、ボタンを押した。とたんに、いかにも機能重視といった感じの小さな刃が、筒の内側から現われる。「切る、混ぜる、すりつぶす。どんな食材でも、これがあれば簡単に調理できるわ。安全装置がついてるから、怪我や火傷の心配もないのよ」

「科学技術ってわけ?」モニショーネが鼻を鳴らす。

「バカにしないで。あんたの役に立たない玩具よりも売れると思うわよ。電気も術力もいらないの。圧電《ピエゾ》効果だけで動くんだから。科学技術としては非常に単純なものよ。それなりに知恵があれば、サルでも使いこなせるんじゃないかしら」

「つまり、邑人《ウーズ》たちに作らせることができるってこと?」シャリラーが指摘した。

「とにかく、あの連中にひとつだけ取り柄があるとすれば、まちがいなく指先が器用ってことだもんね」ニキがうなずいた。「大量生産も可能よ。すでに、秘密工場のほうにも連絡して、眼鏡の製造を中止させたわ。それにしても、六千個の不良在庫が悩みの種なのよ。破砕処理はできないでしょ。そんなことをすれば、術力がいっぺんに放出されて、この城が爆発しかねないわ。スキャマローニで事故がなかったのは幸運だったわね」

「眼鏡の処分方法については、今後の検討課題にしましょう」ヴェルゲッタが意見を述べた。「損失をかぶる覚悟で亜口魔《ディヴィール》たちに叩き売るしかないとすれば、まぁ、それも人生ということね」

「まずは、あの連中のいまいましい跳躍器をどうにかしなきゃ！」ルーアナが主張した。

「みんな、賛成かしら？」ヴェルゲッタが挙手を求める。「賛成が十人。反対はなし。動議は可決されたわ。さぁ、仕事にとりかかるわよ！」

「邑人《ウーズ》たちのことは、どうするつもり？」ネディラは不安を感じているようだった。

ヴェルゲッタは片手を振ってみせた。「大丈夫。みんな、無事に自宅へ戻ったはずよ。扉からも窓からも——煙突からでさえも——外へ出られないってことに気がついたころじゃないかしら。今夜は家にこもったまま、自分たちの罪をじっくりと反省することね。明日の朝になれば封印が解けるから、いつもどおりに働いてもらうわ。そして、家に帰ったとたん……はい、そのまま！」彼女はパンッと手を叩いた。「帰るつもりがなくても、自動的に家へ戻されて、やっぱり、次の朝までは外へ出られないというわけ。早い時間から眠ることができれば、きっと、あいつらも健全な精神がよみがえって、わたしたちの邪魔をしなくなるでしょ。ちなみに、今回の騒動の首謀者は――」彼女はテーブルの上に置いてあった硝子製の透明な球体を掌の上でころがした。中に入っている液体が揺れ、それと一緒に入っている小さな何かが右往左往する。「しばらくのあいだ、わたしたちの目の届く場所にいてもらうわ」

悲嘆にくれながら、ぼくたちは宿屋へと戻っていった。ギャオンの両耳も垂れ下がり、ぼくたちと同じ気分をあらわにしている。みんな、どうしようもないほどに愕然としていた。ぼくは何も考えられない状態だった。舗道の敷石につまずいてばかりで、しかも、脚のあちこちにできた痣の痛みも感じないほどだった。

「あんなにも残酷なやりかたで対応してくるとは、予想外でしたよ」ゾルの言葉はすでに六度目。「まさしく、大虐殺です。抗議行動の参加者たちを平然と一掃してしまったのですから……いやはや、わたしは天牙鬼《バーヴェクト》のことを何もわかっていませんでしたな。あれでは、ほかの種族から〝天邪鬼《バーヴァート》〟と呼ばれるのも当然でしょう」

「まったく、そのとおりですね」自分自身で目撃した光景が信じられない。「かわいそうなウェンズレイ!」

「ひょっとしたら、彼は跳躍器を返してもらっていたかもしれないわよ」バニーが言葉をさしはさんだ。「そうだとすれば、転位《テレポート》する機会があったかも」とはいうものの、彼女の口調はこれっぽっちも確信がなさそうだった。

「モンゴメリには、誰が事情を説明するの？」タンダが尋ねる。

ぼくは姿勢を正した。

「そりゃ、ぼくにきまってるさ。そもそも、ウェンズレイはぼくに助力を求めてきたんだからね。彼の仲間に伝えるのも仕事のうちだよ」ぼくは溜息をついた。「オゥズの言うとおりだったんだな。いちばん最初に、ぼくの得意分野じゃないっていうことを指摘されたっけ。ぼくのせいだ。こんなとき、彼がいてくれたらいいのに」

「あなたは、できるかぎりのことをしたわ」バニーがぼくの腕をつかむ。「今回の件はウェンズレイの独断専行だったのよ。あなたの指示があったわけじゃないし、彼が計画を立てているとき、あなたが一緒にいたわけでもない。つまり、こういうことよ――ブルース伯父さんの配下の誰かが自分勝手な行動で死んだとしたら、伯父さんはどうすると思う？」

「それでも、葬式の費用ぐらいは出してあげるんじゃないかな」

「どうかしらね」バニーはそっけなく言葉を返したものの、その大きな瞳には涙がこぼれそうになっている。「でも、やっぱり、ウェンズレイのために泣けてきちゃった」

「勇者の最期というわけですな」ゾルが荘厳な口調になった。

ぼくたちが宿屋に戻ってみると、モンゴメリは食器類を洗っているところだった。

「やぁ、みなさん」彼は快活に声をかけてくる。「よろしければ、ワインはいかがですか？　あるいは、もっと強い酒にしましょうか？　そんな表情をなさっているときには、気分転換も必要ですよ」

「たしかに」ぼくはうなずきながら、いつもの席に腰をおろした。「モンゴメリさん、冷静に聞いてください。残念な事実をお伝えしなければなりません。革命のことですが……」

「……うまくいかなかったんですよね」彼はあっさりと言った。「わかっていますよ。うちの給仕のラグストンが一部始終を話してくれました」

ぼくは彼の顔を凝視した。耳が悪くなっちゃったのかな？

「〝うまくいかなかった〟どころじゃありませんよ。壊滅的な状況です。生存者はいません。ラグストンくんが様子を見ていた場所はどこだったんですか？」

「様子を見ていたというより、あいつも参加していましたよ」

「跳ね橋のあたりにいたんですか？」

「天牙鬼《バーヴェクト》どものいる部屋につながる階段を登っていたそうです」モンゴメリは答えながら、ぼくたちの不思議そうな顔を眺めまわした。「あいつに言わせれば、勝てるはずもなかったということですよ。わたしが貸してやった樽抜き用の大槌であの部屋の扉を破ろうとしていたらしいんですが、次の瞬間、すさまじい閃光とともに、ここへ戻ってきてしまいましてね」

「ここへ？」

「えぇ、自分の部屋へ。厩番のコーレアと一緒に寝起きしている部屋ですよ。ふたりとも、目を丸くしていました。あのときの表情といったら、いやぁ、おもしろかったですよ」モンゴメリは思い出したように笑い声を洩らした。

「生きているんですか？」わけがわからなくなってきたぞ。「天牙鬼《パーヴェクト》たちに殺されたとばかり思っていたんですが」

「当人たちも、自分は死んだにちがいないと思いこんでいたはずですよ」モンゴメリはにんまりとした。「床の上であおむけにひっくりかえったまま、茫然と天井を見ているばかりでしたからね。わたしも驚きましたよ。たしかに、力の差は圧倒的だったわけですが、ひょっとしたら、あの天牙鬼《パーヴェクト》たちは慈悲心というものを示してくれたのかもしれません。われわれが逆の立場だったら、はたして、そんなことができるかどうか」

たちまち、ゾルが思案ありげに視線をめぐらせた。

「これは、次の研究課題になるかもしれません」彼は自分のコンピュータを取り出すと、文書の作成にとりかかった。「なんともはや、意外な展開もあったものですな」

「つまり、この店の従業員たちは無事だったわけですね？」ぼくは念を押した。

「まぁ、建物の外へ出られないという問題はありますが。あなたがたが入ってきたので、びっくりしましたよ。一方通行なんでしょうかね。われわれが扉を開けようとしても、まるで、壁にぶつかっていくようなありさまです」

「なるほど」ようやく、タンダが状況を理解したように口を開いた。「強力な魔術師たちが結束することによって、こうなったわけね。たったふたりでやれることじゃないわ。十人が寄り集まったにしても、そのままだったら、これほどのことはできないはずよ。このあいだの術もそうだったけど、あの天牙鬼《バーヴェクト》たちが力を合わせると、すごいことになるのね。なんだか、あたいたちとは別格っていう感じ」

「しかも、慈悲心によって自分自身の行動を抑制している」ゾルがみごとな早業で指を躍らせながら、ひとりごちるように声を洩らした。「おもしろい」

いやぁ、そういうわけじゃないかもしれないぞ。

「慈悲心というより、むしろ、警告だったような気がします。せっかくの労働力を粗末にするわけにはいかないでしょう。そんなことをしたら、あらたな邑人《ウーズ》たちを何千人も集めてきて、最初から職業訓練をやりなおさなければならなくなりますからね」

「しかし、革命はどうなるのでしょう？」とモンゴメリ。

ゾルはさびしげな笑みを浮かべた。

「すさまじいばかりの力量を見せつけられて、それでもまだ、明日の仕事を休みたいと思いますか？」

「まさか！」モンゴメリは悲鳴を上げ、細い目をいっぱいに見開いた。「もちろん、朝は早く起きます！　夜は遅くまで働きますとも！　まぁ、それもこれも、外へ出られるようになればの話ですが」

「ところで、ウェンズレイは？」彼のことも忘れちゃいけない。

「あぁ、ここにはいませんよ、スキーヴ先生。たぶん、自宅のほうでしょう。そちらへいらっしゃるのでしたら、ついでに、〈カッレ＝デ＝レストランテ〉という店に立ち寄っていただけませんか？　ウェンズレイの店で、その上の階がやっこさんの自宅になってるんですよ。ちょうど、うちの店の食材が何もなくなってしまったんですが、買物をしようにも外へ出ることができず、困っていたところでしてね」

「そうですか」ぼくは漫然とうなずいた。「それで、その場所というのは？」

20

どうも、奇妙なことになっとるようじゃな。
——G・カーリン

「ごめんなさい」窓のむこうから、黒っぽい巻毛をした小柄な邑人《ウーズ》の女性が答えた。そこは、宿屋から数区画のところにある瀟洒な青い建物。「まだ、帰ってこないんですよ」

「おかしいな」ぼくはひとりごちた。「ほかの人々は自宅へ戻されたっていうのに」

「ご両親のところかもしれません」カッセリーは——それが彼女の名前だそうだ——弁解するようにつけくわえた。「おふたりとも体調が悪いんです。だから、彼はこちらとあちらで半々の生活をしているんです。孝行息子というか、こまめに面倒を見てあげていますよ」

「ふぅむ」ぼくはゆっくりとうなずいた。「なるほど。ちなみに、ご両親が住んでおられる場所というのは?」

「ペアレイじゃないんですよ」カッセリーが答えた。「手紙を送ろうかとも思ったのですが……なにしろ、外へ出られないものですから……困ってしまいますね。よろしければ、こんなことになってしまったわけを聞かせていただけないでしょうか?」

ぼくはかいつまんで事情を説明した。

「そんな、まさか」彼女は信じられないとばかりに首を振った。「わたしの知っているウェンズレイとは思えません。ありえないことです」

ともあれ、カッセリーに教えてもらったとおり、ぼくたちは二日がかりの行程で、ペアレイから隣国のレネットに入ったところにある森の中の小さな村にたどりついた。ウェンズレイの父はエダム、母はゴーダという名前で、地元の教師と薬剤師をつとめている。ぼくたちの話を聞いたふたりは、やっぱり、首をかしげるばかりだった。

「あの子はもう何週間も来ていませんよ」ゴーダは答えながら、清潔な台所でお茶を淹《い》れてくれた。恰幅のいい小柄な女性で、柔らかくて器用そうな手をしている。「最後に来たときの話だと、世の中のための仕事をしているとか。わたしの勘はまちがっているかもしれませんけれど、あなたがた、その仕事にかかわっていらっしゃるんですか?」

「まぁ、そんなところですね」とりあえず、相槌を打っておこう。「ただ、ちょっと、連絡がつかなくなってしまったんですよ」ぼくが仲間たちをふりかえると、みんな、無言でうなずいた。ご両親に無用の心配をかける必要はないだろう。

「あら、やっぱり。邑人《ウーズ》全体の利益になることを考えて魔物を連れてくるなんて、あの子は知恵があるわね。なにしろ、ほかのみんなときたら、何ができるわけでもない土産ばかり買ってくるのよ。せめて、話し相手になってくれるような代物だったらいいんだけれど」

言葉をしゃべる装置ぐらい、ディーヴァの市場《バザール》でいくらでも売っているじゃないか。でも、そんなことはどうでもいいや。

「彼としては、ぼくたちにやらせたいことがあった……じゃなくて、あ、あるようです」ぼくはあわてて訂正した。適当なところで話を終わらせなきゃ。ウェンズレイが行方不明になっていることを心配するあまり、口がすべってしまう。このままだと、逆効果になりかねないぞ。「できるかぎり、彼の期待に応えてあげたいんですよ」

ゴーダは表情をほころばせた。「あの子は頭がよくて、好奇心旺盛で……いいえ、自慢話をするつもりじゃないんですよ。でも、よろしければ、子供のころの写真をごらんになりますか？」

「あいかわらず、帰ってきません」それがカッセリーの言葉だった。

ぼくたちはようやく首都に戻り、もういっぺん、ウェンズレイの自宅に立ち寄ってみたところだった。彼女は不安と希望がないまぜになって、目を大きく見開いていた。できることなら、一刻も早く彼の居場所をつきとめ、彼女の許へと連れ帰り、希望を叶《かな》えてあげたいものだ。

「遠くへ行ってしまったのでなければ、夜には帰宅すると思うんですが」モンゴメリはぼくたちを部屋へと案内しながら、小さな声でささやいた。「さしあたり、秘密会議は昼間のうちにやらなきゃなりません。夜になると、どうもこうも！　まったくもって、開店休業状態ですよ」それから、わざとらしい大声になって、「まぁ、そのぶん、昼は食堂が満席になりますから、稼ぎは悪くありませんね」

「誰かに盗聴されているんですか？」そうだとしたら、まずいぞ。

「用心しすぎるということはありませんからね」モンゴメリが答えた。「このごろは、そこらじゅうに天牙鬼《パーヴェクト》どもがいるんじゃないかという感じですから」

そんなわけで、ある日のこと、ぼくたちは昼の秘密会議に参加した。そこは、クロージャーという名前の邑人《ウーズ》が経営している酒場の奥にある一室で、大勢の人々が集まっていた。状況はあきらかに悪化の一途をたどっている。一週間あまりも夜間の自宅軟禁がくりかえされているせいで、みんな、いささか正気を失いかけていた。〈十人組〉は邑人《ウーズ》たちを威圧して、些細な事柄にいたるまで徹底的に服従を求め、そのとおりにさせていた。もともと、邑人《ウーズ》たちは従順な気質なのだから、ひとたまりもないだろう。

「仕事には行きますよ」ガッビーンがビール片手に意見を述べている。「しかし、積極的に働く気分じゃありません。たしかに、不穏当な発言だということは自覚していますが、多かれ少なかれ、みなさんも同じ心境だろうと思います。そうでないとしたら、まずもって、わたしは口を開くこともなかったでしょう」

「とにかく、〈十人組〉を追い出さなければなりません」ぼくの言葉を聞いたとたん、邑人《ウーズ》たちはテーブルの下に隠れてしまった。天井が自分たちの頭上に崩れ落ちてこないことを確認してから、やっとのことで顔を出す。「問題は、それを実現するための簡単な方法がないということです。まずは、あいつらの弱点をつきとめないと」

「でも、弱点なんて、ひとつもありませんよ！」アルドラハンという女性の〝代友〟が叫び、そのまま、天井にむかって、「知力、腕力、術力——すべてをそなえているんですから！」

「これまで以上に多くの邑人《ウーズ》たちが、たわいない会話を聞きとがめられ、罰を受けるようになっています」ガッビーンがささやいた。

城内の用務員として働く邑人《ウーズ》たちが大きくうなずいたものの、何も言おうとはしない。黙然と座っている姿は、まるで、口を開くのは食事のときだけと決めているかのようだ。

「その人々はどこに拘留されていますか？」

「それは……えぇと、地下室です」アルドラハンはためらいがちに答えながら、無言の清掃係のほうに確認するような視線を向けた。

「ウェンズレイも？」

「彼は……そこにはいません、魔術師さま」用務員のひとり、黒い巻毛のあちこちに銀細工をちりばめた女性が言葉をさしはさんだ。「わたしたちが……そのぅ、お世話をしている人々というのは、あちらの面々が話を聞くにあたって、邪魔者を排除……じゃなくて、内密にしておきたいんだそうです」

「事情聴取の実態がどんなものか、ぼくも知っていますよ」とたんに、またしても、邑人《ウーズ》たちはテーブルの下へ。「ほかに、彼が閉じこめられていそうな場所はありますか？」

「そうであるという確率を考えてみるなら……」

「**ありますか、ありませんか？**」

「えぇと……そのぅ……ありません」

邑人《ウーズ》たちときたら、一言で答えるっていうことができないんだよな。でも、べつだん、わざとやっているわけじゃない。ぼくがいらついているのは、きっと、自分自身のせいだろう。

「誰かの家にいるとか、そういうこともないんですね？　だとしたら、公共の建物にいるはずですよ。たとえば、どこかの工場とか」

「どの工場であれ、行方不明の邑人《ウーズ》の身柄が隠されているということはありえないと思いますよ、スキーヴ先生」ガッビーンが反論する。「毎日、作業員たちが隅から隅まで掃除していますからね。そのあと、天牙鬼《パーヴェクト》どもが点検するのです」最後の一言とともに、彼は鋭い視線を向けてきた。

「あいつらが戻ってきてしまったのは、ぼくの責任じゃありませんよ」負けちゃいられないぞ。「あなたがたが落胆したことは充分に承知していますが、ぼくとしても、あいつらをこの次元から離れさせておくために最善の努力を尽くしたつもりです。しかし、いかんせん、へこたれない連中ですからね。みなさんもおわかりでしょう？　天牙鬼《パーヴェクト》たちの能力は、術力もふくめて、おおいにすばらしいものです。くわえて、交渉術もすぐれています。みなさんには過剰な期待をいだかせてしまったようですが、遅かれ早かれ、あの連中は自力で牢獄から出てくることができたのです。もっとも、それが早いほうだったというのは、まことに残念でした」

ガッビーンは口の中でぼやいていたが、言葉を返してこようとはしなかった。ぼくの態度も威圧的だったんだろうか？　めったなことでは他人に脅威を与えるような存在じゃないはずなんだけれど。やっぱり、邑人《ウーズ》はあまりにも気が小さすぎる。

「わかりました」ここは、なだめておいたほうがいいや。「まぁ、おっしゃるとおりかもしれませんね。はたして、工場から一歩も外へ出ずに暮らしていけるでしょうか？　あくまでも、すべての可能性を検討しておきたかったまでのことです。〈十人組〉が何をしようとしているのかということも気になりますが、友人の居場所もつきとめなければなりませんからね」

たしかに、あの八人の天牙鬼《パーヴェクト》たちがこんなにも早く戻ってきてしまったのは、ぼくたちにとって非常に不利な点のひとつだった。ゾルはこういう展開になったことについての説明を求められ、答えを模索しているところだった。

「わたしにも理解できないのですよ、スキーヴさん」彼はもうしわけなさそうな口調だった。「えぇ、判事の目の前で宣誓証言をおこなってきました。わたしの見解としては、他人の精神をあやつろうとする行為はきわめて罪が重いものです。最短でも三十日の懲役——しかも、累犯となれば、その件数に応じて加算されるはずなのですが」

けれど、そうはならなかった。ぼくたちが相手にしなければならない天牙鬼《パーヴェクト》はふたりじゃなく、十人のままだった。ウェンズレイとの約束がなければ、もう、いつもの研究に戻っていたころなのに。

おっと、そんなふうに考えちゃいけないよな。彼が行方不明になってしまったことは本当に心配だし、〈十人組〉のやりかたについても、はじめのうちは、この国の財政再建のために雇われたはずの面々があっというまに全権を掌握してしまった手口が問題だと思っていたにすぎなかったけれど、こんな事態になってしまったからには、どうあっても、邑人《ウーズ》たちに対する非人道的な抑圧を許しておくわけにはいかない。

「もういっぺん、計画を立てなおしましょう。何か、ご意見はありますか?」ぼくは水を向けてみた。

「いや〜ぁ……」なさけない声が返ってくるばかり。

そんなはずはないだろう。考えてみれば、かわいそうな人々だ。そりゃ、ぼくだって、たよられてばかりというのは荷が重い。けれど、邑人《ウーズ》たちの気質がそうさせているんだから、しかたがないのかもしれない。そもそも、決断力のある種族だったら、これほどの窮地におちいってしまうこともなかったにちがいない。

〈十人組〉による圧力が——間接的であるにせよ——あまりにも強烈なので、ぼくは物事をじっくりと考える余裕がなくなりかけていた。毎日、トガリキャップの様子を確かめるためにクラーへ戻るたび、くだんの戦闘用ユニコーンは裏庭でのんびりと草を食《は》み、夜になれば自分から厩舎に戻っていくけれど、やっぱり、さびしそうな気配が感じられる。そんなときはギャオンも一緒に連れ帰って、あいつと遊ばせてやるんだ。そのあいだに、ぼくはあれこれと考えることがある。何の変哲もない日常がなつかしいけれど、まずは、やらなきゃならない仕事を終わらせることが先決だ。

「なるほど」溜息をひとつ。「とりあえず、工場を見せていただけますか？」

たちまち、ガッビーンが視線を落とした。

「もうしわけありませんが、スキーヴ先生、稼働している時間帯であっても、許可がなければ立入禁止ということになっています。保安上の理由ですので、なにとぞ、ご理解のほどを」

「そうなんですか？」ぼくは驚いたような表情をあらわにしてみせた。「邑人《ウーズ》のみなさんが大切にしておられるはずの〝もてなしの心得〟はどうなってしまったんですか？ささやかな社会見学というやつですよ」

「おぉ！」ガッビーンが声を上げた。「失礼いたしました、スキーヴ先生。わたしとしたことが、とんでもない誤解を！なんともはや、気がつきませんで……はい、大歓迎ですとも。これまで、工場を見学したいという要望はありませんでしたからね。どうぞ、おいでくださいませ！」

パラーノという名前のたくましい男性が、たっぷりとした真白な巻毛を揺らしながら、ぼくたちを丁重に案内してくれる。

「お客人がいらっしゃるというのは、めったにないことです」彼はうれしそうに口を開いた。「もっぱら、監督官が来るばかりなのですよ。おかげで、わたしたちのほうも気が抜けません。徹底的な品質管理がおこなわれていますからね」

〈十人組〉の直轄下にある施設の例に洩れず、この工場もあきれるほどに清潔だった。外から見たところは、石造の四角い建物で、邑人《ウーズ》たちの町がさまざまな装飾をほどこしているのと対照的に、ただの箱といった感じ。あの天牙鬼《バーヴェクト》たちが来た直後、もともとは公園だった場所に建てられたらしい。あちこちの住宅地から徒歩で通勤できるという理由で、ここになったんだとか。ところどころに芝生や花壇や木立も残されているけれど、建物の周囲には光を反射するほどに磨きあげられた板石が敷きつめられている。どの方角からにせよ、百ヤードかそこらも歩いていけば姿が見える構造だということに、ぼくとタンダはたちまち気がついた。これなら、城よりも警備がやりやすいにちがいない。

背後をふりかえってみると、ふたりの邑人《ウーズ》がついてきて、ぼくたちが通ったばかりのところを、ひとりが掃き、もうひとりが拭いている。そんなふうにされるというのは、気分のいいものじゃない。でも、〈十人組〉に目をつけられたくないし、ここで働いている人々の立場もあるだろうから、文句は言わないでおこう。あくまでも、〈十人組〉が次に何をしようとしているのかを調べることが目的なのだ。

パラーノが開けてくれた木製の扉は、その寸法にしては不自然なほどに重そうな代物だった。術力を探針のように突き刺してみると、金属板の両面に木材を張りつけてあることがわかった。タンダはといえば、展示室の天井が気になっているらしい。それもそのはず、奥のほうには一対の目玉のような物体があって、片方がぼくたちの入ってきた扉を、もう片方が通用口とおぼしき反対側の小さな扉を、それぞれに監視しているのだ。壁には窓枠があって、カーテンもかかっているものの、どうやら、その窓は偽物らしい。まるで、何かを隠そうとしているかのようだ。いったい、何を？

バニーはパラーノのすぐそばにいて、さまざまな質問をぶつけている。犯罪組織の情婦になれるほどだった美貌を武器に、部屋じゅうの男たちの視線を惹《ひ》きつけてくれているのだ。邑人《ウーズ》にとって、汎人《クラード》が異種族であるという事実は気にならないらしい。なにしろ、おたがいに身体的な特徴が似ているのだ。案内役のパラーノでさえも、うっかりしていると、彼女の胸にむかって話しかけてしまうことがあるほどだった。まぁ、彼女の服装というのが、半透明で襟の谷間も深いブラウスだったりするのだから、無理もないだろうけれど。

ぼくは平気でいられるのかって？　もちろん、そんなわけはない。でも、あれは彼女の策略なんだし、外見はそれとして、その内側に隠されている彼女の知性もすばらしいじゃないか。だからこそ、工場の経営がどうなっているのかという話については、彼女にまかせてあるんだ——生産性とか、将来性とか、費用対効果とか。ぼくとしては、〈十人組〉がこういう収益率の低い産業にも関心をいだいている理由を知りたいところだった。もともと、バニーはM・Y・T・H株式会社の誰よりも経営の本質を理解していた。オゥズだけは彼女と同等だったかもしれないけれど、その彼でさえ、何年間も彼女と一緒に働いてきて、彼女の慧眼に驚かされたことも少なくなかったはずだ。そんなわけで、パラーノのほうも、彼女の質問に対して、自分自身が大切にしている工場の生き字引であるかのように答えつづけていた。

おかげで、ぼくとタンダとゾルは思うがままに室内の様子を観察することができた。ついでに、あの目玉のむこうにいる人物も男性であってくれたら最高なんだけれど。ちなみに、その人物が〈十人組〉の誰かだとしたら、ぼくたちは厄介な状況におちいってしまうにちがいない。でも、あいつらにしてみれば、外部からの妨害もなく順調に稼働してきたという工場の日常業務のひとつひとつを監視しているよりも、ほかのさまざまな事柄に頭を使うほうがいいだろう。

「ペアレイには工場が十五軒もあるんですって？」バニーはさりげない言葉とともに、陳列棚の上を人差指でなぞった。その指先を親指とこすりあわせる仕種が色気を感じさせる。

「そうです」パラーノは胸を張ってみせた。「そして、うちの工場がいちばんの老舗です。現在のような高級品を生産するようになったのは二年前ですが、技術そのものは三百年も昔から連綿と曲線美を描いて――もとい、一直線につながっているのですよ」

室内には六人の邑人《ウーズ》たちがいて、熱心に働いていた。男女ひとりずつが三組に分かれており、それぞれに針仕事が与えられている。最初のふたりは小さな布地に花柄の刺繍をつけている。次のふたりは編物だった――男性は幼児のための薄青色のカーディガン、女性のほうは成人用のとても大きな黄色いセーター。そして、最後のふたりは鉤針《かぎばり》でレースを編んでいた。その様子が目に入ったとたん、ぼくは身体がこわばってしまった。子供のころの話だけれど、ひっきりなしにレース編みをやっている大叔母さんがいて、彼女はうちへ遊びに来るたびに何枚もその白い網状の布を持ってきては、それ以前にも長年にわたって無数に置いていったぶんとあわせ、棚に飾っていったものだった（大叔母さんが帰ったら、母さんが丁寧にしまっていたけれど）。汚れた手で触れることは許されなかったし、埃がついているだけでも叱られたっけ。

ここの職人たちは、他所者《よそもの》の目の前で作業をしてみせるのは初体験なのだろう、きわめて慎重に道具をあつかっている。みんな、自分の仕事に誇りを感じているようだったけれど、褒め言葉を期待しているのか、ときおり、ぼくたちのほうを盗み見ていた。

「いずれも、いちばん平均的な針子たちです」パラーノが説明してくれた。

「すばらしい腕前ですね」ぼくは深く考えずに相槌を打った。

とたんに、工場長は愕然としたような表情になってしまった。

「最上級の賛辞をいただいてしまうとは、もったいないかぎりです」それが彼の言葉だった。「おわかりでしょうが、すべての邑人《ウーズ》たちが同じ技術訓練を受けております」

ぼくはゾルのほうをふりかえった。彼は〝自分で考えなさい〟というような視線を返してきた。どうしたものやら。

「みなさん、すばらしい腕前にちがいありませんね」そういうことにしておこう。

ようやく、工場長は安心したようだった。針師たちも作業を再開する。

あらためて、ぼくは室内の様子を観察した。これまでのところ、疑わしい部分はどこにもなかったし、手縫いや手編みといった作業にふさわしくない代物もなさそうだった。それなのに、なぜ、こんなに厳重な警備装置があるのだろうか？

ニキは刻印機の下にあった受け板を引き抜くと、立ち上がった。両手に付着した油を古布の切れ端で拭き取ってから、機械を操作する邑人《ウーズ》たちのひとりにうなずいてみせる。その邑人《ウーズ》は壁面にとりつけてあるスイッチのところまで走っていき、〝入〟にきりかえた。ピストンがゆっくりと上下に動きはじめる。しばらくすると速度が上がり、やがて、騒音のほうも耳を聾するほどになった。ニキは古布を作業服のポケットにつっこみ、機械の動きを注視した。この次元の鋼鉄は品質に難のあるものだが、ドゥワロー産の上等なやつを輸入できるようになるまでは、これを使うしかない。まぁ、この次元のあわれな連中にそこまで手を貸してやる必要があるとも思えないのだが。なにしろ、彼女のことを監獄の衛兵とでも思っているかのようで、彼女が口を開くたび、恐怖のあまり跳びあがってしまうのだ。歯の根も合わないほどの様子を見ていると、いずれ、大多数の邑《ウー》人《ズ》どもは歯医者にかからなければならなくなるだろう。

もっとも、考えてみれば、邑人《ウーズ》どもに健康な歯はいらないのかもしれない。なにしろ、こいつらの食事ときたら、まずもって、ストローで吸えるのではないかというほどに柔らかい代物ばかりなのだ。

ニキはうんざりしていた。このままだったら、いずれ、鬱病になってしまうにちがいない。パーヴにある自分の複合工業施設がなつかしかった。そろそろ、本格的な整備をおこなわなければいけない時期だったはずだ。あそこにあるような機械を導入できれば、すぐにでも故郷へ帰れるだろうに！

「よーし、みんな」彼女は大声で叫んだ。「仕事に戻りなさい」

彼女はベルトコンベヤーのかたわらに並んでいる作業用の椅子を指し示した。そこでの流れ作業によって、あの調理器具が組み立てられていくわけだ。たちまち、邑人《ウーズ》たちが各自の持ち場についた。

「ほら、早くしなさい！　昼寝の時間じゃないんだからね！　文明的な種族らしく行動するのよ！　そんなことで、恥ずかしくないの!?」

「失礼します！」カーディという名前の書記が声をきしらせながら、あたふたと駆け寄ってくる。小太りの身体、ふんわりとした白い巻毛、大きな瞳——まさしく、ぬいぐるみのような女性だった。ニキはそちらをふりかえった。

「何かあったの？」

「工場に部外者が入りこんでいます」

「**部外者**!!?」

カーディはうなずくと、踵を返し、事務室のほうへと駆け戻っていった。

いったい、どこのどいつが？　城には警報装置をとりつけてある。いつぞやの結界が勝手に外へ出ていってしまった件について、モニショーネが〝何も問題はなかった〟とつっぱねているため、警備方法を二重にしなければならなかったのだ。おそらく、あのときと同じ連中にちがいない。こんな工場の中を覗きこもうとするなんて、ほかに誰がいるだろうか？

「この区画を封鎖しなさい！　あたしのほかには誰も入ってこられないように！　わかったわね!?」

21

開戦前夜、一刻を争う状況下においては、
すみやかに諜報活動をおこなわなければならない。
——N・ヘイル

「浮揚の術を使いなさい、スキーヴさん」ゾルが早口でささやいた。「そんなにも動揺してしまわれるとは、こちらのほうが驚きましたよ」

ぼくは彼の忠告に従った。ぼくが持っているお盆の上にあるレース編みの敷物はこの工場で作られたものだろう、そこに、いかにも高価《たか》そうな陶製の食器類を載せているんだけれど、術を使ったとたん、それまでのカチャカチャという音が聞こえなくなった。細い糸のようにした術力のおかげで、実際には手を使わずに、喫茶室の一角にある空席まで運んでいくことができる。

「すみませんでした」まったく、なさけないったら。「ちょっと、子供のころを思い出してしまったんですよ。祖母や叔母たちに、躾《しつけ》の一環ということで、こんなふうに食器を運ばされたものです。割ってしまうことも多くて、叱られてばかりでした」

「生きていくための能力を身につけるというのは、たしかに、大切なことです」ゾルはきびしい口調になった。「しかし、無理難題はいけませんな」

「まぁ、悪気はなかったんだと思いますよ」ぼくはささやかな弁護のつもりで言葉を返しながら、心の奥底では、親戚の女性たちでなく、ォゥズのことを考えていた——ぼくの師匠であり、教師であり、友人であり、相棒だった存在。

そう、彼はどんなときでも、ぼくを成長させようとしていた。ぼく自身がぜったいに無理だと思いこんでいるときでさえ、〝やればできる〟と背中を押してくれたっけ。その彼が、今回の仕事にかぎっては、やめさせようとしていたんだ。でも、ぼくはその忠告に耳を貸さなかった。ぼくが背伸びをしすぎているということに、ォゥズは気がついていたのかな？　そういうわけでなければいいんだけれど。今この瞬間、ぼくは彼に会いたいと思いながらも、その一方で、実際に会ったら何を言われるんだろうかという不安も感じていた。

パラーノの案内でひとわたり工場を見学させてもらったあと、ぼくたちは併設の売店へ連れてこられた。千人もいるのではないかというほどの邑人《ウーズ》たちが刺繍の実演をおこなっているところを見た瞬間、ぼくはすぐにでもクラーに帰りたくなってしまった。なにしろ、これ以上に退屈なものはないだろうというほどの光景なんだから。針を持っている手が、あちらでもこちらでも、波のように上下運動をくりかえすばかり。誰かが針を落とせば、その音がはっきりと聞こえるほどだ。

これが、ウーにおける基幹産業なんだろうか？〈十人組〉としても、他の次元へ進出する意図があるからいいようなものの、そうでなければ、オゥズだったら〝せこい〟とか〝しょぼい〟という一言でおしまいにしてしまいそうな代物ばかりを数千世帯の生活の糧にしたうえで自分たちも利益を得るなんて、まともな頭で考えることじゃないだろう。

職人たちが何列にも並び、手作業で、あるいは、小妖精《ピクシー》が動かしているミシンを使って、大量の布地を縫いあげていく。純白、卵色、桃色、黄色——そのすべてが布巾《ふきん》だった。あらゆる次元にどれぐらいの食卓があるかは知らないけれど、これほどの布巾が使われるとは思えない。

ぼくたちは工場内の部屋という部屋を覗いてみたものの、ウェンズレイはどこにもいなかった。彼を知っている人々は少なくなかったけれど、みんな、あの暴動の日を最後に、彼の姿は見ていないという。誰も、彼が生きているとは思っていないようだった。

そのとおりでなければいいんだけれど。

喫茶室では、邑人《ウーズ》たちの製品も売られていた。ぼくとゾルが喉をうるおしているあいだ、バニーとタンダはそれらを見せてもらい、うれしそうにしていた。ぼくたちは空席に腰をおろし、邑人《ウーズ》たちの話を聞いてみることにした。

「あなたは、どんな仕事をなさっているんですか？」四十三回目の同じ質問。どうせ、こっちが期待しているような答えは返ってこないだろうな。

「テーブル掛けにするための大きなレースを編んでいるんですよ」小柄な白髪のおばあさんが目を輝かせ、あたかも針と糸を持っているかのような仕種をしてみせた。みんな、どういうわけか、作業の内容を説明してくれるにあたって、言葉だけでなく動作もつけずにいられないらしい。彼女はありもしない糸の結び目を歯で切ると、細い瞳から鋭い視線を向けてきた。「あなた、テーブルも食器もいいものを使ってるんでしょ？　よろしければ、わたしが編んだテーブル掛けを使ってみてくださいな。値札に名前が書いてあるし、とても平均的な品質のものだから、すぐにわかるはずですよ」

「ありがとう」ぼくは作り笑いを浮かべてみせた。でも、レース編みのテーブル掛けなんか、水に溶けるハンカチと同じぐらい、実用性がこれっぽっちもない代物だ。ぼくは話の接穂《つぎほ》を失ってしまい、彼女の隣にいる愛想のなさそうな太鼓腹の男性のほうに視線を移した。「あなたはどうです？」

一瞬、彼は息を呑んだ。まるで、ぼくの質問のせいで遠い世界から引き戻されてしまったとでもいうような様子だった。

「……えっ？」

「この工場で、何をなさっているんですか？」これで四十四回目だ。

「布巾に刺繍を、ね」彼は他人事のような口調で答えた。「ヒナギクとかスイセンとか。黄色が好きなんだ」

例によって、彼も自分が担当している作業の仕種をしてみせた。ぼくは目を丸くした。どうやら、針を動かしているわけじゃなさそうだ。むしろ、製品の山のひとつひとつを手に取り、鉛筆のような器具の先端を押しあててから、その製品をかたわらに置いているみたいじゃないか。さらに、彼は両手を左のほうに伸ばし、そこには実在しない筒状の物体をつかむと、あらかじめ手許に並べてある部品をねじこみ、最後に、留金の端を片掌でトントンと叩きこむ。

「あれって、どういう布巾なんでしょうか？」ぼくはゾルにささやいた。

「わたしは紫が好きです」彼の隣にいる邑人《ウーズ》が抑揚のない声で言った。「もっぱら、ライラックとかラベンダーの刺繍をまかされているんですよ」けれど、その仕種はといえば、さっきの無愛想な男とまったく同じだった。

「わかりませんな、スキーヴさん」ややあってから、ゾルも首をかしげた。「わたしが知っているような布巾とは別物だと思いますが」

「あたしはバラの花を」次の邑人《ウーズ》が口を開く。

「ぼくは木の葉を、いろいろと」

「気がつかなかったことがありそうですね」ぼくはひときわ声を落とした。「これは、再調査の必要があるでしょう」

そこへ、タンダがぼくの肩に寄りかかってきた。両腕いっぱいに布地をひっかけ、ぼくに披露してみせるようなふりをする。

「あの目玉がこっちに向きっぱなしよ、彼氏。どうしたらいい？」とっさに、ぼくはふりかえろうとしたものの、鉄のような指先で肩を押さえられてしまった。「こっちを見ないで。素顔がばれちゃうから」

ぼくは背中に冷たいものを感じた。あわてて、いちばん近くにある術力線の状態を確かめてみる。幸運なことに、それは非常に太い流れをたたえていた——きっと、〈十人組〉もその点を重視して、ここに工場を建てたんだろう。

残念ながら、バニーに警告する暇はなかった。その周囲に集まっている邑人《ウーズ》たちが、汎人《クラード》とばかり思いこんでいた彼女が自分たちと同じ姿になってしまう様子を見て、びっくりしたように目を見開いている。めったにあることじゃないけれど、そんな邑人《ウーズ》たちの表情に気がついた彼女の反応はあくまでも冷静だった。両手で自分の顔に触れてみたとたん、状況を悟ったらしい。

「あら、いやだわ！　化粧のかわりに幻影の術を使ったのに、消えちゃった！　みっともないから、早く帰らなきゃ」彼女はぼくたちのテーブルに駆け寄ってくると、買ったばかりの品物をこっちへ渡してよこした。「ねぇ、もういいでしょ？」

すでに、ぼくとゾルも立ち上がっていた。こっちの邑人《ウーズ》たちは布巾らしくない布巾の〝組立作業〟をくりかえしたまま、気がついていないようだったが、あの鋭い視線のおばあさんだけは不思議そうな表情になった。ぼくたちは出口のほうにむかって、じりじりと足を動かしていった。

ぼくが扉の把手をつかんだとたん、耳をつんざくような警報音が響きわたった。

〝侵入者あり！　侵入者あり！　全員、建物の外へ出ないように！　くりかえす——全員、建物の外へ出ないように！〟

鈍い音が聞こえてきたかと思うと、たちまち、足下の術力線の流れが失われていった。どうやら、〈十人組〉の誰かがこの工場にいるにちがいない。

「あたしたち、無事に帰れるのかしら？」バニーが不安そうな声を洩らした。

「厄介なことになったわね」タンダが相槌を打つ。「強烈な結界が張られてるわ」

ぼくは視線をめぐらせた。「まだ、出口はふさがれていないよ」

ところが、その言葉と同時に、扉にも窓にも金属板が降りてきて、ほどなく、喫茶室は完全に封鎖されてしまった。しかたがないので、ぼくは跳躍器を取り出した。

「合流場所はどこにする？　追跡されるかもしれないから、ク——ぼくの次元はだめだ。

あいつらに対抗できる手段がない」

「コボルがいい」ゾルがきっぱりと言った。「むこうで会いましょう」

小柄な灰色の男は姿を消した。それに驚いたのだろう、邑人《ウーズ》たちが悲鳴を上げ、金属板で封鎖された扉のほうへと殺到して、両手で叩きはじめる。

「誰にも気がつかれないように帰るっていうのは、あきらめるしかないね」ぼくは呻きながら、跳躍器の回転筒を調節した。そのとき、売店の奥にある通用口が開いた。がっしりとした身体に作業服をまとった天牙鬼《バーヴェクト》の女がひとり、邑人《ウーズ》たちを荒々しく押しのけながら、ぼくたちのほうへ一直線に突進してくる。

「そこの連中！」彼女はぼくたちにむかって指先をつきつけた。「こっちへおいで！　話を聞かせてもらうわよ！」

ためらうことなく、ぼくはタンダとバニーの手をつかみ、泣き叫んでいる邑人《ウーズ》たちの雑踏の中へつっこんでいった。さっきの術力線はどこにあるかな？　できるだけ多くの術力を吸収して、自分自身の内側に貯めこんでおかなきゃ。

そのとき、ぼくは見えない手で襟首のあたりをつかまれ、後方へひきずられそうになった。あの天牙鬼《バーヴェクト》の仕業だ！　たしか、あいつらは炎が苦手なんだっけ。とっさに、ぼくは肩ごしに火の玉を投げつけた。彼女が罵り言葉を吐きながら身体をかがめると、火の玉は陳列棚を直撃して、ヒマワリの花をかたどった保温帽《ティーコージー》（ティーポットの保温に使われる袋状の覆い布）が百枚ほども燃えはじめた。それをきっかけにして、あいつの剛力の術が解けた。

すかさず、ぼくはいよいよ雑踏の奥へ。さらなる変装のために、まわりにいる邑人《ウーズ》たちの顔を使わせてもらおう。もちろん、タンダとバニーのぶんも。これで、しばらくのあいだは、あの天牙鬼《バーヴエクト》の目をごまかしておけるはずだ。彼女が邑人《ウーズ》たちの首実験にかかりきっているあいだに、ぼくたちは遠くへ逃げてしまえばいい。

「スキーヴ！」タンダが押し殺した声で呼びかけてくる。

変装を一新したことで、彼女たちは仲間の居場所がわからなくなっている。でも、ぼくは自分自身がその術をあやつっているから、それぞれの本当の顔が見えているんだ。コボルへ転位《テレポート》するように跳躍器の調節を完了すると、ぼくは片腕でバニーを抱き寄せ、もう一方の手でタンダの腕をつかんだ。あの天牙鬼《バーヴエクト》の怒りと陳列棚の火事におびえきっている邑人《ウーズ》たちの泣き声を聞きながら、ぼくは跳躍器のボタンを押した。


ニキは壁にひっかけてある通信器をつかみ、大声で叫んだ。

「警備網を突破されたわ！　スパイよ！　汎人《クラード》がふたり、色情魔《トロロップ》がひとり、それと、正体不明のやつがひとり！　たぶん、例の魔術師じゃないかしら！」

ややあってから、ざらついた声が返ってくる。「そいつら、とりおさえたの？」

「いいえ、逃げられちゃったわ。意表をついたつもりだったんだけど、こっちの動きがわかってたみたい」彼女は室内にいる邑人《ウーズ》たちをにらみつけた。みんな、恐怖のあまり、部屋の反対側の片隅で凍りついている。「誰のせいなのか、こってりと油を絞ってやらなきゃ」

「もう、やってるわよ」ケイトリンが答えた。「通信終了」

「あいつらは何者なの⁉」ルーアナは目の前にいる邑人《ウーズ》をどやしつけた。

ニキが戻ったところで、〈十人組〉はテーブルの上にある小さな球体の封印を解き、その中にいた邑人《ウーズ》を本来の大きさに戻した。先日、千人あまりの不満分子をひきつれて城を襲い、〈十人組〉の司令室にまで侵入してきた叛乱の首謀者は、もはや、あのときのような英雄の面影をすっかり失ってしまっている。服はくしゃくしゃになり、髪も顔も汚れっぱなしで、一週間も着たままのシャツはたっぷりと体臭がしみこんでいた。

ヴェルゲッタは敏感にそれを嗅ぎつけ、鼻に皺を寄せた。紐のようにした術力を彼の全身に巻きつける。よし、できあがり。洗浄の術をほどこしてやったのだ――無料で。ルーアナがあきれたような視線を向けてくるが、ヴェルゲッタはかまうつもりもなかった。どうして、この邑人《ウーズ》の尋問にとりかかるまでに、こんなにも時間がかかってしまったのかしら？

「あ…あ…あいつらって？」彼は舌をもつれさせた。「だ…だ…誰の話にしておられるのか、わかりません」

ケイトリンの端末の隣にある自分の席で、ヴェルゲッタはかすかな呻き声を洩らした。この男ときたら、こればかりだ——ごまかそうとするし、文法もまちがっている。わかったことといえば、ウェンズレイという名前だけ。

「あなた、てにをはがおかしいわ。そこは、〝に〟じゃなくて〝を〟のはずでしょ。それに、わたしたちもわからないからこそ、あなたに質問しているのよ」

「無駄話はやめてったら」ルーアナが年長の相手にくってかかり、あらためて、囚人をにらみつけた。「さぁ、答えなさい！」彼女は震えあがっているウェンズレイの襟許をつかみ、前後に揺さぶった。「あいつら、どこのどいつ？　何をたくらんでいるの？」

「わたしたちの領分に土足で踏みこんでくるなんて、無礼もいいところよ」ヴェルゲッタがつけくわえる。「よほど自信があるのか、さもなければ、ただのバカにちがいないわ。あるいは、その両方かも」

「どうなの？」ルーアナは尋問の責任者として、たたみかけるように追及した。「あいつらの正体は？　産業スパイ？　おまえとの関係は？」

「こんなやつが次元旅行者とかかわってるなんて、ありえないと思うけど？」オシュリーンが退屈な気分もあらわに、十二インチもあるやすりで爪をみがきあげている。「あたしたちがこの次元に来てるってことは、大勢の人々が知ってるのよ。運転資金を集めるにも、損失を回収するにも、こっちの居場所を教えておかなきゃいけないんだから。ニキの工場に侵入した連中は、たぶん、最近の不穏な動きに便乗しようとした産業スパイにちがいないわ」

「借金取りかもしれないわよ」テノビアがぼやいた。「あのマヌケな邑人《ウーズ》どもが何も考えずに買物をするせいで、あたしたちは丸損だわ」

「そうだとしたら、まずは督促状が送られてくるはずでしょ」オシュリーンが言葉を返す。「しかも、こまごまとした出費については、あたしが目を光らせてるんだからね」

「むしろ、あの魔術師の仕業じゃないかしら？」

「偶然だってば！　パーヴからの商売敵《しょうばいがたき》が入りこんできたのよ」

「それにしちゃ、間《ま》が悪すぎるわ」ルーアナは囚人から手を離すと、オシュリーンをにらみつけた。「長年の経験にもとづいて、あたしは偶然ってやつを信じないことにしてるの」

「そいつらの目的は？」パルディンが口を開いた。「あたしの調査結果は誰の目にも触れさせてないのよ。こんどの商品は鼻の上にとてつもない術力の塊を置くようなものじゃないんだから、ニキの工場を狙う必然性もないでしょ。やっぱり、高い技倆をそなえた魔術師が関与してるんだと思うわ」

「おそらく、〈偉大なるスキーヴ〉とかいうやつだろうね」シャリラーが言葉をさしはさんだ。「あたしたちがスキャマローニで足止めをくらったのも、そいつのせいさ。そうだろ?」彼女がその邑人《ウーズ》をふりかえると、彼は部屋の隅ですくみあがっていた。

「借金取りにきまってるわ」テノビアは自分の主張をくりかえした。「先週、邑人《ウーズ》どもが何を買ったのか、わかったもんじゃないでしょ? 国庫はからっぽなんだから、そこから盗み出すことはできなかったのよね。つまり、残る手段としては、等価交換契約か担保契約か、ふたつにひとつってわけ」

ルーアナは怒りを抑えきれなくなった。彼女はウェンズレイにとびかかり、ふたたび襟許をつかむや、空中に高々と吊り上げた。

「白状しなさい!」すさまじい金切声だった。「いまいましい跳躍器はどこなの?」

「どんな目に遭わされようとも、わたしは口を割りませんよ」ウェンズレイは苦しげな声を絞り出しながら、太鼓腹の上にある薄板のような胸をせいいっぱいにふくらませてみせた。「仲間たちを裏切るわけにはいきません」

「へ〜ぇ、犯罪小説みたいな台詞だね」シャリラーが鼻を鳴らした。

「あんたのほうこそ、まともな本を読んだことがあるのかしら?」ケイトリンが笑いながら言葉を返す。「いつだって、夜遊びで忙しいくせに」

「うるさいわよ!」ネディラが一喝した。「もうちょっとで白状するところなんだから、くだらないおしゃべりはやめなさい!」

「白状するつもりなんか、これっぽっちもありませんね」その一言を最後に、彼は肉厚の唇を真一文字に閉じてしまった。

天牙鬼《バーヴェクト》たちは信じられないといった視線を交わした。

「根性のある邑人《ウーズ》が存在するなんて」ヴェルゲッタが口笛を吹いた。「これだから、世の中はわからないわ」

「〝脚をひきちぎってやる〟みたいな脅し文句は?」ケイトリンが提案する。

「さっさと口を割らないと、脚をひきちぎってやるからね!」ルーアナが叫んだ。

「それから、歯の根が合わなくなるぐらいに揺さぶってやるとか」

ルーアナがその邑人《ウーズ》の襟許をつかんでいる拳を前後に動かすと、彼の身体は寄せ集めの古布で作られた人形のようにガクガクと震えた。

「ちょっと待って!」ふと、ルーアナは声を上げ、いちばん若い天牙鬼《バーヴェクト》のほうをふりかえった。「誰がこの尋問の責任者だったかしら? あんたなの、あたしなの?」

「そのつもりがあるんなら、うまくやってよ」ケイトリンはあくびをしながら、椅子の背にもたれかかった。「ありきたりの方法じゃ、あたしが本で読んだとおりに指示を出しても同じことでしょ。そのほうが時間の無駄もないし」

「みんな、真剣にやる気がないの?」パルディンが声を上げた。「あたしたちの将来がかかってるのよ」

「だから、あたしは真剣にやってるでしょうが。なるほど、邑人《ウーズ》にしちゃ度胸があるみたいね」ルーアナはウェンズレィの鼻先に顔を寄せ、唸るように言った。「〝沈黙する羊〟ってところかしら？　はったりのつもり？　とりあえず、酔ってるわけじゃなさそうだけど」

「酒の力を借りるまでもありませんよ。そもそも、あなたがたの尋問に答える必要はないんです！」

ルーアナは剣呑な笑みを浮かべてみせた。

「ねぇ、この城の地下がどうなってるか、見たこともないでしょ？　おまえたちは先祖代々、どんなときでも平和と協調と友愛こそが大切だと語ってきたらしいけど、あそこへ行ってみたら、天牙鬼《バーヴェクト》でさえも他人に使おうとは思わないような拷問の道具がいくつもあったわ。だけど、あたしは堪忍袋の緒が切れそうなのよ——おまえを連れていって、実験台になってもらおうかしら。あぁ、別の選択肢もあるわね」彼女は黄金色の瞳をぎらつかせ、至近距離でその邑人《ウーズ》の顔を覗きこんだ。「なんなら、あたしたちの料理を食べさせてやってもいいのよ。さぁ、白状しなさい！」

22

これも、デス・スターの建造に
関係があるというのか？
――G・M・ターキン

「うへぇ！」コボルの整然とした庭園にたどりついたとたん、ぼくは大きく息をついた。すぐそばにある大理石のベンチから、ゾルが立ち上がる。「あの天牙鬼《バーヴェクト》に顔を見られたと思いますか？」

「おそらく、そうでしょうな」ゾルがうなずいた。「変装の術が解けている状態でしたからね。そうでなかったとしても、われわれが工場を見学していたという事実については、大勢の証人がいるのです。遠からず、彼女はわれわれの風体《ふうてい》をつきとめるにちがいありません。邑人《ウーズ》たちにしてみれば、沈黙を守るより、自分たちの身の安全のほうが大切でしょうから」

「つまり、〝生命《いのち》あっての物種《ものだね》〟ってことね」タンダがつっこんだ。

「それだけではありませんよ。一部の職工たちが不可解な仕種をくりかえしていたのは、おそらく、当人たちも知らない製品を作らされているからです。ほら、うつろな表情をしていたでしょう？　みんな、自分たちは針を動かしていると信じこんでいるはずですが、無意識のうちに、まったく別の作業をさせられているにちがいありません。邑人《ウーズ》たちは秘密を守っていられませんから、何も知らせずにおくのが最善の策というわけです」

「ぼくが考えていた以上に……というか、ウェンズレイが考えていた以上に、状況は悪くなっているようですね」残念だけれど、認めざるをえない。「〈十人組〉はこの国を支配しているだけでなく、住民たちの意識もあやつっている――まったくもって、非人道的な行為です」

「実際のところ、何を作っているのかしら？」バニーが尋ねた。「たしか、上から叩くような仕種をしてたと思うんだけど、あれって、機械みたいだったわ」

「兵器とか？」タンダが訊きかえした。「だけど、殺し屋の組合に入ってたころも、やめてからも、あんなふうに動く代物は見たことがないわね」

「兵器というよりも、むしろ、武器でしょうな」ゾルが答える。「なんともはや、奇妙な呪文もあるものですね。他人の意識を攪乱しているにもかかわらず、行動に対しては支障をきたさないというのですから」

「あの眼鏡を作ったのが誰なのか、わからずじまいだったのも、同じ理由かもしれませんね」ぼくは思案をめぐらせた。「その作業をまかされた人々がいるはずなのに、誰も憶えていないなんて。またしても、〈十人組〉はどこかの次元を征服しようとしているんでしょうか？」

「もしくは、次の商品を売りこむつもりかもしれません」ゾルが意見を述べる。「彼女たちは企業家ですし、これまで、ウーやスキャマローニを狙うにあたっても、軍事的な手法を使ってはいません。前者については掌中におさめ、後者のほうも、あなたの干渉がなかったら、そのような結果になっていたでしょう」

「こんどこそ、あいつらが確実に収監されるようにしなきゃいけませんね」ぼくは片手の拳をもう一方の掌に叩きつけた。「もちろん、あいつら全員ですよ。まずは、城に忍びこんで、あいつらの標的がどこなのかを調べないと」

「おっと、その必要はありませんよ」ゾルが言葉を返してくる。「あちらのコンピュータに接続できるようになりましたから、遠隔操作による検索も可能です」ぼくが茫然としていたので、彼は説明をつけくわえてくれた。「その場にいなくても、あちらの画面に映っているものを覗くことができるというわけです」

「でも、暗号を解読できなかったんじゃありませんか？」バニーが尋ねた。

「それについても、必要がなくなりました。わたしの同胞たちが基本プログラムを解析してくれましたからね。おかげで、あちらがコンピュータを使っているときであれば、いつでも侵入することができます。どんな計画があるのか、最新の情報がわかりますよ。まぁ、異次元からの接続は不可能ですし、できれば、あちらと同じ術力線を使うことが望ましいのですが」

「ここからでは無理ということですか？　以前、パーヴの銀行でぼくの資産を確認してもらったとき、そこにある端末をとおしてディーヴァと交信していましたけれど」

「それは、ディーヴァのほうのコンピュータとのあいだに協力関係が成立しているからです。しかし、〈十人組〉はといえば、自分たちの計画を他人に見られたくないにきまっています。そこで、こちらとしても、なんらかの策を弄する必要があるわけです。ただし、侵入したことを察知されないようにしなければいけません」

「ばれないように、がんばりましょう」ぼくの決意は固い。「同じ失敗をくりかえすつもりはありませんよ。どうあっても、ウェンズレイの遺志を叶えてあげないと」そのとき、ふと、ひとつの考えが脳裏をよぎった。「まぁ、こんなことを言うのは不謹慎だと思いますが、彼がいなくなったおかげで、やりやすくなったかもしれません。彼がいるところで作戦会議を開いていたら、〈十人組〉に筒抜けだったはずですからね」

「おまえのせいで、こういう手段を使わなければならなくなったのよ」ヴェルゲッタが机の上にある球体にむかって話しかけたのは、ニキが最初の〝客〟を部屋へひきずりこんできたときのことだった。

拷問するぞと脅しても、大声でどなりつけても、襟許を揺さぶっても、邑人《ウーズ》たちの叛乱の首謀者であるウェンズレイはまったく決意の鈍る様子がない。ヴェルゲッタは不本意ながらも、この小さな男に感心させられていた。天冴鬼《バーヴェクト》に反抗するとなれば、よほどの気骨がなくてはならないし、まずもって、ひとりでやれることでもない。でかぶつの勇猛な精魔《トロル》たちでさえ、〈十人組〉の逆鱗に触れたら泣き崩れてしまうものだ。それなのに、この男ときたら、鼻先にパーヴ料理の丼をつきつけられても口を割ろうとしない。どんな言葉にも耳を貸すものかとばかり、文鎮の底で胡坐《あぐら》をかき、両腕を組んでいる。

「仲間たちが八つ裂きにされても黙っていられるかどうか、やってみようじゃないの」

ちっぽけな顔が視線をそむけた。ヴェルゲッタはにんまりとした。

「物事には順序ってやつがあるからね」テノビアの言葉とともに、黒い巻毛の太った邑人《ウーズ》が部屋の中央に用意された〝証人席〟に押しこまれた。

あらかじめ、彼女たちは〝審問官〟を選ぶために籤《くじ》を引き、その結果、テノビアがやることに決まったのである。それにふさわしい衣装として、彼女は銀色のビスチェと漆黒のぴっちりとしたスカートを身にまとっていた——パーヴの自宅で盛大なパーティを開くときのための一張羅《いっちょうら》なのだ。危険な雰囲気を感じさせるもので、男をいたぶってやろうという気分をかきたててくれる。そこへ連れてこられたばかりの邑人《ウーズ》は愕然と目を見開いた。彼女はその男が座らされた椅子の肘掛をひっぱたくと、相手の顔を覗きこんだ。

「跳躍器はどこにあるの？」

「わ……わ……わかりません」ガッビーンは舌をもつれさせた。「わしが管理しているわけではありませんから……なにしろ、わしの専門は福利厚生ですので……跳躍器については、むしろ、安全保障のほうではないかと……」

シャリラーが地下から戻ってきた。巨大な鞄をかかえ、あまりの重さに歯をくいしばっている。彼女は邑人《ウーズ》の目の前で足を止めると、その鞄を石敷の床の上に放り投げた。おんぼろの甲冑が叩きつぶされるときのような鈍い金属音が響きわたる。ガッビーンはその音にびっくりして、椅子から落ちそうになった。

「わしは持ってません！」彼は悲鳴を上げた。鞄から視線を離すこともできない。まだ、誰もそれを開けようとする仕種さえも見せていないのだが。「もう何年も、手にしておらんのです。順番に使わせてもらえるはずなのに……あ、いや、安全な場所にしまっておくべきだと思うのですが、本当にわかりません。最後に見たときは、アルドラハンが……おぉ、後生ですから、ひどい目に遭わせないでください！」

ひどい目に遭わせないでください!
魅惑のピアス
「おとぎ眼鏡」の次はコレ! 内部の術力チップがあなたの行動を解析、すてきな殿方の声でほめちぎってくれます♥ 男性用ヘッドフォンタイプもあり。

「どうして、半年前にこれをやっておかなかったのかしらね」ルーアナが顔をしかめた。

彼女は鞄の留金を蹴り開けると、金属製の器具を取り出した。回転盤がひとつ、長い鉄串が何本もついている。彼女はその尖端をガッビーンのほうに向け、小さな回転盤をゆっくりと動かしはじめた。それにつれて串が動き、おたがいにぶつかりあい、耳の奥まで突き刺さってくるような音を立てる。たちまち、その邑人《ウーズ》は全身をこわばらせ、木製の桟がはめこんである椅子の背にしがみついた。

なんのことはない、それは熱い飲み物をかきまわすのに使う道具だった。そんなものがあったことを、ヴェルゲッタはすっかり忘れていた。どうせ、調理場の抽斗《ひきだし》もしくは物置の収納箱の中で埋もれてしまっていたのだろう。彼女は笑みを浮かべた。あの邑人《ウーズ》は用途を知らないから、頭の中でおそろしげな妄想をふくらませ、おびえきっているというわけだ。

ひとしきり、〈十人組〉はガッビーンをもてあそんだ。本物の拷問装置もあったものの、大半は調理器具や運動用品ばかりだったが、彼はそのたびに悲鳴を上げ、行方不明の跳躍器について自分が知っている情報はあらいざらい話したからと泣き叫ぶばかりだった。まぁ、その言葉を信じるしかあるまい。彼の興奮状態がひどくなってしまったので、ヴェルゲッタは尋問をやめさせた。彼はネディラに連れられて、地下の静かな独房のひとつで気分がおちつくのを待ってから、帰宅を許された。

ヴェルゲッタは両腕を広げ、もういっぺん、ウェンズレイを球体の外へ出してやった。「邪魔が入ってしまったわね。おまえの仲間ときたら、ちっとも役に立ってくれやしない。さぁ、少しぐらいは協力する気になった？」

「おことわりですよ」その邑人《ウーズ》はきっぱりと答えた。「あなたたちのほうこそ、よからぬ商品の数々とともに、さっさと立ち去っていただきましょう。われわれには〈偉大なるスキーヴ〉がついているのですから、こわいものはありません！」

「どういうこと？」ヴェルゲッタは相手の顔を覗きこんだ。まちがいなく、彼は〝偉大なるスキーヴ〟という名前を口にしたはずだ。「〈偉大なるスキーヴ〉に何ができるというのかしら？」

「もちろん、あなたたちを放逐してくださるのですよ！」ウェンズレイはその場にいるすべての天牙鬼《パーヴェクト》たちを指し示した。「あなたたち全員を！」

「おまえなのね？」オシュリーンが目を細めた。「おまえが、汎人《クラード》の魔術師を雇ったのね？」

「おまえのせいで、あたしたちは牢屋にぶちこまれたわけ？　罰金を払わなきゃいけなくなったのも？　おまえが、あたしたちの商売をめちゃくちゃにした張本人なの⁉」パルディンはくいしばった牙の隙間から唸り声を洩らし、顔面蒼白の邑人《ウーズ》にむかって鉤爪をふりかざした。

「そこまでよ」ヴェルゲッタが叫び、両者のあいだに割って入る。「あなたは頭を冷やしなさい」彼女はパルディンに釘を刺してから、ウェンズレイに向きなおった。「おまえは、わたしたちが処遇を決めるまでのあいだ、その中に入っていなさい」

彼女が片手をひるがえすと、その邑人《ウーズ》はまたしても球体に閉じこめられた。

「聞いたけれど、こいつが何を言ったか、聞いたでしょ！」パルディンが叫びつづけている。「ねぇ、彼を八つ裂きにしたところで、どうなるというの？　問題は何も解決しないわ。あちこちの次元を行ったり来たりしたあげく、原因はここにあったわけね。おそらく、〈偉大なるスキーヴ〉がゾル・イクティをまきこんで、わたしたちに対する告発をやらせたのよ」

「それが本物のゾル・イクティだったとすればの話だけどね」オシュリーンがつけくわえた。「スキーヴは凄腕の魔術師だそうだから、幻影の術で偽者をでっちあげた可能性も充分に考えられるわ」

「次の証人よ」ニキが別の邑人《ウーズ》をひきずってきた。

「いずれ、この決着をつけさせてもらうからね」パルディンは血走った双眸でウェンズレイをにらみつけた。「覚悟しておきなさい」

「おまえの名前はカッシェル――まちがいないわね？」テノビアは新顔の邑人《ウーズ》に尋ねながら、両手の拳を腰にあてがってみせ、ピンヒールのついた銀色のブーツで彼の膝を踏みつけた。「そういえば、城内をうろちょろしてるところを何度も見たことがあるわ。でも、ここで働いてるわけじゃないわね？　本来の職場は？」

「第九工場よ」打てば響くように、ニキが答える。

「ありがとう。それじゃ、おまえは国庫にどんな用事があったの？　あたしたちが緊縮財政のための法令を公布したってことは知ってるはずだけど、まさか、金《かね》をくすねたりしちゃいないでしょうね？」

「く……く……くすねるって？」カッシェルは息を呑み、テノビアがいじっている道具を凝視した。「おれ、規則を破るようなことはしてませんよ。少なくとも、自分がそのとおりだと思える規則についちゃ……とりあえず、それなりに……」

「ところで、金は何のためにあると思う？」

その邑人《ウーズ》は安堵したような表情になった。それなら答えられると思ったにちがいない。

「え〜と……買物をするため？」

「何を買うの？」

「そりゃ、まぁ……自分の好きなものとか？」

「そうじゃないでしょ、この単細胞！」テノビアは声を荒らげ、あきれたように両手を振り上げた。「物資！　日用品！　建材！　食糧！　装備！　それから、あたしたちの顧問料も！　二年前、おまえたちの代表団はその条件で契約を結んだのよ！　自分たちに必要なものとして！　だけど、おまえたちが浪費をやめないせいで、こっちは神経が切れる寸前なんだってば！」

カッシェルはいよいよ頭の中が混乱してしまったような表情で、天牙鬼《バーヴェクト》たちの顔に視線をさまよわせた。

「だったら……そのぅ、何を怒ってらっしゃるんですか？　おれたちにとって、〝好きなもの〟は〝必要なもの〟なんですよ」とたんに、ルーアナが怒気もあらわな表情になったので、彼はたじろぎながら、「つまり、金をくすねたやつにとっても、そういうことだったんじゃないでしょうか。もちろん、おれはやってません。ごらんのとおり、ただの善良な小市民ですから」

ヴェルゲッタは首を振った。どうにもこうにも、話が進まない。この調子では、誰に尋ねてみたところで、〝自分が金をくすねたわけじゃない、買物もしていない〟という答えが返ってくるだけだろう。きまって、特定できない他人がやったことにされてしまうのだ。

「跳躍器を持っているのは誰なの？」テノビアはその邑人《ウーズ》にくだらない弁解を考えるだけの余裕を与えなかった。「おまえが最後に見たとき、誰が持っていたの？　ほら、答えなさい！」

「コーレアです」カッシェルは顔を両手に埋め、泣き声を洩らした。「昨日のことです。

そろそろ、戻ってくるころだと思います。たぶん。なにしろ、誰の忠告にも耳を貸さないやつで、ほかの次元を見てみたいからって……」

ネディラがヴェルゲッタにうなずいてみせ、壁にかけてあった〈透化マント〉をひっつかむや、部屋から姿を消した。現時点における最新情報というわけだ。状況が変わってしまわないうちに確認しておく必要がある。

カッシェルが部屋から連れ出されていった。彼はしきりに無実を訴えていたが、その一方で、他人のものに手をつけるような行為はやめるという言葉も聞こえてくる。

あらためて、ヴェルゲッタはウェンズレイを球体の外へ出してやった。

「まったく、いまいましい」彼女はけわしい口調になった。「どいつもこいつも、どうして、わたしたちに本当のことを話そうとしないの？　ひょっとして、舌を抜かれたいのかしら？」

ウェンズレイは唇を真一文字にしたまま、首を振るばかり。

「ちょっと待って」ケイトリンがさえぎった。「ネディラが戻ってくるわ」

次の瞬間、母親のような雰囲気をたたえた天牙鬼《バーヴエクト》が出現した。ヴェルゲッタはとっさにウェンズレイを球体の中へ戻した。さもないと、彼女に連れてこられた厩番の少年は気が散ってしまうかもしれない。ただでさえ、〈十人組〉の全員が顔をそろえているということで、畏怖の念をあらわにしているのだ。ネディラはうんざりしたように首を振りながら、一緒に持ち帰ってきた袋をかざしてみせた。

「バナナの皮で作ったスリッパですって。こんなものを売りつけた亜口魔《ディヴィール》は笑いが止まらないでしょうよ」

「〈すべらせスリッパ《スリップ》〉ってやつね」ヴェルゲッタが呻いた。「くだらない冗談だわ。何を買ってきたのかと思えば、よりによって——まぁ、子供のすることだから、しかたがないけれど。それで、いくらだったの？　銀貨一枚？　原価を考えれば、銅貨二枚でおつりがもらえるでしょう。中身のバナナもおまけについてくるはずよ」

「……金貨四枚」少年は消え入りそうな声で答えた。

「でぇ〜い!!」テノビアがわめき、両手の拳を振り上げる。たちまち、コーレアは椅子の陰に隠れてしまった。彼女はテーブルを殴りつけた。「どこの次元へ行っても、何の役にも立たないがらくたを売りつけられて、おまえたちは絶好のカモよ！」彼女は仲間たちのほうを憤然とふりかえった。「こいつを牢屋にぶちこんで、その鍵をどこかへ投げ捨てたい気分だわ」

「だめよ」オシュリーンが満面の笑みを浮かべてみせたので、その邑人《ウーズ》は恐怖のあまり卒倒しそうになった。「それを売りつけた店へ行って、金を返してもらわなきゃ」

「亜口魔《ディヴィール》に？」少年は息を呑んだ。「いやだ！　やめて！　ねぇ、どうか、それだけは勘弁してください！　金を返してもらうなんて、ぜったいに無理ですよ！」

「名案ね」ネディラがうなずき、少年の肩をつかむ。たちまち、ふたりの姿が消えた。

「バナナ皮のスリッパ！」テノビアはテーブルの上にある球体にむかって指先をつきつけた。「いっそのこと、おまえたちなんか、今夜のおかずにしてやりたいところだわ！でも、どうしようもない腑抜け連中だから、こっちは腹の虫がおさまらないだろうけど！せいぜい、首を洗っておきなさい——ついでに、頭のてっぺんから爪先まで！」

球体の中にいる小さな男は思案ありげな表情になった。

「まぁ、しかたがないわね」ヴェルゲッタは渋い口調だった。「とにかく、仕事にとりかかるわよ」

23

すぐれた製品とは、
その名前だけで売れるものです！
——エドセル発売当時の広告より

毛並のよくないヒツジが一頭、ぼくの耳許で鳴き声を上げた。

ここは、ペアレイ城とは反対側の町はずれにある公園の一角、かつての国王の銅像の陰——ちょうど、天牙鬼《バーヴエクト》たちのコンピュータに動力を供給している術力線の真上にある。ぼくは変装の術を使い、三人の仲間とともにヒツジの姿となり、その群れにまぎれこんでいた。

ところが、この変装のせいで、ぼくたちは無用の注目を集めることになってしまった——なかでも、タンダはたいへんだった。そもそも、ぼくたちが異次元へ転位《テレポート》するたび、彼女はきまって〝そこにいる種族が美しいと感じてくれる姿に〟という注文をつけてくるのだ。そんなわけで、今回の場合、彼女は町でいちばん魅力的な牝のヒツジになり、当然のごとく、公園にいるすべての牡たちが彼女の気を惹こうとしている。

バニーのほうは、家畜の群れの人気者になりたいという欲求があるわけでもなく、動物としての姿はどうでもいいようだった。もちろん、ふだんの彼女は自分の美しさを大切にしており、タンダと同様、そのための努力も惜しまないけれど、今この瞬間、彼女は一心不乱にゾルの作業を観察していた——ここを流れている術力線に超小型コンピュータを接続し、天牙鬼《パーヴェクト》たちの画面を覗きこもうとしているのだ。バイティナもゾルのコンピュータにつながっており、そちらの小さな画面にも同じ内容が映し出されている。どうやら、こんなことも簡単にできてしまうらしい。

「皮肉なものですな」ゾルが長い指をキーボードの上で躍らせながら、おもむろに口を開いた。「なにしろ、セキュリティ・ゲートを通り抜けるというのが、いちばん簡単な侵入方法なのですからね。作動しているときのコンピュータは安全管理もへったくれもありませんよ」

「まぁ、当然といえば当然でしょう」ぼくは言葉を返した。コンピュータのことは何も知らないけれど、物事のありようについては多少の知識がある。「任務を遂行しているときは、えてして、背後への注意がおろそかになってしまうものです」

だからこそ、仲間が必要なんだ。ちなみに、ここではゾルが主体となって情報収集をおこなっているので、ぼくがその〝後方確認〟をひきうけているというわけ。

ゾルはまぶしいほどの笑みを浮かべ、大きくうなずいた。「おっしゃるとおりですな、スキーヴさん！　いやはや、あなたの理解力の高さには驚かされるばかりですよ！」

ぼくも笑顔で応えたものの、いささか、おちつかない気分にさせられてしまった。そりゃ、最上級の賛辞がうれしくないわけじゃないけれど、昔の仲間たちはめったに褒めてくれなかったものだから、かならずしも信頼できるとはかぎらない相手が……こう、臆面《おくめん》もなく敬意をあらわにするというのは、居心地が悪い。ぼくが思うに、彼はあまりにも簡単に褒め言葉を口にする癖があるようだ。しかも、そういう態度がこちらに違和感を与えているとは、これっぽっちも気がついていないのだろう。

「さて、と――この画面をとおして、むこうで使用中のプログラムは一目瞭然ですし、そこから、何をやっているかということも類推できます。ふぅむ……天気予報を見ているようですな……しかし、最新版ではありませんね。解析機能に欠陥があります。ここに〝劫火〟という表示がありますが、〝小雨〟のことです。かねてから、あちこちの次元で大騒動をひきおこしてきた代物ですよ。おわかりでしょう？」彼は画面の中央部を指し示した。「〝今夜の天気：晴れか曇り、各地で大荒れ〟――めちゃくちゃですね。あとは、書きかけの手紙が一通と……あぁ、カードゲームを五百回以上もやって、勝敗の比率はおよそ七対一だそうです」

「わ〜ぉ！」すごいじゃないか。「以前、友人と共同で賭博場を経営していたんですが、その当時だったら、専属の札師として雇いたいと思ったでしょうね。指先が器用でなければ、それほどの戦績は残せませんよ」

「おぉ、実物のカードを使うわけではないのですよ、スキーヴさん。画面のむこうの幻像にすぎません。どんなコンピュータであれ、百種類を超えるゲームが内蔵されています。ただし、対戦モードの場合、仮想の相手はいかさまをやることも少なくありません」

「実際の勝負と同じというわけですね」まぁ、そういうもんだよな。

「それはさておき、もっとも肝心なのは、彼女たちの次なる計画です」ゾルの大きな黒い瞳に、小さな画面からの光が反射した。「むこうに動きがあれば、われわれは即座にそれを確認することができます。たとえば、ほら！　人員、機械、輸送、統括方針……数字を見るかぎり、帝国の勃興にまさるともおとりませんな。わたしの想像をはるかに超えるものですよ。すばらしい！」

「すばらしい……ですか？」

ゾルは満面の笑顔でふりかえった。

「えぇ、天牙鬼《パーヴェクト》たちの思考回路がわかるのですよ。故郷の次元で安閑《あんかん》と暮らしていくよりも、さまざまな次元を往来することで見聞を広めたいというわけです。このような観察の機会はめったにありませんよ！　何物にも束縛されない野望！　ふたつの気質がどのように交錯していることか！　自分たちの未来を完璧《パーフェクト》なものにするためとあらば、ほかのすべての種族の命運を破戒《パーヴァース》へみちびくことになろうとも、ためらわないのでしょう」

「そんなことはさせませんよ」ぜったいに。「これは実験じゃありませんからね。大勢の人々が生きるか死ぬか、現実としての生死にかかわる問題なんです。すでに、ウェンズレイが犠牲になってしまいました——そのことを忘れないでください」

「あなたがた汎人《クラード》が曲がったことの嫌いな気質だということを忘れていましたよ」ゾルは真摯《しんし》な口調になった。「もうしわけありません。研究者としての関心が強くなりすぎると、愛情や配慮といった人間性が抜け落ちてしまうのです。まったくもって、自分自身がなさけないかぎりです」大きな黒い瞳が悲しげに曇った。

「彼は怒ってるわけじゃありませんよ、ゾル」すかさず、バニーが声をかけた。「そうでしょ、スキーヴィ？」

言ってくれるじゃないか。その呼び名を使われるのは嫌いだっていうこと、彼女も知っているはずなのに。まぁ、ぼくをたしなめるための婉曲的な表現だったんだろう。

「いったい、どうしたらいいでしょうね？」とりあえず、話を戻さなきゃ。

「汎人《クラード》ならではの正義感が役に立つはずですよ」それがゾルの答え。「敵と対決するのです。機先を制して、あらたな標的に対する動きを阻止しなければなりません」

ぼくは彼の肩ごしに画面を覗きこんだ。「どの次元を狙っているか、わかりますか？」

「えぇ、もちろん」ゾルは地図を拡大して、その中央にある名前を読んだ。「ロンコですな」

「切る、混ぜる、すりつぶす。そして、使い終わったあとは、水に浸《つ》けておくだけで自動的に洗浄されます」パルディンは部屋いっぱいに集まった業者たちにむかって解説した。

ロンコはきわめて理想的な市場になるはずだ——彼女は労を惜しまず、仲間たちを説得してきた。なにしろ、この次元の種族はありとあらゆる新奇な装置が好きで、それらの品々に対する購買意欲といったら、天牙鬼《パーヴェクト》でさえもかなわないほどなのである。彼女は合成樹脂製の演壇に立ち、ニキが開発した装置をかざしてみせた。この次元における科学技術といえば、〈どこでも通信〉が実用化の段階にさしかかったあたりである。こういう代物はおあつらえむきだろう。

「操作する部分は一ヵ所だけです。ここにあるボタンを押してください。戻ってきたら、もういっぺん押してください。食材がちょうどいい状態になれば、それでおしまいです。

とても簡単ですから、サルでも使えますね」彼女としては〝冗可人《ロンコン》でも〟と言いたいところだったのだが、さすがに、それはやめておいた。世の中、心の奥底にしまっておかなければいけないこともあるのだ。

「そんなこと、広告用の資料には書いてありませんが」最前列にいる冗可人《ロンコン》のひとりが難癖をつけた。

パルディンとしては、この発表会が始まったときから、あいつがうるさいだろうということは予想がついていた。釣りが趣味なのだろうか、日に灼けた顔は皺だらけで、ありきたりの売り口上は聞き飽きたというような雰囲気をただよわせている男だ。

「はい、お客さまに対しては、店頭でご説明をさしあげるほうが、この商品についての特別な印象を与えることができるのではないかと考えまして」パルディンはかろうじて憤懣を押し殺した。「ご来場のみなさんだけが知っている独占情報というわけですよ！」

「安全性はどうでしょうか？」さきほどの〝問題児〟の隣に座っている女性が鉛筆を上げてみせ、質問した。

「もちろん、きわめて安全ですとも。各種の品質試験に合格したからこそ、あなたがたの政府も輸入許可証を発行してくださったのでしょう？」

パルディンは刃の出てくる部分を掌に押しつけ、何度かボタンを押した。それから、聴衆にむかって、何の痕跡もない手をひるがえしてみせる。

「食材でなければ、切れることはありません。ですから、みなさん、秘密書類などの処分には使わないでくださいね——役に立ちませんよ」この一言で、漣《さざなみ》のような笑い声が室内に広がった。

彼女は販売計画についてのフリップ（講演などで解説に使う大判の板。図表や資料を貼りつけておき、必要に応じて聴衆に見せる）を取り出すと、中流もしくはそれ以下の消費者たちの興味をどのように惹きつけるか、具体的な説明にとりかかった。ここにいる面々は彼女の外見をおそろしいと感じているにちがいないし、敬遠したいという心理もはたらいているだろうが、それでも、彼女の話の内容には魅了されているようだった。

かつて、パルディンは〈パーヴ造形学院〉で経営学の修士号を取得したあと、トンデモ＝トムキンズ社およびアセール社での一世紀にわたる勤務をとおし、抜群の販売実績を上げてきた。十二年連続で〈ダマー・シーマ賞〉に輝いたこともある。しかし、〈十人組〉の契約業務は会計処理や財務管理がほとんどで、彼女が営業の専門家としての手腕を発揮する機会もめったにないため、今日の新製品発表会はひさしぶりの檜舞台だった。

はじめの二枚のフリップは、まぁ、ありがちなポスターだった。三枚目こそが彼女の自信作で、これ以上はないというほどの派手な宣伝素材なのだ。彼女がそれを披露したとたん、室内の人々はどよめき、いっせいに拍手を送った。新聞広告はもちろんのこと、さまざまな興行のスポンサーとなるもよし、繁華街に特大の看板を出すもよし、ダイレクトメールを送るもよし。それぞれの宣伝方法がどれほどの効果をもたらすか、彼女が説明するあいだ、聴衆は満足そうに言葉を交わしていた。これは売れるという確信がふくらんできたにちがいない。

「ただし、対面販売での売り口上にまさる宣伝はありません。どんなに便利なものかということを教えてあげてください！　そして、価格を！」

「言われるまでもありませんよ、接客商売はわれわれの本領なんですからね」問題の男が声高に言葉を返した。ほかの業者たちにも聞こえたにちがいない。

パルディンは堪忍袋の緒が切れた。彼女は牙もあらわに相手のほうへと歩み寄り、おたがいの顔と顔がぶつかる寸前まで肉迫した。

「誤解しないで」彼女がささやいたとたん、男はたじろぎ、それから、その言葉の意味をはかりかねているような表情になった。「この商品をどうやって売るか、そこが肝心なんだからね！」パルディンは一気に声を大きくした。すさまじいばかりの剣幕に、問題の男は椅子にへたりこみ、髪の毛もすっかり逆立ってしまった。「これにかけちゃ、あいいい、あたしたちの本領ってことよ。あたしいい、あたしたちの命運がかかってるのよ。文句があるなら、聞いてやろうじゃないの！」

たちまち、業者たちは顔色を失った。こいつらも邑人《ウーズ》どもと似たようなものだ。パルディンは気分がすっきりした。流血沙汰にならずに、自分の主張を押し通すことができた。ひとつには、天牙鬼《バーヴエクト》の先達たちのおかげもあるだろう——なにしろ、〝おそるべき魔物〟という認識を与えておいてくれたのだから。実際のところ、着席していたはずの冗可人《ロンコン》たちは大半が壁にへばりつき、じりじりと出口のほうへ移動しつつあった。

「よろしい」彼女がたたみかける。「さっさと仕事に戻って、あたしたちのために金を稼いでくることね！」

24

おもしろいところだね。何を売っているのかな?

——M・ポーロ

経験豊富な次元旅行者であるゾルがいてくれて、よかった。タンダでさえも、ロンコへ行ったことはなかったというのだから。ウーからロンコまでは、途中、みっつの次元を経由しなければならない。いずれも、汎人《クラード》にとっては身体に大きな負担のかかるところだった。できることなら、こんな旅行はしたくないものだ。

ギャオンは中継地へ到着するたびに好奇の視線をめぐらせていたけれど、ほどなく、ゾルが次の転位《テレポート》のための計算をおこなっているあいだ、異臭のただよう沼地やら火山やらを探検している暇はないということを悟ったらしい。ぼくはといえば、巨大な気泡のような結界を張り、みんなが窒息してしまわないようにする役目だった。

二回目の転位《テレポート》で、ぼくたちは高い山のてっぺんにある岩の上に出てしまった。ちょっとでも足がすべったら、まばゆいばかりに輝く青い雪の斜面をどこまでも落ちていくことになってしまう。さすがのギャオンも、このときばかりは声を失っていた。ぼくたちは両腕を伸ばし、ぐらつく岩の上で均衡を崩すまいと必死だった。

三回目の転位《テレポート》が完了すると、そこは不動の大地だった。これなら、立っていても安心だ。いかにも都会といった感じの風景で、ぼくたちがいる大通りの両側に高い建物がそびえている。ぼくだって、あちこちの都会に行った経験はあるんだ。まぁ、オゥズの出身地であるパーヴの首都はいい気分がしなかったけれど。

それにしても、こんな街はめずらしいかもしれない。地味な箱型の建物がひとつもなくて、奇抜なものばかり。たとえば、ぼくたちの左側にあるのは、尖塔のついた城のようで、外壁を飾っているのは派手な黄色のタイル。また、その隣では、玄武岩で造られた頑丈そうな砦が、正面玄関への通路に並べられた照明灯を外から中へと順番に明滅させ、それを無限にくりかえして、あたかも、ぼくたちを呼びこもうとしているかのようだ。さらに、大通りのむこうを見てみると、一辺が五十フィートかそこらもある特大の木箱があり、そこに、直径がぼくの胴体ほどもある極太の藁のようなものが無数にとりつけられて、さしずめ、鳥の巣の親玉といったところか。とにかく、どちらに視線を向けても、そんな建物がいっぱいだった。

おまけに、看板もすごいったら！　大型車輛の側面であれ、高層建築の外壁であれ、平面という平面はどこもかしこも、橙《だいだい》色や桃色や青などといった光の軌跡による文字や絵で埋めつくされている。ぼくたちはその文字が読めないけれど、絵のほうを見れば、それらが意味するところは明白だった――さまざまな商品の宣伝というわけだ。

へぇ、おもしろいじゃないか。どの看板も、そこに描かれている人々はいかにも快活で、健康で、元気そうだった。みんな、いいことでもあったんだろうか、うれしそうな笑みを浮かべている。

大通りは車道も歩道もずいぶん交通量が多い。ぼくは街灯の支柱にぴったりと背中を押しつけ、往来の邪魔にならないようにしながら、巨大な広告を眺めつづけた。

ロンコの住民たちは汎人《クラード》と似たような形態だけれど、いくぶん背が低い。ゾルと同じぐらいだろうか。誰も彼も、片手におさまるほどの小さな装置にむかって話しかけたり、ピーピーと音の鳴る四角い玩具で遊んだり、頭を左右に軽く動かしたり、好きなことをしながら歩いていく。

「まだ、〈十人組〉の侵攻は始まっていないようですね」ぼくは口を開いた。「これなら、機先を制して、あいつらをくいとめることができるでしょう」

「いや、そうではありませんよ、スキーヴさん」ゾルが言葉を返してくる。「われわれの到着は遅すぎました」

彼が指し示した方向を、ぼくは視線で追いかけた。

過去に見たことがないほど巨大な建物の側壁に、軍服を着た天牙鬼《パーヴエクト》の女の姿が描かれている。爬虫類のような黄色の瞳は通行人たちの注目を惹き、それでいて、畏怖を感じさせるものでもあった。その天牙鬼《パーヴエクト》は片手に小さな物体を持っている——あれこそが、邑人《ウーズ》の工場で本当に造られていた代物にちがいない。ぼくの上腕ほどの長さの円筒形で、片方の端にボタンがついており、反対側の縁《へり》からは奇怪な形状の刃がいくつも突き出している。

「武器にちがいないわ」タンダが意見を述べた。「刃のまわりにああいう安全機構をとりつけてあるんだから、おそらく、切れ味は抜群ってことね」

「あの広告に書いてある文字が読めたらいいのに」誰か、教えてくれないかな？

すでに、バニーがバイティナを取り出していた。「翻訳してもらったわよ。ほら」

彼女が見せてくれたPDAのちっぽけな画面に、巨大な広告の縮小版が表示されていた。ただし、そこに書かれている文字は、ロンコ語の四角いものでなく、クラー語の曲線的なものになっている。

〝さぁ、明日を戦い抜くための身体を作ろう——パーヴォマティック！〟

「これって、新兵の募集じゃないか」ぼくは声を洩らした。

「わたしとしたことが、何を調べていたのやら!?」ゾルが目を見開き、自分自身がなさけないとばかりに首を振った。「この画像は〈十人組〉のデスクトップにあったものです。なるほど、戦力を確保しようというわけですな――しかし、どんな目的で？」

「もちろん、ほかの次元を征服するためですよ」ぼくは片手を握りしめ、もう一方の掌に叩きつけた。ロンコに武器を送りこみ、それを糸口に、冗可人《ロンコン》たちを手駒として使うつもりでしょう。みごとな悪知恵ですね」

「あたいたち四人だけで、どうすればいいのかしら？」タンダが尋ねた。

「ギャオッ！」とたんに、ぼくの飼い竜《ペット》が抗議の声を上げる。

「ごめんね、ギャオン」タンダはあいつの顎を撫でてやった。「四人と一匹だったわ……でも、その軍隊に潜入しようっていう提案だったら、かわいそうだけど、今回はぜったいに却下よ」

軍隊を内部から混乱させるという手法は、非常に単純明快だろうと思われるものの、予想外の展開があったりする（くわしい実例を知りたければ、ぼくの仲間たちが似たような作戦をおこなったときの物語である『魔法探偵、総員出動！』という傑作が参考になるだろう）。

「それよりも、軍隊の結成そのものを阻止するほうがいいだろうな」きっぱりと。

「どうやって？」バニーが訊きかえしてくる。

「さぁ、ね」すぐに答えの出るようなことじゃないんだから。「まぁ、いろいろと考えてみるさ。バニー、どこで入隊手続をやっているのか、バイティナに案内してもらえる

だった。

「おまかせあれ」自分のかわいいPDAが活躍の機会を与えられて、彼女はうれしそうかな？」

「おっと、待ってください、スキーヴさん」ゾルが言葉をさしはさんだ。「ささやかな忠告に耳を貸していただけますかな？　おわかりでしょうが、敵の拠点をひとつひとつ攻めていくというのは、効率が悪すぎます。われわれとしては、できるかぎり大勢の人人に救いの手をさしのべなければならないのですからね」

彼はすぐそばにある商店の陳列窓を指し示した。そこには画面のついた箱型の装置があり、ちょっとした人垣ができている。コンピュータと似ているけれど、あっちのほうが原始的な感じ。

「白黒ですな。最先端の次元にくらべれば発展途上の代物ですが、当世のロンコはあれが大流行なのですよ。何年前になりますか、出演依頼を受けたときに放送局へ行ったことがあるのですが、はて、場所が思い出せません」彼はバニーのほうをふりかえった。

彼女が小さなキーボードをつつくと、画面いっぱいに矢印が現われた。すぐさま、彼女はバイティナを水平に持ち、顎をしゃくってみせた。「こっちよ」

商店の前を通りながら、ぼくは白黒の画面を眺めた。まぁ、白はくすんでいるし、黒というよりも気味の悪い青灰色なんだけれど、その二色だけで映し出された画像はまさしく別世界の雰囲気をたたえている。ぼくが異次元から来た存在だから、そんなふうに感じるのかな？　冗可人《ロンコン》たちにとっては、ああなっているほうが快適なのかもしれない。

ゾルが言っていた〝ホーソーキョク〟とやらは、広い公園の一角にある建物だった。さっきの装置を大きくしたような外観——すなわち、全体としては箱型になっていて、正面玄関があるほうの側面はひときわ窓が多く、遠くから見ると画面にそっくり。中へ入ってみると、三面だけが壁になっている部屋がいくつも並び、どの部屋を覗いてみても、そこらじゅうに照明器具はあるわ、車輪のついた細長い箱もあるわ。そのあいだをすりぬけるようにして、掌ほどの長さの棒の先端に丸い詰物をくっつけたものを握りしめた冗可人《ロンコン》たちがほかの誰かと会うたびに顔の前へそれをつきつけている。

ぼくは受付係の女性に用件を説明した。座って待つようにという返事だったので、そのとおりにする。そこは広間になっており、たくさんの画面が上下左右に並び、壁を形成している。ただし、それらの映像はひとつひとつが異なっていた。たとえば、大きな地図を両手で指し示している男性の姿——その地図は直線でおおまかに二等分され、こちらには笑みを浮かべた太陽、あちらには眉間に皺を寄せた雨雲、それぞれの天気を示す絵がおたがいに向かいあっている。また、別の画面では、かわいらしいエプロン姿のにこやかな女性が、片手には円筒形の瓶を、もう一方の手にはスポンジを持っている——きっと、清掃用具の宣伝にちがいない。

しばらくすると、小柄で元気そうな冗可人《ロンコン》の女性が現われ、ぼくたちのほうへ歩み寄ってきた。襟許に飾り襞《ひだ》のついた上着、こざっぱりとしたスカート——ふだんのバニーと似たような服装だ。

「ヴェルダ・スカラーロフです」彼女は自己紹介をしながら、ぼくたちと握手を交わし、そのあと、ギャオンの頭を撫でた。ぼくたちの外見が冗可人《ロンコン》と異なっていようが、ドラゴンを連れていようが、これっぽっちも不安を感じていないようだ。「お話を聞かせていただき、おおいに興味をそそられました。よろしければ、わたしのスタジオへおいでください」

ぼくたちはヴェルダの案内で、混沌としている廊下を歩いていった。彼女は行き交う人々のわずかな隙間を縫うように通り抜け、耳許と口許に丸い物体がついた奇妙な装置をかぶったままで巨大な機材を押していく男性を追い越すと、歩調をゆるめることなくぼくたちのほうをふりかえり、雑談をもちかけてくる。

「わたし、追跡報道を担当しているんですよ。女のくせに体力勝負の現場でやっていけるはずがないって、みんなはバカにしますけれど、そんなことはありませんよね」

「もちろんですとも」ゾルは軽快な歩調で彼女と肩を並べている。「えぇ、あと数年もすれば、あなたのような女性も多くなっていくでしょうな。知恵と勇気があれば大丈夫。あとは、そういう時代になったとき、あなたをバカにした人々への雅量を忘れないことですぞ。みなさん、先見の明がなかったにすぎないのですからね」

「えぇ、ありがとうございます」ヴェルダが笑みを浮かべた。「おかげさまで、自信が湧いてきました。もちろん、先生のことは存じあげております。そちらのかたのインタビューのあと、先生からもコメントをいただけますか？」

「よろこんで」ゾルがうなずいた。

どうも、ぼくはこの放送局というところが好きになれない。ギャオンも気分がおちつかないようだ。どの部屋からも、神経に突き刺さるようなピィーッという甲高い音がひっきりなしに聞こえてくる。行く先々でそんなありさまだから、静かな場所はありゃしない。ギャオンは耳をたたんでしまっていた。ぼくの耳もそれぐらい自由に動かせたらよかったのに。

「あぁ、モニターですね」それがヴェルダの説明だった。「働きたくないから、不調を訴えているんです。そのせいで、こっちも機嫌が悪くなってしまって」

「誰であれ、なぐさめてほしくなるときがあるものですよ」ゾルがしみじみと答えた。とたんに、ヴェルダはうっとりとした表情になった。バニーと同じく、彼に魅了されてしまったにちがいない。

「それはさておき、本題に戻りましょうか？」こっちの用件を忘れてもらっちゃ困る。

「あぁ、そうでしたね！」ヴェルダは思い出したように声を上げ、近くの部屋にぼくたちを招き入れた。ここでも、ふつうの壁は三面しかない。もう一方は全面が窓になっている——この建物の正面側というわけだ。彼女の指示で、ぼくの仲間たちは部屋の片隅に並べてある椅子に腰をおろしたけれど、ぼくだけは熱いほどの照明があたっている前方の席に座らされた。「どうぞ、おかけください」

室内はすっきりとしている。ぼくたちの背後にある壁をふりかえってみると、この街の高い建物の群れがそっくりそのまま描かれていた。奥のほうの壁には巨大な画面がいくつもあって、やっぱり、ひとつひとつの映像は異なっている。

車輪のついた巨大な細長い箱がふたつ、こっちへ接近してきた。大砲のようだったけれど、砲口の部分には硝子製のレンズがはめこまれている。それぞれの台座の上で、三人か四人の冗可人《ロンコン》たちが操作を分担していた。ひとりの女性が現われ、ぼくとヴェルダの目許や頰のあたりに化粧品を塗りたくっていく。ぼくはうろたえてしまった。タンダとバニーが忍び笑いを洩らしている。

「準備はよろしいですか？」ヴェルダがぼくに尋ね、照明にむかって反対側の席に座った。「それでは、お話を聞かせてください」

そんなわけで、ぼくは一連の顚末をすべて話した——ウェンズレイがぼくの研究室に来たところから、〈十人組〉がどのようにして邑人《ウーズ》たちを支配するにいたったかという彼の説明、ぼくたちがペアレイ城に忍びこんだときのこと、あいつらがスキャマローニを征服しようとしたときの騒動、そして、こんどは冗可人《ロンコン》たちが狙われているらしいという最新情報にいたるまで。

「あのポスターに掲載されている〝商品〟ですが、おそらく、武器の一種ではないかと

思います」ぼくは意見を述べた。「いずれ、〈十人組〉はあなたがたを兵士にして、絶

対服従を強要するにちがいありません」

「しかし、わたしたち冗可人《ロンコン》はきわめて自立心の強い種族ですよ」ヴェルダが言葉を返

してくる。「優秀な兵士になれるとは思えませんが」

「でも、やらされているという認識がなければ、話は別でしょう」ぼくも負けずに指摘

した。「もうしあげたとおり、〈十人組〉はすでに洗脳装置を開発しています。それを

使えば、罪もない相手を平然と襲うようになってしまうかもしれません——〝料理して

やる〟ぐらいのつもりで」

ヴェルダは思案ありげにうなずいた。「たしかに、パーヴォマティックという商品は

できすぎだという印象もありますね。あの広告を見るかぎりでは、ただの調理器具にす

ぎないと思いこんでいたのですが」

そのとき、ふと、ぼくは白と青灰色の画面のひとつ、冗可人《ロンコン》の女性がしゃべっている

映像に視線を奪われた。

「さぁ、《おうちがいちばん！》のコーナーです」快活な声が聞こえてくる。「本日は

こちら、料理の手間をはぶいてくれる待望の新製品、パーヴォマティックをご紹介いたします。使いかたは簡単で、このように、各種の食材を用意していただき――」彼女は肉と野菜をひとまとめにしてみせながら、「――そこへ、パーヴォマティックをつっこみ、ボタンを押すだけ。ほ～ら、あっというまに完成ですよ！　おまけに、失敗する心配もありません！　ご家族のみなさんも拍手喝采！」

「……調理器具？」ぼくは声を落とした。

「はい」ヴェルダがうなずく。「とりあえず、売り口上によれば、そういうことになっています。しかし、おっしゃるとおり、武器としても使えそうですね。だとしたら、たいへんなことになりかねません！　ひきつづき、詳細に検討していきましょう。きっと、今夜のニュースはこの話題でもちきりですよ！　スキーヴさん、あなたのおかげで、わたしも名前を売ることができそうです！」

「ごめんなさい」ぼくは立ち上がった。自分自身がみっともなくて、いたたまれない気分だった。「どうやら、ぼくの誤解だったようです。忘れてください。それで……ごめんなさい。すばらしい製品だと思いますよ。ぜひ、使ってみるべきでしょうね。まぁ、そういうことで……さようなら。さっきの話は伏せておいてください」

たちまち、ヴェルダは愕然としたような表情になった。「そんなこと、できるはずがないでしょう。これは事件です。ただの事件じゃありません、大事件ですよ！」

「事件だなんて……そうじゃありません。ぼくの誤解だったんです。誤解、誤解！」

「すみませんが、彼と話したいことがあるので」ゾルが言葉をさしはさみながら、レンズつきの大砲のような機械の前に立ちはだかった。「インタビューはこれまでにしてください」

ヴェルダは彼をにらみつけた。「まだ、くわしいことを何も聞かせていただいていないじゃありませんか！」

もはや、ぼくは議論につきあうつもりもなかった。とにかく、新鮮な空気が吸いたい。ぼくは一目散に部屋を離れ、大通りに出た。こんなところにいたくない。ぼくは周囲に視線をめぐらせながら、帰るためには跳躍器の目盛をどんなふうに調節すればいいかを思い出そうとした。

そのとき、力強い手がぼくの腕をつかむ。足許にも、おなじみの影が駆け寄ってきた。

「ギャオッ！」そいつが声を上げる。

「待ちなさいよ、彼氏」力強い手はタンダのものだった。「どこへ行くつもりなの？」

「どこでもいいさ」ぶっきらぼうな口調になってしまう。「とにかく、別の場所へ行きたいんだ。ここじゃないところへ！」

「了解」タンダはうなずいてみせ、バニーとゾルにも視線で合図を送った。

たちまち、周囲の風景が消えていった。

25

ご自分の顔に卵をぶちまける覚悟がない人は、
オムレツを作るのはあきらめましょう。
——B・クロッカー

「マヌケもいいところだ!」ぼくはウーに戻るやいなや、大声で叫んだ。

ちなみに、ここはあの銅像の裏。転位《テレポート》するにあたり、地元の人々に迷惑をかけたくなかったので、〈モンゴメリ酒場〉はやめておいたというわけ。

「わたしも、さきほどの映像を見ていましたよ」ゾルはおだやかな口調だった。「誤解していたということであれば、われわれ全員の責任です。話を伏せておいてくれるよう、ヴェルダを説得しようかとも思いましたが、いずれにせよ、彼女はあきらめなかったでしょう。なにしろ、冗可人《ロンコン》という種族は、言葉による情報伝達の威力を熟知していますからね」

「あそこに戻って、すべてを訂正してくるべきかも」こんなことをしでかしてしまって、ぼくは仲間たちと一緒にいるのも恥ずかしかったけれど、それにもまして、自分自身と縁を切ってしまいたいほどの気分だった。「とりかえしのつかない大失態ですよ。〝凄腕〟だとか〝経験豊富〟だとか、魔術師としての評価は高くても、実際のところは初歩的なへまの連続だったわけです。これまで、オッズにさんざん頭を叩かれてきたはずなのに。〈十人組〉の計画がどんなものか、憶測だけで決めつけてしまって……ぼくの目は節穴ですよ。あれが調理器具だったなんて！」

ぼくは頭をかかえた。眉間のあたりが痛い――まるで、精魔《トロル》に金槌で殴られているような感じだった。本当にそんなことをされたら死んでしまうだろうけれど、むしろ、死んでしまったほうがいいような気もする。

「自分ばかりを責めないで」ゾルがなだめるように声をかけてくる。「誰にでも、こういう失敗はあるものでしょう」

ぼくは呻くしかなかった。〝誰にでも〟じゃない。〈偉大なるスキーヴ〉だからこその失敗だったんだ。たった数年間のうちに輝かしい成功をおさめ、その足元をしっかりと支えてくれていた仲間たちと別れ、独力でも他人の期待に応えられるだろうと思ったあげく、このありさまだ。ここにいたるまで、何をどうするかという判断はぼくにまかされていたじゃないか。

ぼくは小朋鬼《コボルド》のほうをふりかえり、彼の肩に手を置いた。

「ゾル、いろいろと力を貸してくださって、ありがとうございました。あなたと会えて、非常にいい経験をさせていただきました。あなたにとっては中途半端に感じられるでしょうが、とりあえず、今日でお別れということにしましょう」

ゾルは片眉を上げた。「なぜ、そんな話になってしまうのですかな？」

「ぼくがこの仕事から手を退《ひ》くからですよ」当然のことだろう。「ぼくのせいで、すべてがめちゃくちゃになってしまいました。家事の手間をはぶくための便利な道具を、武器だと思いこむなんて。〈十人組〉はあれで商売をしようとしていたにすぎません。おそらく、あの眼鏡についても、同じことだったんじゃないでしょうか。ぼくがやったことといったら、自分はもちろん、一緒に行動してくれた人々までも世間の笑い者にするだけだったんです。とにかく、ガッビーンに会わないと。彼は邑人《ウーズ》たちの社会でそれなりの地位にあるようですからね。もうしわけないけれど、彼の期待に応えることはできません。気がつくのが遅すぎたかもしれませんが、オゥズの忠告が正しかったんですね。今回の件は、ぼくには荷が重すぎました。率直に認めますよ」

「あら、だめよ、スキーヴ」バニーがぼくの腕をつかんだ。「ここまでやっておいて、やめられるはずがないでしょ」

「そのほうがいいのさ」きっぱりと。「すべての判断がまちがっていたんだからね」

「世の中、物事が思いどおりにならないこともあるわよ、彼氏」タンダが反対側の肩にもたれかかってくる。「でも、だからって、行動がまちがってるとはかぎらないわ。あんたの計画が期待どおりの成果をもたらさなかったとしても、そんなの、あんただけの責任じゃないでしょ。まだ、何も終わっちゃいないんだってば。あんたなら、やりかけの仕事を投げ出すようなことはしないはずだと思うけど」それから、彼女はぼくの耳許に唇を寄せ、ほかの誰にも聞こえないほどに声を落とした。「あんたが今回の仕事を引き受けた理由ぐらい、わかってるわ。自分自身の力で経験を積みたい、失敗から学ぶこともあるだろう――そういうつもりだったのよね。いいんじゃない？　でも、失敗したところで立ち止まっちゃったら、何の意味もないの。そうでしょ？　もういっぺん、やってみなきゃ。恥をかいたからって、生命まで奪われるわけじゃないってこと。まぁ、たしかに、人生そのものを捨てたくなっちゃったりするんだけど」

鋭い指摘に、ぼくは顔が熱くなった。まさしく、彼女の言葉は図星だった。M・Y・T・H株式会社の社長をつとめていたころだったら、引き受けた仕事が完了しないうちに撤退するなんて、考えてみたこともなかった。あるいは、それ以前を思い出してみても、困っている友達をそのままにしておいたことはない……って、もともと、オッズがぼくの目の前にいきなり出現してくるまでは、そんなに多くの友達がいたわけじゃないんだけれど。

ギャオンもここぞとばかり、地響きを立てながら駆け寄ってきて、ぼくたちの足元に長い胴体を巻きつけてくる。さらに、そこから舌を伸ばして、ぼくの顔をぺろり。こっちは手も足も動かせない状態で、されるがままだった。

「あの調理器具にせよ眼鏡にせよ、奴隷労働の産物です」ゾルが指摘した。「当地の状況は何も変わっていません。邑人《ウーズ》たちは〈十人組〉の軛《くびき》に苦しみつづけているのです」

「でも、友達のひとりが殺されてしまいました」とりかえしのつかないことだ。「犠牲者はひとりだけでも充分すぎるでしょう」

「そのぐらい、覚悟のうえじゃないの？」タンダはかすかな笑みを浮かべ、首を振ってみせた。「あたいは次元旅行をするようになってから長いんだけど、どんな状況におちいっても、それを直視してきたつもりよ」

「あたしは、そこまでの経験を語れる歳《とし》じゃないけど……」バニーは口を開きかけたものの、とたんに、すまなそうな表情でタンダのほうをふりかえる。「べつに、悪気はないのよ——ただ、汎人《クラード》は色情魔《トロロップ》にくらべて寿命が短いから」

「気にしてないわ」タンダはあっさりと答えた。

「……とにかく、あなたは正しいわ。〈十人組〉のやりかたは問題が多すぎるってこと。それについては、疑問の余地もないでしょ」

「正論ですな、バニーさん」ゾルがうなずいた。

「そうだね」ぼくは彼女を抱きしめてから、ゆっくりと手を離した。「たしかに、みんなの言うとおりだ。自分自身がなさけないけれど——本当になさけないと思うよ——それでも、あきらめちゃいけないんだよな」

「あぁ、よかった、あんなところに！」

だしぬけに聞こえてきた女性の声に、ぼくはそちらをふりかえった。カッセリーが公園の端で跳びはねながら、ぼくたちにむかって手を振っている。

「ねぇ、スキー——むぐっ！」突然、その小柄な黒髪の邑人《ウーズ》は声を失った。苦しそうに喉許を押さえ、膝から崩れ落ちる。彼女の顔は紫色になっていた。

いったい、誰の仕業だ!?　あわてて、ぼくは周囲に視線をめぐらせた。タンダが両手をかざし、大量の空気を引き寄せているじゃないか。すぐさま、ぼくはその前方に結界を張り、その術をさえぎってから、カッセリーが倒れているところへ駆けつけ、彼女を助け起こした。彼女は空気を求め、必死にあえいでいる。とりあえず、ぼくは彼女を銅像の台座の陰で休ませることにした。

「どうして、あんなことを!?」ぼくはタンダにくってかかった。

「ごめんね」タンダの口調はけわしくて、べつだん、悪いと思ってもいないような感じだった。「とっさの判断よ。彼女があんたの名前を叫ぶよりも早く黙らせるには、こうするしかなかったの。あたいたち、ここじゃ正体を隠しておかなきゃいけないんでしょ。

〈十人組〉にばれちゃったら、あっというまに一巻の終わりよ」

またしても、ぼくの責任だ。ここへ戻ってきた時点で、みんなを邑人《ウーズ》の姿にしなきゃいけなかったのに。いそいで、ぼくは変装の術をほどこした。

「もうしわけありませんでした、カッセリー。怪我をしませんでしたか？」

「えぇ、大丈夫」

ウェンズレイの奥さんは立ち上がると、ぼくの手を握りしめた。その様子ときたら、〝大丈夫〟という段階をはるかに超えているようだった。瞳を輝かせて、とてもうれしそうじゃないか。

「どうしたんですか？」

「モンゴメリの店で、噂話を聞いたんです」彼女がささやいた。「ウェンズレイが生きてるんですって！　ガッビーンが城へ行ったとき、彼の姿を見たそうです」

一瞬、ぼくは何も感じなかった。けれど、その言葉の意味がわかってくるにつれ、歓喜がこみあげてきて、とうとう、抑えきれなくなった。

「**ひゃ～っほぅ！**」ぼくはカッセリーの腰のあたりを抱きすくめた。地面を蹴ると、ふたりの身体は木々のてっぺんよりも高く舞い上がる。殺されたわけじゃなかったんだ！

やがて、あたりが真白になった。いつのまにやら、雲の中に入っているじゃないか。

このへんにしておかなきゃ。下界を眺めると、緑の草地のまんなかで、四つの小さな影がこっちに視線を向けている。ついさっき、タンダの過剰反応をたしなめておきながら、自分も同じようなことをやっちゃった。カッセリーはありったけの力でぼくの腕にしがみついている。

「ごめんなさい」しかたがないので、二羽の鳥に姿を変え、さりげなく地上へ降りていくことにする。「こんなに高く昇ってしまって、こわかったでしょう。悪気はなかったんですが」

ところが、彼女はなおも瞳を輝かせている。「いいえ、平気ですわ。でも、心配してくださって、ありがとうございます。本当に、みんなが言っていたとおり――あなたは誰に対しても親切で、ちょうど、父親が自分の子供たちに与えるような慈愛に満ちているって。魔術だけでなく、精神もすぐれていらっしゃるんですのね」そして、ぼくの頬にひかえめなキスをひとつ。

本当の顔じゃなくて、よかったかもしれない。自分のなさけなさを痛感したばかりのところで称賛の言葉をもらっても、居心地が悪いだけだった。

「ぜんぜん、そんなことはありませんよ」きっぱりと。「ただの平凡な汎人《クラード》です。誰に尋ねても、そういう答えが返ってくるでしょう」

地上に降り立つと、案の定、タンダにからかわれてしまった。

「オゥズがいなくて、よかったわね。あれを見られちゃったら、あいつ、〝ロケットごっこかよ、えぇ？〟とか言って、あんたのお尻を蹴りまくったはずよ」

「ロケットって……」

ぼくが最後まで言わないうち、彼女は上のほうを指し示した。

「あんなふうに飛んでいくものがあるんだってば。ところで、あんたたちが〝わたしを月まで連れてって〟を実演してくれる直前に何か話してたみたいだけど、それ、あたいたちにも聞かせてくれる？」

今はまだ昼間なんだから、ぼくに言わせれば〝月はどっちに出ている〟っていうところだったけれど、まぁ、いいや。銅像の裏へ場所を移して、カッセリーに話してもらうとしよう。


「売上が完全に止まったって、どういうことよ？」パルディンは自分の耳が信じられなかった。

「すみません、パルディンさん」冗可人《ロンコン》の販売員は声を震わせるばかりで、彼女と視線を合わせようともしない。「今朝のことですが、消費生活局からの緊急連絡がありまして、あなたがたの商品に対する安全証明書が無効になった、と」

「そんなの、午後には再発行されたわよ！　審議委員会の連中を説得するのに四時間もかかったけど、当初のとおりで何も問題はないってことが認められたんだから。そうとなれば、売れないはずがないでしょ」

しかし、販売員はもうしわけなさそうに両手を広げてみせた。

「えぇ、それはそのとおりなんですが、危険なものではないかと疑われただけでさえ、世間はたちまち大騒ぎになってしまうものです。今回の件も、新聞では一面記事、テレビのトークショーでは緊急特集、そればかりか、市民への街頭インタビューもおこなわれていました。それにくらべて、安全が再確認されたということについては、明日の朝刊の片隅にちっぽけな訂正記事が掲載されるだけです。そんなもの、誰も気がつきませんよ。残念ですが、どうしようもありませんね」

「でも、どうして？」パルディンはくいさがった。「みんな、あれほど買いたがっていたのに！　評判は上々だったはずよ」

「わたしは気に入っていますよ」販売員は率直に答えた。「もちろん、買いましたとも。使いやすくて、最高だと思います。ただ、スキーヴとかいう名前の男が今朝のテレビに出てきて、とんでもない爆弾発言を……」

「スキーヴ!?」

「えぇ。ご存知ですか？　汎人《クラード》ですよ」

パルディンの表情がけわしくなった。「遠からず死ぬ運命にある汎人《クラード》よ。発言の内容は？」

「まぁ、これをごらんください」販売員は机ごしに新聞を投げてよこした。パルディンは一面にでかでかと掲載されている記事を読んだ。金髪の若い汎人《クラード》の男の写真もある——この記事では〝匿名の情報源〟と書かれているが、まさしく、ディーヴァの市場《バザール》にいる亜口魔《ディヴィール》たちが言っていた〈偉大なるスキーヴ〉の風体と合致するものだ。ちくしょう。どうやって、この次元をつきとめたのだろうか？　そもそも、何の目的で？

ふと、彼女は冗可人《ロンコン》の販売員の問いたげな視線に気がついた。

「すぐに戻るわ」彼女は席を立った。この男を殺してやれば多少は気分がすっきりするかもしれないが、そんなことをしたところで、事態が好転するわけではない。「まだ、商品を回収しちゃだめよ。もういっぺん、売れるようになる可能性はあるんだから。スキーヴが過去の人物になれば、すべての問題は解決ってことね」

「何時間も行方を追ってみたんだけど、最初の——というか、おそらくは唯一のインタビューを実現したレポーターの話によれば、彼女の質問にも最後まで答えないうちに姿を消したそうよ。まぁ、いまいましい女で、あたしに〝すべてを告白しませんか〟ときたわ。その場で絞め殺してやろうかと思っちゃった」

「気にしないの」ヴェルゲッタがなだめた。「パーヴォマティックが売れそうな次元は、ほかにもあるはずよ。とりあえず、こっちの情報が洩れた元凶をつきとめることができたわ」

おもむろに、彼女は証人席のほうをふりかえった。背の高い白髪の邑人《ウーズ》が座っており、その太腿のあたりを、テノビアが片膝で踏みつけている。

「おまえの工場で働いてる婆さんの話じゃ、ふたりの汎人《クラード》が見学に来たそうじゃない？」いかにも〝審問官〟らしく、鋭い口調だった。「白状しなさい！」

「そうはおっしゃいますが」パラーノが言葉を返す。「見学者を受け入れてはいけないという規則はありませんので」

「そいつらに見られちゃいけないところを見られたのよ！」

「ど…ど…どのあたりのことでしょうか？」

シャリラーが無言で尋ねるように首をかしげてみせながら、手近にあった泡立て器を渡そうとした。

「そんなの、役に立たないわ」テノビアが声を荒らげた。「ドロネバを持ってきて！」

すでに、この邑人《ウーズ》はガッビーンやコーレアから話を聞いていた――そんなわけで、彼は自分の前半生をかたっぱしから語ったあげく、ありとあらゆる失態をその大小にかかわらず陳謝するばかりだった。ひきつった顔に滝のような汗をしたたらせ、紫色の奇怪なものが入っている丼を避けようと、必死に身体をよじっている。

「ごめんなさい！　もうしません！　本当です、誓います！」

「わかった、わかった、わかったわよ！」ヴェルゲッタが大声を上げ、テノビアを押しのけた。「その言葉を信じておくわ」

しかし、当の邑人《ウーズ》はといえば、それで安心する余裕もなく、丼の中から数本の触手が伸びてきたとたんに失神してしまっていた。しかたがないので、ニキが彼の身体をかつぎ、地下の独房に運び、意識が戻るのを待つことにする。

シャリラーが丼と匙をつかんだ。「食べられるのに、もったいない」

「それにしても、どうやら、あのマヌケな工場長がパーヴォマティックを見せたわけじゃなさそうね」オシュリーンが意見を述べる。「たぶん、スキーヴとやらは隠蔽の術を透視したにちがいないわ。くやしいけど、この汎人《クラード》はかなりの実力者なんだと考えておかなきゃ。魔術師としての評判は本物ってことよ」

「あたしたちに匹敵するほど？」ネディラが尋ねる。

「まぁ、その可能性はおおいにあるわね」ヴェルゲッタがうなずいた。

「どんな魔術師が相手だろうと、わたしの結界は破られるものじゃないのよ！」モニショーネが反駁する。

「それじゃ、なぜ、あたしたちの行先を知られちゃったの？　あたしたちが何を作ってるのかっていうことも？　まだ、こっちの工場とロンコにしか現物がないのに！」

「工場で見たとはかぎらないでしょ」ケイトリンが言葉をさしはさんだ。全員がいちばん小柄な天冴鬼《パーヴェクト》のほうをふりかえる。彼女は両手で端末をひっぱたいた。「コンピュータに侵入してきたみたい。それらしい痕跡があったわ。ロンコでの騒動が始まる直前のことよ」

「まさか、敵はコンピュータも使ってるの？」

「ありえない話じゃないと思うわ。だって、クレジットカードも持ってるみたいだし。ディーヴァとクラーとパーヴでそいつのカードが使われたっていう記録があったわよ」

「侵入の手口は？」

ケイトリンは年上の仲間たちから視線をそむけ、しばし、返答をためらった。

「まぁ……あたしの油断が原因ね。この次元であたし以外にコンピュータを使えるやつはいないだろうと思ってたんで、作業中に外部との接続を遮断しておかなかったんだけど、それが失敗だったわ」

「へ～ぇ」シャリラーが鼻を鳴らした。「あんたが自分の失敗を認めるなんて、めずらしいこともあるんだね」

「あの邑人《ウーズ》ども、みんなで口裏を合わせてるんじゃないかしら」ルーアナが唸り声を洩らし、テーブルの上にある球体のほうを指し示した。「こいつの話じゃ、あたしたちを破追放するために〈偉大なるスキーヴ〉を雇ったたらしいけど……むしろ、あたしたちを破産させて、永遠に帰れなくするためじゃないかっていう気がしてきたわ」

「そんなのいやよ！」オシュリーンが泣き声を上げる。

「よろしい」ヴェルゲッタは決然とした表情で、両手をテーブルの上に置いた。「これは戦争よ。たしかに、この敵は凄腕かもしれないけれど、同時に複数の場所で行動することはできないわ。だから、わたしたちは多正面作戦でいくわよ。敵がそのうちの一カ所をつぶそうとすれば、ほかのところには手が届かない。散開して、徹底的に混乱させてやりましょう。そのうち、勝機はこちらにめぐってくるはずよ。わたしたちは〈十人組〉、無敵の天牙鬼集団《パーヴェクト》なんだから。さぁ、ここへ戻ってきたときが敵の最期ね」

オシュリーンが片眉を上げる。「どうして、敵が戻ってくると思うの？」

ヴェルゲッタは球体をつかみ、振ってみせた。「そいつの友達がここにいるからよ」

26

革命をやるというのは、どうかな？

——F・カストロ

ひきつづき、ぼくたちは銅像の裏で会議中。

「……文鎮《ぶんちん》の中？」くどいようだけれど、何度も訊きかえしてしまう。

「硝子製の球体だそうです」カッセリーが答えた。「それが紙を押さえておくために使われているものかどうか、わたしは知りません。ただ、天牙鬼《バーヴェクト》たちに……そのぅ、呼びつけられた人たちの多くが……彼の姿を見た、と」

どんなことであれ、邑人《ウーズ》が断定的な表現を使うなんて、めったにあるものじゃない。

「幻影なんかじゃなく、彼にまちがいないんですか？」そこが肝心なところ。

「まぁ、わたしたちの社会の中で地位のある人々を疑うわけには……」カッセリーはいくぶん言葉を濁しながらも、「ただ、コーレアも同じようなことを言っていましたから。

彼の話によれば、うちの人は天牙鬼《バーヴェクト》たちの尋問を受けていて、それが、一瞬のうちに消えてしまったんだとか」

「わたしも、その人物は彼にちがいないと思いますよ」ゾルが意見を述べた。「〈十人組〉が邑人《ウーズ》のみなさんに恐怖を与えようとしているのであれば、彼を閉じこめておいて、同じ目に遭わせることもできるのだと思わせるための材料として使うでしょう。天牙鬼《バーヴェクト》という種族は、もともと、まわりくどいのが苦手ですからな」

「たしかに」ぼくもうなずいた。「なるほど、わかりました。正直なところ、ウェンズレイが玉砕覚悟の突入を強行したことについて、ぼくの存在がそうさせてしまったんじゃないかという罪悪感があったんですよ。そのせいで気力が萎えていたんですが、ようやく、完全に復活しました。さぁ、彼の救出作戦にとりかかりましょう」

「どうやって?」タンダの質問も、当然といえば当然。

「そりゃ、〈十人組〉を降参させるのさ」ほかに方法があるはずもない。「あいつらの力を奪って、ぼくたちの足元にひざまずかせてやるんだ」

仲間たちの反応はといえば、びっくりしているやら、あきれているやら。ギャオンでさえも、困惑の表情をあらわにしている。

「〈十人組〉をひざまずかせる?」バニーが訊きかえしてきた。

「ご気分は悪くありませんか?」カッセリーも心配そうに声をかけてくる。

「いいえ、ちっとも」ぼくは首を振ってみせた。「むしろ、こんなに気分がいいのは数年ぶりですよ。もちろん、頭がおかしくなったわけでもありませんからね。どうすればうまくいくか、わかっているんです」たぶん。「正面から攻めても勝ち目はないので、そんなことはしません。かわりに、あいつらの足下を狙います——文字どおりの意味で、ね」

タンダがぼくの顔を注視する。「悪いけど、自殺行為につきあうつもりはないからね。どういう計画なのか、具体的に聞かせてもらえる？」

「自殺行為だなんて、そんなことにはならないってば」ぼくも視線を返した。「すぐれた将軍というのは、どんなときでも、戦闘を避けたいと考えているそうなんだ。ジュリー御大《おんたい》が言っていたよ。ただし、やむをえない場合は、確実に勝利をおさめるため、あらゆる手段を講じる。まともにぶつかったら勝てないとしても、どこかに突破口があるものさ。敵のほうも勝ちを狙ってくるからね。そうだろ？　それに、知ってのとおり、ぼくは誰のことも——天牙鬼《パーヴェクト》たちでさえも——傷つけたくないと願っているんだ。そのために、手を貸してほしい。みんなの協力が必要なんだよ」

タンダは目を丸くした。深緑色の両眉が額《ひたい》のまんなかあたりで弧を描いている。

「本当に大丈夫なの？　懐疑的でごめんね。まぁ、あんたを掩護するっていう約束になってるし、やるだけのことはやるつもりだけど。うん、協力は惜しまないわよ。ただ、成功するだろうっていう確信がないの」

「ぼくを信じてくれ」こうなったら、たのみこむしかない。「きっと、気に入ってもらえると思うよ。気に入ってもらえるといいな。とりあえず、最初の段階から無理難題をふっかけるつもりはないさ。スキャマローニへ行って、きみの友達のスクーティに話してほしいことがあるんだ」

彼女はいくぶん表情をほころばせ、わずかに身をのりだした。よし、反応は悪くない。

「どんな話なの？」

ぼくは彼女の耳許でささやいた。彼女は忍び笑いを洩らすと、両手でぼくの顔をはさみつけ、派手なキスをくれた。

「すぐに戻るわ」彼女は手を振った。次の瞬間、**ボアン**という大きな音とともに姿が消える。

「あたしは、どうすればいい？」どうやら、バニーもやる気になってくれたようだ。

「バイティナと一緒に、ここで〈十人組〉との折衝にそなえておいてほしい」

「どうして、バイティナの名前が出てくるの？」彼女は目を丸くした。

「接続しなきゃならないからね」ぼくは意味ありげな笑みを浮かべてみせた。「この計画では、直接交渉をするわけにはいかないんだ。そうなると、バイティナが唯一の通信手段ってことになる。ぼくとしては、あいつらが自分でしかけた焼却の術による結界にひっかかるよう、誘導するつもりなのさ」

「どうやって？」

ぼくは両眉を上下に動かしてみせた。「そのために、タンダを派遣したんだよ。あとは、なるようになるだろう」

「わたしの役割は？」ゾルが尋ねた。

「洞察です」もっとも、彼の言葉とは反対のことをするつもりだけれど、その点については黙っておこう。「ぼくたちが〈十人組〉に三連打をくらわせるとして、むこうの反応を推測してください」

「おぉ！」ゾルは声を上げた。「三段攻撃とは、すばらしい。なるほど、第一がタンダさんの用件で、第二が焼却の術というわけですな。しかし、第三は？」

「そのために、コボルのお菓子を三十袋ほど調達したいんですよ」もういっぺん、意味ありげな笑みを浮かべてみせる。

ゾルも大きな黒い瞳をうれしそうに輝かせた。彼はギャオンのほうをふりかえった。当のドラゴンはといえば、天真爛漫な表情のまま、ぼくたちふたりを交互に眺めている。

「あなたが魔術師として成功なさった理由がわかりましたよ」彼は自分の超小型コンピュータをつかみ、コボルまで往復するための準備をととのえた。「創意工夫の才ですな。バニーさん、あなたも一緒にいらっしゃいませんか？」

「えぇ、よろこんで」ぼくの秘書がうなずいた。

たちまち、ふたりは姿を消した。これで、もうひとつ、作戦の準備が進むことになる。

「わたしも、お手伝いできることはありませんか？」カッセリーがおずおずと尋ねた。

「できるだけ大勢の邑人《ウーズ》たちを集めて、会議を開きたいんですよ。今夜か明日のうちに、〈モンゴメリ酒場〉で」

「秘密会議ですか？　よろしければ、議題を教えていただけますか？」

「単純明快です。みなさんは〈十人組〉に出ていってほしいんですよね。そろそろ、有志たちの手でそれを実現してもいい時期です。大丈夫、誰も傷つくようなことにはなりません。どやしつけられるかもしれませんが、その程度は日常茶飯事でしょう」

カッセリーがうなずいた。「わかりました、伝えておきます。みんな、来てくれると思いますよ」彼女は銅像の台座から立ち上がった。

「あぁ、そうだ」用件がもうひとつ。「しばらくのあいだ、ギャオンの面倒を見てやっていただけませんか？　ちょっと、ディーヴァの市場《バザール》で手に入れておきたいものがあるので」

ギャオンはがっかりしたようだったけれど、カッセリーがあいつに向ける視線はあたたかいものだった。

「お役に立てて、光栄ですわ」彼女はあいつの首輪に手をかけた。

ギャオンは彼女についていきながら、何度もこっちをふりかえり、恨めしそうな表情をあらわにしている。でも、ディーヴァの市場《バザール》にある珍品屋で買物をするのに、ドラゴンを連れ歩くわけにはいかないじゃないか。

その晩、ぼくたちはモンゴメリの店で合流した。ぼくとカッセリーとギャオンがいつもの席で待っていると、まず、バニーとゾルが戻ってきた。まずは、用心のため、ふたりに変装の術をかけておこう。ロンコで見当はずれの営業妨害をやらかしたあとなので、〈十人組〉はさぞかし怒っているにちがいない。こういうときは、かえって、相手の目の前にいるほうが安全なんだけれど、だからといって、存在を誇示する必要はないだろう。

「ねぇ、スキーヴ、すごかったわよ！」バニーは興奮で瞳を輝かせていた。「小朋鬼《コボルド》があんなに社交的な種族だなんて、知らなかったわ！　バイティナの通信プログラムを最新版に更新してもらったんだけど、そのとたんに、次元じゅうの人々があたしを待っていてくれたんじゃないかと思うほど、たくさんの挨拶メールが送られてきたの！」

「任務完了」ゾルが鞄を撫でてみせた。「ほかに、やるべきことはありますかな？」

「もうひとつだけ」

そこへ、タンダが現われた。服がくしゃくしゃになっているけれど、鼻歌まじりの表情はやたらと明るい。すぐさま、ぼくは変装の術を使ってみたものの、オリーブ色の素肌も美しい彼女を邑人《ウーズ》の地味な姿にすることはできなかった。よし、いいぞ。これでこそ、任務完了というわけだ。

とりあえず、ゾルの質問に答えてしまおう。「よろしければ、研究を手伝っていただきたいんですよ」

タンダが無言で歩み寄ってきて、テーブルの上に小さな物体を置いた。ぼくたちは興味津々で覗きこむ。すると、邑人《ウーズ》に変装しているはずが、みんな、本来の姿に戻ってしまった。

「これ、何なの？」バニーが尋ねた。

「石だよ——というか、石だと思うよ」

「そんなこと、わかってるってば」彼女はいくぶん鋭い口調になった。「おバカな小娘のふりもできるけど、それが演技にすぎないって、あなたは知ってるはずでしょ」

「ごめんね」タンダがにんまりと笑みを浮かべた。「こういうものだってことは、スキーヴ自身も知らなかったんだから。ヴォリュートの裁判所の壁から引き抜いてきた石よ」

「役に立ってくれるかな？」その点がはっきりしないので、ちょっと心配。

「フッフ〜ン……」タンダはあいかわらずの鼻歌とともに、むこうでの戯れを思い出しているんだろうか、彼女ならではの曲線美がはっきりとわかるレース編みの胴衣の襟許を官能的な指先でなぞっている。「彼は誓ってくれたわよ。彼の言葉をそのまま借りれば、〝あるとおりにありつづける〟ってわけ。何度も聞きなおしたんだけど、まぁ、彼にそれ以上の説明を求めるのは無理だったわ。彼にしてみりゃ、あたいを混乱させなきゃいけない理由はないはずだし、そもそも、あたいたちとちがって、魔術の知識があるわけでもないんだから」彼女は意味ありげに目を丸くしてみせた。

スクーティが彼女に誓いを立てたときの状況がどんなものだったか、ぼくは詮索しようとも思わなかった。そんなことをしなくても、おおかたの見当はつく。

「それで、この石は何なのよ？」バニーがたたみかけてくる。

「スキャマローニの牢獄で術力を無効化するのに使われている封印の術がしみこんでいるのさ」簡単に言ってしまえば、そういうこと。

「でも、これをどうするつもりなの？」

「〈十人組〉のいちばんの強みは何だと思う？」ぼくは彼女に訊きかえした。

「あたしたちを雑巾がわりにできる、とか？」

「そりゃ、ぼくたちを捕まえてからの話だよ」

「そういうことなら、どの天牙鬼《バーヴェクト》だって同じでしょ」タンダがつけくわえた。「術力も腕力もずばぬけてるんだから、本気になれば、汎人《クラード》だろうと色情魔《トロロップ》だろうと、ぺしゃんこにできるわ」

「はずれ」というわけで、正解を教えてあげよう。「〈十人組〉が無敵なのは、あの十人が結集することによって、ひとりひとりの魔術の能力が十倍にも百倍にも増大するからだよ。それにくらべたら、ぼくの術力なんか、大海の中にある一滴の雫みたいなものにすぎないのさ。でも、この石にしみこんでいる封印の術を体得できれば、あいつらの術力をおそれる必要はなくなるはずだ」

「そうだとしても、雑巾がわりっていう可能性がなくなるわけじゃないわよ」タンダが反論した。「術力がなくても、腕力で叩きのめせばいいんだから」

「ぼくたちに手が届かないかぎり、そんな事態はありえないってば」何度も言わせないでほしいな。「いいかい、術力が使えないってことは、当然、跳躍の術も使えないんだよ」

「あいつらのほうが逃げるような展開になるっていうの？」

「焼却の術による結界を憶えているかい？　ほら、ぼくたちがこの次元へ来た最初の日に足を踏み入れた、あれだよ」

タンダはいまいましげに鼻を鳴らした。「忘れるはずがないでしょ？　そりゃ、あたいは〝お熱いのがお好き〟な性分だけど、あんなのは論外よ」

「それを使わせてもらうのさ。あいつらを結界の中へ誘いこむと同時に、極性のとがっているほうが内側を向くようにすれば、あいつらは出てこられなくなる。おまけに、術力も使えないとなれば、転位《テレポート》も不可能だ。そこで、こっちは交渉にとりかかれるじゃないか」

「だけど、術力を奪うとか、結界に閉じこめるとか、それ以前の問題として、あいつらの部屋へ行く方法はあるの？」

うん、もっともな質問だ。

「それについては、邑人《ウーズ》たちが力を発揮してくれることを期待しようじゃないか」

あいかわらず、邑人《ウーズ》たちは勤務時間が終わったとたんに自宅で軟禁されるという状況なので、今回の秘密会議は夜明けとともに始め、各自の仕事場での出欠確認に間に合うぎりぎりのところで終わらせることになった。〈モンゴメリ酒場〉には三十人か四十人ほどの邑人《ウーズ》たちが集まっていたが、みんな、不安を隠しきれない様子だった。

「遅刻は困るんですよ、スキーヴ先生」ガッビーンはしつこく念を押しながら、窓のむこうで東の空を染めている太陽のほうを眺めた。

「それじゃ、一刻たりとも無駄にできませんね」きっぱりと。「そろそろ、みなさんとの契約を履行しようと思っているのですが、そのためには、みなさんの協力が必要なのです」

ったはずですが」

「われわれの⁉　そ……そ……それは……いやぁ、あなたがたを雇ったのはウェンズレイだ

ぼくは片眉を上げてみせた。「みなさん、あの天牙鬼《パーヴェクト》たちに出ていってほしいという願望は強いものですか？」

「う〜む……」ひとしきり、ガッビーンは答えを思案しているようだった。「そうですな——まぁ、かなり」

ほかの面々もうなずいている。おそらく、誰もが同じ意見にちがいない。この点については、満場一致と考えてもいいだろう。

「ご自分の生命を賭ける覚悟はありますか？」ぼくはつっこんでみた。

「うっ」カッシェルが息を呑んだ。「いやぁ、そんなふうに質問されてしまうと、それほどではないかもしれません。今になってみれば、悪いことばかりでもないので……ほら、あらたな産業も導入されましたし、働く機会も増えましたし……」

そんな戯言《たわごと》につきあっている暇はない。「ウェンズレイのように瓶詰めの状態で生きていたいと思いますか？」

「いやです！」彼は反射的に叫び、あとずさろうとしたものの、店内は大入り満員の状態で、移動する余地はどこにもなかった。「そのぅ……つまり……そうする必要がないのであれば遠慮したいと思いますが、あちらはあちらの方法論でわれわれとの関係を維

持していこうと考えているのでしょう。まぁ、誰であれ、自分のやりかたを大切にしたいものですし、わたしはといえば、それを批判できるほどの立場でもありませんので」

「とりあえず、いいことを教えてあげましょう」ぼくは全員に告げた。「たしかに、みなさんの協力が必要なのですが、痛い目に遭う心配はまったくありません。それなら、いかがですか?」

邑人《ウーズ》たちはびっくりしたようだった。そこで、ぼくは最悪の想定から説明にとりかかり、徐々に脅威の少ないほうへ、みんなの恐怖心を軽減していった。そのうえで、どうしたいのかという議論はまかせることにしよう——ただし、いつまでも時間を与えておくつもりはないけれど。

「みなさん、意見はまとまりましたか?」

「まぁ、たぶん」ガッビーンが答えた。「危険性に対する評価としては、われわれが許容できる範囲内だと思います。スキーヴ先生の提案に賛成する者は……?」

「はい」「はぁ〜い」「はーい」同意の声がいっぱい。

「反対の者は?」

とたんに、全員がおたがいを牽制するかのように視線をめぐらせはじめた。ぼくが個別に説得しようとしなかった最大の理由もここにある。邑人《ウーズ》たちの特徴として、集団では横並びの志向が強く、その流れに抵抗しようとすれば同胞たちからの圧力を受けることになるのだ。

「みんなでやれば、こわくない」タンダがつぶやいた。

ぼくは両手を揉みあわせた。「よろしい。さて、みなさんに何をやっていただきたいかというと、今日から一週間後……」


そんなわけで、ぼくは研究に没頭することになった。これほどまでに頭を働かせなければならなかったのは、いつだったか、ドラゴン・ポーカーの大勝負にそなえて一週間で憶えられるかぎりの規則を憶えようとしたとき以来のことだ。モンゴメリの店で使われなくなっていた狭い酒倉を借り、そこを即席の研究室にさせてもらっている——ぼくが何をやっているのか、誰にも知られないようにするために。なにしろ、邑人《ウーズ》たちときたら、〈十人組〉をおそれているにもかかわらず、おしゃべりが大好きなので、どこの店でも、最初のおかわりを注文するころには、重大な秘密が周知の事実になってしまっていたりするのだ。ぼく自身も、この次元へ来てから、そんな光景を何度となく目撃したものだ。したがって、ガッピーンをはじめとする主要な面々に対してさえも、今回の計画にかかわる事柄のうち、話していいのは必要なことだけ。

さて、術力の無効化がどのように作用しているかを解明しようとしているわけだけれど、これこそ〝言うは易《やす》し〟というやつだ。術力を探針のように使いたくても、その術力が通用しないんだから。そこへ、ゾルが支援をもちかけてくれた。

「構造の分析については、われわれ小朋鬼《コボルド》にお任せください」彼はテーブルの反対側に座った。

すでに、この石の近くではコンピュータも異常をきたすということがわかっている。それからというもの、バニーはここへバイティナを持ってこようとしなかった。

「しかし、タンダがこの石の提供者から聞いてきた台詞の意味がわかりません」ゾルが言葉を続けた。「〝あるとおりにありつづける〟とは……何のことでしょうな？」

「見当もつきませんね」ぼくは石を凝視した。そういえば、あの牢獄に入れられているあいだ、壁を観察する時間もたっぷりとあったけれど、煉瓦を修復した痕跡はどこにもなかったような気がするぞ。「ひょっとしたら、再生能力のことかもしれませんよ」

そこで、ぼくたちはその石を水に浸けてみた——のみならず、ワインや油をはじめ、さまざまな液体でも試してみた。さらには、砂糖をかけ、肥料をやり、ぼくたちの食糧までも与えてみた。それでも、石はその場に鎮座したままだった。ぼくはクラーへ戻り、ガルキンの遺品である魔導書に目を通してみた。ところが、本の内容は術力を制御する方法ばかりで、無効化についての記述はどこにもない。

「酵母のようなものかも」ささやかな発想の転換。

ぼくたちはそれを粉々に砕き、泥、小石、岩の破片などと混ぜあわせてみた。それから、火であぶったり、氷で冷やしたり、思いつくかぎりの添加剤をひとつひとつ練りこんだり。けれど、そうしたところで術力を使っても、あっさりと雲散霧消するばかり。

そんな状況に変化があったのは、砂と混ぜあわせたときのことだった。石の粉末がシューシューとかすかな音を立て、泡を吹きはじめたのだ。ぼくは指先で触れようとしたものの、ゾルにさえぎられてしまった。

「およしなさい!」彼の警告とともに、シューシューという音が大きくなる。「これは、うまくいったようですぞ!」

「でも、砂だけですか?」ぼくの目の前で、その混合物の塊は泡だらけになり、うっすらと光を放ちはじめた。熱気もすさまじくて、ぼくたちの眉毛を焦がすほどだ。しかたがないので、ぼくたちは酒倉の片隅へと避難した。「小石と混ぜあわせたときには何の反応もなかったのに、どうして?」

「おそらく、浸透率の差によるものでしょうな」それがゾルの説明だった。「これこそ、典型的な炭酸液化現象にちがいありません」

彼の言葉はわけがわからなかったけれど、まぁ、どうでもいいや——とにもかくにも、うまくいったんだから。

次の二日間は、研究の成果を応用した〈術消しの粉〉を大量にこしらえておくという作業で大忙し。タンダの提案で、誰も酒倉の中を覗くことができないよう、ぼくたちは警備態勢をひときわ厳重なものにした。もっとも、ぼくが「よっしゃ！」と叫んだりしていたので、店に来ている邑人《ウーズ》たちは何事かと思ったにちがいない。

やがて、ぼくは即席の研究室から出ていった。髪の毛はくしゃくしゃ、服はよれよれ。

「準備はどう？」バニーが尋ねた。

「ばっちりだよ」ぼくは胸を張ってみせた。「決行の日まで、もうちょっとだからね」

27

だけど、そんな手口は通用しないと思うよ！

——リスのロッキー

ニキは作業服に身を包むと、コーヒーの残りを一気に飲み干した。

「〝早起きは三文の得〟ってね」彼女はまだ眠りから覚めきっていない仲間たちに声をかけた。

オシュリーンが帳簿の上につっぷしていた顔を起こした。黄色いはずの双眸は真赤に充血している。

ヴェルゲッタは読みかけの〈パーヴ新報〉をかたわらへ放り投げた——ウーのような時代遅れの次元では、それだけが彼女たちと文明世界との接点なのだ。

「新しい製造工程は順調よ。邑人《ウーズ》たちもおとなしくしているわ。あの催眠機構があるおかげで、一連の生産工程をこれまでのパーヴォマティックから新製品の〈記録屋ジェニーちゃん〉へそっくりそのまま移行するにあたって問題が生じるようなこともなかったわ。このわたしでさえ、あれを使われたら、ここへ来る以前に何をやっていたのか、完全に忘れてしまうんじゃないかしら」

「特許を申請しなきゃ」ケイトリンが端末をつついた。「秘密保持のための潜在型プログラムは完全な新機軸なんだから。どこかの政府が気に入ってくれたら、大口の契約を獲得できるかもしれないわね」

「あぁ、そりゃ、けっこうなことで」シャリラーが呻いた。「どこの政府だろうが、やるべき仕事の半分かそこらは忘れっぱなしなのよ。そんな連中のところへ売りこむなんて、本気で考えてるわけ？」

「べつに」小柄な天冴鬼《パーヴェクト》は肩をすくめてみせたものの、そのあいだも画面から視線を離そうとしない。「とにかく、特許は申請するわよ。まぁ、亜口魔《ディヴィール》どもの模造品を阻止するのは不可能だろうけど、そいつらを捕まえることができたら八つ裂きにしてやるってことでそのための法的な正当性を確保しておいても悪くないでしょ？」

「それにしても、ちびすけ、誰もおまえを助けに来ないなんて、かわいそうね」ヴェルゲッタはテーブルの中央に置いてある球体にむかって話しかけた。「城に突入してくる連中もいるんじゃないかと思っていたけれど、期待はずれだわ。まったく、邑人《ウーズ》どもときたら、おとなしいんだか、音無しなんだか」

彼女は自分の駄洒落が気に入ったのだろう、腹の底から笑った。もちろん、笑われた邑人《ウーズ》のほうは口を開こうともしない。

「そういえば、〈ロンコ日報〉にスキーヴの謝罪記事が載ってたわよ」パルディンが話題を変えた。「このあいだ、在庫の回収でむこうへ行ったときに見たんだけど……理由がわからないのよね」

ヴェルゲッタが首をかしげた。「理由って、どっちの？　あいつがあたしたちの邪魔をした理由？　それとも、謝罪した理由？」

「謝罪のほうよ」

「おおかた、そいつとの契約を解除したってことでしょ」テノビアはテーブルの上で閉じこめられている邑人《ウーズ》のほうへ親指をひねってみせた。「この一週間は平穏無事だったもんね。稼ぎにならないと判断して、ひきこもりの生活に戻ったんだと思うわ。ひょっとしたら、あたしたちも報酬を受け取れないってことがわかったのかも」

そのとき、壁にかかっている通信器がジリリリッとけたたましい音を響かせた。ニキが顔をしかめて席を立ち、それをつかむ。彼女は無言で聞きながら、眉間の皺が深くなっていった。

「第九工場で悶着があったみたい」彼女は通信器をぶらさげたまま、ほかの面々に報告した。「邑人《ウーズ》どもが出勤を拒否してるらしいわ」そこへ、ふたたび通信器が鳴った。ニキはそれをつかみなおすや、大声でどなった。「すぐに行くってば！　何よ、そっちも⁉」彼女は通信器を叩きつけるように置いた。「こんどは第二工場よ。駐車場がないのが気に入らないんだとか」

「あたしが行くわ」テノビアが応じた。「駐車場だなんて、あきれた！」

「みんな、仕事場まで歩いてくるんじゃなかったっけ？」ネディラがつっこんだ。

「どこかの次元でそういう言葉を聞きかじってきたにきまってるわよ」テノビアは剣呑な口調になった。「皮肉だと思わない？　金のかからない土産があったらあったで、それがまた別の問題を招くことになっちゃうんだから」その言葉を残して、彼女は姿を消した。

またしても、通信器が鳴り響いた。さらに、そのあとも。天牙鬼《バーヴェクト》たちの誰かがそれをつかむたびに、ほかの誰かが憤然と飛び出していく。

「待って！」ヴェルゲッタの一声が、電子調理器でポップコーンをこしらえる権利を要求しているという第三工場へ転位《テレポート》するところだったシャリラーを制止した。「こうなってくると、偶然じゃなさそうね。わたしたちを分散させようとしているやつの仕業にちがいないわ」

「スキーヴよ」オシュリーンが鼻を鳴らした。「戻ってきたんだわ！　でも、どこにいるのかしら？」

とたんに、ケイトリンが叫んだので、ほかの四人はいっせいにふりかえった。

「発見したわよ」いちばん小柄な天牙鬼《バーヴエクト》が自信たっぷりに宣言した。「また、このコンピュータに侵入しようとしてるわ！」

彼女はキーボードの上ですばやく両手を躍らせた。ヴェルゲッタが感心したような笑顔でその様子を眺めているうち、彼女の頭のまわりに青い稲妻の塊が現われる。そして、彼女が〝ＥＮＴＥＲ〟と書かれたキーを叩くと、その塊はすさまじい勢いでコンピュータの中に飛びこみ、術力線をさかのぼっていった。

彼女はゆっくりと両腕を組んだ。「はい、おしまい」

荒々しい術力の塊がゾルの超小型コンピュータから飛び出し、彼をぶちのめした瞬間、ぼくはとっさに彼の身体を支えようとしたものの、間に合わなかった。そこはペアレイ城の中、〈十人組〉の司令室と同じ階にある部屋のひとつで、あいつら全員があそこを離れるのを待っているところだった。そんなときでも、ギャオンはうれしそうに、コボルのお菓子の山をむさぼっている。

「大丈夫ですか？」ぼくは彼に呼びかけた。

バニーが彼の頭を抱き起こした。彼はうっすらと目を開いた。

「コーリィ？」その声がかすれている。「コーリィはどこに？」

ぼくは彼のコンピュータを拾い、渡してあげた。けれど、その画面は外にむかって破裂しており、完全に光を失ってしまっている。

「そんな！」ゾルは悲鳴を上げた。「おぉ、コーリィ！」

彼は小さなコンピュータを抱きしめ、外装を撫でながら、あやすように揺らした。大粒の涙がいくつも彼の顔を流れ落ちていく。彼の大切なコンピュータは壊れてしまったのだ。彼は意味をなさない言葉をつぶやくばかりだった。

衝撃的な光景だった。この小朋鬼《コボルド》がこんなにも感情をあらわにすることがあるなんて……

「死んでも切れることのない絆で結ばれるって、こういうことなのね」バニーが声を落とした。そういえば、そんな話を聞かされたっけ。

「ゾル、もうすぐ行動開始です」ぼくは彼にささやきかけた。「あの部屋に残っている天牙鬼《バーヴェクト》は何人ですか？」

けれど、彼はかすかな泣き声を洩らしながら、苦悩に満ちた視線を返してくるだけ。

「こんなことになっちゃって、どうにかできる状態じゃないわね」タンダも押し殺した声で意見を述べた。「小朋鬼《コボルド》とそのコンピュータとの親密な関係は、あらゆる次元のどんな恋愛小説もかなわないほどだっていうんだから」

もはや、一刻の猶予もない。ぼくは長靴の中から跳躍器を取り出し、バニーに渡した。

「彼をコボルに連れていってくれ。ついでに、コーリィの修理が可能かどうかの確認もたのむよ。とりあえず、第一段階はぼくたちだけでも大丈夫だからね」

バニーがうなずいた。「できるだけ早く戻ってくるようにするわ。がんばって！」

そして、彼女からのキス——ぼくは胸がときめいてしまった。

「ありがとう！　これからの戦いのために最高の勇気をもらったような気がするよ」

彼女はうっすらと頰を染めながら、跳躍器のボタンを押した。

「これで、こっちも三人だけになっちゃったわね」タンダがささやいた。

「戦力としては充分だよ」ゾルに対する卑劣な攻撃を目のあたりにしたことで、ぼくはそれまで以上に決意を固めていた。どうあっても、あの天牙鬼《バーヴェクト》たちを追い出してやる！

ぼくたちは武器の準備をととのえると、あいつらの司令室につながる控えの間に忍びこんだ。そのとき、ぼくの背後で、ギャオンの胃袋が鳴った。

「しーっ！」物音は厳禁だってば。

ギャオンはもうしわけなさそうな表情になった。「ギャオン、あやまる」

けれど、〈十人組〉はその程度の雑音にかまっている場合じゃなさそうだった。おたがいに大声でどなりあっている。しかも、ジリリリッという音が騒々しさに拍車をかけていた。ぼくはふたつの部屋をへだてている扉にゆっくりと歩み寄り、聞き耳を立てた。

「また、叛乱の報告よ！」いちばん年上の天牙鬼《バーヴェクト》がわめいた。「いったい、どういうことなの？　ペアレイの邑人《ウーズ》どもめ、ひそかに今日の蜂起を計画していたのかしら？　非常事態だわ！」

　またしても、ジリリリッという音。

「はい！　あぁ、第八工場？　そんなこと、自分たちで解決しなさいってば！　誰でもいいから、さっさとやって！」

　ボアンという音とともに、天牙鬼《バーヴエクト》のひとりが姿を消した。

　カッセリーとバニーに感謝しなきゃ。この一週間というもの、ふたりは抵抗活動を組織化するために奔走してくれたのだ。とりわけ、バニーはすべての集団の関係性をみごとに調整し、おたがいに連携するという確約をとりつけていた。まぁ、もともとが犯罪組織の荒事師たちと対等にわたりあってきた彼女にしてみれば、邑人《ウーズ》たちをまとめあげるぐらいのことは朝飯前だったにちがいない。そして、今この瞬間、その成果が現われているというわけだ。

「やらせておけばいいのよ！」ジャンプスーツ姿の優美な天牙鬼《バーヴエクト》が叫んだ。「邑人《ウーズ》どもの叛乱なんて、気にするほどのことじゃないでしょ？　あの魔術師が黒幕にきまってるわ！　そっちに集中しなきゃ！　居場所をつきとめて！」

「さっきの稲妻でひっくりかえってるはずよ」端末の前に座っている小柄な天牙鬼《バーヴエクト》が言葉を返す。「すぐに意識が戻るような代物じゃないんだから。どこにいるか、すぐにわかるわ。CPUの追跡機能を使って、術力線をたどればいいのよ」

術力によってコンピュータの位置を調べられるとなると、ゾルとバニーがこの次元を離れたのは正解だったかもしれない。ぼくは扉の隙間から覗きこんだ。残りは四人。どこへも行かないつもりだろうか？

「ギャオ？」ぼくのドラゴンが低い声で問いかけてきた。

ちなみに、その首輪には、〈術消しの粉〉をたっぷりとまぶしてある。ちょっとでも異変を感じたら天牙鬼《バーヴエクト》たちを誘い出してくれと指示を与えておいたので、あいつとしては、それについての確認を求めたのだろう。とにかく、〈十人組〉の司令室をからっぽにすることが重要なのだ。

ぼくは扉のむこうの様子を観察した。いちばん年上のやつ、いちばん年下のやつ、優美なやつ、そして、ミニスカート姿でいかにも体力のありそうなやつ。このままじゃ、時間がなくなってしまう！　あいつらが部屋にいるかぎり、術力を無効化するための細工ができないじゃないか？　どうにかしなきゃ！

ぼくは頭の上で合図をしてみせた。ギャオンはうれしそうな笑顔になると、鼻先で扉を押し開け、天牙鬼《バーヴエクト》たちのいる部屋へと入っていった。

「あら、かわいいドラゴンがいるわよ」年上のやつがふりかえり、ギャオンを手招きした。「ほーら、こっちへいらっしゃい、ドラゴンちゃん。こんなところで、何をしているの?」

「この次元にドラゴンはいないはずよ」小柄なやつが警告した。「きっと、これも罠のひとつ——」

ブゥ~ッ!!!

「どわあああぁぁぁーっ!!」

そんな絶叫が響きわたったのも当然だろう。炭水化物を大量に摂取したギャオンの一発は、閉ざされた部屋にすさまじいばかりの臭気をぶちまけた。空気そのものが変色するわけじゃなかったけれど、目の前が緑色になってしまったかのような感じがする。ギャオンは石敷の床のまんなかに立ったまま、いかにも満足そうに視線をめぐらせた。それから、四人の天冴鬼《パーヴエクト》たちにむかって、細長い舌を突き出してみせる。あいつは尻尾を左右にひるがえし、部屋から走り去った。天冴鬼《パーヴエクト》たちは憤怒の声を上げるや、あいつを捕まえるために全速力で廊下をすっとんでいった。

さて、と——まずは、結界の状態を確認することが先決だ。まちがいなく、とがっているほうが内側を向いている。ぼくは〈術消しの粉〉がたっぷりと入っているバケツを両手にぶらさげ、部屋に突入した。

「早くしなきゃ」タンダがせっついてくる。「んぐっ!」

ギャオンが残していった強烈な異臭のせいで、ぼくたちはその場で倒れそうになってしまった。やっとのことで圧力の術をあやつり、室内の汚れた空気を外へ押し出す。

「あれだ！」テーブルの上に、硝子製の透明な球体が置いてある。「やったね！」その内側で、小さな人影がさかんに跳びはねていた。まちがいなく、ウェンズレイだ。でも、今は彼をそこから解放するだけの暇もない。ぼくはその球体を小物入れの中に押しこんだ。そして、タンダとともに、部屋のまんなかでバケツをひっくりかえし、箒で床の各部へと広げていく。

「どこまでやればいいの？」彼女が尋ねた。

「壁からは充分に離しておいてくれ。焼却の術が消えちゃったら計画は失敗だからね。あれを使わせてもらわなきゃならないんだ。ほら、そこ！　術力が作用している範囲にかかりそうだよ」すでに、結界の下縁のところどころで無効化が始まっている。

「自己修復能力のせいだってば」タンダが言葉を返してきた。「勝手に広がっていくんだから、結界がほころびはじめるのも時間の問題よ」

「それまでに、すべての決着をつけなきゃ」とはいうものの、ぼくも心配になってきた。怒号と破壊音が聞こえてくるおかげで、ギャオンの動向はおおよその見当がつく。事前に指示を与えておいたとおり、存分に暴れまわっているようだ。願わくは、ほかの天《パー》冴鬼《ヴェクト》たちも出先から戻ってきて、追跡劇に参加してくれるといいんだけれど。

作業が半分も終わらないうち、その騒動はこっちへ戻りはじめたようだった。

「早すぎるぞ、ギャオン」ぼくは必死の思いでつぶやいた。なにしろ、この粉がすぐそばにあるかぎり、透化の術も使えないんだから。「まだ、準備中だってば！」

ところが、一陣の風のおかげか、建物の古さのおかげか、廊下につながる扉が閉まったので、ギャオンは天牙鬼《バーヴェクト》たちをひきつれたまま、この部屋の前を通過していった。どうやら、ぼくたちは幸運に恵まれているようだ。

ぼくは作業状況を確認した。ようやく、術消しの粉が床のほぼ全面にいきわたったところだった。ためしに、火の玉を投げてみると、それは手を離れたとたんに消え失せた。よし、これでいい。

「あとは、あいつらが戻ってくるのを待つだけだ」

「それはいいんだけど」タンダは箒を投げ捨てると、自分専用の特別装備がいっぱいに入っている鞄を肩にかけた。「どうやって、あいつらの注意を惹きつけるつもり？」

騒音の聞こえてくる方角から考えるに、ギャオンは調理場のあたりにいるらしい。ぼくは浮揚の術を使い、タンダともども、侵入者を撃退するための警備装置の数々をかいくぐっていった。むしろ、当の天牙鬼《バーヴェクト》たちのほうが、それらの罠を気にするあまり、とんでもない一発をぶっぱなしたドラゴンを捕まえるのに難渋している。なにしろ、自分たちがひっかからないようにするためには、警備装置の近くにさしかかるたびに呪文を唱えなければならないのだから、うっとうしいかぎりにちがいない。ギャオンはといえば、全身を覆う皮も厚いし、炎を噴くこともできるので、そんなものは意に介していないようだ。

やがて、ぼくたちが食糧貯蔵庫や洗濯場などの並んでいる廊下に身を隠す直前、ギャオンもこっちに気がついた。とたんに、あいつは進路を変え、そのついでに長い尻尾で追跡者たちを薙ぎ倒しながら、まっしぐらに駆け寄ってくる。あいつが角を曲がる瞬間にあわせて、ぼくは幻影の術をあやつり、あいつをネズミに変身させた。

天牙鬼《バーヴェクト》たちは洗濯場の前をあわただしく通過したところで足を止め、そこへ戻ると、中を覗きこんだ。

「ギャオ?」そこにいるのは、奇妙な啼き声のネズミが一匹だけ。

「ちくしょう、こっちの廊下じゃなかったんだわ!」優美なやつが叫んだ。

「ふたりずつ、二手に分かれるわよ」ミニスカート姿のやつが指示を与える。

「それよりも、応援を要請したほうがよさそう」小柄なやつは呼吸が荒くなっていた。

「わたしがみんなを呼び戻すわ」いちばん年上のやつが主張した。「あなたたち、用心しておきなさいよ。きっと、スキーヴはこの近辺にいるわ」

はい、そのとおり。だからといって、姿を見せてやるつもりはないけれど。

彼女たちは四方に散開したものの、数分もしないうち、中央の階段を降りたところで

ギャオ？
邑《ウー》様のアイディア
ディーヴァの
名バイヤーが選んだ、邑人向け
おもしろグッズのお店。フランチャイズ募集中！もうかるヨ！

ふたたび合流した。それを確認するや、タンダが姿を消した。あらかじめ、階段の上にちょっとした悪戯を用意しておいたのだ。さぁ、どんなことになるやら？　五……四……三……二……一……

「ぎゃーっ!!」

天冴鬼《バーヴエクト》たちの頭上に降りそそいだのは、猛毒があることで知られるエダグモの大群だった。もちろん、本物じゃない――タンダがどこかの次元で〝野宿した〟（まぁ、彼女のことだから、その表現についての解釈もいろいろと考えられるけれど）ときに発見したという、活動性のコケの一種だ。長い擬足をそなえた小さな植物が次から次へと天冴鬼《バーヴエクト》たちの全身にへばりつき、彼女たちは木乃伊《ミイラ》のような外見になってしまった。よろめきながらも必死にその場を離れようとするうち、これまたタンダが無数の小さな玉石《たまいし》をばらまいておいたあたりに足を踏み入れてしまう。四人は悲鳴を上げながら、おたがいの肩や腕にしがみついて倒れまいとしたものの、その努力もむなしく、まっさかさまにひっくりかえってしまった。天冴鬼《バーヴエクト》の身体構造はきわめて頑丈だから、あんなことでは怪我の心配もないだろうけれど、まさしく、怒りの炎にたっぷりと油をそそぎこんだようなものだ。

さぁ、第二段階にとりかかろう。これはバニーに準備をまかせてあったことで、夜明け前のうちに謁見の間へ押しこんでおいたヒツジの群れを廊下に放してやろうという計画だ。ぼくは意識をさしのべ、術力で錠前をはずし、勢いよく扉を開けた。たちまち、恐慌状態におちいっていたヒツジの群れはやかましく鳴きながら、正面玄関をめざして、外の世界をめざして、自由をめざして、雷鳴のような蹄《ひづめ》の音とともに突進を開始する。そんなわけで、四人の天牙鬼《バーヴェクト》はようやく偽物とわかったエダグモを払い落とす暇もあらばこそ、その奔流に呑みこまれてしまった。

この混乱のまっただなかへ、もうひとり、作業服に身を包んだ有能そうな天牙鬼《バーヴェクト》が出現した。

「ヴェルゲッタ、こっちの状況は**ああああぁぁぁーっ**!!?」

こうして、玉石の犠牲者がもうひとり。彼女が階段から転落していったのは、ちょうど、ほかの面々が立ち上がろうとしているところだった。当然のごとく、五人はもつれあったまま、床に這いつくばってしまう。

そこへ、こんどは、母親のような雰囲気をたたえた恰幅のいいやつが**ボアン**。

「いったい、どうなってるの?」彼女は金切声を上げた。「**うわっ、うわわわぁぁぁーっ**!!!」そして、彼女もばったり。

これで六人。そろそろ、ぼくの姿を見せてやってもいいころだ。せっかくの機会だから、ここはひとつ、ポッシルトゥムの宮廷付魔術師になるための選抜試験を受けたときと同じような〝それらしい〟姿でいくとしよう。ぼくはすばやく変装の術をあやつると、踊り場に立ち、両腕を広げた。最後のヒツジが外へ出ていったところで正面玄関の扉を荒々しく閉め、すべての窓も閉めきって、壁に並んでいる松明の炎を暗くする。

「あそこ！」優美なやつが叫んだ。「あいつだわ！」

炎と稲妻による攻撃が、一方向ではなく二方向から襲いかかってくる。ぼくは背後をふりかえった。いつのまにやら、踊り場の奥のほうに、長衣をまとった細身のやつが戻ってきているじゃないか。階段の上を見れば、すでに、タンダの姿はない。どこかへ身を隠したのだろう。ぼくは両手をかざして結界を張り、敵の稲妻をくいとめるかたわら、炸薬による煙幕で時間を稼ぐ。天牙鬼《バーヴェクト》の魔術師はせきこみ、体勢を崩した。煙幕が消えるよりも早く、ぼくは飛翔の術を使い、次の要所へと移動した。そこで〈十人組〉全員を集結させ、あの部屋へ誘いこもうというわけだ。これで七人になった。

ギャオンもやるべきことをやってくれている。ぼくはあいつの邪魔にならないよう、ふたたび天井の近くまで上昇した。あいつを追いかけている天牙鬼《バーヴェクト》はふたり――ひとりは伝統的なスーツ姿、もうひとりは鋲のついた革製のビスチェにストッキングという、おたがいの志向がまったく異なる服装をしている。九人。

残るは、不機嫌そうなやつだけだ。もちろん、あの部屋へまっすぐに戻ってきた可能性も考えられる――転位《テレポート》したのはいいけれど、そこから外へ出ることはできないというわけだ。そのとおりになっていれば、ありがたいかぎり。そろそろ、全員に罠の中へ入ってもらわなきゃ。

ぼくは控えの間にとびこみながら、天牙鬼《バーヴェクト》たちが確実に追いかけてきてくれるよう、虹色の光条をほとばしらせた。次の段階でやろうとしている幻影の術は、当初の予定ではバニーの手を貸してもらうはずだったけれど、まぁ、臨機応変にいこうじゃないか。

まずは、暖炉の上に着地する——最初の日に忍びこんだときは、ここから降りるのが一苦労だったっけ。それが、今回はといえば、天牙鬼《バーヴェクト》たちに踏みつぶされないようにするための足場になるわけだ。

「やっほぅ！　スキーヴ！」小さな声が呼びかけてきた。

下を見てみると、おなじみの赤毛があった。バニーじゃないか！　その隣で、ほっそりとした灰色の手も振られている。

「いつでもどうぞ、スキーヴさん！」ゾルがささやいた。

やったね！　これで、本来の戦力がととのったぞ。よし、派手にいこうじゃないか。天牙鬼《バーヴェクト》たちは二方向から廊下を走ってくる——ギャオシを追いかけている面々と、ぼくの光条につられた面々だ。

ぼくがバニーに合図を送ると、彼女はバイティナをこっちに向けた。ぼくは両腕を大きく広げ、いかにも迫力のありそうな声を轟かせた。

「**ごきげんよう！**」

魔術師としての幻像がめいっぱいに拡大され、〈十人組〉の司令室の壁面にでかでかと映し出される。案の定、その部屋の中では、もうひとりの天牙鬼《バーヴェクト》が必死の形相をあらわにしていた。どうやっても部屋の外へ出られず、その理由もわからないにちがいない。

「あんちくしょう、司令室にいるわ！」いちばん年上のやつが憤然と叫んだ。

たちまち、九人の天牙鬼《バーヴェクト》たちは室内に突入した。それにあわせて、ギャオンもさりげなく室内へ。あいつは深々と息を吸いこんだ。

さぁ、ここからが肝心だ。どんぴしゃりの瞬間を狙わなきゃ。最後の天牙鬼《バーヴェクト》が結界の中に入った瞬間、ギャオンは目の前にあるテーブルにむかって盛大な炎を吐いた。そこには、あらかじめ、ぼくとタンダがたっぷりと炸薬をしかけてある。たちまち、室内は煙でいっぱいになり、天牙鬼《バーヴェクト》たちは発作のような咳《せき》を連発した。それを尻目に、ギャオンはさっさと部屋を離れた。ドラゴンなのだから、炎や煙などは平気にきまっている。

ぼくは結界を凝視した。ギャオンがそこから外へ出るのにあわせて極性が逆転し、とがっているほうが内側へ。これで、〈十人組〉は籠の鳥も同然というわけだ。

煙がおさまったとき、ぼくは本来の姿で胡坐《あぐら》をかき、扉のすぐ外で空中に浮かんでいた。

「はじめまして。ぼくが〈偉大なるスキーヴ〉です」

28

手があるんだから、使えばいいじゃないか。
——M・ジョーダン

〈十人組〉はこっちをふりかえったものの、咳《せき》がおさまらないようだった。かわいそうなことをしてしまったかもしれない。ぼくも、炸薬を目の前で爆発させてしまった経験があるけれど、あのときは呼吸ができなかったっけ。だからこそ、今回は離れたところから使うための裏技を考えたというわけだ。その功労者であるギャオンが駆け寄ってくる。いかにも頭を撫でてほしそうな様子だった。もちろん、いいとも。

「いったい、あの若造は誰なの？」いちばん年上のやつが両手で煙を払いのけようとしながら、鋭い口調で尋ねた。

「〝若造〟だなんて、言葉に気をつけてほしいわ！」いちばん年下のやつがくってかかった。「でも、そうね、どこのどいつかしら？」

「はじめまして、みなさん」もういっぺん、挨拶のやりなおし。わずかに意識をひらめかせるだけで空中に高々と浮かび、両手を広げてみせる。「ぼくが〈偉大なるスキーヴ〉です」

「おまえが!?」怒りもあらわな表情のやつがどなった。「いっそのこと、〈痛い痛いスキーヴ〉に改名させてやるわ!」

ぼくがバニーのほうに片手をひるがえすと、彼女がバイティナをこっちに向ける。とたんに、ぼくの顔は六十倍ほどの大きさで部屋の壁に映し出された。声のほうもケイトリンの端末をとおして増幅され、部屋全体に響きわたる。

「**そこまで!**」その音量に圧倒されて、天牙鬼《バーヴェクト》たちは身体をこわばらせた。「ぼくは邑人《ウーズ》たちと契約しており、あなたがたと交渉する権限を与えられているのです! あなたがたも、交渉に応じるべきでしょう!」

「八つ裂きにしてやろうかしら」苦虫を嚙みつぶしたような表情のやつが唸った。

「それなら、あたしが先よ」革製のスカートを穿《は》いているやつが言葉を返す。

ふたたび、彼女たちは鉤爪を突き出し、こっちへ迫ってこようとしていた。

「やめておいたほうがいいですよ!」ぼくも大声で叫んだ。「結界を観察してごらんなさい。ぼくのドラゴンがそこから出てきたときに極性が逆転して、内側に向いているはずです。たしか、天牙鬼《バーヴェクト》は火に弱い種族でしたね。結界に触れたら、ひどい目に遭ってしまいますよ」

「わたしたちの結界よ！」長衣に身を包んだやつが反駁《はんばく》する。

いちばん年上のやつが命令した。「あの生意気な小僧を消してやろうじゃないの！」

〈十人組〉はおたがいに手をつなぎ、目をつぶった。ぼくは自分自身に気合を入れなおした。彼女たちの呪文ひとつで、千人におよぶ邑人《ウーズ》たちが一瞬のうちに自宅へ飛ばされてしまったのだ。それほどまでに強烈な術力をあやつることのできる連中なのだ。ぼくの準備にちょっとでも甘さがあれば、ひとたまりもないだろう。さぁ、どうだ……まだか……まだか……まだか……

やがて、天牙鬼《バーヴェクト》たちは目を開き、おたがいに顔を見合わせた。

「気を散らさないで！」いちばん年上のやつが叱りつける。

「これ以上はないぐらいに集中してたわよ」優美なやつが言葉を返した。「何か、別の原因があるんだわ！」

革製のスカートを穿いているやつが震える指先をこっちに向けた。「あいつ……あいつが、あたしたちの術力を奪っちゃったのよ！　一から十まで！」

「まさか!?」ビスチェ姿のやつが首を振る。「たかが汎人《クラード》のくせに」

「たかが汎人《クラード》とはいえ、あなたがたよりも技倆は上ですよ」まぁ、はったりにすぎないんだけれど。「負けを認めることですね。あなたがたが昏迷の術にかかっているあいだに……」

「ただの炸薬を使った煙幕にすぎないでしょうよ、ぼうや？」いちばん年上のやつが口をはさんでくる。「努力賞をあげてもいいけれど、小手先の技としては古いわね」

「そうですか」ぼくは肩をすくめてみせた。「そういうことなら、あなたがたがひっかかっている罠の正体も教えてあげましょうか。スキャマローニの監獄で手に入れた素材を加工した〈術消しの粉〉ですよ。もちろん、術力は完全に無効化されていますから、その外へ転位《テレポート》することもできません」

天牙鬼《バーヴエクト》たちは唖然とした。ややあってから、スーツ姿のやつが口を開いた。

「その声、聞き憶えがあるわ。あの晩、あたしたちのすぐそばにいたのね！」

「えぇ」ようやく、彼女たちも事情がわかってきたらしい。

「何が望みなの？」

「邑人《ウーズ》たちに対する理不尽な支配をやめていただきます。みんな、あなたがたの圧政下で疲弊していますし、あなたがたが私腹を肥やすための奴隷労働と搾取もけっして許されるものではありません。いつまでも甘い汁を吸っていられると思わないでほしい、さっさと出ていってほしい——そういうことです。いやなら、その結界の中にいてくださ い。もちろん、食事は用意してあげますが、要求を呑んでいただけるまでは解放できませんね」

作業服姿のやつが目を見開いた。「あたしたちが私腹をこやす？　どっちが奴隷労働をさせられてきたんだと思ってるの？　あたしたちのほうこそ、無給で働きっぱなしなのに！」

こんどは、ぼくのほうがびっくり。「無給って？」

優美なやつが呻き声を洩らした。ぼくのことをバカだと思っているにちがいない。

「この国のアホタレどもに雇われたのよ。財務管理の専門家として、債務超過の状態を改善するためにね。ところが、邑人《ウーズ》どもときたら、あたしたちの努力を水の泡にしてばかり。そのへんの事情を聞いてないの？　やっとのことで赤字を解消して、それ以降はどうにかこうにか黒字を維持してるけど、まだ、ぎりぎりのところなの。だから、こいつらの無駄な出費を抑えこんできたのに、三週間前、誰かさんが商売の邪魔をするようになっちゃったわけ」

「ここに来たのは二年も前のことよ」小柄なやつが泣きそうな声になった。「こいつらが協力的だったら、半年もかからずに契約を満了して、パーヴへ帰ることができたはずなのに。こんなことになっちゃうなんて、考えてもみなかったわよ」

「何もしゃべらないで」むこうの魔術師がたしなめた。「あいつの目的は、あたしたちを破滅させることなんだから」

「そんなつもりはありませんってば」できるはずもないじゃないか。「もうちょっと、具体的に聞かせてください」

「これじゃ、何も話せないわ」いちばん年上のやつがきっぱりと答える。「自由を奪われたままで交渉に応じるなんて、おことわりよ」

ぼくは廊下に降り立ち、扉のほうへと歩み寄っていった。

「いけませんぞ、スキーヴさん」ゾルが声をかけてくる。「相手の挑発に乗らないでください。せっかくの優位を失うことになってしまいます」

でも、ぼくは耳を貸さなかった。たぶん、〈十人組〉が言っていることは本当だろう。たしかに、邑人《ウーズ》という種族はまわりくどくて臆病な連中なのだ。ウェンズレイだけは例外だったけれど。

ウェンズレイ！

ぼくは小物入れに手をつっこみ、あの球体を取り出した。

ちっぽけな人影がその中で跳びはねている。「やめて！　やめて！　やめて！」

「外に出してやる方法は？」ぼくは球体をかざした。

「封印を解けばいいのよ」長衣に身を包んだ天牙鬼《パーヴェクト》がその仕種をしてみせた。

ぼくは意識をめぐらせ、球体の側面にある小さな扉を開けた。次の瞬間、彼はぼくの隣にいた。彼がよろめいたので、ぼくはその身体を支えてやった。とたんに、彼は天牙《パーヴェ》鬼《クト》たちのほうへと駆け寄っていくじゃないか。あわてて、ぼくも彼を追いかけ、まばゆいばかりの閃光とともに結界を突き抜けた。

「おーい、だめだよ！」ぼくは大声で呼び止めようとした。

けれど、間に合わなかった。ウェンズレイはいちばん年上のやつの目の前にひざまずいてしまった。

「もうしわけありませんでした」彼は額《ひたい》を床にこすりつけた。「このとおりです」

「どういうことですか？」きっちりと説明してもらいたいな。「ウェンズレイ、何をやっているんですか？」

彼は頭を上げ、ぼくのほうをふりかえった。

「みなさんに多大なるご迷惑をおかけしてしまったという自覚がなかったのです。もともと、われわれは他人から命令されることに慣れていないものですから……いやな気分になってしまいまして」

「勝手なことを言うんじゃないわよ、ぼうや！」いちばん年上の天牙鬼《パーヴェクト》が彼をどやしつけた。「おまえたちのおかげで、こっちは頭がおかしくなりそうに……何ですって？」

「まことに、もうしわけありませんでした」ウェンズレイがくりかえした。「できるかぎりの償いをさせていただきます」

「それなら、まず、こいつの営業妨害をやめさせてちょうだい！」スーツ姿の天牙鬼《パーヴェクト》が手の甲でぼくの胸をこづいた。「あたしたちがやってることは、すべて、おまえたちのためなのよ。それを、何から何まで、めちゃくちゃにしてくれたわね。あたしたちは企業家として、三十あまりの次元で高い評価を受けてきたわ。可能なかぎり最短の期間で目標を達成する天牙鬼《パーヴェクト》集団、ってね。ところが、おまえたちのせいで、数週間でかたづくはずの仕事が、二年がかりでも結果が出ないんだから！」

「とんでもない誤解があったようで、もうしわけありません」ぼくもあやまっておこう。こづかれたところが痛いや。「パーヴォマティックが実際に調理器具として使われているところを見るまで、わかっていなかったんです。でも、やましいところがないなら、どうして、本当は何を製造しているのか、当事者である邑人《ウーズ》たちにも知られまいとしていたんですか？　怪しまれても文句は言えませんよ」

「そりゃ、ここの連中がおしゃべりだからにきまってるでしょ」いちばん年上の天牙鬼《パーヴェクト》は溜息をつき、近くにあった椅子に身を沈めた。「おまけに、ありとあらゆるものを勝手に持ち出しておいて、ばれなければいいと思っているんだから。そもそも、あんたのほうこそ、ふたつの次元で営業妨害をくりかえすよりも、最初の段階でわたしたちに事情を尋ねてくるべきだったんじゃないかしら？」

ぼくの背後で誰かが頭を掻くような音が聞こえたけれど、かまうもんか。誰にでも失敗はあるし、くだらない弁解ごときで自分自身のもうひとつの名望までも汚してしまうわけにはいかない。

「周囲からの忠告はあったんですが、その意味をきっちりと理解できていなかったんですよ」ぼくは肩をすくめてみせた。「すべて、ぼくの責任ということです」

「天牙鬼《バーヴェクト》のみなさん、彼が悪いわけではありませんよ」ぼくの背後から、ゾルが言葉をさしはさんでくる。「彼がわたしに相談をもちかけてきたとき、わたしは見当はずれの助言を与えてしまいました。なにとぞ、ご容赦のほどを」

ぼくは肩ごしにふりかえった。その小朋鬼《コボルド》はバニーとタンダの前に立ち、こちらの部屋へ入ってこようとしているところだった。

スーツ姿の天牙鬼《バーヴェクト》が彼のほうに指先をつきつけた。「まさか、ゾル・イクティ？」

小朋鬼《コボルド》はゆっくりとうなずいた。「いかにも、そのとおりですが」

とたんに、彼女は四インチもある牙をあらわに、うれしそうな笑みを浮かべた。ほかの天牙鬼《バーヴェクト》たちもそろって表情をほころばせる。

「あたしたち、あなたの本はすべて持ってますよ」

「仕事部屋をこんなありさまにしてしまって、すみませんでした」ぼくは〈十人組〉の面々に謝罪した。ちょうど、スーツ姿の女性がワイン樽の栓を抜き、あらたな交流の始まりを祝う乾杯をしようとしているところだった。「たぶん、以前の状態には戻らないと思います。今後、ここで術力を使うことはできないでしょう」

「コンピュータが無事なら、何も問題はないわよ」小柄な女性が答えた。「ちなみに、あたしの名前はケイトリン。あんたのこと、あちこちの次元の記録から調べさせてもらったわ。世界でいちばん有名な汎人《クラード》ってところね」

「そりゃ、どうも」返事のしようがないや。

タンダがじれったそうに身体をよじった。「ねぇ、彼氏、あたいたちも部屋に入れてもらえるの？　それとも、あんたたちが飲んでるところを眺めてなきゃいけないの？」

ぼくは結界の極性をひっくりかえすために外へ出て、それから、ほかのみんなと一緒に中へ戻った。

「タンダは昔からの仲間です」ひとりひとりを紹介するのも礼儀のうち。「バニーは秘書のような存在で、あらゆる事柄の管理をまかせておけます」

いちばん背の高い天牙鬼《バーヴェクト》がバニーの顔をしげしげと覗きこんだ。「あんた、美人コンテストで優勝した娘《こ》じゃない？」

「過去の栄光ってやつよ」バニーは肩をすくめてみせた。「本職は会計士なの」

「へぇ、そうなの？」オシュリーンはますます目を丸くした。

ようやく、ぼくも彼女のことを思い出した（わからないという人は、近所の本屋で『今日も元気に魔法三昧《ざんまい》！』を買ってくるか、店頭になければ取り寄せてもらうといいよ)。

「それじゃ、同業者だったわけね」オシュリーンが言葉を続ける。

「成長産業に対する保障投資って、どうなのかしら?」

「その会社の業績によりけりだと思うわ」バニーが答えた。たちまち、ふたりの会話は専門用語の羅列になっていく。「しかも、四季報と年次会計報告のどちらを判断材料にするかっていうこともあるんじゃない?」

あっというまに、ぼくは蚊帳《かや》の外。まぁ、しかたがないさ。財務管理については素人なんだから。

ヴェルゲッタという名前だったか、いちばん年上の女性が、ギャオンにむかって指を振ってみせている。たしなめるような仕種だったけれど、当のあいつは涼しい顔のまま。

「まさか、もう……あんなこと……しないわよね?」

「えぇ、大丈夫ですよ」ぼくも一緒にいるんだから、やられてたまるか。

ギャオンの顔を覗きこむと、あいつは青い瞳の奥をかすかにきらめかせた。この微妙な均衡を崩してはいけないということを理解しているらしい。

「よかった。ところで、あなた――」彼女はタンダのほうをふりかえり、「――あなたのことは憶《こ》えているわ。ふたりの大男と結託して、ディーヴァの市場《バザール》での計画をつぶしてくれた娘ね」

「まちがいなく、あたいたちよ」タンダはたじろぐ様子もない。「あそこじゃ、ゆすりたかりはご法度なんだから」

ヴェルゲッタは溜息をついた。「そんなつもりじゃなかったのよ。あくまでも、管理業務の下請《したうけ》っていうことだったはずなのに。昼のあいだは客の苦情を聞かされるし、夜はあちこちの店舗や事務所を掃除してまわるんだから、簡単な仕事じゃないわ。便所を磨いているときの気分がどんなものか、わかる？」

「それにしても、週に金貨五枚は高価《たか》すぎるんじゃない？」

「天牙鬼《バーヴェクト》はつねに最高の報酬を要求するものですよ」ゾルが説明した。「それだけの自信があるということです。払うべきだったでしょうな」

「まっぴらごめんよ」タンダはきっぱりと首を振った。「あんたたちを追い出したのは正解だったと思うわ」

おもむろに、ヴェルゲッタがぼくの腕に手を置いた。

「たしかに、彼の忠告どおりにしたのは失敗だったわね、ぼうや。とはいえ、さっきの勝負はおみごとだったわ。天牙鬼《バーヴェクト》だったとしても一人前でやっていけるはずよ。あんたもそうね、お嬢ちゃん」彼女はそんな褒め言葉とともに、ワインのおかわりを求めるような仕種でグラスをつきつけてくる。

「わたしにおまかせを」すかさず、ウェンズレイがテーブルのほうへ駆け寄り、樽からの小分けに使われている瓶のひとつを片手に戻ってくると、彼女のグラスを満たした。「これまであの球体から解放されて以来、ぴったりと彼女の身辺にひかえているのだ。の失態の数々を埋めあわせなければなりませんからね」

その一言をきっかけに、ヴェルゲッタはきびしい表情になった。

「これまでの調査で、ここにいる凄腕の雇われ魔術師はあちこちに顔が利《き》くらしいということがわかっているわ。そこで、あなたたちのせいで販売をあきらめなければならなかった商品の処分をまかせたいの」

「わたしも……ですか？」ウェンズレイの声がひきつった。「どうして？」

「あなたが彼を雇ったからよ。彼がうまい方法を知っているとしても、まずは、あなたのほうから相談をもちかけるというのが道理でしょ」

たちまち、ウェンズレイはすがるような視線を向けてきた。「教えていただけませんでしょうか、スキーヴ先生？」

ぼくとしても、営業妨害をくりかえしたことに対する罪悪感はあったので、ひとしきり、真剣に考えてみた。

「ディーヴァの市場《バザール》でいいんじゃありませんか？」まぁ、妥当なところだと思うけれど。

「無理よ」打てば響くように、ヴェルゲッタが言葉を返してくる。「なにしろ、そこのかわいい色情魔《トロロップ》のおかげで、わたしたちは死ぬまで出入り禁止にされちゃったんだから」

「あたいとしちゃ、骨だけになってもだめっていうことにしてやりたかったのよ」タンダが語気を荒らげた。「こっちの目に真黒な痣《あざ》をもらっちゃったんだから！　それに、チャムリィ兄さんも全治一週間の怪我をさせられちゃって！　兄さんを殴ってもいいのは、世界中であたいだけだったはずなのに！」

「出入り禁止にされたのは、ふたりだけですよね？」ぼくは思案をめぐらせた。「そもそも、商品を売りたいからといって、店を出す必要もないでしょう。ディーヴァ商業組合の面々とは昔からの縁がありましてね。入札で最高額を提示してくれた店と独占契約を結ぶということで話をもちかければ、みんな、目の色を変えるにきまっています。亜《ディ》口魔《ヴィール》たちもパーヴォマティックを使いたがるでしょうし、もうひとつの……ええと……」

「〈おとぎ眼鏡〉よ」長衣をまとった魔術師、モニショーネが恥ずかしそうに口を開いた。「わたしが発明したの」

「ただし、その名前は変えなきゃいけないわね」スーツ姿のパルディンがきっぱりと主張した。「交渉のときは、あたしも同席させてちょうだい。いつにするの？　資金を回収するためには、早いほうがありがたいわ」

「今回の件に決着がつけば、すぐにでも」それなら確実だ。

「……それで、〈魅惑の箱〉が使えそうだと思ったのよ」あいかわらず、オシュリーンはバニーとしゃべりつづけている。「だから、どうしても手に入れたかったの。邑人《ウーズ》たちに多少なりとも責任感を植えつけるには、うってつけでしょ。何をするにも全員の同意を求めるくせに、それが無理な場合はこっそりとやればいいなんて、どうかしてると思わない？　あたしたち天冴鬼《パーヴエクト》は竹を割ったような気質だからね。誰に対しても言いたいことを言うし、相手がそれに応じようとしなかったら、そいつの首を引き抜いてやるだけよ」

「あたしの目はごまかせないわよ」テノビアがしきりに話しかけているのは、なんと、一心不乱にテーブルの脚をかじっているギャオンだった。「これでも、サーカスの一座にいたときは、ドラゴンの調教をまかされてたんだからね。世間の連中は気がついてないみたいだけど、あんたたちは高い知性をそなえてるんでしょ」

ゾルはといえば、あちこちの雑談に聞き耳を立てながら、超小型コンピュータを取り出し、キーボードをつつきはじめた。どうやら、コーリィはあるべき姿に戻ることができたようだ——それどころか、外装のまんなかに、以前はなかったはずの赤い線も入っている。

「あら、それ」ケイトリンが彼の手許に注目した。「ひょっとして、〈インフォダンプM16〉じゃありませんか？」

「そのとおり」ゾルは満面の笑みを浮かべた。「コーリィと呼んでやってください」彼はいかにもうれしそうに、自慢の相棒をその小柄な天冴鬼《パーヴェクト》の掌の上に置いてやり、あれやこれやと説明した。おかえしに、ケイトリンも自分のコンピュータを彼に披露した。

　みんな、完全にうちとけており、この部屋へ来るまでの経緯《いきさつ》はきれいに忘れてしまったようだった。

　オシュリーンとパルディンが収支対照表を広げ、頭を寄せあっている。さまざまな項目を比較したうえで、充分に満足できる結果が得られたらしい。ふたりはそれをヴェルゲッタのところへ持ってきた。

「すばらしいわ」彼女もうなずいた。「これまでの収益を次の契約のための投資にまわせば、すぐにでも故郷へ帰れるわね。邑人《ウーズ》たちにとっても、すでに生産設備はととのっているわけだから、利潤が期待できるはずよ。とにかく、布巾の山はもうたくさん」

「つまり、春の新作発表会にも行けるってことね」オシュリーンが溜息をついた。

「でも、われわれはどうなるんですか？」ウェンズレイが尋ねた。

29

本当にあったことなんだよ！

――W・ディズニー

「あんたたち？」ヴェルゲッタが訊きかえした。「あんたたち邑人《ウーズ》の好きなようにしなさい。そのために、百戦錬磨の魔術師とその仲間たちを雇ってきたんでしょ？」

「えぇと……」ウェンズレイは慎重に言葉を選んでいるようだった。「この二年間というもの、われわれは何から何まで、あなたがたにまかせきりでした。あなたがたがいなくなってしまったら、われわれは……だめになってしまいます。また、以前と同じ状態におちいってしまいます。負債の山をかかえてしまいます」彼はおびえたように目を見開いた。

「だとすると、あらたな指導者が必要ですね」ぼくが意見を述べた。「しっかりとした気概をそなえている人物がいいでしょう」

「誰にまかせるというんですか？」ウェンズレイが首をかしげた。「毅然とした態度で、みなさんがやっていたように同胞たちをひっぱっていける者がいますか？」

ぼくはまっすぐに視線を返した。「あなたですよ」

「わたし？」とたんに、彼の声は悲鳴に近くなった。

〈十人組〉の面々はしげしげと彼を眺めた——文字どおり、頭のてっぺんから爪先まで。

「いいんじゃないの？」テノビアが口を開いた。「邑人《ウーズ》にしちゃ、あんたは決断力があるわ。指導者としての資質の片鱗も見せてくれたし」

「あぁ、そんな」ウェンズレイは困惑をあらわにした。「ひどいことをおっしゃる」

「ぼくの次元じゃ、それは褒め言葉ですよ」きっぱりと。「むしろ、〝平均的〟という表現のほうが侮辱だと思われることもあります。あなたは邑人《ウーズ》の再出発の先頭に立つことになるわけです」

「無理ですよ、できませんってば」

「無理ではありません、できますとも」ゾルが反論した。「こちらにおられる天牙鬼《パーヴェクト》のみなさんをお手本にすれば、すべての邑人《ウーズ》が誇りに思うほどの指導者になれるはずですよ」

「しかし、それとひきかえに、感情を傷つけられた者もいますし、ひどい目に遭った者もいるのです」ウェンズレイは必死に抵抗した。「いずれ、誰かが〝いやだ〟と言わなければいけなくなるにちがいありません」彼は動揺しているようだった。「わたしだったら、何も言えないと思いますよ」

「言えないはずがないでしょう」ぼくが言葉を返す。

「友よ」ゾルが勇気づけるような口調になった。「自分自身の心の中を覗きこんでごらんなさい。ほら、スキーヴさんに相談をもちかけようと決意したときも……」

ウェンズレイはますます動揺がひどくなってしまった。とっさに、ぼくは彼をかばうように腕を広げた。

「ちょっと待ってください、ゾル。決断力をつけさせたいという心理療法なら、決断の専門家にまかせるべきだと思いますよ」

ゾルは意味がわからないようだったけれど、ヴェルゲッタがにんまりとした。

「そのとおりよ、まかせておいてちょうだい」彼女は両手でウェンズレイの顔をはさみつけた。「ぼうや、聞きなさい――明日から、あのふたつの製品の生産を再開するわ。つまり、あんたたちの伝統的手工業はおしまいということね。どうせ、売れないんだから。そんなものより、わたしたちの新機軸のほうがいいでしょ」

「えぇ、もちろんです」ウェンズレイがうなずいたのは、ひとえに、彼女の鉤爪で頬をえぐられたくないからだろう。

「そのあいだ、あんたには特別講習を受けてもらうわ。天牙鬼《パーヴェクト》のような思考、行動、会話、それから……食事もできるようになりなさい。名案でしょ？　あんたの心胆を鍛えるには、本物のパーヴ料理がうってつけなのよ！　サンテ＝ウンゲロゲのポタージュを腹の底まで流しこめるほどになれば、くだらない娯楽のために他人の金をくすねようとする邑人《ウーズ》たちを一喝するぐらいのことは朝飯前よ。いかが？　なんなら、すぐにでも食事の支度をしてあげるわ」

「そんな、もったいない」ウェンズレイはパーヴ料理と聞いただけで気分が悪くなってしまったようだった。「もちろん、わたしの滋養と強壮のためを考えてくださるのは非常にありがたいのですが、ほかの方法もあるのではないかと……」

「いいえ、パーヴ料理にまさるものはないのよ。だから、遠慮しないでちょうだい。ここで食べられるように、わたしが持ってきてあげるわ。慣れてしまえば、あんたも好きになるわよ」

ウェンズレイの表情から想像するに、すべての内臓がでんぐりかえってしまいそうなほどの心境だったにちがいない。必死にヴェルゲッタの手をのがれようとしていたものの、もちろん、腕力の差は歴然としている。やがて、彼が抵抗をくりかえすうち、身体の動きが口にも伝わってきたようだった。不明瞭な声が洩れはじめる。

「い……い……い……」

「どうしたの？」

「い……い……い……い……い……」

「はっきりしなさい！」ヴェルゲッタは彼をどやしつけた。「何が言いたいの？」

「い……い……い……い……い……いや……**いやです！**」ウェンズレイが叫んだ。とたんに、彼は自分の勇気にびっくりしたのだろう、目を見開いた。「言っちゃいました！　〝いやです〟って言っちゃいましたよ！」

ヴェルゲッタはしてやったりというような笑みを浮かべた。「はじめての〝いやです〟ね。これからは、いくらでも言う機会があるはずよ」

「すばらしい！」ゾルが歓声を上げた。「ほら、簡単だったでしょう？　今後、誰かにむかって〝いやです〟と言わざるをえないときは、彼女のご指導を思い出せばいいのですよ」

「おめでとう」シャリラーがウェンズレイの背中を叩いた。「よっ、大統領！」

「いやぁ、そんな肩書はふさわしくないでしょう。まずもって、代友たちの承認がなくてはなりませんし、それぞれの意見も……」

「誰も異論はありゃしないわよ」ニキがさえぎった。「あたしの経験から言わせてもらえば、邑人《ウーズ》たちも〝これが当然なんだ〟っていうことなら素直に聞き入れてくれるみたい。ほら、現実を直視して！　あんたがやるのよ」

ウェンズレイは茫然としながらも、うれしそうだった。「みなさん……みなさんには、お礼のしようもありません」

「とりあえず、請求書を渡しておくわ」ヴェルゲッタが釘を刺す。「それを精算してくれるだけで充分よ。今日のうちに新品の帳簿を用意して、出費の欄の冒頭にしっかりと書きこんでおきなさい」

「もうひとつ——わたしの本をみなさんに買っていただくとしましょうか」ゾルがつけくわえた。「自己実現のための精神修養にまつわる記述もありますから、役に立つと思いますよ。ちなみに、まとまった部数を一括注文してくだされば、値引きも可能ですので」


ウェンズレイはその朝の顚末を同胞たちにも伝えるべく、大規模な秘密会議を招集した。ほとんどの邑人《ウーズ》たちが集まってきた——どちらが勝者でどちらが敗者か、自分の目で確かめてやろうというわけだ。みんな、ウェンズレイが無事だったことを知って、おおいに安堵したようだった。その当人はといえば、カッセリーとくっついたまま、何度もキスを交わしたり、ささやきあったり。

「ああいうのって、うらやましくなっちゃうわね」バニーは溜息まじりに、そんな言葉をくりかえしている。そのたびに、どういうわけか、ぼくは気分がおちつかなくなってしまった。

すべての代友たちがそろったところで、ぼくたちは〈モンゴメリ酒場〉の扉を閉め、封印の術をかけてから、会議に参加してくれたことに対する感謝の意を表明した。「このたび、ぼくたちは〈十人組〉との関係を一新し、相互理解を実現することができました」まずは、そこが肝心なところ。「みなさん、ぼくの仲間たちのことはご存知でしょう。それにくわえて、今回は来賓のかたがたもおられます。まぁ、彼女たちのこともご存知だろうと思いますが？」

次の瞬間、邑人《ウーズ》たちのまっただなかで**ボアン**という大きな音が響き、天牙鬼《バーヴエクト》たちが出現した。とたんに、邑人《ウーズ》たちは逃げ場を求め、扉のほうへと殺到した。封印の術をかけておかなければ、五秒もしないうち、聴衆はひとりもいなくなっていたにちがいない。

「何も心配することはありませんよ！」ぼくは悲鳴に負けないよう、あらんかぎりの大声で叫んだ。「今日から、みなさんは同胞である邑人《ウーズ》の指導者のもとで暮らしていくのです。天牙鬼《バーヴエクト》たちは相談役に戻り、その指導者を補佐することになります。すべては、あるべきかたちにおさまるわけです」

「しかし、誰が？」ようやく自分の席に戻ってきたガッビーンが尋ねた。「われわれの指導者になってくれる邑人《ウーズ》というのは、誰のことですか？」

「ウェンズレイです」ぼくはその名前を告げ、今日の主役の肩に手をかけた。「きっと、彼はすぐれた指導者になるでしょう。万人の幸福のためとあらば自己犠牲を惜しまず、また、これまでよりも穏健な手法でみなさんの生活を支えてくれるはずです」

「そんな……」アルドラハンが頰をふくらませた。「何を決定するにしても、全員が対等に意見を述べることができるというのが、わたしたちのやりかたです」

「これからはちがいますよ」きっぱりと。「そのやりかたはうまくいきませんでした。あなたがたが難局におちいったのも、そこに問題があったせいです。もちろん、ウェンズレイはみなさんの意見に耳をかたむけ、公正な判断をくだそうとするでしょうが、最終的な裁量権は彼にゆだねられます。彼がこの国を動かしていくのです」

ニキの予想は正しかった――代友たちは賛否両論だったけれど、結局、ぼくたちの提案どおりということになった。〈十人組〉はすべての権限を返上した。ウェンズレイとカッセリーは興奮と緊張でいっぱいだったが、とにもかくにも、がんばってくれるだろう。代友という肩書を失った邑人《ウーズ》たちはといえば、この新しい指導者に対する影響力を少しでも確保しようと、さかんに彼と言葉を交わしている。これで、ぼくも故郷へ帰ることができそうだ。

「まぁ、うまくいきましたね」ぼくはゾル・イクティの手を握りしめた。「あなたは、すぐにコボルへ帰るんですか?」

「いいえ」灰色の小朋鬼《コボルド》がにこやかに答える。「しばらくは当地に滞在し、あの若い友人が〈十人組〉の支援によってペアレイの財政再建を実現するまでの過程を見せてもらい、それから、彼女たちとともにパーヴへ行くつもりです。次の本の構想として、あの種族のことを書いてみたいのですよ——『天牙鬼《パーヴエクト》との上手なつきあいかた』という仮題を考えています。完成したら、みなさんにもさしあげましょう」

「たのしみにしていますよ」はたして、どんな内容になることやら。「ぼくは自分の研究室に戻ります。勉強しなければならないことが、いくらでもありますからね」

「がんばってください」ゾルがうなずいた。「あなたの応用力と英知には感服させられるばかりでした」

「ところで、もうしわけないのですが」ウェンズレイがふりかえった。その表情がいくぶん曇っている。「現状では報酬をお支払いすることができません。ウーは財政再建のまっただなかにあるため、ちょっとした負担増が赤字に直結してしまうのです。まったくもって、もうしわけありません」

「それなら、物納ということにしませんか？」名案だと思うんだけれど。

ウェンズレイはおちつかない様子だったものの、うなずいた。

「あなたには大きな恩義がありますからね。何をお望みですか？」

「たいしたものじゃありません。あなたがたが使っている跳躍器ですよ」

「しかし、あなたには必要のない代物でしょう」彼は首をかしげた。「なにしろ、次元旅行者でいらっしゃるのですからね」

「たしかに。でも、それはそれで、用途があるんですよ。いかがですか？」彼は同胞たちに視線をめぐらせた。みんな、貴重な跳躍器を手許に残しておきたいと思っているにちがいない。けれど、ウェンズレイはきっぱりとうなずいた。

「すべての問題の発端は、これでした」彼は異論を許さない口調になった。「われわれとしても、責任感というものを身につけることができるのであれば、いつの日か、次元旅行の要領を身につけることもできるでしょう」

「人生、あきらめることも必要ってわけね」ルーアナが言葉をさしはさみ、没収してあった跳躍器を渡してくれた。

「ありがとう」ぼくはそれを受け取ると、腰につけた小物入れの中にしまいこんだ。

バニーとタンダが不思議そうな視線を向けてくる。まぁ、そりゃそうだろう――ふたりとも、ぼくが長靴の中にも同じものを隠していることを知っているんだから。

おもむろに、パルディンが歩み寄ってくる。「さぁ、行きましょ。〈偉大なるスキーヴ〉と一緒に亜口魔《ディヴィール》どもの度胆《どぎも》を抜いてやれるなんて、胸が躍るわ」

オシュリーンがぼくを抱きしめた。すごい力だったので、背骨が折れるんじゃないかと思ったほどだ。「腕のいい会計士が必要になったら、いつでも声をかけてね」

「ありがとう――でも、こっちにも最高の人材がいますから、大丈夫ですよ」ぼくの一言で、無意識のうちに身体をこわばらせていたバニーも安心したのだろう、表情をほころばせた。

「誰かの尻を蹴りつけてやらなきゃいけないときは、あたしたちも協力するよ」シャリラーが鋭い牙もあらわに笑みを浮かべた。

「おやおや、最近の出来事をご存知じゃありませんか？」ここはひとつ、冗談半分に言葉を返しておこう。「天牙鬼《バーヴェクト》たちの一団がどこかの次元を征服しようとしたらしいんですが、凄腕の魔術師とその仲間たちによって撃退されたそうですよ」

とたんに、〈十人組〉は破顔一笑。

「口のほうも達者な子だこと」ヴェルゲッタはいかにもうれしそうに、ぼくの手をがっちりと握りしめた。「たまには遊びにいらっしゃい。さぁ、みんな、城へ戻るわよ。眼鏡に呪文をかけるという仕事が待っているわ」それから、彼女はウェンズレイのほうをふりかえった。「あんたもおいで、ぼうや。お勉強の時間よ」

ぼくはタンダとバニーをひきつれ、ディーヴァ商業組合に加盟する店主たちでごったがえしている臨時入札会場から抜け出した。

ちなみに、ぼくの役割はパルディンを紹介するところまでだった。つづいて、彼女がそれらの商品を披露すると、たちまち、その場に集まった面々はいっせいに高値を叫びはじめた。そこで、ようやく、ぼくも〈おとぎ眼鏡〉を——いや、近いうちに商標が変更されるそうだけれど――使ってみる機会に恵まれた。なるほど、こりゃすごいや！　とんでもない誤解のせいで、散財魔《スキャミー》たちにはもうしわけないことをしてしまったものだ。亜口魔《ディヴィール》たちも夢中になっている。そして、もうひとつ、パーヴォマティックのほうも、一分たらずで契約がまとまった。

パルディンを紹介したあとも、しばらくのあいだ、ぼくは彼女のそばにいたけれど、あらかじめ、先日の一件で出入り禁止となった天牙鬼《パーヴェクト》たちも友人なのだということを組合のみんなに説明し、今後は彼女たちに対しても失礼のないようにしてほしいと釘を刺しておいたおかげで、もはや、ぼくは完全に脇役と化していた。こうなったら、さっさと帰らせてもらおうじゃないか。ディーヴァの市場《バザール》はなつかしいけれど、この喧騒だけはいつになってもなじめないんだ。

ぼくたちが会場を離れる直前、壇上にいるパルディンは身体をかがめ、ぼくと握手を交わした。

「あんたの仲間だったっていう天牙鬼《パーヴェクト》が誰なのかは知らないけど、幸せな男ね」彼女がささやいた。「はたして、当人はそのことを自覚してるのかしら」

一瞬、ぼくは鳩尾《みぞおち》のあたりが痛くなった。

「ぼくのほうこそ、幸せな男ですよ。彼は最高の友人でしたからね」

通りを歩き、商売熱心な亜口魔《ディヴィール》たちの大声も聞こえてこない一角にさしかかったところで、ぼくは安堵の溜息をついた。

「ちょっと、何か飲んでいくかい？」タンダに声をかける。

「あたい、トロリアへ行かなきゃならないの」彼女は小さな鞄を肩にかけた。「チャムリィ兄さんが腰痛でひっくりかえってなければ、実家の改装のことで母ちゃんと意見が対立してるだろうから、あたいが仲裁してあげなきゃ。本当は、もっと早く戻れると思ってたんだけど」

「それじゃ、ぼくも自分の研究室にひきあげるとしようか」ぼくは長靴の中から跳躍器を取り出した。「ぼくだって、もっと早く戻れると思っていたんだよ」

「もう、そんなものを使う必要はないんじゃないの？」タンダが跳躍器のほうに顎をしゃくってみせる。「いろんな次元へ行ってるんだし、そろそろ、自力で転位《テレポート》できるようになってもいいころよ」

「もちろん、跳躍器にたよりっぱなしのつもりはないさ」きっぱりと。「でも、作動不良がめったにないってことは、今のぼくが同じ術を使うよりもはるかに確実じゃないか。とりわけ、こんなに疲れている状態だったら、なおさらだよ。行方不明になりたくないし、バニーを無事に連れ帰る責任もあるし」

「わかったわ。元気でいてね、彼氏」

　そして、愛情たっぷりのキス。やっぱり、タンダが姉さんみたいな存在になってしまったことが残念だ。とはいうものの、彼女にしてもバニーにしても、ぼくとの関係がこれ以上に発展する可能性はこれっぽっちも想像できない。ふたりのことは尊敬しているけれど、むしろ、どうやっても手の届かない存在という感じなんだ。

タンダはバニーに片目をつぶってみせた。女同士の仲でなければ伝わらない無言のやりとり。まぁ、外野としては、過去の経験をふまえて、何も見なかったふりをしておくのが賢明というものだろう。

ぼくは五百枚の金貨が入った鞄をタンダに渡した。「これ、きみのぶんだよ。バニーと同額ってことで。ゾルは受け取ってくれなかったけれどね」

「あたいだって、たいしたことはしてないってば」

「がんばってくれたじゃないか。たのむから、受け取ってくれよ」

ありがたいことに、彼女はそれほど抵抗しなかった。

「それと、もうひとつ」ぼくはウェンズレイからもらってきた跳躍器を彼女に渡した。彼女が問いたげな表情になったので、ぼくは深々と息を吸いこんでから、一気にまくしたてた。「オッズに会うことがあったら、これを渡してほしいんだ。ついでに……ついでに、〝必要があれば遠慮せずに使ってください〟っていう伝言もたのみたいんだ」

「〝たまには遊びにいらっしゃい〟って？」それがタンダの解釈。

しばし、ぼくは返事をためらってしまった。

「えぇと……まぁ、そういうことだね。っていうか、もちろん、彼が来てくれるなら。ぼくは自分の一存で、みんなとの関係を断ち切っちゃったんだ。でも、あのころの憂鬱な気分からは脱却できたと思う。あとは、彼が決めることだね。とりあえず、ぼくとしては……いつでも大歓迎さ。会えなくなっちゃって、さびしいんだよ。研究室にひきこもっていると、孤独が身にしみるのさ」

「がんばりなさい。あんたには伝説的な魔術師になれるほどの素質があると思うから」もういっぺん、熱いキスをひとつ。いつものことながら、色情魔《トロロップ》との別れの挨拶というのは、竜巻のまっただなかにいるような気分にさせられてしまう。

「あんたのほうこそ、たまには遊びにいらっしゃい」タンダは手を振ってみせると、天幕がぎっしりと並んでいる狭い路地を歩み去っていった。

「そうしたくないわけじゃないんだよ」ぼくは小声でつぶやいた。「ただ、そうできるようになるまでに、ちょっとばかり時間がかかるのさ」それから、ぼくはバニーのほうをふりかえった。「ひょっとして、ゾル・イクティに幻滅しちゃったかな？　でも、あれはあれで、すばらしい人だと思うよ」

「等身大の彼を見せてもらったっていうところね」バニーは笑みを浮かべた。「今でも、彼のことは好きだし、彼の本もすばらしいと思うけど、これからは、小説の棚に並べるほうがいいかも」

ふ〜ん、うまいことを言うじゃないか。

「それじゃ、行こうか？」

「えぇ、そうね。ギャオンとトガリキャップがはしゃぎすぎて、宿屋を壊してなければいいんだけど」

＊　＊

タンダは扉を開け、薄暗い部屋に入ってきた。彼女がふりかえるのを待って、おれは身体を起こした。一瞬、彼女は警戒したようだったが、すぐに肩の力を抜いた。

彼女はおれのほうへ歩み寄ってくると、腰の小物入れに手をつっこみ、跳躍器を取り出した。

「あんたにあげるってよ、オゥズ」彼女は笑みを浮かべた。

おれは眉間に皺を寄せ、そいつを受け取った。「やっこさんが使うぶんは？」

「昔からのやつがあるわよ。こっちは、邑人《ウーズ》たちに手を貸した報酬なの――これだけでいいからって。ついさっき、あんたに渡してほしいっていうことで、あずかってきたのよ」

「どういうつもりなんだろうな？」おれは唸り声を洩らした。

タンダは首をかしげてみせた。「あんたはバカじゃないんだから、わかるでしょ。会いたがってるのよ」

おれは目を丸くした——まいったね、こりゃ。

「やっこさん、やってくれるじゃないか」なんともはや、たいしたやつだ。「それで、仕事のほうは？」

「ばっちりよ」タンダがうなずいた。「彼がやったのよ。みごとだったわ。そんなこと、あんたもわかってるはずよ。自分の目で見てたでしょ。最後の花火が始まる前に、あたいが連れてってあげたんだから」

「あぁ」たしかに、十人の天冴鬼《バーヴェクト》の女たちがあのマヌケなドラゴンを捕まえようとして自分自身の罠にひっかかっちまった場面は、思い出すだけでも愉快なもんさ。「そうだな、あいつも一人前ってわけだ」

「〝一人前〟をはるかに超えてるってば。わかってるくせに」タンダがつっこんでくる。

「やっこさん、おれの姿は見なかったんだろうな？」

「大丈夫よ」

「よし」おれは溜息をつき、両足をオットマンの上に置くと、両手を頭のうしろで組み、ゆったりと身体を横にした。「教えてやることがなくなったとはいえ、教え子はいつになっても教え子だからな」

「さぁ、実家に帰る準備をしなきゃ」タンダが笑顔になった。「まだ、荷造りが半分も終わってないのよ。チャムリィ兄さんが無事でいてくれりゃいいんだけど。二カ月前にあたいたちを痛い目に遭わせてくれた女たちでさえスキーヴの友達になっちゃったっていう最高の土産話があるんだから。それじゃ、オゥズ、元気でいてね」

彼女はおれを抱きしめ、キスをすると、自分の部屋へひきあげていった。

おれはワインのおかわりを注ぎ、天井を見るともなしに眺めながら、ゆっくりと思案をめぐらせた。跳躍器か。まったく、粋《いき》なことができるやつだぜ。いずれ、機会があったら、招待に応じるのも悪くはないかもしれんな。

扉を叩く音が聞こえてきて、おれの夢想はおしまいになった。扉を開けるのはいいが、開け幅はちょっとだけにしておかなきゃいかんし、内側の縁のあたりに肩を押しつけておくことも忘れちゃいかん。ここはディーヴァの市場《バザール》だが、それでも、油断は禁物だからな。

扉の外に立っていたのは、青い顔をした痩せ型の男だった。真白な髪が薄くなりかかっている。見たことのない種族だったが、こいつの雰囲気ときたら……借金取りにちがいない。

「〈偉大なるスキーヴ〉に会いたいんですがね」その男が口を開いた。

「いないぜ」

「今もここに住んでますか？」

「そういう質問にゃ答えないことにしてるんだよ。とりわけ、相手が知らないやつだったら、なおさらさ」おれは唸り声とともに、牙をあらわにしてみせた。

一瞬、その男は息を呑んだが、あきらめるつもりはないらしい。

「じつは、スキーヴさんに金貨三十万枚の貸しがあるんですが、返済がとどこおっているということで――」そいつは剣呑な笑みを浮かべると、自分の背後、おれがいる場所からは見えない位置にいたふたりの大男のほうに親指をひねってみせ、「――ご本人の話を聞かせてもらおうかと思いまして、債権回収の担当者を連れてきたわけです」

ヤグチの談話　細事記

仕事の山も今宵かぎり……かしら？
——C・フィオリーナ

いつになく分厚い本ですが、はい、まちがいなく〈マジカルランド〉シリーズです——最新刊となる『大魔術師と10人の女怪！』、ようやく訳了いたしました。

いやぁ、長い物語になりましたねぇ。読者のみなさん、びっくりしたのではありませんか？　これは、ひとえに、今回から本格的に始まった共作体制によるものです。文体の面でも構成の面でも、ジョディ・リン・ナイ女史がもたらしたにちがいないと思われる部分があちこちに現われています——どのあたりがそうなのか、拙訳を読んでいただくだけでも見当がつくでしょう。

おかげで、ヤグチもいろいろと勉強になりました。正直なところ、従来の感覚のままで対応できるだろうという考えの甘さが仕事の遅れにつながり、ＦＴ編集部のみなさんや水玉画伯に多大なご迷惑をおかけしてしまったわけですが、それでも、作中でスキーヴくんが自分自身に言い聞かせているとおり、〝引き受けた仕事は最後までやらなきゃいけない〟んですよね。環境の変化の中で必死にがんばる彼の姿があったからこそ、ヤグチもへこたれずにすんだのかもしれません。

それでは、このあたりで、恒例となっている引用句の解説をどうぞ。
1 **ハワード・ジョンソン**（一八九六?～一九七二） アメリカの実業家。食堂やモーテルのチェーン店を創設。
2 **ジェイク・ブルース** アメリカ映画『ブルース・ブラザース』の主人公（のひとり）。自分たちが育った孤児院の窮状を救うため、まっとうな手段で稼ごうと悪戦苦闘するが、なぜか警察に追われることになってしまう。ジョン・ベルーシが好演。
3 **ミッキー・ルーニー**（一九二〇～） アメリカの俳優。本名はジョセフ・ユール・ジュニア。代表作は『初恋合戦』『ティファニーで朝食を』『ザッツ・エンタテインメント』など。また、『ミッキー・ルーニー・ショウ』というバラエティ番組がテレビ放映されていたこともある。
4 **ヴィクター・フランケンシュタイン** メアリ・W・シェリーの怪奇小説『フランケンシュタイン』に登場する科学者。生命創造の夢を追究したあげくのはてに怪物を造り出してしまい、自分自身が生命を奪われた。

5 **ヨーシフ・V・スターリン**（一八七九～一九五三） 旧ソヴィエト連邦の政治家。本名：イォーシフ・ヴィサリノヴィチ・ジュガシヴィリ。一九二二～五三年、共産党書記長。国内および東欧の共産圏の〝向上〟のため、粛清や強制移住などの手段によって権力の集中をはかった。

6 **ドン・リックルズ**（一九二六～ ） アメリカの俳優。代表作は『カジノ』『トイ・ストーリー』など。

7 **ハロルド・ヒル** ミュージカル『ザ・ミュージック・マン』の主人公。〝教授〟と名乗ってはいるが、実際のところはマーチング・バンドのユニフォームや楽器をあつかう怪しげなセールスマン……というより、詐欺師まがいの人物。

8 **フランク・バック**（一八八四～一九五〇） 野生動物の狩猟家。生け捕りが得意で、当時のアメリカ各地の動物園にその腕前を買われていたという。

9 **ハリー・フーディーニ**（一八七四～一九二六） ハンガリー生まれ、アメリカの奇術師。縄抜けや箱抜けなどの脱出芸を得意とした。

10 **ウィリアム〝ビル〟・ゲイツ**（一九五五～ ） アメリカの実業家。一九七五年にマイクロソフト社を設立し、コンピュータ時代の寵児となった。

11 **I《アイ》・マック** 人名にあらず。マイクロソフト社のライバルであるアップル社が製造したパソコンの愛称。本来の表記は〝iMac〟。

12　**クリストファー・コロンブス**（一四五一～一五〇六）　イタリア（ジェノヴァ）生まれの冒険家。地球が球形であることを証明するため、スペインの後援を得て大西洋を渡り、現在のバハマ諸島に到達──ただし、当人はそれをインドの一部と信じた。

13　**ピーター・ベンチリー**（一九四〇～　）　アメリカの小説家。代表作は『ジョーズ』『ザ・ディープ』など。

14　**シラノ・ド・ベルジュラック**（一六一九～五五）　フランスの詩人・軍人。鼻が大きかったことで有名。

15　**ジプシー・ローズ・リー**（一九一四～七〇）　アメリカのストリッパー。本名：ローズ・ルイーズ・ホヴィック。〝ジプシー・ローズ〟という彼女の愛称そのものがストリップティーズの代名詞にもなった。

16　**ビリー・フリン**　ミュージカル『シカゴ』に登場する悪徳弁護士。

17　**クライド・ビーティー**（一九〇三～六五）　アメリカのライオン調教師。

18　**ジークムント・フロイト**（一八五六～一九三九）　オーストリアの精神医学者。

19　**ウラジーミル・イリィチ・レーニン**（一八七〇～一九二四）　ロシアの革命家。一九一七年、共産主義国家としてのソヴィエト連邦を樹立した。本来の姓はウリヤノフだが、故郷を流れるレナ川にちなんで改姓。

20 **ジョージ・カーリン**（一九三七〜）　アメリカの俳優・劇作家。また、コメディアンとして自分の番組も持っている。映画の出演作としては『ビルとテッドの大冒険』『最〝狂〟絶叫計画』『世界で一番パパが好き』など。

21 **ネイサン・ヘイル**（一七五五〜七六）　アメリカ独立戦争において暗躍したスパイ。任務の途中でイギリス軍に捕えられ、翌朝に絞首刑となった。最後の言葉は「祖国のために捨てることのできる生命はひとつしかないというのが残念だ」。

22 **グランド・モフ・ターキン**　《スター・ウォーズ》シリーズに登場する帝国軍の領袖――〝グランド・モフ〟はその称号であり、本名はウィルハフ・ターキン。みずからの野望のためにデス・スター建造計画を利用しようとした。

23 **エドセル**　一九五七年四月にフォード社が発売した自動車。同社は華やかなイメージを演出しようとしたものの、販売成績のほうは惨敗で、一九六〇年を待たずに生産中止。

24 **マルコ・ポーロ**（一二五四〜一三二四）　ヴェネツィアの旅行家。中国各地を歴訪し、『東方見聞録』を口述した。

25 **ベティ・クロッカー**　アメリカの製粉会社ゼネラル・ミルズの伝説的な電話案内嬢。パンの焼きかたなどの問い合わせに応対した声が評判となり、ラジオの料理番組でも活躍。現在にいたるまで健在……それがなぜ〝伝説的〟かといえば、架空の人物だから。ただし、容貌もしっかりと設定されている。

26 **フィデル・カストロ**（一九二七〜　）　キューバの革命家。一九五九〜七六年に首相をつとめ、それ以降は国家評議会議長。

27 **リスのロッキー**　アメリカのアニメーション・シリーズ《ロッキー&ブルウィンクル》の主人公（のひとり……というか、一匹!?）。本名はロケット。その名のとおり、すばしっこさが身上で、相棒であるヘラジカのブルウィンクルとは好対照をなしている。

28 **マイケル・ジョーダン**（一九六三〜　）　アメリカの元プロバスケットボール選手。シカゴ・ブルズの黄金期を支え、同国のオリンピック代表〝ドリーム・チーム〟にも選ばれた。一時期、野球界にも足を踏み入れたものの、こちらは大成せず。

29 **ウォルト・ディズニー**（一九〇一〜六六）　アメリカの映画制作者。アニメーションという表現技法の先駆的存在。

☆ **カーリー・フィオリーナ**（一九五四〜　）　アメリカの企業家。八〇年代にAT&T社の営業担当として頭角を現わし、「ビジネス界でもっともパワフルな女性」と呼ばれるようになる。九九年、ヒューレット《H》・パッカード《P》社の社長兼CEO（最高経営責任者）に就任。二〇〇二年には辣腕を発揮し、コンパック社との合併をまとめたものの、これがHP社の旧体制の反発を招き、〇五年二月に辞任。

ごらんのとおり、物語の長さに比例して、ここに登場する人々の名前も過去最多ですが、今回は強い味方にご教示をいただきました――ほかならぬジョディ・リン・ナイ女史です。わからない項目がいくつかあったので、彼女のホームページ http://www.sff.net/people/JodyNye/ 経由のメールで質問してみたところ（残念ながら、アスプリン氏のホームページはないそうです）、三日もしないうちに回答をいただくことができました。しかも、彼女自身が確認できなかった部分については、わざわざアスプリン氏に連絡を取ってくださったのだとか。Thank you very much, Jody and Bob!!

さて、本篇の最後でとんでもない事実が発覚してしまったスキーヴくんですが、彼の名望と生命を護るべく、次巻『*Myth-taken Identity*』ではオゥズが大活躍――こちらも、おなじみの面々にくわえて新しい仲間たちが登場します。なぜ、スキーヴくんは金貨三十万枚もの負債をかかえてしまったのでしょうか？　謎が謎を呼び、やがて、ある事件をきっかけに、おそるべき陰謀の影が……シリーズ初のサスペンス＆アクション巨篇、ご期待のほどを！

訳者略歴　1968年生，1994年東京外国語大学ロシヤ語学科卒，英米文学翻訳家　訳書『今日も元気に魔法三昧！』アスプリン＆ナイ,『サイレジア偽装作戦』ウェーバー（以上早川書房刊）他多数

HM=Hayakawa Mystery
SF=Science Fiction
JA=Japanese Author
NV=Novel
NF=Nonfiction
FT=Fantasy

マジカルランド
大魔術《だいまじゆつ》師《し》対《たい》10人《にん》の女怪《じよかい》！

〈FT388〉

二〇〇五年五月二十日　印刷
二〇〇五年五月三十一日　発行
（定価はカバーに表示してあります）

著者　ロバート・アスプリン
　　　ジョディ・リン・ナイ
訳者　矢《や》口《ぐち》悟《さとる》
発行者　早川浩
発行所　株式会社早川書房
郵便番号　一〇一 - 〇〇四六
東京都千代田区神田多町二ノ二
電話　〇三 - 三二五二 - 三一一一（大代表）
振替　〇〇一六〇 - 三 - 四七七九九
http://www.hayakawa-online.co.jp

乱丁・落丁本は小社制作部宛お送り下さい。
送料小社負担にてお取りかえいたします。

印刷・信毎書籍印刷株式会社　製本・株式会社川島製本所
Printed and bound in Japan
ISBN4-15-020388-1 C0197